중국선진우언(하)

中國先秦寓言

최봉원 역주

明文堂

차례

《윤문자(尹文子)》 우언

124 선왕호사(宣王好射) // 선왕(宣王)이 활쏘기를 좋아하다 • 12

125 겸비과도(謙卑過度) // 겸손이 도를 지나치다 • 15

126 가봉황(假鳳凰) // 가짜 봉황 • 18

127 전부기옥(田父棄玉) // 농부가 보옥(寶玉)을 버리다 • 22

128 취명부당(取名不當) // 이름을 잘못 짓다 • 27

《송옥부(宋玉賦)》 우언

129 곡고화과(曲高和寡) // 곡조가 고상하면 따라 부르는 자가 적다 • 31

《갈관자(鶡冠子)》 우언

130 편작논의(扁鵲論醫) // 편작(扁鵲)이 의술(醫術)을 논하다 • 36

《순자(荀子)》 우언

131 몽구위소(蒙鳩爲巢) // 굴뚝새가 둥지를 만들다 • 41

132 연촉량지사(涓蜀梁之死) // 연촉량(涓蜀梁)의 죽음 • 43

133 기만즉복(器滿則覆) // 그릇이 가득차면 엎어진다 • 45

《여씨춘추(呂氏春秋)》 우언

134 형인유궁(荊人遺弓) // 초(楚)나라 사람이 활을 잃어버리다 • 49

135 기황양거현(祁黃羊擧賢) // 기황양(祁黃羊)이 현인(賢人)을 천거하다 • 51
136 복돈살자(腹䵍殺子) // 복돈(腹䵍)이 자기 아들을 죽이다 • 55
137 망개삼면(網開三面) // 세 방향의 그물을 개방하다 • 58
138 할육자담(割肉自啖) // 자신의 살을 잘라 먹다 • 62
139 불식도식(不食盜食) // 도둑의 음식을 먹지 않다 • 65
140 주군위갑(邾君爲甲) // 주(邾)나라의 군주가 갑옷을 만들다 • 68
141 백아파금(伯牙破琴) // 백아(伯牙)가 거문고를 부수다 • 73
142 가녀조출(嫁女遭出) // 출가한 딸이 시집에서 쫓겨나다 • 76
143 축취해상(逐臭海上) // 악취(惡臭)를 바다로 몰아내다 • 79
144 우결우도(牛缺遇盜) // 우결(牛缺)이 강도를 만나다 • 81
145 갈지구주(竭池求珠) // 연못의 물을 말려 구슬을 찾다 • 85
146 공자마일(孔子馬逸) // 공자(孔子)의 말이 달아나다 • 87
147 순망치한(脣亡齒寒) // 입술이 없으면 이가 시리다 • 90
148 순표야섭(循表夜涉) // 표시를 따라 야밤에 강을 건너다 • 96
149 각주구검(刻舟求劍) // 뱃전에 표시해 두고 칼을 찾으려하다 • 99
150 인영투강(引嬰投江) // 갓난아이를 데려와 강물에 던지다 • 101
151 이불해해지(以不解解之) // 풀지 않는 방법으로 풀다 • 103
152 지인불이(知人不易) // 사람을 알기가 쉽지 않다 • 106
153 이금속시(以金贖屍) // 돈으로 시신(屍身)의 대가를 보상하다 • 110
154 강취인의(强取人衣) // 남의 옷을 강제로 빼앗다 • 113
155 철주(掣肘) // 팔꿈치를 잡아당기다 • 116
156 빈비취자몰(賓卑聚自歿) // 빈비취(賓卑聚)가 스스로 목숨을 끊다 • 122
157 송인어마(宋人御馬) // 송(宋)나라 사람이 말을 몰다 • 125

158 차비살교(次非殺蛟) // 차비(次非)가 교룡(蛟龍)을 죽이다 • 128
159 유왕격고(幽王擊鼓) // 유왕(幽王)이 북을 치다 • 131
160 여구기귀(黎丘奇鬼) // 여구(黎丘)의 이상한 귀신 • 135
161 천정득일인(穿井得一人) // 우물을 파고 한 사람을 얻다 • 139
162 송왕여사자(宋王與使者) // 송왕(宋王)과 사자(使者) • 142
163 엄이도종(掩耳盜鐘) // 귀를 막고 종을 훔치다 • 148
164 호렵질경(好獵疾耕) // 사냥을 좋아하여 열심히 농사를 짓다 • 151
165 기사인(起死人) // 죽은 사람을 살리다 • 154
166 생목조옥(生木造屋) // 마르지 않은 생나무로 집을 짓다 • 156
167 질구취서(桎狗取鼠) // 개에게 족쇄를 채워 쥐를 잡게 하다 • 159

《한비자(韓非子)》 우언

168 정공벌호(鄭公伐胡) // 정무공(鄭武公)이 호(胡)나라를 점령하다 • 163
169 지자의린(智子疑鄰) // 자식을 지혜롭다 하고 이웃을 의심하다 • 166
170 미자하(彌子瑕) // 미자하(彌子瑕) • 168
171 화씨지벽(和氏之璧) // 화씨(和氏)의 벽옥(碧玉) • 172
172 휘질기의(諱疾忌醫) // 병을 숨기고 의사를 기피하다 • 176
173 주위상저(紂爲象箸) // 주왕(紂王)이 상아(象牙) 젓가락을 만들다 • 181
174 자한불수옥(子罕不受玉) // 자한(子罕)이 옥(玉)을 받지 않다 • 185
175 왕수분서(王壽焚書) // 왕수(王壽)가 책을 불사르다 • 187
176 삼년조일엽(三年雕一葉) // 삼 년 동안 잎사귀 하나를 조각하다 • 190
177 심부재마(心不在馬) // 마음이 말에 있지 않다 • 193
178 일명경인(一鳴驚人) // 한 번의 울음소리로 사람을 놀라게 하다 • 197

179 자하견증자(子夏見曾子) // 자하(子夏)가 증자(曾子)를 만나다 • 201
180 학택지사(涸澤之蛇) // 마른 연못의 뱀 • 204
181 노마식도(老馬識途) // 늙은 말이 길을 알다 • 206
182 불사지약(不死之藥) // 불사약 • 209
183 원수불구근화(遠水不救近火) // 멀리 있는 물은 가까운 불을 잡지 못한다 • 212
184 소장무용(所長無用) // 뛰어난 기술이 쓸모가 없어지다 • 215
185 수난거이(樹難去易) // 심기는 어렵고 제거하기는 쉽다 • 218
186 위인가녀(衛人嫁女) // 위(衛)나라 사람이 딸을 시집보내다 • 220
187 상마(相馬) // 말을 관찰하여 우열을 가리다 • 223
188 삼슬쟁송(三蝨爭訟) // 세 마리의 이가 시비를 다투다 • 226
189 회충양구(蜹蟲兩口) // 한 몸에 두 입이 있는 살무사 • 229
190 진가보정(眞假寶鼎) // 진짜 보정(寶鼎)과 가짜 보정 • 231
191 몽견조(夢見竈) // 꿈에 아궁이를 보다 • 234
192 혜자지지(惠子之智) // 혜자(惠子)의 지혜 • 238
193 삼인성호(三人成虎) // 세 사람이 없는 호랑이를 만들어 내다 • 243
194 석읍심간(石邑深澗) // 석읍(石邑)의 깊은 계곡 • 247
195 위왕색정(魏王索鄭) // 위왕(魏王)이 정(鄭)나라에 요구하다 • 251
196 남우충수(濫竽充數) // 피리를 불 줄 모르면서 머리 숫자만 채우다 • 254
197 이계견귀(李季見鬼) // 이계(李季)가 귀신을 보다 • 256
198 부처도고(夫妻禱告) // 남편과 아내가 기도하다 • 260
199 정수의미인(鄭袖劓美人) // 정수(鄭袖)가 미인의 코를 베다 • 262
200 재신상적(宰臣上炙) // 선부(膳夫)가 구운 고기를 올리다 • 267
201 진백가녀(秦伯嫁女) // 진(秦)나라의 군주가 딸을 시집보내다 • 271

202 매독환주(買櫝還珠) // 상자를 사고 구슬을 돌려주다 • 273
203 사계지구(射稽之謳) // 사계(射稽)의 노래 솜씨 • 275
204 극자각후(棘刺刻猴) // 대추나무 가시에 원숭이를 새기다 • 279
205 백마과관(白馬過關) // 백마(白馬)가 관문을 통과하다 • 284
206 불사지도(不死之道) // 죽지 않는 방법 • 287
207 정인쟁년(鄭人爭年) // 정(鄭)나라 사람이 나이를 다투다 • 290
208 화협자(畫莢者) // 콩꼬투리의 얇은 막에 그림을 그리는 사람 • 292
209 화귀최이(畫鬼最易) // 귀신을 그리기가 가장 쉽다 • 295
210 불식거액(不識車軛) // 수레의 멍에를 알지 못하다 • 298
211 복처위고(卜妻爲袴) // 복씨(卜氏)의 아내가 바지를 만들다 • 301
212 영서연설(郢書燕說) // 영(郢) 사람이 쓴 글을 연(燕)나라 사람이 해석하다 • 303
213 정인매리(鄭人買履) // 정(鄭)나라 사람이 신발을 사러 가다 • 306
214 제환공호복자(齊桓公好服紫) // 제(齊)나라 환공(桓公)이 자주색 옷을 즐겨 입다 • 309
215 불고불성열(不鼓不成列) // 전열(戰列)을 갖추지 않은 적을 공격하지 않다 • 313
216 석거하주(釋車下走) // 수레를 포기하고 내려서 발로 뛰어가다 • 318
217 위문후기렵(魏文侯期獵) // 위문후(魏文侯)가 사냥을 약속하다 • 321
218 증자살체(曾子殺彘) // 증자(曾子)가 돼지를 잡다 • 324
219 기일족(夔一足) // 기(夔)의 외다리 • 327
220 구맹주산(狗猛酒酸) // 개가 사나워 술이 시어버리다 • 330
221 공의휴불수어(公儀休不受魚) // 공의휴(公儀休)가 생선을 받지 않다 • 334
222 모순(矛盾) // 창과 방패 • 337
223 수주대토(守株待兔) // 나무 그루터기를 지키며 토끼를 기다리다 • 340

《궐자(闕子)》 우언

224 금구계이(金鉤桂餌) // 황금 낚싯바늘과 육계(肉桂) 미끼 • 343
225 우인장석(愚人藏石) // 어리석은 사람이 돌멩이를 간직하다 • 346

《전국책(戰國策)》 우언

226 백발백중(百發百中) // 백 번을 쏘아 백 번을 맞히다 • 350
227 초인양처(楚人兩妻) // 초(楚)나라 사람의 두 아내 • 354
228 양호상투(兩虎相鬥) // 두 마리의 호랑이가 서로 싸우다 • 357
229 편작투석(扁鵲投石) // 편작(扁鵲)이 석침(石針)을 내던지다 • 360
230 증모투저(曾母投杼) // 증자(曾子)의 어머니가 베틀의 북을 내던지다 • 363
231 강상처녀(江上處女) // 강변(江邊)의 처녀 • 366
232 해대어(海大魚) // 바다의 큰 물고기 • 369
233 추기비미(鄒忌比美) // 추기(鄒忌)가 미모를 비교하다 • 374
234 화사첨족(畫蛇添足) // 뱀을 그리고 나서 발을 덧붙이다 • 378
235 토우여도경(土偶與桃梗) // 흙으로 빚은 사람과 복숭아나무로 깎아 만든 사람 • 381
236 전부천공(田父擅功) // 농부가 이익을 차지하다 • 386
237 불가인부주관(不嫁人不做官) // 시집을 가지 않고 벼슬을 하지 않다 • 388
238 호가호위(狐假虎威) // 여우가 호랑이의 위세를 빌리다 • 391
239 요정지구(溺井之狗) // 우물에 오줌을 싼 개 • 394
240 힐미낙망(黠麋落網) // 교활한 고라니가 그물에 걸리다 • 396
241 경궁지조(驚弓之鳥) // 활에 놀란 새 • 398
242 기우백락(驥遇伯樂) // 천리마가 백락(伯樂)을 만나다 • 402

243 결번이거(決蹯而去) // 발을 자르고 달아나다 • 405
244 남원북철(南轅北轍) // 수레의 끌채는 남쪽을 향하고 수레바퀴는 북쪽으로 굴러가다 • 407
245 이충신득죄(以忠信得罪) // 충성으로 인해 죄를 얻다 • 411
246 오백금매천리마수(五百金買千里馬首) // 오백 금을 주고 죽은 천리마의 머리를 사다 • 414
247 마가십배(馬價十倍) // 말의 값이 열 배로 뛰다 • 417
248 휼방상지(鷸蚌相持) // 도요새와 조개가 서로 버티다 • 420
249 신부견소(新婦見笑) // 신부(新婦)가 비웃음을 사다 • 423

〖부록〗

● 선진우언에 관하여 • 427
● 참고문헌 • 439

《윤문자尹文子》 우언

윤문(尹文 : 약 B.C. 360 - B.C. 280)은 제(齊)나라 사람으로 전국시대의 제자백가(諸子百家) 중 명가(名家) 학파의 대표적 인물이다. 그는 세상의 모든 사물은 명목(名目)과 실제(實際)가 서로 합치해야 한다고 주장하며, 겉만 번지르르하고 실속이 없는 것을 반대했다. 그의 학설은 내용이나 성격이 각기 다른 유가(儒家) 묵가(墨家) 도가(道家) 법가(法家)를 모두 수용하여 방대하고 설득력 있는 풍격을 형성했다.

《윤문자(尹文子)》는 윤문의 일부 언론을 기록한 것으로 현재 「대도상(大道上)」과 「대도하(大道下)」 2권이 남아 있다.

124 선왕호사(宣王好射)

《尹文子 · 大道上》

원문 및 주석

宣王好射[1]

齊宣王好射, 說人之謂己能用强也。其實所用不過三石。[2] 以示左右, 左右皆引試之, 中關而止, 皆曰 :「此不下九石, 非大王孰能用是?」 宣王悅之。[3] 然則宣王用不過三石, 而終身自以爲九石。[4] 三石,

1 宣王好射 → 선왕(宣王)이 활쏘기를 좋아하다
【宣王(선왕)】: 제(齊)나라의 군주로 19년간(B.C. 332-B.C. 314) 재위했다.
【好(호)】: [동사] 좋아하다.

2 齊宣王好射, 說人之謂己能用强也。其實所用不過三石。→ 제(齊)나라의 선왕(宣王)이 활쏘기를 좋아했는데, 다른 사람이 자기에게 강한 활을 잘 사용한다고 말하는 것을 매우 좋아했다. 실제로 그가 사용하는 활은 당기는 힘이 삼백여 근(斤)에 불과했다.
【齊(제)】: [국명]. 지금의 산동성 북부와 하북성 남부에 걸쳐 있던 주대(周代)의 제후국.
【說(열)】: 悅(열), 즐겨하다, 좋아하다.
【用强(용강)】: 강한 활을 사용하다.
【石(석)】: [중량 단위] 석, 섬. 1석(石)은 120근(斤).

3 以示左右, 左右皆引試之, 中關而止, 皆曰 :「此不下九石, 非大王孰能用是?」 宣王悅之。→ (왕이) 이 활을 주변의 신하들에게 보여주면, 주변의 신하들은 모두 그것을 끌어당겨 시험하며, 일부러 절반 정도 당겼다가 멈추고 나서, 모두 말하길 :「이 활은 족히 천여 근이 넘는데, 대왕이 아니면 누가 이것을 사용할 수 있겠습니까?」라고 했다. 선왕은 이 말을 듣고 매우 기뻐했다.
【引試(인시)】: 끌어당겨 시험하다.
【中關(중관)】: 절반 정도 당기다.

實也; 九石, 名也。 <u>宣王</u>悅其名而喪其實。[5]

번역문

선왕(宣王)이 활쏘기를 좋아하다

제(齊)나라의 선왕(齊宣王)이 활쏘기를 좋아했는데 다른 사람이 자기에게 강한 활을 잘 사용한다고 말하는 것을 매우 좋아했다. 실제로 그가 사용하는 활은 당기는 힘이 삼백여 근(斤)에 불과했다.

(왕이) 이 활을 주변의 신하들에게 보여주면 주변의 신하들은 모두 그것을 끌어당겨 시험하며, 일부러 절반 정도 당겼다가 멈추고 나서 모두 말하길 「이 활은 족히 천여 근이 넘는데 대왕이 아니면 누가 이것을 사용할 수 있겠습니까?」라고 했다. 선왕은 이 말을 듣고 매우 기뻐했다. 그렇다면 선왕이 쓰는 힘은 삼백육십 근에 불과하지만 자신은 종신토록 천여 근이라 여긴 것이다.

삼백육십 근은 실제(實際)이고, 천여 근은 명목(名目)이다. 선왕은 명목을 좋아하여 실제를 잃었다.

················

【不下(불하)···】: ···이하가 아니다. 즉 「···이상이다, ···이 넘다」의 뜻.
【九石(구석)】: 1,080근(斤). 1석(石)은 120근.

4 然則宣王用不過三石, 而終身自以爲九石。→ 그렇다면 선왕이 쓰는 힘은 삼백육십 근에 불과하지만, 자신은 종신토록 천여 근이라 여긴 것이다.
【然則(연즉)】: 그렇다면.
【以爲(이위)】: ···라고 여기다, ···라고 생각하다.

5 三石, 實也; 九石, 名也。宣王悅其名而喪其實。→ 삼백육십 근은, 실제(實際)이고; 천여 근은, 명목(名目)이다. 선왕은 명목을 좋아하여 실제를 잃었다.
【悅(열)】: 좋아하다.
【名(명)】: 명목.
【實(실)】: 실제.

해설

제선왕(齊宣王)은 사실이야 어찌되었든 남이 자기를 칭찬하면 좋아했고, 주변의 신하들은 선왕의 이러한 성격을 알고 왕에게 아첨하며 환심을 사고자 했다.

이 우언은 명목(名目)을 중시하여 실제(實際)를 잃은 군주와 이에 장단을 맞추며 아첨하는 신하들의 비행을 싸잡아 풍자한 것이다.

125 겸비과도(謙卑過度)

《尹文子 · 大道上》

원문 및 주석

謙卑過度[1]

齊有黃公者, 好謙卑。有二女, 皆國色。[2] 以其美也, 常謙辭毀之, 以爲醜惡。醜惡之名遠布, 年過而一國無聘者。[3] 衛有鰥夫失時, 冒

1 謙卑過度 → 겸손이 도를 지나치다
【謙卑(겸비)】: 겸손하게 자기를 낮추다.
【過度(과도)】: 도를 넘다, 도를 지나치다.

2 齊有黃公者, 好謙卑。有二女, 皆國色。→ 제(齊)나라의 황공(黃公)이란 사람은, 겸손하게 자기를 낮추길 좋아했다. 그에게 두 딸이 있었는데, 모두가 나라 안에서 손꼽히는 미인이었다.
【齊(제)】: [국명] 지금의 산동성 북부와 하북성 남부에 걸쳐 있던 주대(周代)의 제후국.
【好(호)】: [동사] 좋아하다.
【女(여)】: 딸.
【國色(국색)】: 나라 안에서 손꼽히는 미인, 절세미인.

3 以其美也, 常謙辭毀之, 以爲醜惡。醜惡之名遠布, 年過而一國無聘者。→ (황공은) 딸들이 예뻤기 때문에, 항상 겸손한 말로 그들을 깎아내려, (사람들은 정말) 못생긴 줄로 여겼다. (이로 인해) 못생겼다는 소문이 멀리까지 유포되어, 혼기가 지났어도 온 나라 안에서 청혼하는 자가 없었다.
【以(이)】: 因(인), …로 인해, …로 말미암아.
【謙辭(겸사)】: 겸손한 말.
【毁(훼)】: 깎아내리다.
【以爲(이위)】: …라 여기다, …라고 생각하다.
【醜惡(추악)】: 추악하다, 못생기다.

娶之, 果國色。然後曰 :「黃公好謙, 故毁其子。姝必美。」於是爭禮之, 亦國色也。[4] 國色, 實也; 醜惡, 名也。此違名而得實矣。[5]

번역문

겸손이 도를 지나치다

제(齊)나라의 황공(黃公)이란 사람은 겸손하게 자기를 낮추길 좋아했다. 그에게 두 딸이 있었는데 모두가 나라 안에서 손꼽히는 미인이었다. (황공

【遠布(원포)】: 멀리까지 유포되다.
【年過(연과)】: 혼기가 지나다.
【一國(일국)】: 온 나라.
【聘者(빙자)】: 청혼하는 사람.

4 衛有鰥夫失時, 冒娶之, 果國色。然後曰 :「黃公好謙, 故毁其子。姝必美。」於是爭禮之, 亦國色也。→ 위(衛)나라에 혼기를 놓친 노총각이 있어, 큰딸을 강제로 데려가 아내로 삼았는데, 정말로 나라 안에서 손꼽히는 미인이었다. 그 후 (사위가) 사람들에게 말하길 :「황공이 겸손을 좋아하여, 일부러 자식을 깎아내렸다. (아내의) 여동생은 틀림없이 예쁘다.」라고 했다. 그리하여 모두가 다투어 여동생에게 예물을 보내고 청혼했는데, 여동생 역시 나라 안에서 손꼽히는 미인이었다.
【衛(위)】: [국명] 지금의 하북성 남부와 하남성 북부 일대에 있던 주대(周代)의 제후국.
【鰥夫(환부)】: 노총각.
【失時(실시)】: 때를 놓치다, 혼기를 놓치다.
【冒娶(모취)】: (상대의 의사를 묻지 않고) 강제로 아내를 삼다.
【果(과)】: 과연, 정말.
【好謙(호겸)】: 겸손을 좋아하다.
【故(고)】: 고의로, 일부러, 의도적으로.
【子(자)】: 자식.
【於是(어시)】: 이에, 그리하여.
【爭禮(쟁례)】: 다투어 예물을 보내고 청혼하다.

5 國色, 實也; 醜惡, 名也。此違名而得實矣。→ 나라 안에서 손꼽히는 미인이란, 실제(實際)이고; 못생겼다는 것은, 명목(名目)이다. 이는 명목을 거스르고 실제를 얻은 것이다.
【違(위)】: 거스르다, 위반하다.
【名(명)】: 명목.
【實(실)】: 실제.

은) 딸들이 예뻤기 때문에 항상 겸손한 말로 그들을 깎아내려 (사람들은 정말) 못생긴 줄로 여겼다. (이로 인해) 못생겼다는 소문이 멀리까지 유포되어 혼기가 지났어도 온 나라 안에서 청혼하는 자가 없었다.

위(衛)나라에 혼기를 놓친 노총각이 있어 큰딸을 강제로 데려가 아내로 삼았는데 정말로 나라 안에서 손꼽히는 미인이었다. 그 후 (사위가) 사람들에게 말하길「황공이 겸손을 좋아하여 일부러 자식을 깎아내렸다. (아내의) 여동생은 틀림없이 예쁘다.」라고 했다. 그리하여 모두가 다투어 여동생에게 예물을 보내고 청혼했는데 여동생 역시 나라 안에서 손꼽히는 미인이었다.

나라 안에서 손꼽히는 미인이란 실제(實際)이고, 못생겼다는 것은 명목(名目)이다. 이는 명목을 거스르고 실제를 얻은 것이다.

해설

겸손한 것은 본래 일종의 미덕이다. 그러나 겸손이 지나쳐서 본의 아니게 사실이 거짓으로 둔갑하면 막대한 손실을 초래할 수 있다.

제(齊)나라의 황공(黃公)은 겸손이 지나친 나머지 미모의 딸들을 못생겼다고 폄하하여 혼기를 놓치게 함으로써 실제를 거스르고 명목을 얻은 반면, 위(衛)나라의 노총각은 소문을 무시하고 미모의 아내를 맞이함으로써 명목을 거스르고 실제를 얻었다.

이 우언은 노총각의 행위를 통해 명목(名目)을 거스르고 실제(實際)를 얻은「위명이득실(違名而得實)」의 이치를 설명한 것이다.

126 가봉황(假鳳凰)

《尹文子 · 大道上》

원문 및 주석

假鳳凰[1]

楚人擔山雉者, 路人問:「何鳥也?」 擔雉者欺之曰:「鳳凰也。」[2] 路人曰:「我聞有鳳凰, 今直見之, 汝販之乎?」 曰:「然。」[3] 則請買十金, 弗與; 請加倍, 乃與之。[4] 將欲獻楚王, 經宿而鳥死。路人不遑

1 假鳳凰 → 가짜 봉황
【鳳凰(봉황)】: 전설에 등장하는 상서로운 새. 수컷을 봉(鳳), 암컷을 황(凰)이라 한다.

2 楚人(有)擔山雉者, 路人問:「何鳥也?」 擔雉者欺之曰:「鳳凰也。」 → 초(楚)나라 사람으로 꿩을 짊어지고 있는 자가 있어, 행인이 (그에게) 물었다:「무슨 새요?」 꿩을 짊어진 사람이 행인을 속이고 말했다:「봉황이요.」
【楚(초)】: [국명] 지금의 호남성 · 호북성과 강서성 · 절강성 및 하남성 남부에 걸쳐 있던 주대(周代)의 제후국.
【擔(담)】: 메다, 짊어지다.
【山雉(산치)】: 꿩.
【路人(노인)】: 행인, 길을 가는 사람.
【欺之(기지)】: 행인을 속이다. 〖之〗: [대명사] 그, 즉「행인」.

3 路人曰:「我聞有鳳凰, 今直見之, 汝販之乎?」 曰:「然。」 → 행인이 물었다:「내가 봉황이 있다는 말은 들었어도, 이제야 비로소 그것을 직접 보는군요. 당신은 그것을 팔려고 합니까?」 (꿩 주인이) 말했다:「그렇습니다.」
【直見(직견)】: 직접 눈으로 보다.
【販(판)】: 팔다, 판매하다.
【然(연)】: 예, 그래요.

4 則請買十金, 弗與; 請加倍, 乃與之。 → (행인이) 십 금에 사겠다고 청하자, 팔지 않더니; 두

惜其金, 惟恨不得以獻楚王。[5] 國人傳之, 咸以爲眞鳳凰, 貴欲以獻之。遂聞楚王。[6] 感其欲獻於己, 召而厚賜之, 過於買鳥之金十倍。[7]

번역문

가짜 봉황

초(楚)나라 사람으로 꿩을 짊어지고 있는 자가 있어 행인이 (그에게) 물

배를 주겠다고 청하자, 바로 그것을 팔았다.
【則(즉)】: 곧, 바로.
【弗(불)】: 不(불).
【與(여)】: 주다. 즉 「팔다」의 뜻.
【乃(내)】: 이내, 바로.
【之(지)】: [대명사] 그것, 즉 꿩.

5 將欲獻楚王, 經宿而鳥死。路人不遑惜其金, 惟恨不得以獻楚王。→ (행인은) 장차 이를 초왕(楚王)에게 바치려고 했다. 그런데 하룻밤이 지나 새가 죽어버렸다. 행인은 그 돈을 아까워하기에 앞서, 다만 초왕에게 헌상할 수 없게 된 것을 원망했다.
【將欲(장욕)】: 장차 …하려고 생각하다.
【獻(헌)】: 바치다, 헌상하다.
【經宿(경숙)】: 하룻밤이 지나다, 하룻밤을 묵다.
【不遑(불황)…】: …할 겨를이 없다, …할 여유가 없다. 즉 「…하기에 앞서」의 뜻.
【恨(한)】: 한스러워하다, 원망하다.
【不得(부득)】: …할 수 없다, …하지 못하다.

6 國人傳之, 咸以爲眞鳳凰, 貴欲以獻之。遂聞楚王。→ 나라 사람들이 이 일을 전파하니, 모두가 진짜 봉황으로 생각하고, 그것을 헌상하려 했던 행인의 마음을 소중하게 여겼다. 그리하여 (이를) 초왕에게 보고했다.
【咸(함)】: 모두, 다.
【以爲(이위)】: …라 여기다, …라고 생각하다.
【貴(귀)】: 귀히 여기다, 소중하게 여기다.
【遂(수)】: 이에, 그리하여.
【聞(문)】: 보고하다, 알리다, 들려주다.

7 感其欲獻於己, 召而厚賜之, 過於買鳥之金十倍。→ (초왕은) 행인이 자기에게 바치려고 한 것에 감동되어, 행인을 불러 후하게 상을 내렸는데, 새를 산값의 열 배를 넘었다.
【召(소)】: 불러들이다.
【厚賜(후사)】: 후하게 상을 내리다.
【過於(과어)…】: …을 넘다, …을 초과하다.

었다.

「무슨 새요?」

꿩을 짊어진 사람이 행인을 속이고 말했다.

「봉황이요.」

행인이 물었다.

「내가 봉황이 있다는 말은 들었어도 이제야 비로소 그것을 직접 보는군요. 당신은 그것을 팔려고 합니까?」

(꿩 주인이) 말했다.

「그렇습니다.」

(행인이) 십 금에 사겠다고 청하자 팔지 않더니, 두 배를 주겠다고 청하자 바로 그것을 팔았다. (행인은) 장차 이를 초왕(楚王)에게 바치려고 했다. 그런데 하룻밤이 지나 새가 죽어버렸다. 행인은 그 돈을 아까워하기에 앞서 다만 초왕에게 헌상할 수 없게 된 것을 원망했다. 나라 사람들이 이 일을 전파하니 모두가 진짜 봉황으로 생각하고, 그것을 헌상하려 했던 행인의 마음을 소중하게 여겼다. 그리하여 (이를) 초왕에게 보고했다. (초왕은) 행인이 자기에게 바치려고 한 것에 감동되어 행인을 불러 후하게 상을 내렸는데 새를 산값의 열 배를 넘었다.

해설

행인(行人)이 사람에게 속아 꿩을 봉황으로 알고 그것을 사서 초왕(楚王)에게 바치려다가 새가 죽어버리자, 행인은 돈을 잃은 것보다 왕에게 바치지 못한 것을 원망했다. 그리하여 그 소문이 초왕에게 전해졌고, 감동을 받은 초왕은 그에게 새 값의 열 배가 넘는 후한 상을 내렸다. 봉황은 명목(名目)이고 꿩은 실제(實際)로서 명(名)과 실(實)이 일치하지 않은 현상이다.

이 우언은 명목으로 인해 실제를 잃게 되는 이치와 명실상부하지 않는 명목의 기만성을 설명한 것이다.

127 전부기옥(田父棄玉)

《尹文子 · 大道上》

원문 및 주석

田父棄玉[1]

魏田父有耕於野者, 得寶玉徑尺, 弗知其玉也, 以告鄰人。[2] 鄰人陰欲圖之, 謂之曰 :「怪石也。畜之, 弗利其家, 弗如復之。」[3] 田父雖

---

1 田父棄玉 → 농부가 보옥(寶玉)을 버리다
【田父(전부)】: 농부, 농민.
【棄(기)】: 버리다.

2 魏田父有耕於野者, 得寶玉徑尺, 弗知其玉也, 以告鄰人。→ 위(衛)나라의 농부로 들에서 밭을 갈던 자가 있었다. 직경이 한 자나 되는 보옥을 얻었는데, 그것이 옥이라는 것을 모르고, 이 사실을 이웃 사람에게 말했다.
【魏(위)】: [국명] 지금의 하남성 북부와 산서성 남부 일대에 있던 주대(周代)의 제후국. 본래 진(晉)나라에 속해 있었으나 B.C. 375년 조씨(趙氏) · 한씨(韓氏) · 위씨(魏氏)가 진(晉)의 영토를 삼분하여 각기 조(趙) · 한(韓) · 위(魏) 세 나라로 독립했다.
【耕(경)】: 밭을 갈다.
【徑尺(경척)】: 직경 한 자. 〖徑〗: 지름, 직경. 〖尺〗: [길이 단위] 자.
【弗(불)】: 不(불).

3 鄰人陰欲圖之, 謂之曰 :「怪石也。畜之, 弗利其家, 弗如復之。」→ 이웃 사람이 몰래 그것을 가로채고자 마음먹고, 그에게 말했다 :「그것은 이상한 돌이요. 그것을 보유하고 있으면, 집안에 이롭지 못하니, 그것을 원상태로 갖다 놓는 것이 낫습니다.」
【陰(음)】: 몰래.
【欲(욕)】: …하려고 하다, …하고자 하다.
【圖(도)】: 도모하다, 꾀하다. 여기서는「차지하다, 가로채다」의 뜻.
【畜(축)】: 보유하다, 수장하다.

疑, 猶錄以歸, 置於廡下。其夜玉明, 光照一室, 田父稱家大怖, 復以告鄰人。[4] 鄰人曰 :「此怪之徵, 遄棄, 殃可銷。」於是遽而棄於遠野。[5] 鄰人無何盜之, 以獻魏王, 魏王召玉工相之。[6] 玉工望之, 再拜

【弗利(불리)】: 불리하다, 이롭지 못하다. 【弗】: 不(불).
【弗如(불여)】: 不如(불여), …만 못하다, …하는 것이 낫다.
【復(복)】: 원래대로 되돌려 놓다, 원상회복하다, 원래 있던 자리에 갖다 놓다.

4 田父雖疑, 猶錄以歸, 置於廡下。其夜玉明, 光照一室, 田父稱家大怖, 復以告鄰人。→ 농부는 비록 의심을 했지만, 그래도 그것을 가지고 집에 돌아와, 곁채 아래에 놓아두었다. 그날 밤 옥이 광채를 발하여, 실내를 밝게 비추자, 농부의 온 집안사람들이 크게 놀라, 다시 그것을 이웃 사람에게 알렸다.
【猶(유)】: 그래도.
【錄(록)】: 取(취), 취하다.
【置(치)】: 두다.
【廡(무)】: 몸채[정실, 원채]에 딸려 있는 곁채.
【光照(광조)】: 비추다.
【一室(일실)】: 실내 전체.
【稱家(칭가)】: 온 집안.
【大怖(대포)】: 크게 놀라다.

5 鄰人曰 :「此怪之徵, 遄棄, 殃可銷。」於是遽而棄於遠野。→ 이웃 사람이 말했다 :「이것은 요괴의 징조라, 빨리 내다 버려야만, 재앙을 제거할 수 있습니다.」 그리하여 황급히 먼 들판에 내다버렸다.
【怪之徵(괴지징)】: 요괴의 징조.
【遄(천)】: 빨리, 서둘러.
【殃(앙)】: 재앙.
【銷(소)】: 消(소), 제거되다, 사라지다, 소멸되다.
【於是(어시)】: 이에, 그리하여.
【遽(거)】: 재빨리, 황급히, 얼른.

6 鄰人無何盜之, 以獻魏王, 魏王召玉工相之。→ 이웃 사람이 바로 그것을 훔쳐다가, 위왕(魏王)에게 바치니, 위왕이 옥공(玉工)을 불러 그것을 감정하도록 했다.
【無何(무하)】: 얼마 지나지 않아, 곧, 바로.
【盜(도)】: 훔치다.
【獻(헌)】: 바치다, 헌상하다.
【召(소)】: 부르다.
【相(상)】: 살피다, 감정하다.

而卻立, 敢賀曰 :「王得此天下之寶, 臣未嘗見。」[7] 王問價, 玉工曰 :「此玉無價以當之。五城之都, 僅可一觀。」[8] 魏王立賜獻玉者千金, 長食上大夫祿。[9]

번역문

농부가 보옥(寶玉)을 버리다

위(衛)나라의 농부로 들에서 밭을 갈던 자가 있었다. 직경이 한 자나 되는 보옥을 얻었는데 그것이 옥이라는 것을 모르고 이 사실을 이웃 사람에게 말했다. 이웃 사람이 몰래 그것을 가로채고자 마음먹고 그에게 말했다.

7 玉工望之, 再拜而卻立, 敢賀曰 :「王得此天下之寶, 臣未嘗見。」→ 옥공은 그것을 보자, 재배한 후 몇 걸음 물러서서, 축하하며 말했다 :「임금님께서는 천하의 보물을 얻으셨습니다. 저는 일찍이 이렇게 훌륭한 보옥을 본 적이 없습니다.」
【卻立(각립)】: 물러서다.
【敢(감)】: [겸어] 상대방에 대해 겸손을 표한 말로 실제의 뜻은 없다.
【未嘗(미상)】: …한 적이 없다.

8 王問價, 玉工曰 :「此玉無價以當之。五城之都, 僅可一觀。」→ 위왕이 가치를 묻자, 옥공이 말했다 :「이 옥은 값을 매길 수 없는 무가지보(無價之寶)입니다. 다섯 개 성(城)의 도시를 주고도, 겨우 한차례 구경만 할 수 있을 뿐입니다.」
【價(가)】: 값, 가치.
【無價以當之(무가이당지)】: 그에 상당할 값이 없다. 즉「값을 매길 수 없는 무가지보(無價之寶)」라는 뜻. 〖當〗: …에 상당하다.
【五城之都(오성지도)】: 다섯 개 성(城)의 도시.
【僅(근)】: 다만, 겨우.
【一觀(일관)】: 한 차례 구경하다.

9 魏王立賜獻玉者千金, 長食上大夫祿。→ 위왕은 즉시 옥을 바친 자에게 천금을 하사하고, 오래도록 상대부(上大夫)의 봉록을 누리게 해주었다.
【立賜(입사)】: 즉시 하사하다. 〖立〗: 즉시.
【長食(장식)】: 오래도록 누리다. 〖食〗: 누리다.
【上大夫(상대부)】: [작위 이름] 경(卿)과 중대부(中大夫) 사이의 직급.
【祿(록)】: 봉록.

「그것은 이상한 돌이요. 그것을 보유하고 있으면 집안에 이롭지 못하니 그것을 원상태로 갖다 놓는 것이 낫습니다.」

농부는 비록 의심을 했지만 그래도 그것을 가지고 집에 돌아와 곁채 아래에 놓아두었다. 그날 밤 옥이 광채를 발하여 실내를 밝게 비추자 농부의 온 집안사람들이 크게 놀라 다시 그것을 이웃 사람에게 알렸다. 이웃 사람이 말했다.

「이것은 요괴의 징조라 빨리 내다 버려야만 재앙을 제거할 수 있습니다.」

그리하여 황급히 먼 들판에 내다버렸다. 이웃 사람이 바로 그것을 훔쳐다가 위왕(魏王)에게 바치니 위왕이 옥공(玉工)을 불러 그것을 감정하도록 했다. 옥공은 그것을 보자 재배한 후 몇 걸음 물러서서 축하하며 말했다.

「임금님께서는 천하의 보물을 얻으셨습니다. 저는 일찍이 이렇게 훌륭한 보옥을 본 적이 없습니다.」

위왕이 가치를 묻자, 옥공이 말했다.

「이 옥은 값을 매길 수 없는 무가지보(無價之寶)입니다. 다섯 개 성(城)의 도시를 주고도 겨우 한차례 구경만 할 수 있을 뿐입니다.」

위왕은 즉시 옥을 바친 자에게 천금을 하사하고 오래도록 상대부(上大夫)의 봉록을 누리게 해주었다.

해설

농부는 이웃의 속임수에 놀라 보옥을 버렸다. 마땅히 여러 경로를 통해 실제를 확인해야 했음에도 불구하고 사악한 이웃의 말을 믿다가 굴러들어온 복덩어리를 통째로 잃어버렸다. 반면에 이웃집 사람은 속임수를 써서 일천 금의 상금과 상대부(上大夫)라는 높은 작위를 얻었다. 결과적으로 농부는 명(名 : 이웃의 말)과 실(實 : 보옥)의 관계를 소홀히 하여 막대한 손해를 보았고, 이웃집 사람은 속임수를 써서 횡재를 했다.

이 우언은 명목(名目)을 좇아 실제(實際)를 추구하는 「순명구실(循名求實)」의 중요성을 설명한 것이다. 그러나 남을 속여 평생 복을 누리는 행위를 합리화했다는 점에서 모순을 드러내고 있다.

128 취명부당(取名不當)

《尹文子 · 大道下》

원문 및 주석

取名不當[1]

莊里丈人, 字長子曰「盜」; 少子曰「毆」。[2] 盜出行, 其父在後追呼之曰 :「盜! 盜!」 吏聞, 因縛之。[3] 其父呼毆喻吏, 遽而聲不轉, 但言「毆! 毆!」, 吏因毆之, 幾殪。[4] 康衢長者, 字僮曰 :「善搏」, 字犬曰

1 取名不當 → 이름을 잘못 짓다
【取名(취명)】: 이름을 짓다.
【不當(부당)】: 합당하지 못하다. 여기서는「잘못 짓다」의 뜻.

2 莊里丈人, 字長子曰「盜」; 少子曰「毆」。→ 장리(莊里)에 사는 노인이, 큰아들에게「도(盜 : 도둑)라는 이름을 지어주고; 작은아들에게는「구(毆 : 구타)」라는 이름을 지어주었다.
【莊里(장리)】: [지명].
【丈人(장인)】: 노인. ※ 옛날 노인에 대한 존칭.
【字(자)】: 이름을 짓다.
【盜(도)】: 도둑.
【毆(구)】: 구타하다, 때리다.

3 盜出行, 其父在後追呼之曰 :「盜! 盜!」 吏聞, 因縛之。→ 도(盜)가 외출하자, 그 아버지가 뒤에서 좇아오며「도! 도!」하고 아들을 불렀다. 관리가 듣고, 곧 도를 포박했다.
【出行(출행)】: 외출하다.
【因(인)】: 이로 인해, 곧.
【縛(박)】: 묶다, 포박하다.

4 其父呼毆喻吏, 遽而聲不轉, 但言「毆! 毆!」, 吏因毆之, 幾殪。→ 그 아버지가 구를 불러 관리에게 설명하려는데, 다급한 나머지 말소리가 제대로 나오지 않아, 다만「구! 구!」라고 했다.

:「善噬」, 賓客不過其門者三年。[5] 長者怪而問之, 乃以實對。於是改之, 賓客復往。[6]

번역문

이름을 잘못 짓다

장리(莊里)에 사는 노인이 큰아들에게 「도(盜 : 도둑)라는 이름을 지어주고, 작은아들에게는 구(毆 : 구타)」라는 이름을 지어주었다. 도가 외출하자 그 아버지가 뒤에서 쫓아오며 「도! 도!」 하고 아들을 불렀다. 관리가 듣고 곧 도를 포박했다. 그 아버지가 구를 불러 관리에게 설명하려는데 다급한

그리하여 관리가 구를 구타하여, 거의 죽다시피 했다.
【喻(유)】: 설명하다, 알리다.
【遽(거)】: 황급히, 다급히.
【聲不轉(성부전)】: 말소리가 제대로 나오지 못하다.
【幾殪(기에)】: 거의 죽을 뻔하다. 〖幾〗: 거의. 〖殪〗: 죽다.

5 康衢長者, 字僮曰:「善搏」, 字犬曰:「善噬」, 賓客不過其門者三年。→ 강구(康衢)에 사는 노인이, 동복(童僕)의 이름을 「선박(善搏 : 싸움을 잘함)」이라 짓고, 자기 집 개의 이름을 「선서(善噬 : 물기를 잘함)」라고 지었다. 손님이 삼 년 동안 그 집을 찾아오지 않았다.
【康衢(강구)】: 대로, 큰 길.
【長者(장자)】: 노인.
【僮(동)】: 동복, 심부름하는 아이.
【善搏(선박)】: 싸움을 잘함.
【善噬(선서)】: 물기를 잘함.
【過(과)】: 찾아오다, 방문하다.

6 長者怪而問之, 乃以實對。於是改之, 賓客復往。→ 노인이 이상하게 여겨 (사람들에게) 그 까닭을 물어보니, 비로소 사실대로 알려 주었다. 그리하여 동복의 이름과 개의 이름을 바꾸자, 손님들이 다시 왕래하기 시작했다.
【怪(괴)】: 이상하게 여기다.
【乃(내)】: 비로소.
【以實對(이실대)】: 사실대로 알려주다.
【於是(어시)】: 이에, 그리하여.
【復往(부왕)】: 다시 왕래하다.

나머지 말소리가 제대로 나오지 않아 다만 「구! 구!」라고 했다. 그리하여 관리가 구를 구타하여 거의 죽다시피 했다.

강구(康衢)에 사는 노인이 동복(童僕)의 이름을 「선박(善搏 : 싸움을 잘함)」이라 짓고, 자기 집 개의 이름을 「선서(善噬 : 물기를 잘함)」라고 지었다. 손님이 삼 년 동안 그 집을 찾아오지 않았다. 노인이 이상하게 여겨 (사람들에게) 그 까닭을 물어보니 비로소 사실대로 알려 주었다. 그리하여 동복의 이름과 개의 이름을 바꾸자 손님들이 다시 왕래하기 시작했다.

해설

장리(莊里)에 사는 노인의 큰아들이 도둑으로 몰려 포박을 당하고 작은 아들이 죽도록 얻어맞은 것과 강구(康衢)에 사는 노인의 집에 손님의 왕래가 끊긴 것은, 양가 모두 이름을 잘못 지어 오해를 불러 일으켰기 때문이다. 이처럼 명목(名目)을 중시하고 실제(實際)를 경시하던 사상이 보편적으로 존재하던 시절에는 좋지 않은 이름을 가진 사람이 곤경을 당하는 경우가 자주 일어났다.

이 우언은 이름을 지을 때 신중해야 한다는 「명실상부(名實相符)」의 중요성을 강조한 것이다.

《송옥부(宋玉賦)》 우언

송옥(宋玉 : 약 B.C. 290-B.C. 223)은 전국시대 초(楚)나라의 사부(辭賦) 작가이다. 왕일(王逸)의 《초사장구(楚辭章句) · 서(序)》에는 굴원(屈原)의 제자라 했고, 초나라 회왕(懷王)과 양왕(襄王) 때 문학시종(文學侍從)을 지낸 것으로 전해지고 있다. 그의 작품은 《한서(漢書) · 예문지(藝文志)》에 송옥부(宋玉賦) 16편이라 했으나 지금은 《초사장구》《소명문선(昭明文選)》《고문원(古文苑)》 등에 13편이 전한다.

129 곡고화과(曲高和寡)

《昭明文選 · 對問 · 對楚王問》

원문 및 주석

曲高和寡[1]

楚襄王問於宋玉曰 : 「先生其有遺行與? 何士民衆庶不譽之甚也?」[2] 宋玉對曰 : 「唯, 然, 有之。願大王寬其罪, 使得畢其辭。[3] 客有

1 曲高和寡 → 곡조가 고상하면 따라 부르는 자가 적다
【高(고)】: 고상하다.
【和(화)】: 화창하다, 따라 부르다.

2 楚襄王問於宋玉曰 : 「先生其有遺行與? 何士民衆庶不譽之甚也?」 → 초양왕(楚襄王)이 송옥(宋玉)에게 물었다 : 「선생은 아마도 실덕(失德)한 모양이지요? 어째서 사인(士人)과 백성들이 당신을 그토록 심하게 비난합니까?」
【楚襄王(초양왕)】: 전국시대 초(楚)나라의 군주. 여기서는 초나라 경양왕(頃襄王)을 가리킨다. 36년간(B.C. 298–B.C. 263) 재위했다. 〖楚〗: 지금의 호남성 · 호북성과 강서성 · 절강성 및 하남성 남부에 걸쳐 있던 주대(周代)의 제후국.
【其(기)】: 아마도.
【遺行(유행)】: 실덕하다, 덕을 잃다.
【士民(사민)】: 사인(士人).
【衆庶(중서)】: 백성.
【不譽之甚(불예지심)】: 매우 비난하다. 〖譽〗: 칭찬하다. 〖甚〗: 매우, 몹시.

3 宋玉對曰 : 「唯, 然, 有之。願大王寬其罪, 使得畢其辭。 → 송옥이 대답했다 : 「예, 그렇습니다, 그런 일이 있습니다. 대왕께서 저의 죄를 너그럽게 용서하시고, 저로 하여금 말을 다 하도록 허락해 주십시오.
【唯(유)】: 예.
【然(연)】: 그렇다.

歌於郢中者, 其始曰《下里》、《巴人》, 國中屬而和者數千人;[4] 其爲《陽阿》、《薤露》, 國中屬而和者數百人;[5] 其爲《陽春》、《白雪》, 國中屬而和者不過數十人;[6] 引商刻羽, 雜以流徵, 國中屬而和者, 不過數人而已。是其曲彌高, 其和彌寡。」[7]

【寬(관)】: 관대하게 용서하다.
【使(사)】: …로 하여금 …하게 하다.
【畢(필)】: 다하다, 끝내다.
【辭(사)】: 말.

4 客有歌於郢中者, 其始曰《下里》、《巴人》, 國中屬而和者數千人; → 나그네로 영(郢)에서 노래하는 자가 있었는데, 그가 처음에 《하리(下里)》와 《파인(巴人)》을 부르자, 도성(都城)에 모여 따라 부르는 자가 수천 명에 달했고;
【郢(영)】: [지명] 초(楚)나라의 도읍. 지금의 호북성 강릉(江陵) 동북쪽.
【《下里(하리)》、《巴人(파인)》】: 초나라 민간에서 유행하던 가곡 이름.
【國(국)】: 도읍, 도성.
【屬(촉)】: 모이다, 운집하다.

5 其爲《陽阿》、《薤露》, 國中屬而和者數百人; → 그 다음에 《양아(陽阿)》와 《해로(薤露)》를 부르자, 도성에 모여 따라 부르는 자가 수백 명에 달했고;
【《陽阿(양아)》、《薤露(해로)》】: 초나라의 비교적 고상하고 수준 있는 가곡 이름.

6 其爲《陽春》、《白雪》, 國中屬而和者不過數十人; → 그 다음에 《양춘(陽春)》과 《백설(白雪)》을 부르자, 도성에 모여 따라 부르는 자가 수십 명에 달했고;
【《陽春(양춘)》、《白雪(백설)》】: 초나라의 비교적 고상하고 수준 있는 가곡 이름.

7 引商刻羽, 雜以流徵, 國中屬而和者, 不過數人而已。是其曲彌高, 其和彌寡。」 → 상성(商聲)을 길게 끌고 우성(羽聲)을 짧게 줄이며, 중간에 억양이 유동하는 치성(徵聲)을 섞자, 도성에 모여 따라 부르는 자가, 몇 사람에 불과할 뿐이었습니다. 이는 그 곡조가 고상할수록, 따라 부르는 자가 줄어든다는 것을 뜻합니다.」
※ 고대에는 「宮(궁) · 商(상) · 角(각) · 徵(치) · 羽(우)」의 오성(五聲)이 있었다.
【引商刻羽(인상각우)】: 상성을 길게 끌고 우성을 짧게 줄이다. 〖引〗: 길게 끌다. 〖商〗: 상성(商聲). 오성의 하나로 소리가 빠르다. 〖刻〗: 짧게 줄이다. 〖羽〗: 우성(羽聲). 오성의 하나로 소리가 낮고 평탄하다.
【雜以流徵(잡이유치)】: 중간에 억양이 유동하는 치성을 섞다. 〖雜以〗: …을 섞다. 〖流徵〗: 치성(徵聲). 오성의 하나로 억양이 이리저리 유동하기 때문에 「유치(流徵)」라 했다.
【不過(불과)…而已(이이)】: …에 불과할 뿐이다.
【彌(미)…彌…】: …할수록 점점 …하다.
【高(고)】: 고상하다, 고아하다.
【寡(과)】: 적어지다, 줄어들다.

번역문

곡조가 고상하면 따라 부르는 자가 적다

초양왕(楚襄王)이 송옥(宋玉)에게 물었다.

「선생은 아마도 실덕(失德)한 모양이지요? 어째서 사인(士人)과 백성들이 당신을 그토록 심하게 비난합니까?」

송옥이 대답했다.

「예, 그렇습니다, 그런 일이 있습니다. 대왕께서 저의 죄를 너그럽게 용서하시고 저로 하여금 말을 다 하도록 허락해 주십시오. 나그네로 영(郢)에서 노래하는 자가 있었는데, 그가 처음에 《하리(下里)》와 《파인(巴人)》을 부르자 도성(都城)에 모여 따라 부르는 자가 수천 명에 달했고, 그 다음에 《양아(陽阿)》와 《해로(薤露)》를 부르자 도성에 모여 따라 부르는 자가 수백 명에 달했고, 그 다음에 《양춘(陽春)》과 《백설(白雪)》을 부르자 도성에 모여 따라 부르는 자가 수십 명에 달했고, 상성(商聲)을 길게 끌고 우성(羽聲)을 짧게 줄이며 중간에 억양이 유동하는 치성(徵聲)을 섞자 도성에 모여 따라 부르는 자가 몇 사람에 불과할 뿐이었습니다. 이는 그 곡조가 고상할수록 따라 부르는 자가 줄어든다는 것을 뜻합니다.」

해설

본문은 초양왕(楚襄王)이 송옥(宋玉)에게 사인(士人)과 백성들이 송옥을 비난하는 까닭을 묻자 송옥이 악곡의 연주를 비유하여 대답한 것이다. 즉, 곡조가 고아(高雅)한 단계로 갈수록 따라 부를 수 있는 사람의 수가 줄어들 듯이, 자신의 뛰어난 사상과 범상을 초월하는 비범한 행동이 마치 곡조의 마지막 연주 단계와 같아 속세의 사람들이 자신을 이해하지 못하는 것이라고 해명한 것이다.

이 우언은 깊은 도리는 처음부터 모든 사람에게 받아들여지기 어렵고, 걸출한 인물은 처음부터 모든 사람들이 이해하기 어렵다는 이치를 비유적으로 설명한 것이다.

※ 참고 : 이 고사는 유향(劉向)의 《신서(新序) · 잡사제일(雜事第一)》에도 보이는데, 《신서》와 다른 점은 《송옥부》의 「초양왕(楚襄王)」을 《신서》에서는 「초위왕(楚威王)」으로 바꾸었고, 《송옥부》의 「《양아(陽阿)》와 《해로(薤露)》」를 《신서》에서는 「《양릉(陽陵)》과 《채미(採薇)》」라 바꾸었을 뿐, 나머지 부분은 양자가 완전히 일치한다.

《갈관자鶡冠子》 우언

갈관자(鶡冠子 : 약 B.C. 310-B.C. 260)는 춘추시대 초(楚)나라 사람으로 제위왕(齊威王) · 위혜왕(魏惠王)과 같은 시대라 보고 있다. 그는 이름이 무엇인지 알 수 없고 다만 깊은 산속에 은거하며 갈조(鶡鳥)의 깃으로 만든 갈관(鶡冠)을 쓰고 다녔기 때문에 「갈관자」라 불렀다.

《갈관자(鶡冠子)》는 갈관자가 지은 책으로 《한서(漢書) · 예문지(藝文志)》에 1편이라 했는데, 오늘날 전하는 판본은 19편이다. 그리하여 송(宋) 육전(陸佃)은 이를 후인들의 위작(僞作)으로 보았다.

130 편작논의(扁鵲論醫)

《鶡冠子·世賢第十六》

원문 및 주석

扁鵲論醫[1]

魏文侯之問扁鵲曰:「子昆弟三人, 其孰最善爲醫?」[2] 扁鵲曰:「長兄最善, 中兄次之, 扁鵲最爲下。」[3] 魏文侯曰:「可得聞邪?」[4] 扁

1 扁鵲論醫 → 편작(扁鵲)이 의술(醫術)을 논하다
【扁鵲(편작)】: [인명] 전국시대의 명의(名醫). 성은 진(秦), 이름은 월인(越人)으로 발해군(渤海郡) 막읍(鄚邑)[지금의 하북성 임구현(任丘縣) 북막주진(北鄚州鎭)] 사람이다. 그는 중국 의술에서의 전통적 진단법인 사진법(四診法)[망(望: 보다)·문(聞: 듣다)·문(問: 묻다)·절(切: 맥을 짚다)]의 기초를 닦았다. 당시 사람들은 그의 의술이 고명했기 때문에 황제(黃帝)시대의 명의인 「편작(扁鵲)」의 이름을 그대로 따서 불렀다.
【論醫(논의)】: 의술을 논하다.

2 魏文侯之問扁鵲曰:「子昆弟三人, 其孰最善爲醫?」 → 위문후(魏文侯)가 편작(扁鵲)에게 물었다:「그대의 형제 세 사람 중에, 누가 의술이 가장 뛰어난가?」
【魏文侯(위문후)】: 전국시대 위(魏)나라의 건립자. 49년간(B.C. 445-B.C. 396) 재위했다.
【子(자)】: 그대, 당신.
【昆弟(곤제)】: 형제.
【其(기)】: 대명사 앞이나 뒤에 놓여 「其誰(기수)·其孰(기숙)·誰其(수기)…」 등을 구성한다. 번역할 필요가 없다.
【孰(숙)】: 누구.
【最善爲醫(최선위의)】: 의술이 가장 고명하다, 의술이 가장 뛰어나다.

3 扁鵲曰:「長兄最善, 中兄次之, 扁鵲最爲下。」 → 편작이 말했다:「만형이 가장 뛰어나고, 중형이 그 다음이고, 제가 가장 못합니다.」

鵲曰 :「長兄於病視神, 未有形而除之。故名不出於家。中兄治病, 其在毫毛。故名不出於閭。[5] 若扁鵲者, 鑱血脉, 投毒藥, 副肌膚間, 而名出聞於諸侯。」[6] 魏文侯曰 :「善。」[7]

【次之(차지)】: 그 다음이다.

4 魏文侯曰 :「可得聞邪?」→ 위문후가 말했다 :「들려줄 수 있는가?」
【可得(가득)…邪(야)?】: …할 수 있는가? 〖得〗: 能(능), …할 수 있다.
【聞(문)】: 들려주다.

5 扁鵲曰 :「長兄於病視神, 未有形而除之。故名不出於家。中兄治病, 其在毫毛。故名不出於閭。→ 편작이 말했다 :「맏형은 병에 대해 사람의 신색(神色)을 살펴보고, 아직 증상이 있기 전에 그것을 제거합니다. 그래서 이름이 집에서 밖으로 나가지 않습니다. 중형은 병을 치료하는데, 미세한 징조가 있을 때 치료를 합니다. 그래서 이름이 마을 밖으로 나가지 않습니다.
【視神(시신)】: 신색을 살펴보다.
【形(형)】: 증상, 징조.
【毫毛(호모)】: 극히 작은 것. 여기서는「미세한 징조」를 가리킨다.
【閭(려)】: 마을, 동네.

6 若扁鵲者, 鑱血脉, 投毒藥, 副肌膚間, 而名出聞於諸侯。」→ 저와 같은 경우는, 침으로 혈맥을 찌르고, 독성이 있는 약물을 투여하고, 살과 피부를 째서 치료하기 때문에, 그래서 이름이 제후들에게 알려진 것입니다.」
【若(약)】: …와 같다.
【鑱(참)】: [동사] (침으로) 찌르다.
【投(투)】: 투여하다.
【毒藥(독약)】: 독성이 있는 약물.
【副(부)】: 剖(부), 째다, 가르다.
【肌膚(기부)】: 살과 피부.
【聞於(문어)…】: …에 소문나다, …에게 알려지다. 〖於〗: [개사] …에.

7 魏文侯曰 :「善。」→ 위문후가 말했다 :「훌륭하오.」
【善(선)】: 좋다, 훌륭하다.

번역문

편작(扁鵲)이 의술(醫術)을 논하다

위문후(魏文侯)가 편작(扁鵲)에게 물었다.

「그대의 형제 세 사람 중에 누가 의술이 가장 뛰어난가?」

편작이 말했다.

「맏형이 가장 뛰어나고 중형이 그 다음이고 제가 가장 못합니다.」

위문후가 말했다.

「들려줄 수 있는가?」

편작이 말했다.

「맏형은 병에 대해 사람의 신색(神色)을 살펴보고 아직 증상이 있기 전에 그것을 제거합니다. 그래서 이름이 집에서 밖으로 나가지 않습니다. 중형은 병을 치료하는데 미세한 징조가 있을 때 치료를 합니다. 그래서 이름이 마을 밖으로 나가지 않습니다. 저와 같은 경우는 침으로 혈맥을 찌르고 독성이 있는 약물을 투여하고 살과 피부를 째서 치료하기 때문에, 그래서 이름이 제후들에게 알려진 것입니다.」

위문후가 말했다.

「훌륭하오.」

해설

편작(扁鵲)의 맏형은 사람의 안색(顔色)을 살펴 병의 징조가 나타나기 전에 미리 조치함으로써 병을 미연에 예방하고, 중형은 병의 징조가 미세하게 나타났을 때 치료하여 초기에 진압하고, 편작은 병이 만연했을 때 독성이 있는 약품이나 수술하는 방법으로 치유했다. 그리하여 맏형이나 중형의 이름은 밖으로 잘 알려지지 않고 편작의 이름만 널리 소문이 났다.

이 우언은 병이란 본래 발병하기 전에 미리 방지하는 것이 가장 고명한 방법이라는 이치를 통해, 매사를 처리함에 있어서도 문제의 요인을 미리 파악하여야 사고를 미연에 방지할 수 있다는 유비무환(有備無患)의 중요성을 강조한 것이다.

《순자 荀子》 우언

순자(荀子 : B.C. 313-B.C. 238)는 전국시대 말기 조(趙)나라 사람으로 이름은 황(況), 자는 경(卿)이며 저명한 사상가이다. 그는 두 차례에 걸쳐 당시 제(齊)나라의 문화중심지인 직하(稷下)에 유학하고 후에 초(楚)나라에 들어가 난릉령(蘭陵令)을 지냈다. 일생동안 많은 제자를 배출했는데 저명한 제자로 한비(韓非)와 이사(李斯)가 있다. 순자는 선진(先秦) 유가(儒家) 중 최후의 대표적 인물로 맹자(孟子)와 대립적인 양대파벌이다. 그는 자연계의 존재는 인간의 주관적 의지에 따라 전이(轉移)되는 것이 아니지만, 인류는 주관적인 노력으로 자연을 인식하고 자연에 순응하면서 자연을 운용하여 길조를 지향하고 흉조를 피해야 한다고 주장했다.

인식론에 있어서는 사람이 객관적 사물을 인식하자면 먼저 감각기관을 통해서 외계의 사물과 접촉해야 한다고 보아, 행(行)과 지(知)의 필요성 및 후천적 학습의 중요성을 강조했고, 정치에 있어서는 예(禮)·법(法)·술(術)을 겸용하여 통치해야 한다고 주장했으며, 인성(人性) 문제에 있어서는 맹자의 성선설(性善說)과 대비되는 성악설(性惡說)을 주장하면서 후천적인 환경이 악한 본성을 개선할 수 있다고 주장했다.

순자가 저술한 《순자(荀子)》는 20권으로 문장 32편을 수록하고 있는데, 내용은 철학사상·정치·치학(治學)·입신 처세의 도리 및 학술 논변 등 여러 분야를 고루 섭렵하고 있다.

131 몽구위소(蒙鳩爲巢)

《荀子 · 勸學》

원문 및 주석

蒙鳩爲巢[1]

南方有鳥焉, 名曰「蒙鳩」, 以羽爲巢, 而編之以髮, 繫之葦苕。[2] 風至苕折, 卵破子死。巢非不完也, 所繫者然也。[3]

1 蒙鳩爲巢 → 굴뚝새가 둥지를 만들다
【蒙鳩(몽구)】: 굴뚝새.
【爲巢(위소)】: 둥지를 만들다. 〖巢〗: 둥지.

2 南方有鳥焉, 名曰「蒙鳩」, 以羽爲巢, 而編之以髮, 繫之葦苕。→ 남쪽 지방에 「몽구(蒙鳩)」라는 새가 있는데, 깃으로 둥지를 만들어, 머리카락 같은 것으로 엮은 다음, 그것을 갈대의 이삭에 매단다.
【編(편)】: 엮다.
【髮(발)】: 머리카락. 여기서는 「머리카락 같은 가느다란 물건」을 가리킨다.
【繫(계)】: 매다, 매달다.
【葦苕(위초)】: 갈대의 이삭. 〖苕〗: 이삭.

3 風至苕折, 卵破子死。巢非不完也, 所繫者然也。→ 바람이 불어 닥쳐 이삭이 부러지면, 알이 깨지고 새끼가 죽는다. 둥지가 불완전한 것이 아니라, 매단 곳이 (부실하여) 그런 것이다.
【風至(풍지)】: 바람이 불어 닥치다.
【折(절)】: 부러지다, 꺾이다.
【子(자)】: 새끼.
【所繫者(소계자)】: 매달은 곳.
【然(연)】: 그렇게 되다.

번역문

굴뚝새가 둥지를 만들다

남쪽 지방에 「몽구(蒙鳩)」라는 새가 있는데, 깃으로 둥지를 만들어 머리카락 같은 것으로 엮은 다음 그것을 갈대의 이삭에 매단다. 바람이 불어 닥쳐 이삭이 부러지면 알이 깨지고 새끼가 죽는다. 둥지가 불완전한 것이 아니라 매단 곳이 (부실하여) 그런 것이다.

해설

몽구(蒙鳩)는 둥지를 만들 때 먼저 깃으로 틀을 만들고 나서 다시 머리카락과 같은 가느다란 물건으로 단단히 엮은 다음, 그것을 약한 갈대 이삭에 매단다. 그리하여 바람이 세게 불면 이삭이 부러져 둥지에 있던 알이나 새끼가 아래로 떨어져 죽고 만다. 둥지는 그 자체뿐만 아니라 그것을 매달아 놓는 외부 여건 모두가 완벽해야 하는데, 그중 하나라도 부실하게 되면 곧바로 사고와 연결된다.

이 우언은 몽구의 고사를 빌려 매사를 처리함에 있어서 실패하지 않으려면 내부 조건과 외부 조건이 고루 완벽해야 한다는 이치를 설명한 것이다.

132 연촉량지사(涓蜀梁之死)

《荀子·解蔽》

원문 및 주석

涓蜀梁[1]

夏首之南有人焉, 曰涓蜀梁, 其爲人也, 愚而善畏。[2] 明月而宵行, 俯見其影, 以爲伏鬼也; 卬視其髮, 以爲立魅也。[3] 背而走, 比至其家, 失氣而死。[4]

1 涓蜀梁之死 → 연촉량(涓蜀梁)의 죽음
【涓蜀梁(연촉량)】: [인명].

2 夏首之南有人焉, 曰涓蜀梁, 其爲人也, 愚而善畏。→ 하수(夏首)의 남쪽에 연촉량(涓蜀梁)이라는 사람이 있는데, 사람 됨됨이가, 어리석으면서도 담이 약해 두려움을 잘 탔다.
【夏首(하수)】: [지명] 장강(長江)의 지류인 하수(夏水)가 장강으로 흘러 들어가는 곳에 위치해 있다.
【愚(우)】: 어리석다, 우둔하다.
【善畏(선외)】: 두려움을 잘 타다.

3 明月而宵行, 俯見其影, 以爲伏鬼也; 卬視其髮, 以爲立魅也。→ 밝은 달빛에 밤길을 걷다가, 자기의 그림자를 굽어보고, 엎드려 기어 다니는 귀신이라 여기는가 하면; 자기의 머리카락을 올려다보고, 서 있는 도깨비라 여겼다.
【宵行(소행)】: 밤길을 걷다.
【俯見(부견)】: 굽어보다.
【以爲(이위)】: …라 여기다, …라고 생각하다.
【伏鬼(복귀)】: 엎드려 기어 다니는 귀신.
【卬視(앙시)】: 쳐다보다. 〖卬〗: 仰(앙).
【立魅(입매)】: 서 있는 도깨비.

4 背而走, 比至其家, 失氣而死。→ (두려움에) 몸을 돌려 뛰어서, 집에 도착하자, 숨이 끊어져

번역문

연촉량(涓蜀梁)의 죽음

하수(夏首)의 남쪽에 연촉량(涓蜀梁)이라는 사람이 있는데, 사람 됨됨이가 어리석으면서도 담이 약해 두려움을 잘 탔다. 밝은 달빛에 밤길을 걷다가 자기의 그림자를 굽어보고 엎드려 기어 다니는 귀신이라 여기는가 하면, 자기의 머리카락을 올려다보고 서 있는 도깨비라 여겼다. (두려움에) 몸을 돌려 뛰어서 집에 도착하자 숨이 끊어져 죽었다.

해설

이 우언은 연촉량(涓蜀梁)이라는 캐릭터를 통해 담력이 약하고 우둔한 사람이 자기 멋대로 공포의 대상을 상상해 내어 자해(自害)할 수 있음을 경계한 것이다.

죽었다.
【背(배)】: 몸을 돌리다.
【比(비)】: 及(급), …하기에 이르다.
【失氣(실기)】: 숨이 끊어지다.

133 기만즉복(器滿則覆)

《荀子 · 宥坐》

원문 및 주석

器滿則覆[1]

孔子觀於魯桓公之廟, 有欹器焉。孔子問於守廟者曰 :「此爲何器?」[2] 守廟者曰 :「此蓋爲宥坐之器。」[3] 孔子曰 :「吾聞宥坐之器者, 虛則欹, 中則正, 滿則覆。」[4] 孔子顧謂弟子曰 :「注水焉。」弟子挹水

1 器滿則覆 → 그릇이 가득차면 엎어진다
【覆(복)】: 넘어지다, 뒤집히다, 전복되다, 엎어지다.

2 孔子觀於魯桓公之廟, 有欹器焉。孔子問於守廟者曰 :「此爲何器?」→ 공자(孔子)가 노환공(魯桓公)의 사당(祠堂)에서 구경을 하는데, 기울어져 엎어지기 쉬운 그릇이 있었다. 공자가 사당지기에게 물었다 :「이것은 무슨 그릇인가요?」
【魯桓公(노환공)】: 노(魯)나라의 군주로 18년간(B.C. 711-B.C. 694) 재위했다. 〖魯〗: 지금의 산동성에 있던 주대(周代)의 제후국.
【廟(묘)】: 사당.
【欹器(의기)】: 기울어 엎어지기 쉬운 그릇. 〖欹〗: 기울다.
【守廟者(수묘자)】: 사당지기, 사당을 지키는 사람.

3 守廟者曰 :「此蓋爲宥坐之器。」→ 사당지기가 말했다 :「이것은 자리의 오른쪽에 두고 경계하는 마음을 환기시키는 그릇입니다.」
【蓋(개)】: [어조사] ※ 해석할 필요가 없다.
【宥坐之器(유좌지기)】: 자리의 오른쪽에 두고 경계하는 마음을 환기시키는 그릇. ※ 임금이 자리 오른쪽에 두고 경계하는 마음을 환기시켰다. 〖宥〗: 右(우), 오른쪽.

4 孔子曰 :「吾聞宥坐之器者, 虛則欹, 中則正, 滿則覆。」→ 공자가 말했다 :「나는 자리의 오른쪽에 두고 경계하는 마음을 환기시키는 그릇은, 속이 비어 있으면 기울고, 적당히 차면 바

而注之, 中而正, 滿而覆, 虛而欹。[5] 孔子喟然而歎曰:「吁! 惡有滿而不覆者哉!」[6]

번역문

그릇이 가득차면 엎어진다

공자(孔子)가 노환공(魯桓公)의 사당(祠堂)에서 구경을 하는데, 기울어져 엎어지기 쉬운 그릇이 있었다.

공자가 사당지기에게 물었다.

「이것은 무슨 그릇인가요?」

사당지기가 말했다.

「이것은 자리의 오른쪽에 두고 경계하는 마음을 환기시키는 그릇입니다.」

공자가 말했다.

「나는 자리의 오른쪽에 두고 경계하는 마음을 환기시키는 그릇은 속이

로 서고, 가득차면 엎어진다고 들었소.」
【虛(허)】: 속이 텅 비다.
【中(중)】: 적당히 차다.

5 孔子顧謂弟子曰:「注水焉。」弟子挹水而注之, 中而正, 滿而覆, 虛而欹。→ 공자가 고개를 돌려 제자에게 말했다:「물을 부어라.」 제자가 물을 떠다가 그릇에 부으니, 적당히 차면 바로 서고, 가득 차면 엎어지고, 속이 비면 기울었다.
【顧(고)】: 돌아보다, 고개를 돌리다.
【注(주)】: (물을) 붓다, 주입하다.
【挹水(읍수)】: 물을 푸다, 물을 뜨다.

6 孔子喟然而歎曰:「吁! 惡有滿而不覆者哉!」→ 공자가 길게 탄식하며 말했다:「아! 어찌 가득 차서 엎어지지 않는 것이 있으랴!」
【喟然(위연)】: 한숨짓는 모양.
【吁(우)!】: [감탄사] 아!
【惡(오)】: 어찌.

비어 있으면 기울고, 적당히 차면 바로 서고, 가득 차면 엎어진다고 들었소.」

공자가 고개를 돌려 제자에게 말했다.

「물을 부어라.」

제자가 물을 떠다가 그릇에 부으니 적당히 차면 바로 서고, 가득 차면 엎어지고, 속이 비면 기울었다.

공자가 길게 탄식하며 말했다.

「아! 어찌 가득 차서 엎어지지 않는 것이 있으랴!」

해설

공자(孔子)는 자리의 오른쪽에 두고 경계하는 마음을 환기시키는 그릇을 보고 자신이 들은 바를 시험하기 위해 제자들로 하여금 물을 퍼다 붓게 하자, 과연 적당히 차면 바로 서고 가득 차면 엎어지고 속이 비면 기울었다. 이에 공자는 차서 엎어지지 않는 것이 어디 있겠느냐는 말로 제자들을 훈계했다.

이 우언은 어떤 경우라도 자기 분수를 모르고 자만하면 항상 넘어지고 엎어질 위험이 있다는 것을 경계한 것이다.

《여씨춘추 呂氏春秋》 우언

여불위(呂不韋 : ? - B.C. 235)는 전국시대 위(衛)나라 복양(濮陽)[지금의 하남성 복양현(濮陽縣)] 사람이다. 《사기(史記) · 여불위열전(呂不韋列傳)》에 의하면, 그는 한(韓)나라의 도읍인 양책(陽翟)[지금의 하남성 우현(禹縣)]의 거상(巨商) 출신으로 진(秦) 장양왕(莊襄王) 때 재상이 되어 문신후(文信侯)에 봉해진 후 낙양(洛陽)의 10만 호를 식읍으로 받았다. 장양왕이 즉위 3년 만에 죽고 어린 태자 영정(嬴政)이 진왕(秦王 : 이후의 진시황)이 되어, 여불위를 그대로 재상으로 삼고 또 부모처럼 존경한다는 뜻에서 「중부(仲父)」라 불렀다. 여불위는 식객(食客) 삼천 명을 두고 있었는데 식객들 가운데 문장에 능한 자들로 하여금 자기의 견문을 책으로 엮도록 하여 《여씨춘추(呂氏春秋)》를 완성했다. 후에 여불위는 진시황의 미움을 사서 서촉(西蜀)으로 유배되어 가던 도중 스스로 독주(毒酒)를 마시고 자살했다.

《여씨춘추》는 《여람(呂覽)》이라고도 하며, 전서를 12기(紀) 8람(覽) 6론(論)으로 구분하여 26권 160편으로 엮었다. 유가(儒家)와 도가(道家)의 사상을 비롯하여 명가(名家) · 법가(法家) · 묵가(墨家) · 농가(農家) · 음양가(陰陽家) 등 여러 학파의 학설을 모은 잡가(雜家)의 대표작으로 알려져 있는데, 많은 고사(古史)와 더불어 천문(天文) · 역수(曆數) · 음률(音律) 등의 지식과 선진(先秦) 학자들의 사상 자료를 보존하고 있어 문헌으로서의 높은 가치를 지니고 있다.

134 형인유궁(荊人遺弓)

《呂氏春秋 · 貴公》

원문 및 주석

荊人遺弓[1]

荊人有遺弓者, 而不肯索曰 : 「荊人遺之, 荊人得之, 又何索焉?」[2] 孔子聞之曰 : 「去其『荊』而可矣。」老聃聞之曰 : 「去其『人』而可矣。」故老聃則至公矣。[3]

1 荊人遺弓 → 초(楚)나라 사람이 활을 잃어버리다
【荊(형)】 : 초(楚)나라의 별칭. 초나라는 지금의 호남성 · 호북성과 강서성 · 절강성 및 하남성 남부에 걸쳐 있던 주대(周代)의 제후국.
【遺(유)】 : 잃어버리다, 유실하다, 분실하다.

2 荊人有遺弓者, 而不肯索曰 : 「荊人遺之, 荊人得之, 又何索焉?」 → 초(楚)나라 사람으로 활을 잃어버린 자가 있었는데, 활을 찾으려 하지 않고 말했다 : 「초나라 사람이 잃으면, 초나라 사람이 습득할 것인데, 어찌 다시 찾을 필요가 있겠는가?」
【不肯(불긍)】 : …하려 들지 않다.
【何(하)】 : 어찌.
【索(색)】 : 찾다.

3 孔子聞之曰 : 「去其『荊』而可矣。」老聃聞之曰 : 「去其『人』而可矣。」故老聃則至公矣。→ 공자(孔子)는 이 말을 듣고 : 「『형(荊)』자를 없애버리면 되겠다.」라고 말했고, 노자(老子)는 이 말을 듣고 : 「『인(人)』자를 없애버리면 되겠다.」라고 말했다. 그러므로 노자가 가장 공평무사(公平無私)하다.
【孔子(공자)】 : [인명] 성은 공(孔), 이름은 구(丘), 자는 중니(仲尼). 춘추시대의 사상가로 유가(儒家) 학파의 창시자. 〖子〗 : 학문과 도덕 또는 지위가 있는 남자에 대한 존칭.
【去(거)】 : 없애다, 제거하다.
【老聃(노담)】 : [인명] 노자(老子). 성은 이(李), 이름은 이(耳), 자는 담(聃). 춘추시대의 사상가

번역문

초(楚)나라 사람이 활을 잃어버리다

초(楚)나라 사람으로 활을 잃어버린 자가 있었는데 활을 찾으려 하지 않고 말했다.

「초나라 사람이 잃으면 초나라 사람이 습득할 것인데 어찌 다시 찾을 필요가 있겠는가?」

공자(孔子)는 이 말을 듣고 「『형(荊)』자를 없애버리면 되겠다.」라고 말했고, 노자(老子)는 이 말을 듣고 「『인(人)』자를 없애버리면 되겠다.」라고 말했다.

그러므로 노자가 가장 공평무사(公平無私)하다.

해설

초(楚)나라 사람이 활을 잃어버리고 나서 「형인유지, 형인득지, 우하색언(荊人遺之, 荊人得之, 又何索焉)」이라고 한 말에 대해, 공자(孔子)는 「형(荊)」자를 없애고자 했고, 노자(老子)는 「인(人)」자를 없애고자 했는데, 고사의 말미에 노자를 가장 공평무사하다고 찬양했다.

이 우언은 작자가 도가(道家)의 입장에서 노자(老子)의 「대공무사(大公無私)」관점을 긍정하고 찬양한 것이다. 그러나 「무사(無私)」라는 관점에서 보면 공자와 노자가 결코 다르지 않다.

※ 참고 : 이 고사는 《공손룡자(公孫龍子) · 적부(跡府)》와 《설원(說苑) · 지공(至公)》에도 보이는데, 문자상의 차이는 있으나 기본 내용은 같다.

....

로 도가(道家) 학파의 창시자.

【至公(지공)】: 가장 공평무사(公平無私)하다.

135 기황양거현(祁黃羊擧賢)

《呂氏春秋 · 去私》

원문 및 주석

祁黃羊擧賢[1]

晉平公問於祁黃羊曰 :「南陽無令, 其誰可而爲之?」 祁黃羊對曰 :「解狐可。」[2] 平公曰 :「解狐非子之讎邪?」 對曰 :「君問可, 非問臣之讎也。」[3] 平公曰 :「善。」 遂用之, 國人稱善焉。[4] 居有間, 平公又問

1 祁黃羊擧賢 → 기황양(祁黃羊)이 현인(賢人)을 천거하다
【祁黃羊(기황양)】: [인명] 성은 기(祁), 이름은 해(奚), 자는 황양(黃羊). 진(晉)나라의 대부. 《좌전(左傳)》에서는 「기해(祁奚)」라 했다.
【擧(거)】: 추천하다, 천거하다.

2 晉平公問於祁黃羊曰 :「南陽無令, 其誰可而爲之?」 祁黃羊對曰 :「解狐可。」 → 진평공(晉平公)이 기황양(祁黃羊)에게 물었다 :「남양(南陽)에 현령이 없는데, 누가 그 직책을 맡을 수 있겠소?」 기황양이 대답했다 :「해호(解狐)가 맡을 수 있습니다.」
【晉平公(진평공)】: 진(晉)나라의 군주로 26년간(B.C. 557-B.C. 532) 재위했다. 〖晉〗: 지금의 산서성 일대에 있던 주대(周代)의 제후국.
【南陽(남양)】: [지명] 지금의 하남성 제원현(濟源縣) 일대.
【令(령)】: [관직] 현령.
【其(기)】: 대명사 앞이나 뒤에 놓여 「기수(其誰) · 기숙(其孰) · 수기(誰其) …」 등을 구성한다. 번역할 필요가 없다.
【可而(가이)】: 할 수 있다.
【爲之(위지)】: 그 직책을 맡다. 〖之〗: [대명사] 그것, 즉 「현령」.
【解狐(해호)】: [인명].

3 平公曰 :「解狐非子之讎邪?」 對曰 :「君問可, 非問臣之讎也。」 → 평공이 말했다 :「해호는 그

祁黃羊曰：「國無尉, 其誰可而爲之?」 對曰：「午可。」[5] 平公曰：「午非子之子邪?」 對曰：「君問可, 非問臣之子也。」[6] 平公曰：「善。」 又遂用之, 國人稱善焉。[7] 孔子聞之曰：「善哉! 祁黃羊之論也, 外擧不避讎, 內擧不避子。」 祁黃羊可謂公矣。[8]

⋯⋯⋯⋯⋯⋯

대의 원수가 아니오?」 (기황양이) 대답했다 : 「임금님께서는 누가 맡을 수 있는가를 물으셨지, 저의 원수를 물으시지 않았습니다.」
【子(자)】: 그대, 당신.

4 平公曰 : 「善。」 遂用之, 國人稱善焉。 → 평공이 말했다 : 「좋소.」 그리하여 그를 채용하니, 나라 사람들이 잘했다고 칭찬했다.
【遂(수)】: 그리하여.
【稱善(칭선)】: 잘한다고 칭찬하다.

5 居有間, 平公又問祁黃羊曰 : 「國無尉, 其誰可而爲之?」 對曰 : 「午可。」 → 얼마 후, 평공이 또 기황양에게 물었다 : 「나라에 군위(軍尉)가 없는데, 누가 그 직책을 맡을 수 있겠소?」 (기황양이) 대답했다 : 「기오(祁午)가 맡을 수 있습니다.」
【居有閒(거유간)】: 얼마 지나서, 얼마 후. 【閒】: 間(간).
【尉(위)】: [관직명] 군위(軍尉). 군정(軍政)을 관리하는 직책.
【午(오)】: [인명] 기오(祁午). 기황양의 아들 이름.

6 平公曰 : 「午非子之子邪?」 對曰 : 「君問可, 非問臣之子也。」 → 평공이 말했다 : 「기오는 그대의 아들이 아니오?」 (기황양이) 대답했다 : 「임금님께서는 누가 맡을 수 있는가를 물으셨지, 저의 아들을 물으시지 않았습니다.」
【子之子(자지자)】: 그대의 아들. 앞의 「子」는 「그대」, 뒤의 「子」는 「아들」의 뜻.

7 平公曰 : 「善。」 又遂用之, 國人稱善焉。 → 평공이 말했다 : 「좋소.」 그리하여 또 그를 채용하니, 나라 사람들이 잘했다고 칭찬했다.

8 孔子聞之曰 : 「善哉! 祁黃羊之論也, 外擧不避讎, 內擧不避子。」 祁黃羊可謂公矣。 → 공자(孔子)가 이 이야기를 듣고 말했다 : 「훌륭하도다! 기황양의 논리는, 밖에서 천거할 때 원수를 피하지 않았고, 안에서 천거할 때 자기 아들을 피하지 않았다.」 기황양은 가히 공정하다고 말할 수 있다.
【外擧(외거)】: 밖에서 천거하다.
【內擧(내거)】: 안에서 천거하다.
【可謂(가위)】: 가히 …라고 말할 수 있다.
【公(공)】: 공평하다, 공정하다.

번역문

기황양(祁黃羊)이 현인(賢人)을 천거하다

진평공(晉平公)이 기황양(祁黃羊)에게 물었다.

「남양(南陽)에 현령이 없는데 누가 그 직책을 맡을 수 있겠소?」

기황양이 대답했다.

「해호(解狐)가 맡을 수 있습니다.」

평공이 말했다.

「해호는 그대의 원수가 아니오?」

(기황양이) 대답했다.

「임금님께서는 누가 맡을 수 있는가를 물으셨지 저의 원수를 물으시지 않았습니다.」

평공이 말했다.

「좋소.」

그리하여 그를 채용하니 나라 사람들이 잘했다고 칭찬했다. 얼마 후 평공이 또 기황양에게 물었다.

「나라에 군위(軍尉)가 없는데 누가 그 직책을 맡을 수 있겠소?」

(기황양이) 대답했다.

「기오(祁午)가 맡을 수 있습니다.」

평공이 말했다.

「기오는 그대의 아들이 아니오?」

(기황양이) 대답했다.

「임금님께서는 누가 맡을 수 있는가를 물으셨지 저의 아들을 물으시지 않았습니다.」

평공이 말했다.

「좋소.」

그리하여 또 그를 채용하니 나라 사람들이 잘했다고 칭찬했다.

공자(孔子)가 이 이야기를 듣고 말했다.

「훌륭하도다! 기황양의 논리는 밖에서 천거할 때 원수를 피하지 않았고, 안에서 천거할 때 자기 아들을 피하지 않았다.」

기황양은 가히 공정하다고 말할 수 있다.

해설

고대 중국의 전통적인 관리 임명은 왕의 친인척이나 현능(賢能)한 사람을 천거하는 방식이 주류를 이루었는데, 백성들로부터 신망을 받는 어진 군주는 모두 현능한 인재를 추천받아 적재적소에 임명했다. 진평공(晉平公)이 기황양(祁黃羊)에게 현령(縣令)을 추천하도록 하자 기황양은 자기의 원수를 천거했고, 또 군위(軍尉)를 추천하도록 하자 자기의 아들을 천거했다.

이 우언은 기황양이 적임자를 천거하기 위해 자기의 원수와 자기의 아들을 피하지 않은 사례를 통해, 기황양의 공평무사한 인품과 아울러 이를 신뢰하여 수용한 진평공의 도량을 찬양한 것이다.

※ 참고 : 이 고사는 《좌전(左傳) · 양공삼년(襄公三年)》에 보이는데, 기황양이 자기 원수와 자기 아들을 천거한 사실은 일치하나, 인물의 직위 · 시간 · 고사의 종말 등은 모두 역사 사실과 다르다.

136 복돈살자(腹䵍殺子)

《呂氏春秋 · 去私》

원문 및 주석

腹䵍殺子[1]

墨者有鉅子腹䵍居秦, 其子殺人。[2] 秦惠王曰 :「先生之年長矣, 非有它子也, 寡人已令吏弗誅矣, 先生之以此聽寡人也。」[3] 腹䵍對

1 腹䵍殺子 → 복돈(腹䵍)이 자기 아들을 죽이다
【腹䵍(복돈)】: [인명] 성은 복(腹), 이름은 돈(䵍).

2 墨者有鉅子腹䵍居秦, 其子殺人。→ 묵가(墨家)의 거두 복돈(腹䵍)이 진(秦)나라에 거주하고 있을 때, 그 아들이 사람을 죽였다.
【墨者(묵자)】: 묵가(墨家)를 신봉하는 사람.
【鉅子(거자)】: [묵가 용어] 거두(巨頭), 거목(巨木), 거장(巨匠).
【秦(진)】: [국명] 지금의 섬서성과 감숙성 일대에 있던 주대(周代)의 제후국이었으나, B.C. 221년 진시황(秦始皇)이 전국을 통일하고 진왕조를 건립했다.

3 秦惠王曰 :「先生之年長矣, 非有它子也, 寡人已令吏弗誅矣, 先生之以此聽寡人也。」→ 진혜왕(秦惠王)이 말했다 :「선생의 나이가 연로하고, 다른 아들이 있는 것도 아니라, 과인이 이미 관리에게 명하여 죽이지 않도록 조치했으니, 선생은 이 일을 과인의 뜻에 따르기 바랍니다.」
【秦惠王(진혜왕)】: 춘추시대 진(秦)나라의 군주로 10년간(B.C. 500 - B.C. 491) 재위했다.
【年長(연장)】: 나이가 연로하다, 나이가 많다.
【它子(타자)】: 他子(타자), 다른 아들.
【寡人(과인)】: 과덕지인(寡德之人)이란 뜻으로 임금이 자신을 낮추어 부른 말.
【令(령)】: 명령하다, 명을 내리다.
【弗(불)】: 不(불).
【誅(주)】: 죽이다.

曰：「墨者之法曰：『殺人者死, 傷人者刑』, 此所以禁殺傷人也。[4] 夫禁殺傷人者, 天下之大義也。王雖爲之賜, 而令吏弗誅, 腹䵍不可不行墨子之法。」不許惠王而遂殺之。[5] 子, 人之所私也, 忍所私以行大義, 鉅子可謂公矣。[6]

번역문

복돈(腹䵍)이 자기 아들을 죽이다

묵가(墨家)의 거두 복돈(腹䵍)이 진(秦)나라에 거주하고 있을 때 그 아들

……………

【之以此聽寡人(지이차청과인)】: 이 일을 과인의 뜻에 따르기 바라다. 〖之〗: [희망을 나타나는 어조사] 其(기), 반드시 …하기 바란다, 당연히 …해야 한다. 〖以〗: …을.

4 腹䵍對曰 : 「墨者之法曰 : 『殺人者死, 傷人者刑』, 此所以禁殺傷人也。→ 복돈이 대답했다 : 「묵가(墨家)의 법에는 : 『사람을 살해한 자는 사형에 처하고, 사람을 상해한 자는 형벌을 가한다』라고 했는데, 이는 사람을 죽이거나 다치게 하는 것을 금하려는 까닭입니다.
【所以(소이)】: 까닭, 이유.

5 夫禁殺傷人者, 天下之大義也。王雖爲之賜, 而令吏弗誅, 腹䵍不可不行墨子之法。」不許惠王而遂殺之。→ 대저 살상을 금하는 것은, 천하의 대의입니다. 대왕께서 비록 제 아들에게 은혜를 베푸시어, 관리에게 죽이지 않도록 명하셨지만, 저 복돈은 묵가의 법을 집행하지 않을 수 없습니다.」 혜왕의 뜻을 받아들이지 않고 즉시 자기 아들을 죽여 버렸다.
【夫(부)】: [발어사] 대저, 무릇.
【大義(대의)】: 큰 도리.
【爲之賜(위지사)】: 그에게 은혜를 베풀다. 〖爲〗: …을 위해, …에게. 〖之〗: [대명사] 그, 즉 「아들」. 〖賜〗: (은혜를) 베풀다.
【不可不行(불가불행)】: 집행하지 않을 수 없다. 〖行〗: 집행하다, 이행하다, 시행하다.
【遂(수)】: 즉시, 곧.

6 子, 人之所私也, 忍所私以行大義, 鉅子可謂公矣。→ 아들은, 사람이 가장 사랑하는 대상인데, 개인적인 감정을 참고 대의를 집행하였으니, 묵가의 거두 복돈은 가히 대공무사(大公無私)하다고 말할 수 있다.
【所私(소사)】: 사랑하는 대상. 〖私〗: 愛(애), 사랑하다.
【忍所私(인소사)】: 개인적인 감정을 참다.
【可謂(가위)】: 가히 …라 말할 수 있다.
【公(공)】: 공정하다, 대공무사(大公無私)하다.

이 사람을 죽였다.

진혜왕(秦惠王)이 말했다.

「선생의 나이가 연로하고 다른 아들이 있는 것도 아니라, 과인이 이미 관리에게 명하여 죽이지 않도록 조치했으니 선생은 이 일을 과인의 뜻에 따르기 바랍니다.」

복돈이 대답했다.

「묵가(墨家)의 법에는 『사람을 살해한 자는 사형에 처하고, 사람을 상해한 자는 형벌을 가한다.』라고 했는데, 이는 사람을 죽이거나 다치게 하는 것을 금하려는 까닭입니다. 대저 살상을 금하는 것은 천하의 대의입니다. 대왕께서 비록 제 아들에게 은혜를 베푸시어 관리에게 죽이지 않도록 명하셨지만, 저 복돈은 묵가의 법을 집행하지 않을 수 없습니다.」

혜왕의 뜻을 받아들이지 않고 즉시 자기 아들을 죽여 버렸다. 아들은 사람이 가장 사랑하는 대상인데, 개인적인 감정을 참고 대의를 집행하였으니 묵가의 거두 복돈은 가히 대공무사(大公無私)하다고 말할 수 있다.

해설

묵가(墨家)의 거두(巨頭)인 복돈(腹䵍)은 살인을 한 자기의 아들이 진혜왕(秦惠王)의 배려로 사형을 면할 수 있었음에도 불구하고 묵가의 가법(家法)에 따라 아들을 죽였다.

이 우언은 묵가의 가법과 준법정신이 국가의 법령보다도 우선하고 엄격하여 철저히 집행된다는 것을 천명한 것이다.

137 망개삼면(網開三面)

《呂氏春秋 · 異用》

원문 및 주석

網開三面[1]

湯見祝網者置四面, 其祝曰 : 「從天墜者, 從地出者, 從四方來者, 皆離吾網。」[2] 湯曰 : 「嘻! 盡之矣。非桀其孰爲此也?」[3] 湯收其三面,

1 網開三面 → 세 방향의 그물을 개방하다
【網(망)】: 그물.
【開(개)】: 개방하다, 열어두다.

2 湯見祝網者置四面, 其祝曰 : 「從天墜者, 從地出者, 從四方來者, 皆離吾網。」 → 탕왕(湯王)이 네 방향에 그물을 설치하고 기도하는 사람을 보니, 그가 : 「하늘에서 떨어지는 것들과, 땅에서 나오는 것들과, 사방에서 오는 것들은, 모두 나의 그물에 걸려들어라.」라고 기도했다.
【湯(탕)】: 상(商)나라의 건립자.
【祝網者(축망자)】: 새나 짐승을 잡기 위해 그물을 설치하고 신에게 기도하는 사람.
【置(치)】: 설치하다.
【墜(추)】: 떨어지다, 추락하다.
【離(리)】: 罹(리), 만나다, 조우(遭遇)하다. 여기서는 「걸려들다」의 뜻.

3 湯曰 : 「嘻! 盡之矣。非桀其孰爲此也?」 → 탕왕이 말했다 : 「아! 일망타진(一網打盡)이로다. 걸왕(桀王)이 아니면 누가 이런 짓을 할 수 있겠는가?」
【嘻(희)!】: [감탄사] 아!
【盡之(진지)】: 새나 짐승을 다 잡아버리다. 즉 「일망타진하다」의 뜻. 〖之〗: [대명사] 그것, 즉 새나 짐승.
【桀(걸)】: 하(夏)나라의 마지막 임금. ※ 천하의 폭군으로 민심을 잃고, 상(商) 탕왕(湯王)에게 패하여 나라를 잃었다.
【其(기)】: 대명사 앞이나 뒤에 놓여 「기수(其誰) · 기숙(其孰) · 수기(誰其) …」 등을 구성한다. 번역할 필요가 없다.

置其一面, 更教祝曰 : 「昔蛛蝥作網罟, 今之人學紓。欲左者左, 欲右者右, 欲高者高, 欲下者下, 吾取其犯命者。」[4] 漢南之國聞之曰 : 「湯之德及禽獸矣。」四十國歸之。[5]

번역문

세 방향의 그물을 개방하다

탕왕(湯王)이 네 방향에 그물을 설치하고 기도하는 사람을 보니, 그가 「하늘에서 떨어지는 것들과 땅에서 나오는 것들과 사방에서 오는 것들 모두 나의 그물에 걸려들어라.」라고 기도했다.

4 湯收其三面, 置其一面, 更教祝曰 : 「昔蛛蝥作網罟, 今之人學紓。欲左者左, 欲右者右, 欲高者高, 欲下者下, 吾取其犯命者。」 → 탕왕이 그중 삼 면의 그물을 거두고, 한 면만 남겨둔 후, 다시 그에게 : 「예전에는 거미가 그물을 짰으나, 오늘날의 사람들이 (짜는 법을) 모방하여 배웠습니다. 왼쪽으로 가고자 하는 것들은 왼쪽으로 가게 하고, 오른쪽으로 가고자 하는 것들은 오른쪽으로 가게 하고, 높이 날아가고자 하는 것들은 높이 날아가게 하고, 아래로 가고자 하는 것들은 아래로 가게 한 다음, 나는 그중에서 천명(天命)을 거스르는 것들만 잡겠습니다.」라고 기도하도록 시켰다.

【收(수)】: 거두다.
【教(교)】: …하도록 시키다.
【蛛蝥(주모)】: 蜘蛛(지주), 거미.
【網罟(망고)】: 그물.
【學紓(학서)】: (짜는 법을) 모방하여 배우다.
【欲(욕)】: …하고자 하다.
【左(좌)】: [동사] 왼쪽으로 가다.
【犯命(범명)】: 천명을 거스르다.

5 漢南之國聞之曰 : 「湯之德及禽獸矣。」 四十國歸之。 → 한수(漢水) 이남의 나라들이 이 이야기를 듣고 말하길 : 「탕왕의 덕이 금수(禽獸)에게 미쳤다.」라고 했다. 그리하여 사십 개 나라가 탕왕에게 귀순했다.

【漢(한)】: [강 이름] 한수(漢水). 지금의 섬서성 영강현(甯强縣)에서 흘러나와 호북성 무한시(武漢市)에서 장강(長江)으로 흘러 들어가는 장강의 최대 지류.
【及(급)】: 미치다.
【歸之(귀지)】: 탕왕에게 귀순하다. 〖之〗: [대명사] 그, 즉 탕왕.

탕왕이 말했다.

「아! 일망타진(一網打盡)이로다! 걸왕(桀王)이 아니면 누가 이런 짓을 할 수 있겠는가?」

탕왕이 그중 삼 면의 그물을 거두고 한 면만 남겨둔 후, 다시 그에게 「예전에는 거미가 그물을 짰으나 오늘날의 사람들이 (짜는 법을) 모방하여 배웠습니다. 왼쪽으로 가고자 하는 것들은 왼쪽으로 가게 하고, 오른쪽으로 가고자 하는 것들은 오른쪽으로 가게 하고, 높이 날아가고자 하는 것들은 높이 날아가게 하고, 아래로 가고자 하는 것들은 아래로 가게 한 다음, 나는 그중에서 천명(天命)을 거스르는 것들만 잡겠습니다.」라고 기도하도록 시켰다.

한수(漢水) 이남의 나라들이 이 이야기를 듣고 말하길 「탕왕의 덕이 금수(禽獸)에게 미쳤다.」라고 했다.

그리하여 사십 개 나라가 탕왕에게 귀순했다.

해설

탕왕(湯王)이 우연히 좌우고하(左右高下) 네 방향에 그물을 설치해 놓고 새나 짐승이 모두 자기 그물에 걸려들게 해 달라고 기도하는 수렵꾼의 지나친 행위를 보자, 이를 폭군 걸왕(桀王)에 비유하면서 세 방향의 그물을 제거하고 한 방향만 남겨둔 후, 새나 짐승이 스스로 천명(天命)을 어기고 가고자 하는 방향을 벗어난 것들만 잡겠다고 기도하도록 명했다. 그리하여 이 소문을 들은 한수(漢水) 이남의 사십 개 나라들이 탕왕에게 귀순했다.

이는 수렵꾼의 고사를 정치에 비유한 것인데, 수렵꾼이 사방에 그물을 설치한 것은 폭군이 엄밀한 법망을 만들어 백성을 법의 올가미에 걸려들도록 하는 폭정을 의미하며, 탕왕이 그중 세 방향의 그물을 제거한 후 새나 짐승들 가운데 스스로 천명을 어기고 가고자 하는 방향을 벗어난 것들만 잡도록 한 것은 법망을 완화하여 인정(仁政)을 베풀되 최소한 이를 어긴 자들에 한해 법으로 다스리겠다는 것을 의미한다.

이 우언은 탕왕처럼 법망을 완화하고 선정(善政)을 베풀어야 민심을 얻을 수 있다는 이치를 설명한 것이다.

138 할육자담(割肉自啖)

《呂氏春秋 · 當務》

원문 및 주석

割肉自啖[1]

齊之好勇者, 其一人居東郭, 其一人居西郭, 卒然相遇於塗曰 : 「姑相飮乎?」[2] 觴數行, 曰 : 「姑求肉乎?」[3] 一人曰 : 「子肉也, 我肉

1 割肉自啖 → 자신의 살을 잘라 먹다
【割(할)】: 베다, 자르다.
【啖(담)】: 먹다.

2 齊之好勇者, 其一人居東郭, 其一人居西郭, 卒然相遇於塗曰 : 「姑相飮乎?」 → 용맹을 좋아하는 제(齊)나라 사람으로, 한 사람은 동쪽 성 밖에 살고, 한 사람은 서쪽 성 밖에 살았는데, 어느 날 우연히 길에서 만나 말했다 : 「잠시 함께 술이나 한 잔 할까?」
【齊(제)】: [국명] 지금의 산동성 북부와 하북성 남부에 걸쳐 있던 주대(周代)의 제후국.
【好勇(호용)】: 용맹을 좋아하다.
【東郭(동곽)】: 동쪽 성 밖. ※ 옛날의 성은 두 겹으로 쌓았는데, 안쪽에 쌓은 내성을 「성(城)」이라 하고, 내성 밖으로 둘러쌓은 외성을 「곽(郭)」이라 했으며, 내성과 외성을 통틀어 「성곽(城郭)」이라 했다.
【卒然(졸연)】: 猝然(졸연), 우연히, 뜻밖에, 갑자기.
【塗(도)】: 길.
【姑(고)】: 잠시.
【相飮(상음)】: 함께 마시다.

3 觴數行, 曰 : 「姑求肉乎?」 → 술잔이 몇 차례 오가고 나서, (한 사람이) 말했다 : 「잠시 가서 고기를 좀 구해 올까?」
【觴(상)】: 술잔.
【數行(수행)】: 몇 차례 오가다.

也, 尙胡革求肉而爲? 於是具染而已。」[4] 因抽刀而相啖, 至死而止。勇若此, 不若無勇。[5]

번역문

자신의 살을 잘라 먹다

용맹을 좋아하는 제(齊)나라 사람으로 한 사람은 동쪽 성 밖에 살고 한 사람은 서쪽 성 밖에 살았는데 어느 날 우연히 길에서 만나 말했다.

「잠시 함께 술이나 한 잔 할까?」

술잔이 몇 차례 오가고 나서 (한 사람이) 말했다.

「잠시 가서 고기를 좀 구해 올까?」

다른 한 사람이 말했다.

「당신 몸도 고기이고 내 몸도 고기인데, 어찌 또다시 고기를 구해오겠

4 一人曰:「子肉也, 我肉也, 尙胡革求肉而爲? 於是具染而已。」→ 다른 한 사람이 말했다:「당신 몸도 고기이고, 내 몸도 고기인데, 어찌 또다시 고기를 구해오겠다는 것인가? 여기에 양념장만 준비하면 되지.」
【子(자)】: 그대, 당신.
【尙(상)】: 또, 더.
【胡(호)…而爲(이위)?】: 무엇 하려고 …하는가?, …해서 무엇 하려는 것인가?
【革(혁)】: 更(경), 별도로, 다시.
【於是(어시)】: 이에, 그리하여.
【具(구)】: 준비하다, 구비하다.
【染(염)】: 양념장.
【而已(이이)】: …뿐, …만.

5 因抽刀而相啖, 至死而止。勇若此, 不若無勇。→ 그리하여 칼을 빼어들고 서로 살을 베어 먹다가, 죽음에 이르러 끝이 났다. 이처럼 무모하게 용감한 것은, 용감하지 않은 것만 못하다.
【因(인)】: 그래서, 그리하여.
【抽(추)】: 뽑다, 빼다.
【相啖(상담)】: 서로 살을 베어 먹다.
【不若(불약)…】: …만 못하다.

다는 것인가? 여기에 양념장만 준비하면 되지.」

그리하여 칼을 빼어들고 서로 살을 베어 먹다가 죽음에 이르러 끝이 났다.

이처럼 무모하게 용감한 것은 용감하지 않은 것만 못하다.

해설

용맹을 자랑하던 제(齊)나라의 두 사람이 자신의 살을 잘라 술안주로 먹다가 죽음을 자초했다. 용감한 것은 본래 좋은 일이지만 엉뚱한 일에 무모하게 용맹을 과시하는 것은 애당초 용감하지 않은 것만 못하다.

이 우언은 필요한 곳에 용감하지 않고 쓸데없이 객기를 부려 재앙을 자초하는 어리석은 용맹을 조소하고 풍자한 것이다.

139 불식도식(不食盜食)

《呂氏春秋 · 介立》

원문 및 주석

不食盜食[1]

東方有士焉, 曰爰旌目, 將有適也, 而餓於道。[2] 狐父之盜曰丘, 見而下, 壺餐以餔之。[3] 爰旌目三餔之, 而後能視, 曰 :「子何爲者也?」曰 :「我狐父之人, 丘也。」[4] 爰旌目曰 :「譆! 汝非盜邪? 胡爲而食

1 不食盜食 → 도둑의 음식을 먹지 않다
【食(식)】: 앞의 「食」자는 동사로 「먹다」의 뜻이고, 뒤의 「食」자는 명사로 「음식」의 뜻.

2 東方有士焉, 曰爰旌目, 將有適也, 而餓於道。→ 동방(東方)에 원정목(爰旌目)이라는 선비가 있었는데, 어디를 가려고 하다, 길에서 굶주려 쓰러졌다.
【將(장)】: (장차) …하려 하다.
【有適(유적)】: 어디를 가려고 하다. 〖適〗: 往(왕), 가다.
【餓(아)】: 굶주리다. 여기서는 「굶주려 쓰러지다」의 뜻.

3 狐父之盜曰丘, 見而下, 壺餐以餔之。→ 이름을 구(丘)라고 하는 호부(狐父)의 도둑이, 그 상황을 목격하고 수레에서 내려, 단지에 담은 죽을 원정목에게 먹였다.
【狐父(호부)】: [지명] 지금의 강소성 탕산현(碭山縣) 부근.
【丘(구)】: [인명] 도둑 이름.
【下(하)】: 내리다. 여기서는 「수레나 말에서 내리다」의 뜻으로 보는 것이 옳을 듯하다.
【壺餐(호찬)】: 단지에 담은 죽.
【餔之(포지)】: 원정목에게 먹이다. 〖餔〗: [사동용법] 먹이다. 〖之〗: [대명사] 그, 즉 원정목.

4 爰旌目三餔之, 而後能視, 曰 :「子何爲者也?」曰 :「我狐父之人, 丘也。」→ 원정목이 그것을 세 모금 먹고 나서, (눈을 뜨고) 볼 수 있게 되자, (도둑에게) 물었다 :「당신은 무엇 하는 사람이오?」(도둑이) 말했다 :「나는 호부 사람으로, 이름을 구라 하오.」

我? 吾義不食子之食也。」[5] 兩手據地而吐之, 不出, 喀喀然, 遂伏地而死。[6]

번역문

도둑의 음식을 먹지 않다

동방(東方)에 원정목(爰旌目)이라는 선비가 있었는데, 어디를 가려고 하다 길에서 굶주려 쓰러졌다. 이름을 구(丘)라고 하는 호부(狐父)의 도둑이 그 상황을 목격하고, 수레에서 내려 단지에 담은 죽을 원정목에게 먹였다. 원정목이 그것을 세 모금 먹고 나서 (눈을 뜨고) 볼 수 있게 되자 (도둑에게) 물었다.

「당신은 무엇 하는 사람이오?」

(도둑이) 말했다.

「나는 호부 사람으로 이름을 구라 하오.」

【而後(이후)】: 그 후, 그런 다음에.
【何爲者(하위자)】: 무엇하는 사람.

5 爰旌目曰:「譆! 汝非盜邪? 胡爲而食我? 吾義不食子之食也。」→ 원정목이 말했다:「아! 당신은 도둑이 아니오? 왜 나에게 (죽을) 먹였소? 나는 절의(節義)를 지켜 당신의 음식을 먹지 않소.」
【譆(희)!】: [감탄사] 아!
【胡爲(호위)】: 왜, 어째서.
【義(의)】: [동사] 절의(節義)를 지키다.

6 兩手據地而吐之, 不出, 喀喀然, 遂伏地而死。→ 양손으로 땅을 짚고 토해내려 했으나, 나오지 않자, 캑캑거리다가, 결국 땅에 엎어져 죽고 말았다.
【據(거)】: 의지하다, 지탱하다. 여기서는 「짚다」의 뜻.
【吐(토)】: 토하다.
【喀喀然(객객연)】: 캑캑거리다. 〖喀喀〗: [의성어] 캑캑.
【遂(수)】: 결국, 마침내.
【伏地(복지)】: 땅에 엎어지다. 〖伏〗: 엎드리다, 엎어지다.

원정목이 말했다.

「아! 당신은 도둑이 아니오? 왜 나에게 (죽을) 먹였소? 나는 절의(節義)를 지켜 당신의 음식을 먹지 않소.」

양손으로 땅을 짚고 토해내려 했으나 나오지 않자 캑캑거리다가 결국 땅에 엎어져 죽고 말았다.

해설

원정목(爰旌目)은 자신이 굶주려 쓰러진 상황에서 도둑이 먹여 준 음식을 먹고 깨어났으나 그것을 불의(不義)라 여겨 토해내려고 애를 쓰다가 죽어버렸다.

이 우언은 죽음을 불사하고 도둑의 음식을 거부한 원정목의 정의(正義)를 찬양한 것이지만, 한편 도둑의 신분이라 해도 굶주려 죽어가는 사람을 살려낸 것은 찬양해야 마땅한 일이기 때문에 원정목의 행위가 지나친 위선으로 보여질 수 있다는 점에서 서로 상반된 두 가지 의미를 지니고 있다.

140 주군위갑(邾君爲甲)

《呂氏春秋 · 去尤》

원문 및 주석

邾君爲甲[1]

邾之故法, 爲甲裳以帛。[2] 公息忌謂邾君曰 :「不若以組。凡甲之所以爲固者, 以滿竅也。今竅滿矣, 而任力者半耳。且組則不然, 竅滿則盡任力矣。」[3] 邾君以爲然, 曰 :「將何所以得組也?」公息忌對

1 邾君爲甲 → 주(邾)나라의 군주가 갑옷을 만들다
【邾(주)】: [국명] 지금의 산동성 동부 일대에 있던 주대(周代)의 제후국. 「주루(邾婁)」라고도 하며 후에 국명을 「추(鄒)」로 바꾸었다.
【爲甲(위갑)】: 갑옷을 만들다. 【甲】: 갑옷.

2 邾之故法, 爲甲裳以帛。→ 주(邾)나라의 전통 방법은, 비단으로 갑상(甲裳)을 만들었다.
【故法(고법)】: 전통 방법.
【甲裳(갑상)】: 갑상. 허리 부분과 국부를 보호하기 위해 치마처럼 만들어 두르는 물건.
【帛(백)】: 비단.

3 公息忌謂邾君曰 :「不若以組。凡甲之所以爲固者, 以滿竅也。今竅滿矣, 而任力者半耳。且組則不然, 竅滿則盡任力矣。」→ 공식기(公息忌)가 주나라 군주에게 말했다 :「명주실 끈으로 만드는 것만 못합니다. 대저 갑상이 견고한 까닭은, 틈을 가득 메우기 때문입니다. 지금 (비단이) 틈을 가득 메웠다고는 하지만, 내구력이 절반에 그칠 뿐입니다. 그러나 명주실 끈으로 만들면 그렇지 않고, 틈을 가득 메우고 나면 내구력이 완벽해집니다.」
【公息忌(공식기)】: [인명] 생애사적 미상.
【不若(불약)…】: …만 못하다, …이 낫다.
【組(조)】: 명주실로 만든 끈.
【凡(범)】: 대저, 무릇.

曰:「上用之, 則民爲之矣。」[4] 郝君曰:「善!」 下令, 令官爲甲必以組。公息忌知說之行也, 因令其家皆爲組。[5] 人有傷之者曰:「公息忌之所以欲用組者, 其家多爲組也。」[6] 郝君不說, 於是復下令, 令官爲甲無以組。[7] 此郝君之所尢也。爲甲以組而便, 公息忌雖多爲組,

---

【所以爲固(소이위고)】: 견고한 까닭. 〖所以〗: 까닭, 이유, 원인.
【以(이)】: 因(인), …때문이다.
【滿竅(만규)】: 틈을 가득 메우다. 즉 「틈을 매우 조밀하게 짜다」의 뜻.
【任力(임력)】: 가해지는 힘을 견디다. 즉 「내구력」을 가리킨다. 〖任〗: 감내하다, 견디다, 감당하다, 이겨내다, 받아들이다.
【耳(이)】: …뿐.
【且(차)】: 그런데, 그러나.
【盡任力(진임력)】: 가해지는 힘을 모두 다 견뎌내다. 즉 「내구력이 완벽하다」의 뜻.

4 郝君以爲然, 曰:「將何所以得組也?」 公息忌對曰:「上用之, 則民爲之矣。」 → 주나라 군주가 그렇다 여기고, 말했다:「장차 어디서 (그 많은) 명주실 끈을 구할 수 있겠소?」 공식기가 말했다:「임금님께서 그것을 사용하시면, 곧 백성들이 그것을 만들 것입니다.」
【以爲(이위)】: …라고 여기다, …라고 생각하다.
【上(상)】: 임금, 군주, 주상.

5 郝君曰:「善!」 下令, 令官爲甲必以組。公息忌知說之行也, 因令其家皆爲組。 → 주나라 군주가 말했다:「좋소!」 그리하여 명령을 내리고, 관리들로 하여금 갑옷을 만들 때 반드시 명주실 끈을 사용하도록 했다. 공식기는 자기의 건의가 시행될 것을 알고, 이 기회를 틈타 자기 가족들 모두 함께 명주실 끈을 만들도록 했다.
【知說之行(지설지행)】: (자기의) 건의가 시행될 것을 알다. 〖說〗: 주장, 건의. 〖行〗: 시행되다, 집행되다.
【因(인)】: (시간 · 기회 등을) 틈타다.
【令(령)】: …하도록 시키다, …로 하여금 …하게 하다.

6 人有傷之者曰:「公息忌之所以欲用組者, 其家多爲組也。」 → (그러자) 어떤 사람이 공식기를 비방하여 말했다:「공식기가 명주실 끈을 사용하고자 한 까닭은, 자기 집에서 명주실 끈을 많이 만들기 때문입니다.」
【傷(상)】: 중상하다, 비방하다.
【所以(소이)】: 까닭, 이유.
【欲(욕)】: …하고자 하다, …하기를 바라다.

7 郝君不說, 於是復下令, 令官爲甲無以組。 → 주나라 군주가 (이 말을 듣고) 불쾌하게 여겼다. 그리하여 다시 명을 내려, 관리들로 하여금 갑상을 만들 때 명주실 끈을 사용하지 못하도록 했다.

何傷也; 以組不便, 公息忌雖無組, 亦何益也。[8] 爲組與不爲組, 不足以絫公息忌之說。[9]

번역문

주(邾)나라의 군주가 갑옷을 만들다

주(邾)나라의 전통 방법은 비단으로 갑상(甲裳)을 만들었다. 공식기(公息忌)가 주나라 군주에게 말했다.

「명주실 끈으로 만드는 것만 못합니다. 대저 갑상이 견고한 까닭은 틈을 가득 메우기 때문입니다. 지금 (비단이) 틈을 가득 메웠다고는 하지만 내구력이 절반에 그칠 뿐입니다. 그러나 명주실 끈으로 만들면 그렇지 않고 틈을 가득 메우고 나면 내구력이 완벽해집니다.」

주나라 군주가 그렇다 여기고 말했다.

【不說(불열)】: 불쾌하게 여기다. 【說】: 悅(열), 기뻐하다, 즐거워하다.
【於是(어시)】: 이에, 그리하여.
【無以組(무이조)】: 명주실 끈을 사용하지 못하게 하다. 【無】: 勿(물), …하지 말라, …해서는 안 된다.

8 此邾君之所尢也。爲甲以組而便, 公息忌雖多爲組, 何傷也; 以組不便, 公息忌雖無組, 亦何益也。→ 이것은 주나라 군주의 편견이다. 갑상을 만드는데 명주실 끈을 사용하여 편리하다면, 공식기가 비록 명주실 끈을 많이 만든다고 해도, 무슨 장애가 되겠으며; 명주실 끈으로 짜는 것이 편리하지 않다면, 공식기가 비록 명주실 끈을 안 가지고 있다 해도, 또한 무슨 도움이 되겠는가?
【尢(왕)】: 절름발이. 여기서는 「편벽되고 바르지 않다」, 즉 「편견」을 뜻한다.
【傷(상)】: 장애가 되다, 지장을 주다.
【益(익)】: 보탬, 도움, 이익.

9 爲組與不爲組, 不足以絫公息忌之說。→ (공식기가) 명주실 끈을 만들고 안 만들고는, 공식기의 건의를 질책하기에 (명분이) 부족하다.
【足以(족이)】: 충분히 …할 수 있다, …하기에 족하다.
【絫(루)】: [累(루)의 옛글자] 질책하다.

「장차 어디서 (그 많은) 명주실 끈을 구할 수 있겠소?」

공식기가 말했다.

「임금님께서 그것을 사용하시면, 곧 백성들이 그것을 만들 것입니다.」

주나라 군주가 말했다.

「좋소!」

그리하여 명령을 내리고 관리들로 하여금 갑옷을 만들 때 반드시 명주실 끈을 사용하도록 했다. 공식기는 자기의 건의가 시행될 것을 알고, 이 기회를 틈타 자기 가족들 모두 함께 명주실 끈을 만들도록 했다. (그러자) 어떤 사람이 공식기를 비방하여 말했다.

「공식기가 명주실 끈을 사용하고자 한 까닭은 자기 집에서 명주실 끈을 많이 만들기 때문입니다.」

주나라 군주가 (이 말을 듣고) 불쾌하게 여겼다. 그리하여 다시 명을 내려 관리들로 하여금 갑상을 만들 때 명주실 끈을 사용하지 못하도록 했다.

이것은 주나라 군주의 편견이다. 갑상을 만드는데 명주실 끈을 사용하여 편리하다면 공식기가 비록 명주실 끈을 많이 만든다고 해도 무슨 장애가 되겠으며, 명주실 끈으로 짜는 것이 편리하지 않다면 공식기가 비록 명주실 끈을 안 가지고 있다 해도 또한 무슨 도움이 되겠는가? (공식기가) 명주실 끈을 만들고 안 만들고는 공식기의 건의를 질책하기에 (명분이) 부족하다.

해설

주(邾)나라 군주는 갑상(甲裳)의 재료로 사용하는 비단천이 내구력에 있어서 명주실 끈만 못하다고 하는 공식기(公息忌)의 건의에 따라 관리들에게 명주실 끈을 사용하도록 명했다가 사람들이 공식기를 비난하는 말이 들리자, 다시 명을 내려 명주실 끈을 사용하지 못하도록 했다.

나라를 통치하는 군주의 입장에서 보다 중요한 관건은, 갑상을 만드는 재료로서 비단천이 나은가 아니면 명주실 끈이 나은가를 살펴 사실 여부를 판단하는 일이지, 명주실 끈을 만들어 잇속을 차리려는 공식기의 부도덕한 행위는 부차적인 문제이다.

이 우언은 국익이 최우선이라는 확고한 주견 없이 유언비어에 따라 마음을 바꾸는 주나라 군주의 우유부단한 행위를 풍자한 것이다.

141 백아파금(伯牙破琴)

《墨子 · 所染》

원문 및 주석

伯牙破琴[1]

伯牙鼓琴, 鍾子期聽之。方鼓琴而志在太山, 鍾子期曰 : 「善哉乎鼓琴! 巍巍乎若太山。」[2] 少選之間, 而志在流水, 鍾子期又曰 : 「善哉乎鼓琴! 湯湯乎若流水。」[3] 鍾子期死, 伯牙破琴絶弦, 終身不復鼓

1 伯牙破琴 → 백아(伯牙)가 거문고를 부수다
【伯牙(백아)】: [인명] 춘추시대 초(楚)나라 사람. 거문고를 잘 타기로 이름이 났다.
【破(파)】: 부수다.

2 伯牙鼓琴, 鍾子期聽之。方鼓琴而志在太山, 鍾子期曰 : 「善哉乎鼓琴! 巍巍乎若太山。」 → 백아(伯牙)가 거문고를 타면, 종자기(鍾子期)가 그것을 듣는다. (백아가) 막 거문고를 타기 시작하여 뜻이 태산(太山)에 있으면, 종자기가 말하길 : 「거문고를 정말 잘 타는구나! 마치 높고 웅장한 태산과 같다.」라고 했고,
【鼓(고)】: (거문고를) 타다.
【鍾子期(종자기)】: [인명] 춘추시대 초(楚)나라 사람.
【方(방)】: 막, 방금.
【太山(태산)】: 높고 웅장한 산.
【善哉乎(선재호)】: 훌륭하다, 능숙하다. 여기서는 「(거문고를) 잘 타다」의 뜻.
【巍巍乎(외외호)】: 높고 웅장한 모양.
【若(약)】: 마치 …같다.

3 少選之間, 而志在流水, 鍾子期又曰 : 「善哉乎鼓琴! 湯湯乎若流水。」 → 잠시 후, 뜻이 흐르는 물에 있으면, 종자기가 또 말하길 : 「거문고를 정말 잘 타는구나! 마치 세차게 흐르는 물과 같다.」라고 했다.

琴, 以爲世無足復爲鼓琴者。[4]

번역문

백아(伯牙)가 거문고를 부수다

백아(伯牙)가 거문고를 타면 종자기(鍾子期)가 그것을 듣는다. (백아가) 막 거문고를 타기 시작하여 뜻이 태산(太山)에 있으면 종자기가 말하길 「거문고를 정말 잘 타는구나! 마치 높고 웅장한 태산과 같다.」라고 했고, 잠시 후 뜻이 흐르는 물에 있으면 종자기가 또 말하길 「거문고를 정말 잘 타는구나! 마치 세차게 흐르는 물과 같다.」라고 했다.

종자기가 죽자 백아는 거문고를 부수고 줄을 끊어버린 후 종신토록 다시 거문고를 타지 않았다. 세상에 다시 누구를 위해 거문고를 타서 들려줄 만한 사람이 없다고 생각했기 때문이다.

해설

백아(伯牙)와 종자기(鍾子期)는 완전히 의기투합(意氣投合)하는 지기(知己) 사이이다. 그래서 백아가 거문고의 소리로 속뜻을 전달해도, 종자기는 이를 정확하게 풀어내어 화답한다. 이러한 우의(友誼)는 오직 서로 사상이

【少選(소선)】: 잠시 후, 조금 있다가.
【湯湯(상상)】: 물결이 세찬 모습.

4 鍾子期死, 伯牙破琴絶弦, 終身不復鼓琴, 以爲世無足復爲鼓琴者。→ 종자기가 죽자, 백아는 거문고를 부수고 줄을 끊어버린 후, 종신토록 다시 거문고를 타지 않았다. 세상에 다시 누구를 위해 거문고를 타서 들려줄 만한 사람이 없다고 생각했기 때문이다.
【絶弦(절현)】: 거문고 줄을 끊다.
【以爲(이위)】: …라고 여기다, …라고 생각하다.

일치하고 심령이 통해야 비로소 이루어질 수 있고, 고귀한 만큼 얻기도 어렵다.

종자기가 죽자 백아는 종자기와 같은 지음(知音)을 다시 얻을 수 없다고 생각했고, 종자기가 없는 세상에서 거문고는 다만 무용지물(無用之物)일 뿐이었다. 그리하여 거문고 줄을 끊어버리고 다시는 거문고를 타지 않았다.

이 우언은 백아와 종자기의 관계를 통해 인간의 진지한 우의가 무엇인지를 보여준 것이다.

※ 참고 : 이 우언은 《열자(列子) · 탕문(湯問)》에도 보이는데, 《열자》와 《여씨춘추》를 비교할 때, 백아가 거문고를 타서 종자기가 태산과 유수를 말하는 부분까지는 양자가 일치하고, 그 뒤 부분에서 《열자》에는 백아가 종자기의 청음력을 극찬하는 내용이 있는 반면, 종자기가 죽은 뒤 백아가 거문고 줄을 끊고 평생 거문고를 타지 않았다는 내용이 없다.

142 가녀조출(嫁女遭出)

《呂氏春秋·遇合》

원문 및 주석

嫁女遭出[1]

人有爲人妻者, 人告其父母曰 :「嫁不必生也, 衣器之物可外藏之, 以備不生。」[2] 其父母以爲然, 於是令其女常外藏。[3] 姑妐知之, 曰 :「爲我婦而有外心, 不可畜。」因出之。[4] 婦之父母以謂爲己說者以

1 嫁女遭出 → 출가한 딸이 시집에서 쫓겨나다
【嫁(가)】: 시집가다, 출가하다.
【遭出(조출)】: 쫓겨나다, 퇴출당하다.

2 人有爲人妻者, 人告其父母曰 :「嫁不必生也, 衣器之物可外藏之, 以備不生。」→ 시집을 가려는 여자가 있었는데, 어떤 사람이 그 여자 부모에게 말했다 :「시집을 간다고 해서 반드시 아이를 낳는 것은 아니니, 옷이나 그릇 같은 물건을 외부에 감춰두어, 아이를 낳지 못할 경우에 대비해야 합니다.」
【爲人妻(위인처)】: 남의 아내가 되다. 즉「시집을 가다」의 뜻.
【不必(불필)…】: 반드시 …한 것은 아니다.
【衣器(의기)】: 의복과 그릇.
【備(비)】: 대비하다.

3 其父母以爲然, 於是令其女常外藏。→ 그녀의 부모가 그렇다고 여겼다. 그리하여 자기 딸로 하여금 항상 외부에 물건을 감춰두도록 했다.
【以爲然(이위연)】: 그렇다고 여기다. 〖以爲〗: …라고 여기다, …라고 생각하다.
【於是(어시)】: 이에, 그리하여.
【令(령)】: …로 하여금 …하게 하다.

4 姑妐知之, 曰 :「爲我婦而有外心, 不可畜。」因出之。→ 그녀의 시어머니와 시아버지가 이를

爲忠, 終身善之, 亦不知所以然矣。[5]

번역문

출가한 딸이 시집에서 쫓겨나다

시집을 가려는 여자가 있었는데 어떤 사람이 그 여자 부모에게 말했다.

「시집을 간다고 해서 반드시 아이를 낳는 것은 아니니, 옷이나 그릇 같은 물건을 외부에 감춰두어 아이를 낳지 못할 경우에 대비해야 합니다.」

그녀의 부모가 그렇다고 여겼다. 그리하여 자기 딸로 하여금 항상 외부에 물건을 감춰두도록 했다. 그녀의 시어머니와 시아버지가 이를 알고 말했다.

「우리 집 며느리가 되어 딴마음을 품고 있으니 그냥 놔둘 수가 없다.」

그리하여 그녀를 쫓아냈다. 그녀의 부모는 자기에게 말한 그 사람을 충성스럽다고 여겨 평생 그 사람과 가깝게 지내며, 여전히 그렇게 된 까닭을

알고, 말했다 : 「우리 집 며느리가 되어 딴마음을 품고 있으니, 그냥 놔둘 수가 없다.」 그리하여 그녀를 쫓아냈다.

【姑妐(고종)】 : 시어머니와 시아버지.

【外心(외심)】 : 딴마음.

【畜(축)】 : 기르다. 여기서는 「그냥 놓아두다」의 뜻.

【因(인)】 : 이로 인해, 그리하여.

5 婦之父母以謂爲己說者以爲忠, 終身善之, 亦不知所以然矣。→ 그녀의 부모는 자기에게 말한 그 사람을 충성스럽다고 여겨, 평생 그 사람과 가깝게 지내며, 여전히 그렇게 된 까닭을 알지 못했다.

【以謂(위위)】 : 以爲(이위), …라고 여기다, …라고 생각하다.

【爲己說者(위기설자)】 : 자기에게 말한 사람.

【善之(선지)】 : 그와 가깝게 지내다. 〖之〗 : [대명사] 그, 즉 「물건을 감추어 두라고 말한 사람」.

【亦(역)】 : 여전히.

【所以然(소이연)】 : 그렇게 된 까닭.

알지 못했다.

해설

딸을 시집보내는 부모가 남의 엉뚱한 권고를 믿고 따랐다가 딸이 시집에서 쫓겨나는 봉변을 당했다. 함부로 옳지 못한 조언을 하는 것도 무책임한 행위지만, 그보다는 중요한 일을 깊이 생각하지 않고 맹신(盲信)하여 불행한 일을 당하고도 그러한 까닭을 이해하지 못하는 부모가 더욱 황당하다.

이 우언은 자신의 주견(主見) 없이 남의 말을 맹신하여 피해를 당하고도 깨닫지 못하는 사람의 어리석은 행위를 풍자한 것이다.

143 축취해상(逐臭海上)

《呂氏春秋 · 遇合》

원문 및 주석

逐臭海上[1]

人有大臭者, 其親戚兄弟妻妾知識, 無能與居者, 自苦而居海上。[2] 海上人有說其臭者, 晝夜隨之而弗能去。[3]

1 逐臭海上 → 악취(惡臭)를 바다로 몰아내다
【逐(축)】: 몰아내다, 쫓아내다.
【臭(취)】: 악취, 구린내.

2 人有大臭者, 其親戚兄弟妻妾知識, 無能與居者, 自苦而居海上。→ 몸에서 악취가 많이 나는 사람이 있었는데, 그의 친척과 형제와 처첩과 지인들까지, 그와 함께 거주할 수 있는 사람이 없자, 스스로 고민하다가 바다로 나가 살았다.
【大臭(대취)】: 악취가 많이 나다.
【知識(지식)】: 아는 사람. 즉 「친구」를 가리킨다.
【與居(여거)】: 함께 살다, 더불어 살다.
【自苦(자고)】: 스스로 고민하다, 스스로 괴로워하다.

3 海上人有說其臭者, 晝夜隨之而弗能去。→ 바다에는 그의 악취를 좋아하는 자가 있어, 밤낮으로 그를 쫓아다니며 떠나려 하지 않았다.
【說(열)】: 悅(열), 좋아하다.
【隨(수)】: 좇다, 따르다.
【弗(불)】: 不(불).
【去(거)】: 떠나다, 떨어지다, 이탈하다.

번역문

악취(惡臭)를 바다로 몰아내다

몸에서 악취(惡臭)가 나는 사람이 있었는데, 그의 친척과 형제와 처첩과 지인들까지 그와 함께 거주할 수 있는 사람이 없자, 스스로 고민하다가 바다로 나가 살았다.

바다에는 그의 악취를 좋아하는 자가 있어, 밤낮으로 그를 쫓아다니며 떠나려 하지 않았다.

해설

정직한 사람은 사악한 사람과 한동아리가 되는 것을 달갑게 여기지 않아 설사 부모 형제나 부부와 같이 가까운 사이라 해도, 서로 가는 길이 다르고 마음이 맞지 않으면 함께 할 수가 없다.

이 우언은 도덕이 파괴되고 인품이 악랄한 무리들과는 절대로 함께 섞이지 말 것을 권계한 것이다.

144 우결우도(牛缺遇盜)

《呂氏春秋 · 必己》

원문 및 주석

牛缺遇盜[1]

牛缺居上地, 大儒也, 下之邯鄲, 遇盜於耦沙之中。[2] 盜求其橐中之載, 則與之, 求其車馬, 則與之, 求其衣被, 則與之。[3] 牛缺出而去,

---

1 牛缺遇盜 → 우결(牛缺)이 강도를 만나다
【牛缺(우결)】: [인명] 진(秦)나라 사람.

2 牛缺居上地, 大儒也, 下之邯鄲, 遇盜於耦沙之中。→ 우결(牛缺)은 상지(上地)에 사는 거유(巨儒)인데, 한단(邯鄲)으로 내려가다가, 우수(耦水) 강변의 모래밭에서 강도를 만났다.
【上地(상지)】: [지명] 지금의 섬서성 수덕현(綏德縣) 일대.
【大儒(대유)】: 거유, 대유학자.
【下之邯鄲(하지한단)】: 한단(邯鄲)으로 내려가다. ※ 진(秦)나라 지역이 높고 한단 지역이 낮기 때문에 내려간다고 말했다. 〖之〗: 가다. 〖邯鄲〗: [지명] 전국시대 조(趙)나라의 도읍.
【耦沙(우사)】: 우수(耦水) 강변의 모래밭. 〖耦〗: [강 이름] 우수(耦水). 지금의 하북성 사하현(沙河縣) 북쪽에 있는 강.

3 盜求其橐中之載, 則與之, 求其車馬, 則與之, 求其衣被, 則與之。→ 강도가 우결의 자루 안에 있는 물건을 요구하면, 물건을 주고, 거마를 요구하면, 거마를 주고, 옷과 이불을 요구하면, 옷과 이불을 주었다.
【求(구)】: 요구하다, 달라고 하다.
【其(기)】: [대명사] 그, 즉 우결.
【橐中之載(탁중지재)】: 자루 속의 물건. 〖橐〗: 자루, 주머니. 〖載〗: 싣다, 적재하다. 여기서는 「들어있는 물건」을 가리킨다.
【與(여)】: 주다.

盜相謂曰:「此天下之顯人也, 今辱之如此, 此必愬我於萬乘之主。[4] 萬乘之主必以國誅我, 我必不生, 不若相與追而殺之, 以滅其跡。」[5] 於是相與趨之, 行三十里, 及而殺之。此以知故也。[6]

【之(지)】: [대명사] 그, 즉 도둑.
【被(피)】: 이불.

4 牛缺出而去, 盜相謂曰:「此天下之顯人也, 今辱之如此, 此必愬我於萬乘之主。→ 우결이 걸어 나와 그곳을 떠나자, 강도가 자기들끼리 말했다:「이 사람은 천하의 유명한 인물이다. 지금 이와 같이 그를 욕보였으니, 이 사람은 반드시 우리를 임금에게 고발할 것이다.
【出而去(출이거)】: 걸어 나와 그곳을 떠나다.
【相謂(상위)】: 자기들끼리 말하다.
【顯人(현인)】: 저명한 인물, 유명한 사람.
【辱(욕)】: 욕보이다, 모욕하다.
【愬(소)】: 하소연하다, 일러바치다, 고발하다.
【萬乘之主(만승지주)】: 본래 병거(兵車) 일만 대를 갖출 만한 힘이 있는 나라의 군주라는 뜻으로 큰 나라의 군주를 가리키나, 여기서는 다만「임금, 군주」를 이른 말이다.

5 萬乘之主必以國誅我, 我必不生, 不若相與追而殺之, 以滅其跡。」→ (그러면) 임금은 틀림없이 우리를 국법으로 처벌할 것이고, 우리는 틀림없이 살아남지 못할 것이다. (차라리) 함께 쫓아가서 그를 죽여, 그의 흔적을 없애버리는 것이 낫다.」
【國(국)】: 국법.
【誅(주)】: 처벌하다.
【不若(불약)…】: …하는 것만 못하다, …하는 것이 낫다.
【相與(상여)】: 함께.
【追(추)】: 쫓다, 추격하다.
【滅(멸)】: 없애버리다.
【跡(적)】: 흔적, 종적.

6 於是相與趨之, 行三十里, 及而殺之。此以知故也。→ 그리하여 함께 우결의 뒤를 쫓아, 삼십리를 가서, 그를 따라잡아 죽여 버렸다. 이는 우결이 유명한 인물이라는 것을 강도가 알았기 때문이다.
【於是(어시)】: 이에, 그리하여.
【趨(추)】: 뒤쫓다.
【及(급)】: 미치다, 이르다, 도달하다. 즉「따라 잡다」의 뜻.
【以(이)】: 因(인), …때문.
【故(고)】: 연고, 이유. 즉「우결이 유명한 인물이라는 이유」.

번역문

우결(牛缺)이 강도를 만나다

우결(牛缺)은 상지(上地)에 사는 거유(巨儒)인데, 한단(邯鄲)으로 내려가다가 우수(耦水) 강변의 모래밭에서 강도를 만났다. 강도가 우결의 자루 안에 있는 물건을 요구하면 물건을 주고, 거마를 요구하면 거마를 주고, 옷과 이불을 요구하면 옷과 이불을 주었다. 우결이 걸어 나와 그곳을 떠나자 강도가 자기들끼리 말했다.

「이 사람은 천하의 유명한 인물이다. 지금 이와 같이 그를 욕보였으니, 이 사람은 반드시 우리를 임금에게 고발할 것이다. (그러면) 임금은 틀림없이 우리를 국법으로 처벌할 것이고 우리는 틀림없이 살아남지 못할 것이다. (차라리) 함께 쫓아가서 그를 죽여 그의 흔적을 없애버리는 것이 낫다.」

그리하여 함께 우결의 뒤를 쫓아 삼십 리를 가서 그를 따라잡아 죽여 버렸다. 이는 우결이 유명한 인물이라는 것을 강도가 알았기 때문이다.

해설

우결(牛缺)은 강도가 요구하는 대로 가지고 있는 것을 모두 다 주었다. 그러나 강도들은 그를 유명한 인물로 보아, 반드시 자기들에게 후환이 있을 것이라 여겨 자신들의 행위를 은폐하기 위해 우결을 쫓아가 살해했다. 우결이 강도에게 살해된 주요 원인은 결국 재물 때문이 아니라 유명한 인물로 보여 보복이 두려웠기 때문이다.

이 우언은 어떠한 경우에도 남이 자신을 오인하여 화를 초래하지 않도록 자신의 신분을 드러내거나 과시하는 언행을 삼가도록 경계한 것이다.

※ 참고 : 이 고사는 한대(漢代)의 《회남자(淮南子) · 인간훈(人間訓)》에도 보이는데 《여씨춘추》와 비교할 때, 우결(牛缺)이 강도를 만나 가지고 있는 모든 물건을 빼앗기고 살해되는 기본 줄거리는 같으나 고사를 전개하는 과정은 다소 차이가 있다.

145 갈지구주(竭池求珠)

《呂氏春秋·必己》

원문 및 주석

竭池求珠[1]

宋桓司馬有寶珠, 抵罪出亡。王使人問珠之所在, 曰:「投之池中。」[2] 於是竭池而求之, 無得, 魚死焉。[3]

1 竭池求珠 → 연못의 물을 말려 구슬을 찾다
【竭池(갈지)】: 연못의 물을 말리다.
【求(구)】: 찾다.

2 宋桓司馬有寶珠, 抵罪出亡。王使人問珠之所在, 曰:「投之池中。」→ 송(宋)나라의 환사마(桓司馬)는 값진 구슬을 가지고 있었는데, 죄를 지어 다른 나라로 도망했다. 왕이 사람을 파견하여 구슬의 소재를 물으니,「연못에 던졌다」고 했다.
【宋(송)】: 지금의 하남성 상구현(商邱縣) 일대에 있던 주대(周代)의 제후국.
【桓司馬(환사마)】: 성은 환(桓), 사마(司馬)는 관직명. 춘추시대 송나라의 사마.
【抵罪(저죄)】: 죄를 지어 그에 상응하는 벌을 받다.
【出亡(출망)】: 다른 나라로 도망하다.
【使(사)】: 보내다, 파견하다.

3 於是竭池而求之, 無得, 魚死焉。→ 그리하여 연못의 물을 말리고 그것을 찾아 보았으나, 결국 찾지 못하고, 물고기만 모두 죽어버렸다.
【於是(어시)】: 이에, 그리하여.

번역문

연못의 물을 말려 구슬을 찾다

송(宋)나라의 환사마(桓司馬)가 값진 구슬을 가지고 있었는데, 죄를 지어 다른 나라로 도망했다. 왕이 사람을 파견하여 구슬의 소재를 물어보니 「연못에 던졌다」고 했다. 그리하여 연못의 물을 말리고 그것을 찾아 보았으나 결국 찾지 못하고 물고기만 모두 죽어버렸다.

해설

송왕(宋王)은 환사마(桓司馬)가 죄를 짓고 도망하자 환사마가 가지고 있던 구슬을 탐내어 그 소재를 탐문한 결과 연못에 던졌다는 말을 들었다. 그리하여 연못의 물을 퍼내 바닥을 말리면서까지 찾았으나 끝내 구슬을 찾지 못하고 애매한 물고기만 모두 죽였다.

이 우언은 송왕의 사례를 통해, 자신의 사리사욕을 채우기 위해 백성의 이익을 돌보지 않는 통치자의 악랄한 만행을 폭로한 것이다.

146 공자마일(孔子馬逸)

《呂氏春秋 · 必己》

원문 및 주석

孔子馬逸[1]

孔子行道而息, 馬逸, 食人之稼, 野人取其馬。子貢請往說之, 畢辭, 野人不聽。[2] 有鄙人始事孔子者, 曰 :「請往說之。」[3] 因謂野人曰

1 孔子馬逸 → 공자(孔子)의 말이 달아나다
【孔子(공자)】: [인명] 성은 공(孔), 이름은 구(丘), 자는 중니(仲尼). 춘추시대 노(魯)나라 사람으로 유가(儒家) 학파의 창시자. 〖子〗: 학문과 덕망을 지닌 남자에 대한 존칭.
【逸(일)】: 도망치다, 달아나다.

2 孔子行道而息, 馬逸, 食人之稼, 野人取其馬。子貢請往說之, 畢辭, 野人不聽。→ 공자(孔子)가 길을 가다가 쉬고 있는데, 말이 달아나, 남의 농작물을 먹어, 농부가 그 말을 압류했다. 자공(子貢)이 설득하러 가기를 청해 농부를 찾아가 할 말을 다했으나 농부가 들어주지 않았다.
【行道(행도)】: 길을 가다.
【息(식)】: 쉬다, 휴식하다.
【食(식)】: [동사] 먹다.
【稼(가)】: 농작물.
【野人(야인)】: 농부. ※ 옛날에는 농부를 멸시하여 「야인」이라 불렀다.
【取(취)】: 취하다. 여기서는 「압류하다」의 뜻.
【子貢(자공)】: [인명] 공자의 제자. 성은 단목(端木), 이름은 사(賜).
【請往說之(청왕설지)】: 가서 농부를 설득하고자 청하다. 〖說〗: (사리를) 설명하다, 설득하다. 〖之〗: [대명사] 그, 즉 농부.
【畢辭(필사)】: 할 말을 다하다.
【不聽(불청)】: 듣지 않다, 거절하다.

3 有鄙人始事孔子者, 曰 :「請往說之。」→ 처음으로 공자를 섬기는 어느 시골 사람이, 말했다 :

:「子不耕於東海, 吾不耕於西海也, 吾馬何得不食子之禾?」[4] 其野人大說, 相謂曰 :「說亦皆如此其辯也, 獨如嚮之人。」解馬而與之。[5]

번역문

공자(孔子)의 말이 달아나다

공자(孔子)가 길을 가다가 쉬고 있는데, 말이 달아나 남의 농작물을 먹어 농부가 그 말을 압류했다. 자공(子貢)이 설득하러 가기를 청해 농부를 찾아가 할 말을 다했으나 농부가 들어주지 않았다. 처음으로 공자를 섬기는 어느 시골 사람이 말했다.

「(제가) 가서 농부를 설득해 보겠습니다.」

그리하여 그가 농부를 찾아가 말했다.

「당신은 동해에서 농사를 짓지 않고 나는 서해에서 농사를 짓지 않는

「(제가) 가서 농부를 설득해 보겠습니다.」
【鄙人(비인)】: 시골 사람.
【始事(시사)】: 처음으로 섬기다, 섬기기 시작하다.

4 因謂野人曰 :「子不耕於東海, 吾不耕於西海也, 吾馬何得不食子之禾?」→ 그리하여 그가 농부를 찾아가 말했다 :「당신은 동해에서 농사를 짓지 않고, 나는 서해에서 농사를 짓지 않는데 (내가 이곳에 머물면서) 나의 말이 어찌 당신의 곡식을 먹지 않을 수 있겠소?」
【因(인)】: 그리하여.
【何得(하득)】: 何能(하능), 어찌 …할 수 있는가?
【禾(화)】: 곡물, 곡식.

5 其野人大說, 相謂曰 :「說亦皆如此其辯也, 獨如嚮之人。」解馬而與之。→ 그 농부가 매우 기뻐하며, 말했다 :「말이란 역시 모두 이처럼 사리가 분명해야지, 어느 누가 방금 그 사람 같겠는가!」 그리고 말을 풀어 그에게 주었다.
【大說(대열)】: 매우 기뻐하다. 〖說〗: 悅(열), 기뻐하다.
【辯(변)】: 사리가 분명하다.
【獨如(독여)…】: 어느 누가 …와 같겠는가! 〖獨〗: 어느 누구.
【嚮之人(향지인)】: 방금 그 사람. 즉 「자공」을 가리킨다. 〖嚮〗: 이전, 종전, 방금.

데, (내가 이곳에 머물면서) 나의 말이 어찌 당신의 곡식을 먹지 않을 수 있겠소?」

그 농부가 매우 기뻐하며 말했다.

「말이란 역시 모두 이처럼 사리가 분명해야지, 어느 누가 방금 그 사람 같겠는가!」

그리고 말을 풀어 그에게 주었다.

해설

공자(孔子)의 말이 달아나 남의 농작물을 먹는 바람에 그 주인이 말을 압류해 끌고 갔다. 이에 자공(子貢)이 자청하여 농부를 찾아가 설득했으나 농부가 듣지 않았다. 이때 공자를 처음 섬기는 시골 사람이 다시 자청하고 나서 농부를 찾아가 몇 마디 하니 농부가 기뻐하며 말을 풀어 주었다.

자공은 공자의 제자로 학문에 해박한 사람이다. 그러나 그가 설사 학문적으로 박식하다 해도 현실 생활과 동떨어진 고답적인 이론으로 접근한다면 결코 군중들에게 어필(appeal)할 수가 없다.

이 우언은 모든 일을 처리할 때 현실에 맞게 실사구시(實事求是)의 관점에서 접근해야 비로소 설득력이 있음을 비유한 것이다.

147 순망치한(脣亡齒寒)

《呂氏春秋 · 權勳》

원문 및 주석

脣亡齒寒[1]

昔者晉獻公使荀息假道於虞以伐虢, 荀息曰:「請以垂棘之璧與屈産之乘, 以賂虞公, 而求假道焉, 必可得也。」[2] 獻公曰:「夫垂棘

1 脣亡齒寒 → 입술이 없으면 이가 시리다
【亡(망)】: 잃다, 없어지다.

2 昔者晉獻公使荀息假道於虞以伐虢, 荀息曰:「請以垂棘之璧與屈産之乘, 以賂虞公, 而求假道焉, 必可得也。」→ 옛날에 진(晉)나라 헌공(獻公)이 순식(荀息)을 파견하여 우(虞)나라로부터 길을 빌려 괵(虢)나라를 정벌하려 하자, 순식이 말했다:「청컨대 수극(垂棘)에서 나는 벽옥(璧玉)과 굴(屈)에서 나는 준마(駿馬)를, 우공(虞公)에게 뇌물로 주고, 길을 빌려달라고 요구하면, 반드시 허락을 받을 수 있을 것입니다.」
【晉獻公(진헌공)】: 진(晉)나라의 제후. 〖晉〗: 지금의 산서성 일대에 있던 주대(周代)의 제후국. B.C. 375년 조씨(趙氏) · 한씨(韓氏) · 위씨(魏氏)가 진(晉)의 영토를 삼분하여 각기 조(趙) · 한(韓) · 위(魏) 세 나라로 독립했다.
【使(사)】: 보내다, 파견하다.
【荀息(순식)】: [인명] 진나라의 대부.
【假道(가도)】: 길을 빌리다.
【虞公(우공)】: 우(虞)나라의 군주. 〖虞〗: 지금의 산서성 평륙현(平陸縣) 북쪽에 있던 주대(周代)의 제후국.
【伐(벌)】: 공격하다, 정벌하다.
【虢(괵)】: [국명] 주대(周代)의 제후국으로 서괵 · 동괵 · 북괵 등이 있는데, 여기서는 북괵을 가리킨다. 북괵은 무왕(武王)의 아우인 괵중(虢仲)의 봉지 중 하나로, 섬서성 평륙현(平陸縣) 경내에 있었다.
【垂棘(수극)】: [지명] 아름다운 옥의 산지로 알려져 있다.

之璧, 吾先君之寶也; 屈産之乘, 寡人之駿也。若受吾幣而不吾假道, 將奈何?」[3] 荀息曰:「不然。彼若不吾假道, 必不吾受也。[4] 若受我而假我道, 是猶取之內府而藏之外府也, 猶取之內阜而著之外阜也, 君奚患焉?」[5] 獻公許之, 乃使荀息以屈産之乘爲庭實, 而加以垂棘之璧, 以假道於虞而伐虢。[6] 虞公濫於寶與馬而欲許之, 宮之奇

【屈(굴)】: [지명] 춘추시대 진(晉)나라의 읍(邑). 명마(名馬)의 산지로 알려져 있다.
【乘(승)】: 본래 네 마리의 말을「乘」이라 하나, 여기서는「말」을 가리킨다.
【賂(뢰)】: 뇌물을 주다.

3 獻公曰:「夫垂棘之璧, 吾先君之寶也; 屈産之乘, 寡人之駿也。若受吾幣而不吾假道, 將奈何?」→ 헌공이 말했다:「대저 수극의 벽옥은, 우리 선왕의 보물이고; 굴에서 나는 말은, 과인의 준마요. 만일 나의 예물을 받고 나에게 길을 빌려주지 않으면, 장차 어찌하겠소?」
【夫(부)】: [발어사] 무릇, 대저.
【先君(선군)】: 선왕.
【寡人(과인)】: 과덕지인(寡德之人)이란 의미로 임금이 자신을 낮추어 부르는 말.
【駿(준)】: 준마.
【若(약)】: 만일, 만약.
【幣(폐)】: 예물.
【不吾假道(불오가도)】: [不假吾道의 도치형태] 우리에게 길을 빌려주지 않다.
【奈何(내하)】: 어찌하겠는가?

4 荀息曰:「不然。彼若不吾假道, 必不吾受也。→ 순식이 말했다:「그렇지 않습니다. 우나라가 우리에게 길을 빌려주지 않으면, 반드시 우리의 예물을 받지 않습니다.
【彼(피)】: [대명사] 그, 저. 즉 우(虞)나라.

5 若受我而假我道, 是猶取之內府而藏之外府也, 猶取之內阜而著之外阜也, 君奚患焉?」→ 만일 우리를 받아들여 우리에게 길을 빌려주면, 이는 마치 벽옥을 궁 안의 창고에서 취해다가 궁 밖의 창고에 보관하는 것과 같고, 준마를 궁 안의 마구간에서 취해다가 궁 밖의 마구간에 매어두는 것과 같습니다. 임금님께서는 어찌 걱정을 하십니까?」
【猶(유)】: 마치 …과 같다.
【內府(내부)】: 궁 안의 재물 창고.
【藏(장)】: 저장하다, 보관하다.
【外府(외부)】: 궁 밖의 창고.
【阜(조)】: 마구간.
【奚(해)】: 어찌, 무엇.
【患(환)】: 걱정하다, 우려하다.

6 獻公許之, 乃使荀息以屈産之乘爲庭實, 而加以垂棘之璧, 以假道於虞而伐虢。→ 헌공이 이를

諫曰 :「不可許也。虞之與虢也, 若車之有輔也。[7] 車依輔, 輔亦依車, 虞、虢之勢是也。先人有言曰 :『唇竭而齒寒。』夫虢之不亡也, 恃虞, 虞之不亡也, 亦恃虢也。[8] 若假之道, 則虢朝亡, 而虞夕從之矣, 奈何其假之道也?」[9] 虞公弗聽而假之道。荀息伐虢, 克之; 還反伐

················

허락하고, 바로 순식을 파견하여 굴에서 나는 말을 정실(庭實) 예물로 삼고, 여기에 수극의 벽옥을 추가하여, 우나라로부터 길을 빌려 괵나라 정벌에 나섰다.
【乃(내)】: 곧, 바로.
【庭實(정실)】: 제후가 서로 방문할 때 궁중의 예물을 뜰 앞에 늘어놓는 것.
【加以(가이)】: 추가하다, 보태다.

7 虞公濫於寶與馬而欲許之, 宮之奇諫曰 :「不可許也。虞之與虢也, 若車之有輔也。→ 우공이 보석과 말에 욕심을 내서 허락하려 하자, 궁지기가 간했다 :「허락해서는 안 됩니다. 우나라와 괵나라는, 마치 수레에 덧방나무가 있는 것과 같습니다.
【濫(람)】: 탐내다, 욕심을 내다.
【欲(욕)】: …하려고 하다, …하고자 하다.
【宮之奇(궁지기)】: [인명] 우(虞)나라의 대부.
【諫(간)】: 간하다.
【若(약)】: 마치 …과 같다.
【輔(보)】: 수레의 덧방나무.

8 車依輔, 輔亦依車, 虞、虢之勢是也。先人有言曰 :『唇竭而齒寒。』夫虢之不亡也, 恃虞, 虞之不亡也, 亦恃虢也。→ 수레가 덧방나무를 의지하고, 덧방나무가 수레를 의지하는데, 우나라와 괵나라의 형세가 바로 이러합니다. 옛사람이 말하길 :『입술이 없으면 이가 시리다』라고 했습니다. 대저 괵나라가 망하지 않는 것은, 우나라를 의지하기 때문이고, 우나라가 망하지 않는 것 또한 괵나라를 의지하기 때문입니다.
【依(의)】: 의지하다.
【竭(갈)】: 亡(망), 없다, 없어지다.
【恃(시)】: 믿다, 의지하다.

9 若假之道, 則虢朝亡, 而虞夕從之矣, 奈何其假之道也?」→ 만일 그들에게 길을 빌려준다면, 괵나라는 아침에 망하고, 우나라는 저녁에 괵나라를 좇아 망하는데, 어찌 진나라에게 길을 빌려줄 수 있겠습니까?」

10 虞公弗聽而假之道。荀息伐虢, 克之; 還反伐虞, 又克之。→ 우공이 듣지 않고 진나라에 길을 빌려 주었다. 순식은 괵나라를 공격하여, 괵나라를 함락하고; 돌아오는 길에 우나라를 공격하여, 또 우나라를 함락했다.
【弗(불)】: 不(불).
【克(극)】: 물리치다, 정벌하다, 함락하다.

虞, 又克之。[10] 荀息操璧牽馬而報, 獻公喜曰 :「璧則猶是也, 馬齒亦薄長矣!」[11] 故曰 :「小利, 大利之殘也。」[12]

번역문

입술이 없으면 이가 시리다

옛날에 진(晉)나라 헌공(獻公)이 순식(荀息)을 파견하여 우(虞)나라로부터 길을 빌려 괵(虢)나라를 정벌하려 하자 순식이 말했다.

「청컨대 수극(垂棘)에서 나는 벽옥(璧玉)과 굴(屈)에서 나는 준마(駿馬)를 우공(虞公)에게 뇌물로 주고 길을 빌려달라고 요구하면 반드시 허락을 받을 수 있을 것입니다.」

헌공이 말했다.

「대저 수극의 벽옥은 우리 선왕의 보물이고 굴에서 나는 말은 과인의 준마요. 만일 나의 예물을 받고 나에게 길을 빌려주지 않으면 장차 어찌하겠소?」

순식이 말했다.

················

11 荀息操璧牽馬而報, 獻公喜曰 :「璧則猶是也, 馬齒亦薄長矣!」→ 순식이 벽옥을 손에 쥐고 말을 끌고 와서 보고하니, 헌공이 기뻐하며 말했다 :「벽옥은 이전 그대로인데, 다만 말의 이빨이 약간 자랐을 뿐이로군!」

【操(조)】: 잡다, 쥐다, 가지다.

【牽(견)】: 끌다.

【猶是(유시)】: 여전히 그러하다. 즉「이전 그대로이다」의 뜻.

【亦(역)】: 다만 …뿐.

【薄長(박장)】: 약간 자라다. 〖薄〗: 약간, 조금.

12 故曰 :「小利, 大利之殘也。」→ 그래서 :「작은 이익은, 큰 이익의 재앙이다.」라고 말한 것이다.

【殘(잔)】: 피해, 재해, 재앙.

「그렇지 않습니다. 우나라가 우리에게 길을 빌려주지 않으면 반드시 우리의 예물을 받지 않습니다. 만일 우리를 받아들여 우리에게 길을 빌려주면, 이는 마치 벽옥을 궁 안의 창고에서 취해다가 궁 밖의 창고에 보관하는 것과 같고, 준마를 궁 안의 마구간에서 취해다가 궁 밖의 마구간에 매어두는 것과 같습니다. 임금님께서는 어찌 걱정을 하십니까?」

헌공이 이를 허락하고 바로 순식을 파견하여 굴에서 나는 말을 정실(庭實) 예물로 삼고 여기에 수극의 벽옥을 추가하여 우나라로부터 길을 빌려 괵나라 정벌에 나섰다. 우공이 보석과 말에 욕심을 내서 허락하려 하자 궁지기가 간했다.

「허락해서는 안 됩니다. 우나라와 괵나라는 마치 수레에 덧방나무가 있는 것과 같습니다. 수레가 덧방나무를 의지하고 덧방나무가 수레를 의지하는데, 우나라와 괵나라의 형세가 바로 이러합니다. 옛사람이 말하길 『입술이 없으면 이가 시리다』라고 했습니다. 대저 괵나라가 망하지 않는 것은 우나라를 의지하기 때문이고, 우나라가 망하지 않는 것 또한 괵나라를 의지하기 때문입니다. 만일 그들에게 길을 빌려준다면 괵나라는 아침에 망하고 우나라는 저녁에 괵나라를 좇아 망하는데, 어찌 진나라에게 길을 빌려줄 수 있겠습니까?」

우공이 듣지 않고 진나라에 길을 빌려 주었다. 순식은 괵나라를 공격하여 괵나라를 함락하고, 돌아오는 길에 우나라를 공격하여 또 우나라를 함락했다. 순식이 벽옥을 손에 쥐고 말을 끌고 와서 보고하니 헌공이 기뻐하며 말했다.

「벽옥은 이전 그대로인데 다만 말의 이빨이 약간 자랐을 뿐이로군!」

그래서 「작은 이익은 큰 이익의 재앙이다」라고 말한 것이다.

해설

진(晉)나라 헌공(獻公)이 우공(虞公)으로부터 길을 빌려 괵(虢)나라를 정벌한 역사적 사실은 《좌전(左傳) · 희공오년(僖公五年)》에 기록되어 있다. 본문은 작자가 이러한 역사 사실을 근거로 고사를 개편하여 우언으로 만든 것이다.

고사를 통해 볼 때 진(晉)나라의 순식(荀息)과 우(虞)나라의 궁지기(宮之奇)는 모두 국제정세를 꿰뚫고 있는 지모가 뛰어난 신하들인 반면, 진헌공과 우공은 매우 대조적이다. 진헌공은 순식을 신뢰하여 자기가 애지중지하는 벽옥과 준마를 과감히 버림으로써 크나큰 성공을 거두었고, 우공은 궁지기를 불신함으로써 그의 치밀한 분석과 간곡한 권유를 듣지 않아 나라가 망하는 비운을 자초했다.

매사에 있어서 득과 실은 상호 반대급부의 관계로서, 얻기 위해서는 반드시 먼저 대가를 지불해야 하고, 잃지 않기 위해서는 탐하지 말아야 한다.

이 우언은 나라를 잃은 우공의 사례를 통해 소탐대실(小貪大失)의 이치를 설명한 것이다.

※ 참고 : 이 고사는 《한비자(韓非子) · 유로(喩老)》에도 보인다. 모두 진나라가 괵나라를 점령하려는 상황에서 궁지기가 군주에게 건의한 내용을 중심으로 스토리가 전개되고 있는데 《여씨춘추》의 고사성이 더욱 풍부하다.

148 순표야섭(循表夜涉)

《呂氏春秋 · 察今》

원문 및 주석

循表夜涉[1]

荊人欲襲宋, 使人先表澭水。[2] 澭水暴益, 荊人弗知, 循表而夜涉, 溺死者千有餘人, 軍驚而壞都舍。[3] 嚮其先表之時可導也, 今水已變

1 循表夜涉 → 표시를 따라 야밤에 강을 건너다
【循(순)】: 따르다, 좇다.
【表(표)】: [명사] 표시, 표지.
【涉(섭)】: (강을) 건너다.

2 荊人欲襲宋, 使人先表澭水。→ 초(楚)나라가 송(宋)나라를 습격하려고, 사람을 파견하여 먼저 옹수(澭水)에 (걸어서 건널 수 있는 길목을 찾아) 표시를 해놓았다.
【荊(형)】: 초(楚)나라의 별칭. 초(楚)는 지금의 호남성 · 호북성과 강서성 · 절강성 및 하남성 남부에 걸쳐 있던 주대(周代)의 제후국.
【欲(욕)】: …하고자 하다, …하려고 하다.
【使(사)】: 보내다, 파견하다.
【表(표)】: [동사] 표시하다, 표기하다.
【澭水(옹수)】: [강 이름] 지금의 산동성 서남쪽에 있는 강. 일명 「조왕하(趙王河)」라고도 부른다.

3 澭水暴益, 荊人弗知, 循表而夜涉, 溺死者千有餘人, 軍驚而壞都舍。→ 옹수가 갑자기 불어났으나, 초나라 사람들은 이를 모르고, 표시해 놓은 것을 따라 밤중에 건너다가, 익사자가 천여 명에 달했고, 군대들이 놀라 당황하는 모습은 마치 도시의 가옥이 무너지는 듯했다.
【暴益(폭익)】: 갑자기 불어나다.
【弗(불)】: 不(불).
【驚(경)】: 놀라 당황하다.

而益多矣, 荊人尙猶循表而導之, 此其所以敗也。[4]

번역문

표시를 따라 야밤에 강을 건너다

초(楚)나라가 송(宋)나라를 습격하려고 사람을 파견하여 먼저 옹수(澭水)에 (걸어서 건널 수 있는 길목을 찾아) 표시를 해놓았다. 옹수가 갑자기 불어났으나 초나라 사람들은 이를 모르고 표시해 놓은 것을 따라 밤중에 건너다가 익사자가 천여 명에 달했고, 군대들이 놀라 당황하는 모습은 마치 도시의 가옥이 무너지는 듯했다.

이전에 먼저 표시해 놓을 때는 건너갈 수 있었지만 지금은 이미 변해서 물이 많이 불어났는데도 초나라 사람은 여전히 표시해 놓은 것을 따라 건넜으니, 이것이 바로 그들이 실패한 원인이다.

해설

초(楚)나라가 송(宋)나라를 습격하려면 옹수(澭水)를 건너야 하기 때문에

【而(이)】: 如(여), …같다, …듯하다.
【壞(괴)】: 파괴되다, 무너지다.
【都舍(도사)】: 도시의 가옥.

4 嚮其先表之時可導也, 今水已變而益多矣, 荊人尙猶循表而導之, 此其所以敗也。→ 이전에 먼저 표시해 놓을 때는 건너갈 수 있었지만, 지금은 이미 변해서 물이 많이 불어났는데도, 초나라 사람은 여전히 표시해 놓은 것을 따라 건넜으니, 이것이 바로 그들이 실패한 원인이다.
【嚮(향)】: 지난번, 접때, 이전, 종전.
【導(도)】: 인도하다, 건너가다.
【益多(익다)】: 많이 불어나다.
【尙猶(상유)】: 여전히.
【所以(소이)】: 원인, 까닭, 이유.

초나라는 미리 사람을 파견하여 걸어서 건널 수 있는 길목을 찾아 표시를 해 두었다. 그 후 갑자기 물이 불어나 건널 수 없는 상황으로 돌변했다. 그러나 초나라는 이를 모르고 밤중에 그 표시를 따라 건너다가 무려 천여 명이 물에 빠져 죽었다.

전쟁이라는 시간을 다투는 상황에서 시시각각 변하는 정세를 장악하지 못하고 낡은 것에 얽매여 변화의 흐름을 따라잡지 못하면 실패는 당연한 귀결이다.

이 우언은 본래 시대의 변화에 순응하지 않고 선왕(先王)의 법도만을 고수하려는 당시의 군주를 비판한 것이나, 현실 생활에서도 변화에 적절히 대응하지 않으면 성공할 수 없다는 교훈을 제시한 것이기도 하다.

149 각주구검(刻舟求劍)

《呂氏春秋 · 察今》

원문 및 주석

刻舟求劍[1]

楚人有涉江者, 其劍自舟中墜於水, 遽契其舟, 曰 :「是吾劍之所從墜。」[2] 舟止, 從其所契者入水求之。[3] 舟已行矣, 而劍不行, 求劍若此, 不亦惑乎?[4]

1 刻舟求劍 → 뱃전에 표시해 두고 칼을 찾으려 하다

2 楚人有涉江者, 其劍自舟中墜於水, 遽契其舟, 曰 :「是吾劍之所從墜。」 → 초(楚)나라 사람으로 강을 건너는 자가 있었는데, 그의 칼이 배에서 물속으로 떨어지자, 재빨리 그 뱃전에 표시를 해놓고, 말했다 :「여기가 내 칼이 떨어진 곳이다.」

【楚(초)】 : [국명] 지금의 호남성 · 호북성과 강서성 · 절강성 및 하남성 남부에 걸쳐 있던 주대(周代)의 제후국.

【涉(섭)】 : (물을) 건너다.

【墜(추)】 : 떨어지다.

【遽(거)】 : 재빨리, 즉시.

【契(계)】 : 칼로 새기다, 표시하다.

【是(시)】 : 이곳, 여기.

3 舟止, 從其所契者入水求之。 → 배가 멈추고 나서, (그는) 자기가 표시해 놓은 곳으로부터 물속으로 들어가 칼을 찾으려 했다.

【求(구)】 : 찾다, 구하다.

【之(지)】 : [대명사] 그것, 즉 「칼」.

4 舟已行矣, 而劍不行, 求劍若此, 不亦惑乎? → 배는 이미 떠나가고, 칼은 움직이지 않았는데, 이와 같이 칼을 찾고 있으니, 매우 어리석은 일이 아니겠는가?

번역문

뱃전에 표시해 두고 칼을 찾으려 하다

초(楚)나라 사람으로 강을 건너는 자가 있었는데, 그의 칼이 배에서 물속으로 떨어지자 재빨리 그 뱃전에 표시를 해놓고 말했다.

「여기가 내 칼이 떨어진 곳이다.」

배가 멈추고 나서 (그는) 자기가 표시해 놓은 곳으로부터 물속으로 들어가 칼을 찾으려 했다. 배는 이미 떠나가고 칼은 움직이지 않았는데 이와 같이 칼을 찾고 있으니 매우 어리석은 일이 아니겠는가?

해설

배는 분명히 멀리 나갔는데 초(楚)나라 사람은 그러한 사실은 미처 생각하지 못하고 배에 표시해 놓은 흔적만을 가지고 물속에 빠진 칼을 찾으려 했다.

이 우언은 배가 앞으로 나가는 것을 시대 발전에 비유하여 주관적이고 구태의연한 사고방식을 고수하며 변화에 적절히 대응하지 못하는 어리석은 사람을 풍자한 것이다.

【若此(약차)】: 如此(여차), 이와 같다.
【不亦(불역)…乎(호)?】: 매우 …하지 않겠는가? 어찌 …하지 않겠는가?
【惑(혹)】: 어리석다, 멍청하다.

150 인영투강(引嬰投江)

《呂氏春秋 · 察今》

원문 및 주석

引嬰投江[1]

有過於江上者, 見人方引嬰兒而欲投之江中。嬰兒啼, 人問其故, 曰 :「此其父善游。」[2] 其父雖善游, 其子豈遽善游哉?[3]

1 引嬰投江 → 갓난아이를 데려와 강물에 던지다
【引(인)】: 이끌다, 데려오다.
【嬰(영)】: 영아, 갓난아이.

2 有過於江上者, 見人方引嬰兒而欲投之江中。嬰兒啼, 人問其故, 曰 :「此其父善游。」→ 강변을 지나가던 사람이, 마침 어떤 사람이 갓난아이를 데려와 아이를 강물에 던지려 하는 것을 보았다. 아이가 울어서, 지나가던 사람이 그 까닭을 물으니, (아이를 던지려던 사람이) 대답했다 :「이 아이는 아버지가 헤엄을 잘 칩니다.」
【方(방)】: 마침, 막.
【欲(욕)】: …하려고 하다, …하고자 하다.
【之(지)】: [대명사] 그, 즉 갓난아이.
【啼(제)】: 울다.
【故(고)】: 까닭, 이유.
【善游(선유)】: 헤엄을 잘 치다.

3 其父雖善游, 其子豈遽善游哉? → 아이의 아버지가 비록 헤엄을 잘 친다 해도, 갓난아이가 어찌 바로 헤엄을 잘 칠 수 있겠는가?
【豈(기)】: 어찌.
【遽(거)】: 곧, 바로.

번역문

갓난아이를 데려와 강물에 던지다

강변을 지나가던 사람이 마침 어떤 사람이 갓난아이를 데려와 아이를 강물에 던지려 하는 것을 보았다. 아이가 울어서 지나가던 사람이 그 까닭을 물으니 (아이를 던지려던 사람이) 대답했다.

「이 아이는 아버지가 헤엄을 잘 칩니다.」

아이의 아버지가 비록 헤엄을 잘 친다 해도, 갓난아이가 어찌 바로 헤엄을 잘 칠 수 있겠는가?

해설

갓난아이의 아버지가 헤엄을 잘 친다고 해서 갓난아이가 헤엄을 잘 칠 수 있겠는가? 헤엄이란 후천적인 학습과 실천을 통해서 얻어지는 기능이지, 결코 유전에 의해 천부적으로 타고나는 것이 아니다. 그런데 무지몽매(無知蒙昧)한 사람이 아이가 헤엄을 잘 칠 것으로 여겨 아이를 강물에 던지려 했다.

이 우언은 무지한 사람이 자기의 어리석은 주장을 고집하다가 큰일을 저지를 수 있다는 것을 경계한 것이다.

151 이불해해지(以不解解之)

《呂氏春秋 · 君守》

원문 및 주석

以不解解之[1]

魯鄙人遺宋元王閉, 元王號令於國 :「有巧者皆來解閉。」人莫之能解。[2] 兒說之弟子請往解之, 乃能解其一, 不能解其一。且曰 :「非可解而我不能解也, 固不可解也。」[3] 問之魯鄙人, 鄙人曰 :「然, 固

1 以不解解之 → 풀지 않는 방법으로 풀다

2 魯鄙人遺宋元王閉, 元王號令於國 :「有巧者皆來解閉。」人莫之能解。→ 노(魯)나라의 시골 사람이 송원왕(宋元王)에게 매듭을 선물하여, 원왕이 나라 안에 영을 내렸다 :「기술이 있는 자는 모두 와서 매듭을 풀라.」 그러나 아무도 풀 수 있는 사람이 없었다.
【魯(노)】: [국명] 지금의 산동성 일대에 있던 주대(周代)의 제후국.
【鄙人(비인)】: 시골 사람.
【遺(유)】: 주다, 선물하다.
【宋元王(송원왕)】: 송(宋)나라의 군주. 이름은 언(偃). 〖宋〗: [국명] 지금의 하남성 상구현(商邱縣) 일대에 있던 주대(周代)의 제후국.
【閉(폐)】: 매듭. ※ 노끈이나 실 따위를 매어 마디를 이룬 것.
【號令(호령)】: 영을 내리다.
【巧(교)】: 기교, 기술.
【解(해)】: 풀다.
【莫之能解(막지능해)】: [莫能解之의 도치 형태] 이것을 풀 수 있는 사람이 없다.

3 兒說之弟子請往解之, 乃能解其一, 不能解其一。且曰 :「非可解而我不能解也, 固不可解也。」→ (이때) 예열(兒說)의 제자가 가서 풀기를 청하여, 바로 그중 하나를 풀었으나, 다른 하나는 풀 수가 없었다. 그리고 말했다 :「풀 수 있는 것을 내가 풀지 못하는 것이 아니라, 본래

不可解也。我爲之而知其不可解也，今不爲而知其不可解也，是巧於我。」[4] 故如兒說之弟子者，以不解解之也。[5]

번역문

풀지 않는 방법으로 풀다

노(魯)나라의 시골 사람이 송원왕(宋元王)에게 매듭을 선물하여 원왕이 나라 안에 영을 내렸다.

「기술이 있는 자는 모두 와서 매듭을 풀라.」

그러나 아무도 풀 수 있는 사람이 없었다. (이때) 예열(兒說)의 제자가 가서 풀기를 청하여, 바로 그중 하나를 풀었으나 다른 하나는 풀 수가 없었

풀 수 없는 것입니다.」
【兒說(예열)】: [인명] 성은 예(兒), 이름은 열(說). 송나라의 능변가. 〖兒〗: 倪(예).
【乃(내)】: 바로, 이내.
【且(차)】: 그리고.
【固(고)】: 본래.

4 問之魯鄙人，鄙人曰：「然，固不可解也。我爲之而知其不可解也，今不爲而知其不可解也，是巧於我。」→ 이를 노나라의 시골 사람에게 물으니, 시골 사람이 대답했다:「그렇습니다, 본래 풀 수 없는 것입니다. 나는 그것을 만들어서 그것이 풀리지 않는다는 것을 알고 있지만, 지금 그 사람은 자신이 만들지 않고도 그것이 풀리지 않는다는 것을 알았으니, 이는 나보다 총명한 것입니다.」
【爲之(위지)】: 매듭을 만들다. 〖之〗: [대명사] 그것, 즉 매듭.
【巧(교)】: 교묘하다. 여기서는 「영특하다, 총명하다」의 뜻.
【於(어)…】: [개사] …보다, …에 비해.

5 故如兒說之弟子者，以不解解之也。→ 그래서 예열의 제자와 같은 (총명한) 사람은, 풀지 않는 방법으로써 풀리지 않는 문제를 푼다.
【故(고)】: 그래서.
【如(여)】: …와 같은.
【以(이)】: …으로, …을 가지고.
【不解(불해)】: 풀지 않는 방법.
【解之(해지)】: 풀리지 않는 매듭을 풀다. 〖之〗: 그것, 즉 「풀리지 않는 매듭」.

다. 그리고 말했다.

「풀 수 있는 것을 내가 풀지 못하는 것이 아니라 본래 풀 수 없는 것입니다.」

이를 노나라의 시골 사람에게 물으니 시골 사람이 대답했다.

「그렇습니다. 본래 풀 수 없는 것입니다. 나는 그것을 만들어서 그것이 풀리지 않는다는 것을 알고 있지만, 지금 그 사람은 자신이 만들지 않고도 그것이 풀리지 않는다는 것을 알았으니, 이는 나보다 총명한 것입니다.」

그래서 예열의 제자와 같은 (총명한) 사람은 풀지 않는 방법으로써 풀리지 않는 문제를 푼다.

해설

아무도 풀지 못한 송원왕(宋元王)의 매듭을 예열(兒說)의 제자가 자청하고 나서 일부는 바로 풀고 일부는 풀지 않았다. 풀지 않은 것은 그가 풀지 못한 것이 아니라 애당초 풀리지 않도록 만들어진 것이었다.

예열의 제자는 풀리지 않도록 만들어진 매듭을 무작정 풀려고 애를 쓰지 않고, 사전에 세밀한 관찰을 통해 풀 수 없다는 것을 알아냈다. 중요한 것은 바로 그것을 관찰하여 판단할 수 있는 능력의 유무이다. 전국을 통해 오직 예열의 제자 한 사람만이 그러한 이치를 알고 대응함으로써 어려운 문제를 쉽게 풀 수 있었다.

이 우언은 무모한 노력보다는 실사구시(實事求是)의 지혜가 더욱 중요하다는 이치를 설명한 것이다.

152 지인불이(知人不易)

《呂氏春秋 · 任數》

원문 및 주석

知人不易[1]

孔子窮乎陳、蔡之間, 藜羹不斟, 七日不嘗粒。[2] 晝寢, 顏回索米, 得而爨之, 幾熟, 孔子望見顏回攫其甑中而食之。[3] 選間食熟, 謁孔

1 知人不易 → 사람을 알기가 쉽지 않다

2 孔子窮乎陳、蔡之間, 藜羹不斟, 七日不嘗粒。→ 공자(孔子)가 진(陳)나라와 채(蔡)나라 사이에서 곤궁에 처해, 야채 국조차 마시지 못하고, 이레 동안 곡식 한 톨을 맛보지 못했다.
【孔子(공자)】: 성은 공(孔), 이름은 구(丘), 자는 중니(仲尼). 유가(儒家) 학파의 창시자.
【窮(궁)】: 곤궁하다.
【乎(호)】: [개사] 於(어), …에(에서).
【陳(진)】: [국명] 지금의 하남성 동쪽에 있던 주대(周代)의 제후국.
【蔡(채)】: [국명] 지금의 안휘성 서쪽에 있던 주대(周代)의 제후국.
【閒(간)】: 間(간).
【藜羹(여갱)】: 야채 국. 〖藜〗: 야채의 일종. 〖羹〗: 국, 탕.
【斟(짐)】: 따르다, 붓다. 여기서는 「따라 마시다」의 뜻.
【嘗(상)】: 맛보다, 먹어보다.
【粒(립)】: 알, 톨. 여기서는 「곡식 한 톨」을 가리킨다.

3 晝寢, 顏回索米, 得而爨之, 幾熟, 孔子望見顏回攫其甑中而食之。→ (공자가) 낮잠을 자고 있을 때, 안회(顏回)가 곡식을 찾아 나서, 그것을 좀 얻어다가 밥을 짓는데, 거의 익어갈 무렵, 공자가 (우연히) 안회가 시루 속의 밥을 손으로 움켜쥐고 먹는 것을 보았다.
【寢(침)】: 잠자다.
【顏回(안회)】: [인명] 안연(顏淵)이라고도 하며, 자는 자연(子淵). 공자의 제자이다.
【索(색)】: 찾다, 탐색하다.

子而進食, 孔子佯爲不見之。[4] 孔子起曰 :「今者夢見先君, 食潔而後饋。」[5] 顔回對曰 :「不可。嚮者煤炱入甑中, 棄食不祥, 回攫而飮之。」[6] 孔子歎曰 :「所信者目也, 而目猶不可信; 所恃者心也, 而心猶不足恃。弟子記之, 知人固不易矣。」[7]

【爨(찬)】: (불을 때서) 밥을 짓다.
【幾熟(기숙)】: 거의 익다. 〖幾〗: 거의. 〖熟〗: 익다.
【望見(망견)】: 멀리 바라보다. ※ 여기서는 공자와 밥을 짓는 안회의 거리가 멀찌감치 떨어진 것을 가리킨다.
【攫(확)】: (손으로) 움켜쥐다.
【甑(증)】: [밥 짓는 도구] 시루.
【食(식)】: [동사] 먹다.

4 選間食熟, 謁孔子而進食, 孔子佯爲不見之。→ 잠시 후 밥이 다 되어, (안회가) 공자를 배알하고 식사를 올리자, 공자가 그것을 못 본체했다.
【選間(선간)】: 잠시 후, 조금 있다가. 〖間〗: 間(간).
【謁(알)】: 알현하다, 배알하다.
【進食(진식)】: 식사를 올리다.
【佯爲不見(양위불견)】: 보지 않은 척하다, 못 본체하다. 〖佯〗: 가장하다, (거짓으로) …체하다, …척하다.

5 孔子起曰 :「今者夢見先君, 食潔而後饋。」→ 공자가 일어나서 말했다 :「방금 꿈에서 선친을 뵈었는데, 음식은 정갈하게 한 후에 올리라고 하시더구나.」
【先君(선군)】: 선친, 돌아가신 부친.
【潔(결)】: 깨끗하게 하다, 정갈하게 하다.
【而後(이후)】: 후에, 이후.
【饋(궤)】: 올리다, 드리다.

6 顔回對曰 :「不可。嚮者煤炱入甑中, 棄食不祥, 回攫而飮之。」→ 안회가 대답했다 :「안 됩니다. 방금 그을음이 시루 안에 들어갔는데, 음식을 버리는 것이 상서롭지 못해서, 제가 그것을 집어내어 먹었습니다.」
【嚮者(향자)】: 방금.
【煤炱(매태)】: 그을음.
【食(식)】: [명사] 음식.
【不祥(불상)】: 상서롭지 못하다.
【飮(음)】: 먹다.

7 孔子歎曰 :「所信者目也, 而目猶不可信; 所恃者心也, 而心猶不足恃。弟子記之, 知人固不易矣。」→ 공자가 탄식하며 말했다 :「믿는 것이 눈인데, 눈조차도 믿을 수 없고; 의지하는 것이 마음인데, 마음조차도 의지하기에 부족하다. 제자들은 기억해 두어라. 사람을 안다는

번역문

사람을 알기가 쉽지 않다

공자(孔子)가 진(陳)나라와 채(蔡)나라 사이에서 곤궁에 처해, 야채 국조차 마시지 못하고 이레 동안 곡식 한 톨을 맛보지 못했다. (공자가) 낮잠을 자고 있는데 안회(顔回)가 곡식을 찾아 나서 그것을 좀 얻어다가 밥을 짓는데, 거의 익어갈 무렵 공자가 (우연히) 안회가 시루 속의 밥을 손으로 움켜쥐고 먹는 것을 보았다. 잠시 후 밥이 다 되어 (안회가) 공자를 배알하고 식사를 올리자 공자가 그것을 못 본체했다.

공자가 일어나서 말했다.

「방금 꿈에서 선친을 뵈었는데, 음식은 정갈하게 한 후에 올리라고 하시더구나.」

안회가 대답했다.

「안 됩니다. 방금 그을음이 시루 안에 들어갔는데, 음식을 버리는 것이 상서롭지 못해서 제가 그것을 집어내어 먹었습니다.」

공자가 탄식하며 말했다.

「믿는 것이 눈인데 눈조차도 믿을 수 없고, 의지하는 것이 마음인데 마음조차도 의지하기에 부족하다. 제자들은 기억해 두어라. 사람을 안다는 것이 본래 쉽지 않다는 것을!」

················

것이 본래 쉽지 않다는 것을!」
【猶(유)】: …조차도, …까지도.
【恃(시)】: 의지하다, 의존하다.
【記(기)】: 기억하다.
【固(고)】: 본래, 원래.

해설

안회(顔回)는 공자(孔子)가 가장 아끼고 사랑하는 제자이다. 공자가 진(陳)나라와 채(蔡)나라 사이에서 굶주림에 시달리자, 안회가 어렵사리 곡식을 조금 구해다가 밥을 짓는데 밥이 거의 다 되어 갈 무렵, 낮잠을 자다가 눈을 뜬 공자가 우연히 안회가 시루에서 밥을 움켜쥐고 먹는 것을 보았다. 잠시 후 안회가 밥상을 차려 올리니, 공자는 안회가 했던 행동을 모른 체하고 조상 꿈을 둘러대며 은근히 안회의 행위를 나무라듯 말했다. 이에 안회가 당황하며 밥에 그을음이 들어간 것을 밝혀 해명하자 공자는 비로소 자신의 잘못을 변명이라도 하듯이, 제자들에게 눈도 마음도 믿고 의지할 수 없을 만큼 사람을 안다는 것이 쉽지 않다는 것을 기억하라고 일렀다.

이 우언은 아무리 현명한 사람이라도 남의 행동을 관찰할 때 상황을 완전히 파악하지 않고 다만 겉으로 본 현상을 근거로 판단할 경우, 크나큰 착오가 발생할 수 있다는 것을 우회적으로 설명한 것이다.

153 이금속시(以金贖屍)

《呂氏春秋 · 離謂》

원문 및 주석

以金贖屍[1]

洧水甚大, 鄭之富人有溺者, 人得其死者。[2] 富人請贖之, 其人求金甚多, 以告鄧析, 鄧析曰 : 「安之, 人必莫之賣矣。」[3] 得死者患之, 以告鄧析, 鄧析又答之曰 : 「安之, 此必無所更買矣。」[4]

1 以金贖屍 → 돈으로 시신(屍身)의 대가를 보상하다
【贖(속)】: 대가를 보상하고 물건을 돌려받다.

2 洧水甚大, 鄭之富人有溺者, 人得其死者。 → 유수(洧水)의 물이 몹시 불어나, 정(鄭)나라의 부자 한 사람이 익사했는데, 어떤 사람이 그 시체를 인양해 갔다.
【洧水(유수)】: [강 이름] 유하(洧河). 지금의 하남성 영천(潁川) 양성산(陽城山)에서 발원하여 동남쪽으로 흘러 영수(潁水)로 흘러 들어간다.
【甚大(심대)】: 몹시 불어나다.
【鄭(정)】: [국명] 지금의 하남성 신정현(新鄭縣) 일대에 있던 주대(周代)의 제후국.
【溺者(익자)】: 익사자. 물에 빠져 죽은 사람.
【死者(사자)】: 죽은 사람의 시체.

3 富人請贖之, 其人求金甚多, 以告鄧析, 鄧析曰 : 「安之, 人必莫之賣矣。」 → 부잣집 사람이 그 대가를 지불하고 시체를 돌려받기를 청하자, 시체를 인양한 사람이 매우 많은 금액을 요구했다. 그리하여 이를 등석(鄧析)에게 알리니, 등석이 말했다 : 「안심하시오, 그 사람은 틀림없이 시체를 팔 곳이 없습니다.」
【鄧析(등석)】: [인명] 정(鄭)나라의 대부.
【莫之賣(막지매)】: 시체를 팔 곳이 없다. 〖莫〗: …하지 못하다. 〖之〗: [대명사] 그것, 즉 시체.

4 得死者患之, 以告鄧析, 鄧析又答之曰 : 「安之, 此必無所更買矣。」 → 시체를 인양한 사람도

번역문

돈으로 시신(屍身)의 대가를 보상하다

유수(洧水)의 물이 몹시 불어나 정(鄭)나라의 부자 한 사람이 익사했는데 어떤 사람이 그 시체를 인양해 갔다. 부잣집 사람이 그 대가를 지불하고 시체를 돌려받기를 청하자, 시체를 인양한 사람이 매우 많은 금액을 요구했다. 그리하여 이를 등석(鄧析)에게 알리니 등석이 말했다.

「안심하시오. 그 사람은 틀림없이 시체를 팔 곳이 없습니다.」

시체를 인양한 사람도 그것을 걱정하여 등석에게 알리니, 등석이 또 그에게 말했다.

「안심하시오. 이 시체는 틀림없이 다시 살 수 있는 곳이 없습니다.」

해설

익사한 부잣집 사람의 시신을 놓고 익사한 사람의 가족과 인양한 사람이 보상을 협의하는 과정에서 합의가 이루어지지 않아, 양쪽이 각자 등석(鄧析)을 찾아가 상의하니 등석의 말이 가관이다. 익사한 사람 가족에게 「어디에도 시신을 팔 곳이 없으니 안심하라.」 하고, 인양한 사람에게 「시신을 다시 살 곳이 없으니 안심하라.」고 말한 것은, 분쟁의 해결을 위해 도움을 주기보다는 오히려 양자의 타협을 더욱 어렵게 만드는 작용을 할 뿐이다.

....

그것을 걱정하여, 등석에게 알리니, 등석이 또 그에게 말했다 : 「안심하시오, 이 시체는 틀림없이 다시 살 수 있는 곳이 없습니다.」

【患(환)】: 우려하다, 걱정하다.

【此(차)】: [대명사] 이것, 즉 시체.

【無所更買(무소갱매)】: 다시 살 수 있는 곳이 없다.

이 우언은 등석처럼 교묘한 말재주로 양쪽에 비위를 맞추며 환심을 사려는 부도덕한 사람의 약삭빠른 행위를 풍자한 것이다.

154 강취인의(强取人衣)

《呂氏春秋·淫辭》

원문 및 주석

强取人衣[1]

宋有澄子者, 亡緇衣, 求之塗, 見婦人衣緇衣, 援而弗舍, 欲取其衣, 曰:「今者我亡緇衣。」[2] 婦人曰 :「公雖亡緇衣, 此實吾所自爲也。」[3] 澄子曰:「子不如速與我衣。昔吾所亡者紡緇也, 今子之衣禪

....

1 强取人衣 → 남의 옷을 강제로 빼앗다
【强取(강취)】: 강제로 빼앗다.

2 宋有澄子者, 亡緇衣, 求之塗, 見婦人衣緇衣, 援而弗舍, 欲取其衣, 曰:「今者我亡緇衣。」→ 송(宋)나라에 징자(澄子)라는 사람이 있었다. (자기의) 검은색 옷을 잃어버리고, 그것을 길에서 찾다가, 어느 부인이 검은색 옷을 입고 있는 것을 보자, 잡아끌고 놓지 않으며, 그 옷을 빼앗으려 했다. 그리고 말했다:「방금 내가 검은색 옷을 잃어버렸소.」
【宋(송)】: [국명] 지금의 하남성 상구현(商邱縣) 일대에 있던 주대(周代)의 제후국.
【澄子(징자)】: [인명].
【亡(망)】: 잃다, 잃어버리다.
【緇衣(치의)】: 검은 옷. 〖緇〗: 黑, 검다.
【衣緇衣(의치의)】: 검은 옷을 입다. 〖衣〗: 앞의「衣」는 동사로「입다」의 뜻이고, 뒤의「衣」는 명사로「옷, 의복」이라는 뜻이다.
【援(원)】: 잡아끌다.
【弗(불)】: 不(불).
【舍(사)】: 捨(사), 버리다, 포기하다. 여기서는「놓아주다」의 뜻.

3 婦人曰:「公雖亡緇衣, 此實吾所自爲也。」→ 부인이 말했다:「선생이 설사 검은색 옷을 잃어버렸다 해도, 이 옷은 분명히 내가 만든 내 옷이오.」

緇也。以禪緇當紡緇, 子豈不得哉?」[4]

번역문

남의 옷을 강제로 빼앗다

송(宋)나라에 징자(澄子)라는 사람이 있었다. (자기의) 검은색 옷을 잃어버리고 그것을 길에서 찾다가 어느 부인이 검은색 옷을 입고 있는 것을 보자 잡아끌고 놓지 않으며 그 옷을 빼앗으려 했다. 그리고 말했다.

「방금 내가 검은색 옷을 잃어버렸소.」

부인이 말했다.

「선생이 설사 검은색 옷을 잃어버렸다 해도 이 옷은 분명히 내가 만든 내 옷이오.」

징자가 말했다.

「당신은 속히 나에게 옷을 주는 게 나을 거요. 방금 전에 내가 잃어버린 옷은 겹옷인데 지금 당신의 옷은 홑옷이니 어찌 당신이 득을 보지 않겠소?」

....

【公(공)】: [상대방에 대한 존칭] 선생.
【實(실)】: 실로, 확실히, 분명히.
【自爲(자위)】: 스스로 만들다.

4 澄子曰:「子不如速與我衣。昔吾所亡者紡緇也, 今子之衣禪緇也。以禪緇當紡緇, 子豈不得哉?」→ 징자가 말했다:「당신은 속히 나에게 옷을 주는 게 나을 거요. 방금 전에 내가 잃어버린 옷은 겹옷인데, 지금 당신의 옷은 홑옷이니, 어찌 당신이 득을 보지 않겠소?」
【不如(불여)…】: …하는 것만 못하다, …하는 것이 낫다.
【與(여)】: 주다.
【昔(석)】: 종전, 이전. 여기서는「방금 전」의 뜻.
【紡緇(방치)】: 검은색 겹옷.
【禪緇(단치)】: 검은색 홑옷.
【豈(기)】: 어찌.
【得(득)】: 득을 보다.

해설

징자(澄子)는 자기의 검은색 옷을 잃어버린 후, 길에서 검은색 옷을 입고 있는 부인을 보자 그 옷을 강제로 빼앗으려고 했다. 부인이 분명 자기가 직접 만든 옷이라고 강변해도, 징자는 막무가내로 자기가 잃어버린 옷은 겹옷인데 부인의 옷은 홑옷이기 때문에 오히려 부인이 이득을 보는 것이라며 얼토당토아니한 억지를 부렸다.

이 우언은 징자처럼 사리에 맞지 않는 궤변을 날조하여 남의 것을 강탈하는 악랄한 자들의 몰염치한 행위를 폭로하고 풍자한 것이다.

155 철주(掣肘)

《呂氏春秋 · 具備》

원문 및 주석

掣肘[1]

宓子賤治亶父, 恐魯君之聽讒人, 而令己不得行其術也。將辭而行, 請近吏二人於魯君, 與之俱至於亶父。[2] 邑吏皆朝, 宓子賤令吏

1 掣肘 → 팔꿈치를 잡아당기다

【掣肘(철주)】: 남의 팔꿈치를 잡아당기다. ※ 남을 간섭하여 마음대로 못하게 하는 것을 비유하는 말. 〖掣〗: 끌어당기다. 〖肘〗: 팔꿈치.

2 宓子賤治亶父, 恐魯君之聽讒人, 而令己不得行其術也。將辭而行, 請近吏二人於魯君, 與之俱至於亶父。→ 복자천(宓子賤)은 단부(亶父)를 다스리는데, 노(魯)나라 군주가 참소자의 말을 들어, 자기가 원하는 정책을 시행하지 못하게 될까 두려웠다. 그리하여 작별 인사를 하고 떠나려 할 즈음, 노나라 군주에게 측근 관리 두 명을 자기와 함께 단부에 가게 해 달라고 요청했다.

【宓子賤(복자천)】: [인명] 성은 복(宓), 이름은 부제(不齊), 자는 자천(子賤)이며, 공자(孔子)의 제자이다. ※「宓」은 성씨로 쓸 경우「복」으로 발음한다.

【亶父(단부)】: [지명] 춘추시대 노(魯)나라의 땅으로 지금의 산동성 선현(單縣).

【恐(공)】: 두려워하다.

【魯君(노군)】: 노(魯)나라의 군주. 〖魯〗: [국명] 지금의 산동성 일대에 있던 주대(周代)의 제후국.

【聽讒人(청참인)】: 참소자의 말을 듣다. 〖讒〗: 참소하다, 헐뜯다.

【令(령)】: …로 하여금 …하게 하다, …에게 …하도록 시키다.

【不得(부득)】: 하지 못하다, 할 수 없다.

【行其術(행기술)】: 자기의 정책을 시행하다.

【將(장)】: 장차 …하려고 하다.

二人書。吏方將書，宓子賤從旁時掣搖其肘。[3] 吏書之不善，則宓子賤爲之怒。吏甚患之，辭而請歸。[4] 宓子賤曰：「子之書甚不善，子勉歸矣。」二吏歸報於君，曰：「宓子不得爲書。」[5] 君曰：「何故?」吏對曰：「宓子使臣書，而時掣搖臣之肘，書惡而有甚怒，吏皆笑宓子，此臣所以辭而去也。」[6] 魯君太息而歎曰：「宓子以此諫寡人之不肖

……………

【辭而行(사이행)】: 작별 인사를 하고 떠나다.
【近吏(근리)】: (군주의) 측근 관리.
【與之俱(여지구)】: 자기와 함께. 〖之〗: [대명사] 그, 즉 복자천 자신. 〖俱〗: 함께.

3 邑吏皆朝，宓子賤令吏二人書。吏方將書，宓子賤從旁時掣搖其肘。→ (부임한 후) 읍내의 관리들이 모두 알현하자, 복자천이 두 관리에게 기록을 맡도록 했다. 그리고 관리가 막 글씨를 쓰려고 하면, 복자천이 옆에서 그들의 팔꿈치를 잡아당겨 흔들었다.
【邑吏(창리)】: (단부) 읍내의 관리.
【朝(조)】: 알현하다, 뵙다.
【書(서)】: 글씨를 쓰다. 여기서는 「기록하다」의 뜻.
【方將(방장)】: 막 …하려고 하다.
【從旁(종방)】: 옆에서.
【時(시)】: 때때로, 수시로.
【掣搖(철요)】: 잡아당겨 흔들다.

4 吏書之不善，則宓子賤爲之怒。吏甚患之，辭而請歸。→ (그리하여) 관리들이 글씨를 잘못 쓰면, 복자천이 관리들에게 화를 냈다. 관리들이 그것을 매우 고통스럽게 여겨, 사직하고 돌아갈 것을 청했다.
【爲(위)】: …에게.
【甚患(심환)】: 매우 고통스럽게 여기다.

5 宓子賤曰：「子之書甚不善，子勉歸矣。」二吏歸報於君，曰：「宓子不得爲書。」→ 복자천이 말했다 : 「그대들의 글씨는 너무 안 좋으니, 어서 빨리 돌아가게.」 두 관리가 돌아와 군주에게 보고했다 : 「복자천은 글씨를 쓸 수 없게 합니다.」
【勉歸(면귀)】: 속히 돌아가다. 〖勉〗: 빨리, 속히.
【報於(보어)…】: …에게 보고하다. 〖於〗: [개사] …에게.
【宓子(복자)】: 복자천. ※「복자」는 존칭.
【不得爲書(부득위서)】: 글씨를 쓸 수 없게 하다. 〖不得〗: 못하게 하다, …할 수 없게 하다. 〖爲書〗: 글씨를 쓰다.

6 君曰：「何故?」吏對曰：「宓子使臣書，而時掣搖臣之肘，書惡而有甚怒，吏皆笑宓子，此臣所以辭而去也。」→ 군주가 말했다 : 「무슨 까닭인가?」 관리가 대답했다 : 「복자천은 저희들에게 글씨를 쓰게 한 후, 항상 저희들의 팔꿈치를 잡아당겨 흔들고, 글씨를 잘못 쓰면 또 매우

也。寡人之亂子，而令宓子不得行其術，必數有之矣。微二人，寡人幾過。」[7] 遂發所愛而令之亶父，告宓子曰：「自今以來，亶父非寡人之有也，子之有也。有便於亶父者，子決爲之矣，五歲而言其要。」[8]

....

화를 냈습니다. 그리하여 관리들이 모두 복자천을 비웃었습니다. 이것이 저희가 사직하고 떠나온 까닭입니다.」

【故(고)】: 까닭, 이유.

【使(사)】: …로 하여금 …하게 하다.

【惡(악)】: 추악하다, 보기 흉하다. 즉 「글씨를 잘못 쓰다, 악필(惡筆)이다」의 뜻.

【有(유)】: 又(우), 또.

【所以(소이)】: 까닭, 이유.

【去(거)】: 떠나다.

7 魯君太息而歎曰：「宓子以此諫寡人之不肖也。寡人之亂子，而令宓子不得行其術，必數有之矣。微二人，寡人幾過。」→ 노나라 군주가 길게 탄식하며 말했다 :「복자천은 이러한 방법으로 과인의 불초함을 간한 것이다. 과인이 복자천을 방해하여, 복자천으로 하여금 자신의 정책을 시행할 수 없도록 한 것이, 틀림없이 여러 차례 있었을 것이다. 두 사람이 아니었다면, 과인은 십중팔구 잘못을 저질렀을 것이다.」

【太息而歎(태식이탄)】: 길게 탄식하다.

【以此(이차)】: 이로써, 이러한 방법으로.

【諫(간)】: 간하다.

【寡人(과인)】: 과덕지인(寡德之人)이라는 뜻으로 임금이 자신을 낮추어 부르는 말.

【不肖(불초)】: 불초하다, 못나고 어리석다, 현명하지 못하다.

【亂子(난자)】: 복자천을 교란시키다. 〖亂〗: 교란시키다, 방해하다. 〖子〗: 복자천.

【令(령)】: …로 하여금 …하게 하다.

【數(수)】: 여러 번, 여러 차례.

【微(미)】: …이 아니었다면, …이 아니면.

【幾過(기과)】: 십중팔구 잘못을 저지르다. 〖幾〗: 거의, 십중팔구. 〖過〗: 잘못을 저지르다, 착오를 범하다.

8 遂發所愛而令之亶父，告宓子曰：「自今以來，亶父非寡人之有也，子之有也。有便於亶父者，子決爲之矣，五歲而言其要。」→ 그리하여 심복을 단부에 보내, 복자천에게 말했다 :「앞으로, 단부는 과인의 소유가 아니라, 그대의 소유이다. 단부에 편리한 것이 있으면, 그대가 결정하여 처리하고, 5년에 한 번만 그 요점을 보고하라.」

【遂(수)】: 그리하여.

【發(발)】: 파견하다, 보내다.

【所愛(소애)】: 심복, 측근.

【令之(영지)】: 가도록 하다. 〖之〗: 가다.

【自今以來(자금이래)】: 지금 이후, 지금부터, 앞으로.

宓子敬諾, 乃得行其術於亶父。[9]

번역문

팔꿈치를 잡아당기다

복자천(宓子賤)은 단부(亶父)를 다스리는데 노(魯)나라 군주가 참소자의 말을 들어 자기가 원하는 정책을 시행하지 못하게 될까 두려웠다. 그리하여 작별인사를 하고 떠나려 할 즈음, 노나라 군주에게 측근 관리 두 명을 자기와 함께 단부에 가게 해 달라고 요청했다.

(부임한 후) 읍내의 관리들이 모두 알현하자 복자천이 두 관리에게 기록을 맡도록 했다. 그리고 관리가 막 글씨를 쓰려고 하면 복자천이 옆에서 그들의 팔꿈치를 잡아당겨 흔들었다. (그리하여) 관리들이 글씨를 잘못 쓰면 복자천이 관리들에게 화를 냈다. 관리들이 그것을 매우 고통스럽게 여겨 사직하고 돌아갈 것을 청했다.

복자천이 말했다.

「그대들의 글씨는 너무 안 좋으니 어서 빨리 돌아가게.」

두 관리가 돌아와 군주에게 보고했다.

「복자천은 글씨를 쓸 수 없게 합니다.」

················

【有(유)】: 소유.
【決爲(결위)】: 결정하여 처리하다.
【五歲(오세)】: 5년.
【言其要(언기요)】: 그 요점을 보고하다. 〖其〗: [대명사] 그, 즉 「시정(施政)의 성과」를 가리킨다.

9 宓子敬諾, 乃得行其術於亶父。→ 복자천은 경건히 수락하고, 마침내 단부에 자신의 정책을 시행할 수 있었다.
【敬諾(경낙)】: 경건히 수락하다.
【乃(내)】: 마침내.

군주가 말했다.

「무슨 까닭인가?」

관리가 대답했다.

「복자천은 저희들에게 글씨를 쓰게 한 후, 항상 저희들의 팔꿈치를 잡아당겨 흔들고, 글씨를 잘못 쓰면 또 매우 화를 냈습니다. 그리하여 관리들이 모두 복자천을 비웃었습니다. 이것이 저희가 사직하고 떠나온 까닭입니다.」

노나라 군주가 길게 탄식하며 말했다.

「복자천은 이러한 방법으로 과인의 불초함을 간한 것이다. 과인이 복자천을 방해하여 복자천으로 하여금 자신의 정책을 시행할 수 없도록 한 것이 틀림없이 여러 차례 있었을 것이다. 두 사람이 아니었다면 과인은 십중팔구 잘못을 저질렀을 것이다.」

그리하여 심복을 단부에 보내 복자천에게 말했다.

「앞으로 단부는 과인의 소유가 아니라 그대의 소유이다. 단부에 편리한 것이 있으면 그대가 결정하여 처리하고 5년에 한 번만 그 요점을 보고하라.」

복자천은 경건히 수락하고 마침내 단부에 자신의 정책을 시행할 수 있었다.

해설

복자천(宓子賤)은 단부(亶父)에 부임하면서 임금이 참소자의 말을 들어 자신의 시정을 간섭할까 두려워 한 가지 방법을 생각해 냈다. 즉 임금이 신뢰하는 하급 관리 두 명을 데려가 기록 담당 서기로 임용한 후, 매번 그들이 글을 쓸 때마다 고의로 그들의 팔꿈치를 잡아당겨 글씨를 똑바로 쓰지 못하게 방해하며 글씨를 잘 쓰지 못한다고 꾸짖었다. 이를 견디다 못한 관리들이 사직하고 돌아와 임금에게 사실을 고해 바쳤다.

이에 임금은 지난날 몇 차례 복자천이 하는 일을 간섭하여 원만히 추진할 수 없도록 했던 일을 상기하고, 다시 심복을 복자천에게 보내 자신의 잘못을 사과하는 동시에 앞으로는 모든 일을 스스로 결정하여 처리하도록 했다.

아무리 유능한 사람이라도 윗사람의 지나친 간섭을 받게 되면 자신의 지혜를 발휘할 수가 없다. 일단 유능하다고 믿으면 소신껏 일할 수 있도록 위임하고 간섭하지 말아야 한다.

이 우언은 지나친 견제와 간섭이 총명한 지혜를 방해하고 일을 그르친다는 이치를 설명한 것이다.

156 빈비취자몰(賓卑聚自殁)

《呂氏春秋·離俗》

원문 및 주석

賓卑聚自殁[1]

齊莊公之時, 有士曰賓卑聚, 夢有壯子白縞之冠、丹績之袀, 東布之衣, 新素履, 墨劍室, 從而叱之, 唾其面。[2] 惕然而寤, 徒夢也,

....

1 賓卑聚自殁 → 빈비취(賓卑聚)가 스스로 목숨을 끊다
【賓卑聚(빈비취)】: [인명] 생애사적 미상.
【自殁(자몰)】: 자살하다, 자결하다, 스스로 목숨을 끊다.

2 齊莊公之時, 有士曰賓卑聚, 夢有壯子白縞之冠、丹績之袀, 東布之衣, 新素履, 墨劍室, 從而叱之, 唾其面。→ 제(齊)나라 장공(莊公) 때, 빈비취(賓卑聚)라는 사람이 있었다. 꿈에 건장한 남자가 흰색 실크 모자에 붉은색 무늬의 모자 끈을 달고, 흰색 새 신발을 신고, 검은색 칼집을 차고, 뒤를 쫓아와 욕을 하더니, 자기의 얼굴에 침을 뱉었다.
【齊莊公(제장공)】: 제(齊)나라의 군주로 7년간(B.C. 553-B.C. 548) 재위했다. 〖齊〗: 지금의 산동성 북부와 하북성 남부에 걸쳐 있던 주대(周代)의 제후국.
【壯子(장자)】: 건장한 남자.
【白縞之冠(백호지관)】: 흰색 실크 모자.
【丹績之袀(단적지순)】: 붉은색 무늬의 모자 끈. 〖丹〗: 붉은색. 〖績〗: 繢(궤 : 무늬)의 오류라고 보는 견해가 많다. 〖袀〗: 모자에 달린 끈.
【東布之衣(동포지의)】: 명주 옷. ※ 일설에는 《태평어람(太平御覽)》에 「練布之衣(연포지의)」라고 인용한 것을 근거로 「東」을 「柬(간)」의 오류이고, 「柬」과 「練(연 : 명주)」이 서로 통한다 하여 「東布之衣」를 「練布之衣」로 보았다.
【新素履(신소리)】: 새 흰색 신발. 〖素〗: 흰색. 〖履〗: 신발.
【墨劍室(묵검실)】: 검은색 칼집. 〖劍室〗: 칼집.
【從而叱(종이질)】: 뒤를 쫓아오며 큰 소리로 꾸짖다. 〖從〗: 쫓다, 따르다. 〖叱〗: 큰 소리로

終夜坐不自快。[3] 明日, 召其友而告之曰 :「吾少好勇, 年六十而無所挫辱, 今夜辱吾, 將索其形, 期得之則可, 不得將死之。」[4] 每朝與其友俱立乎衢, 三日不得, 卻而自歿。[5]

꾸짖다, 욕하다.
【唾(타)】: 침을 뱉다.
【面(면)】: 얼굴.

3 惕然而寤, 徒夢也, 終夜坐不自快。→ 놀라서 깨어보니, 다만 꿈일 뿐이었으나, 밤새도록 앉은 채로 기분이 좋지 않았다.
【惕然(척연)】: 놀라는 모양.
【寤(오)】: (잠에서) 깨다, 깨어나다.
【徒(도)】: 다만.
【終夜(종야)】: 밤새도록.
【坐(좌)】: 앉은 채로, 앉아서. ※「坐」를「因此(인차), 이로 인해」라고 풀이한 경우도 있다.
【不自快(부자쾌)】: 마음이 유쾌하지 않다.

4 明日, 召其友而告之曰 :「吾少好勇, 年六十而無所挫辱, 今夜辱吾, 將索其形, 期得之則可, 不得將死之。」→ 다음 날, 자기 친구를 불러 말했다 :「내가 젊어서부터 용감한 것을 좋아하여, 나이가 예순이 되도록 모욕을 당한 일이 없었는데, 어젯밤 꿈에 (어떤 자가) 나를 욕보여, 장차 그 형상의 인물을 찾으려 하네. (만일) 기한 내에 잡는다면 괜찮지만, 잡지 못한다면 (내가) 죽어버릴 것이야.」
【少(소)】: 젊은 시절, 젊었을 때.
【好(호)】: [동사] 좋아하다.
【挫辱(좌욕)】: 모욕을 당하다, 창피를 당하다.
【今夜(금야)】: 어젯밤.
【將(장)】: 장차 …하려고 하다, 앞으로 …할 것이다.
【索(색)】: 찾다, 수색하다.
【其形(기형)】: 그 형상, 즉「그 형상의 인물」.
【期(기)】: 기한 내.
【得之(득지)】: 그를 잡다. 〖之〗: [대명사] 그, 즉 꿈속의 인물.
【可(가)】: 좋다, 그런대로 괜찮다.

5 每朝與其友俱立乎衢, 三日不得, 卻而自歿。→ 매일 아침 자기 친구와 함께 네거리에 서 있었으나, 사흘이 되어도 찾지 못하자, 스스로 목숨을 끊었다.
【俱(구)】: 함께.
【乎(호)】: [개사] 於(어), …에.
【衢(구)】: 네거리.
【卻(각)】: 退(퇴), 물러나다. 즉「집으로 돌아오다」의 뜻.

번역문

빈비취(賓卑聚)가 스스로 목숨을 끊다

제(齊)나라 장공(莊公) 때 빈비취(賓卑聚)라는 사람이 있었다. 꿈에 건장한 남자가 흰색 실크 모자에 붉은색 무늬의 모자 끈을 달고, 흰색 새 신발을 신고, 검은색 칼집을 차고 뒤를 쫓아와 욕을 하더니 자기의 얼굴에 침을 뱉었다. 놀라서 깨어보니 다만 꿈일 뿐이었으나 밤새도록 앉은 채로 기분이 좋지 않았다. 다음 날 자기 친구를 불러 말했다.

「내가 젊어서부터 용감한 것을 좋아하여 나이가 예순이 되도록 모욕을 당한 일이 없었는데 어젯밤 꿈에 (어떤 자가) 나를 욕보여, 장차 그 형상의 인물을 찾으려 하네. (만일) 기한 내에 잡는다면 괜찮지만 잡지 못한다면 (내가) 죽어버릴 것이야.」

매일 아침 자기 친구와 함께 네거리에 서 있었으나 사흘이 되어도 찾지 못하자 스스로 목숨을 끊었다.

해설

젊어서부터 용감하여 나이가 예순이 되도록 남에게 모욕을 당한 일이 없었던 빈비취(賓卑聚)는 꿈속에서 어떤 건장한 사람에게 당한 모욕을 생시에 찾아 앙갚음하기로 마음먹고, 만일 기한 내에 그 사람을 찾아내지 못하면 자신이 죽어버리겠다고 다짐했다.

생면부지의 꿈속 인물이 현실에 나타날 리 만무하다. 빈비취는 결국 그 사람을 찾지 못해 자신이 말한 대로 스스로 목숨을 끊었다.

이 우언은 꿈과 현실을 동일시할 정도로 사리를 분간하지 못해 비극을 빚어낸 무지몽매한 사람의 객기(客氣)를 조소하고 풍자한 것이다.

157 송인어마(宋人御馬)

《呂氏春秋 · 用民》

원문 및 주석

宋人御馬[1]

宋人有取道者, 其馬不進, 倒而投之溪水。[2] 又復取道, 其馬不進, 又倒而投之溪水。[3] 如此者三, 雖造父之所以威馬, 不過此矣。[4] 不得

1 宋人御馬 → 송(宋)나라 사람이 말을 몰다
【宋(송)】: [국명] 지금의 하남성 상구현(商邱縣) 일대에 있던 주대(周代)의 제후국.
【御(어)】: (수레나 말을) 몰다, 부리다.

2 宋人有取道者, 其馬不進, 倒而投之溪水。→ 송(宋)나라 사람으로 급히 길을 재촉하는 자가 있었는데, 말이 나아가지 않자, 그 말을 죽여 계수(溪水)에 던져버렸다.
【取道(취도)】: 급히 길을 재촉하다. 〖取〗: 趣(취), 趨(추), 빨리 가다.
【倒(도)】: 죽이다. ※ 고유(高誘)는 「殺(살)」이라 했고, 왕념손(王念孫)은 「剄(경)」의 오류라 했다.
【溪水(계수)】: [강 이름] 계수. ※ 소재지 미상.

3 又復取道, 其馬不進, 又倒而投之溪水。→ 또 다시 (다른 말로 바꾸어) 길을 재촉하다가, 말이 나아가지 않자, 또 그 말을 죽여 계수에 던져버렸다.

4 如此者三, 雖造父之所以威馬, 不過此矣。→ 이와 같이 세 번을 했다. 설사 조보(造父)가 말을 위협하기 위해 사용하는 수단이라 해도, 이보다 더하지는 않는다.
【雖(수)】: 비록, 설사.
【造父(조보)】: [인명] 주(周)나라 목왕(穆王) 때의 이름난 말몰이꾼. ※「父」는 이름자에 쓸 경우 「보」로 읽는다.
【所以威馬(소이위마)】: 말을 위협하는 수단. 〖所以〗: …을 위해 사용하는 수단. 〖威〗: 위협하다, 협박하다, 으름장을 놓다.
【過(과)】: 능가하다, 초월하다, …보다 더하다.

造父之道, 而徒得其威, 無益於御。[5]

번역문

송(宋)나라 사람이 말을 몰다

송(宋)나라 사람으로 급히 길을 재촉하는 자가 있었는데, 말이 나아가지 않자 그 말을 죽여 계수(鸂水)에 던져버렸다. 또다시 (다른 말로 바꾸어) 길을 재촉하다가 말이 나아가지 않자 또 그 말을 죽여 계수에 던져버렸다. 이와 같이 세 번을 했다.

설사 조보(造父)가 말을 위협하기 위해 사용하는 수단이라 해도 이보다 더하지는 않는다. 조보의 말 모는 기술을 익혀 터득하지 않고 다만 위협하는 수단만 배우면 말을 모는 데 아무런 도움이 되지 않는다.

해설

송(宋)나라 사람이 급히 말을 몰아 어디를 가려다가 말이 앞으로 나아가지 않자, 그 말을 죽여 강물에 던져 버리고, 다른 말로 바꾸어 가다가 역시 그 말이 앞으로 나아가지 않자, 또 그 말을 죽여 강물에 던져 버렸다. 이렇게 세 번을 했다.

이에 대해 작자는 주(周)나라 목왕(穆王) 때의 이름난 말몰이꾼 조보(造

5 不得造父之道, 而徒得其威, 無益於御。→ 조보의 말 모는 기술을 익혀 터득하지 않고, 다만 위협하는 수단만 배우면, 말을 모는 데 아무런 도움이 되지 않는다.
【得(득)】: 터득하다, 배워 익히다.
【道(도)】: 말 모는 기술, 방법.
【徒(도)】: 다만, 오직.
【無益(무익)】: 이익이 없다, 도움이 되지 않는다.

父)가 말을 길들일 때 위협하는 수단도 이를 초월하지 않는다고 지적한 후, 조보의 전반적인 기술을 터득하지 않고 일부 위협하는 것만 배운 송나라 사람의 어리석은 행위를 비난했다.

이 우언은 작자가 송나라 사람의 말 모는 이야기를 가지고 군주가 백성을 다스리는 일에 비유하여 백성들에 대한 군주의 잔인한 행위와 엄벌 위주의 통치를 비난한 것이다.

158 차비살교(次非殺蛟)

《呂氏春秋 · 知分》

원문 및 주석

次非殺蛟[1]

荊有次非者, 得寶劍於干遂, 還反涉江, 至於中流, 有兩蛟夾繞其船。[2] 次非謂舟人曰 :「子嘗見兩蛟繞船, 能兩活者乎?」 船人曰 :「未之見也。」[3] 次非攘臂袪衣, 拔寶劍曰 :「此江中之腐肉朽骨也,

1 次非殺蛟 → 차비(次非)가 교룡(蛟龍)을 죽이다
【次非(차비)】 : [인명].
【蛟(교)】 : 교룡. ※ 교룡이 홍수를 일으킬 수 있다는 전설이 있다.

2 荊有次非者, 得寶劍於干遂, 還反涉江, 至於中流, 有兩蛟夾繞其船。→ 초(楚)나라에 차비(次非)라는 사람이 있었다. 간수(干遂)에서 보검을 얻어, 돌아오는 길에 강을 건너는데, 강의 중간에 이르러, 두 마리의 교룡이 그의 배를 끼고 둘러쌌다.
【荊(형)】 : 초(楚)나라의 별칭. 초나라는 지금의 호남성 · 호북성과 강서성 · 절강성 및 하남성 남부에 걸쳐 있던 주대(周代)의 제후국.
【干遂(간수)】 : [지명] 춘추시대 오(吳)나라의 지명. 보검이 많이 나기로 유명하다.
【還反(환반)】 : 돌아오다. 〖反〗 : 返(반), 돌아오다.
【涉(섭)】 : (강을) 건너다.
【中流(중류)】 : 강의 중간 지점.
【夾繞(협요)】 : 끼고 둘러싸다.

3 次非謂舟人曰 :「子嘗見兩蛟繞船, 能兩活者乎?」 船人曰 :「未之見也。」 → 차비가 뱃사공에게 물었다 :「당신은 일찍이 두 마리의 용이 배를 둘러쌌을 때, (두 마리의 용과 사람) 양쪽 모두가 살아남은 것을 본 적이 있소?」 뱃사공이 말했다 :「보지 못했습니다.」
【舟人(주인)】 : 사공, 뱃사람, 뱃사공.

棄劍以全己, 余奚愛焉?」[4] 於是赴江刺蛟, 殺之而復上船, 舟中之人皆得活。[5]

번역문

차비(次非)가 교룡(蛟龍)을 죽이다

초(楚)나라에 차비(次非)라는 사람이 있었다. 간수(干遂)에서 보검을 얻어 돌아오는 길에 강을 건너는데, 강의 중간에 이르러 두 마리의 교룡이 그의 배를 끼고 둘러쌌다.

차비가 뱃사공에게 물었다.

「당신은 일찍이 두 마리의 용이 배를 둘러쌌을 때 (두 마리의 용과 사람) 양쪽 모두가 살아남은 것을 본 적이 있소?」

【子(자)】: 그대, 당신.
【兩活(양활)】: 양쪽 모두 살다. 여기서 「兩」은 「두 마리의 용과 사람」을 가리킨다.

4 次非攘臂袪衣, 拔寶劍曰:「此江中之腐肉朽骨也, 棄劍以全己, 余奚愛焉?」→ 차비가 팔을 걷어붙이고 옷자락을 추어올리더니, 보검을 뽑아들고 말했다:「이놈은 강물 속의 썩은 고기 뼈다귀인데, 내가 보검을 포기하여 자신을 보전할 수 있다면, 내 어찌 이를 아끼겠는가?」
【攘臂(양비)】: 팔을 걷어붙이다, 팔을 걷어 올리다.
【袪衣(거의)】: 옷자락을 추어올리다.
【拔(발)】: 뽑다, 빼다.
【腐肉朽骨(부육후골)】: 썩은 고기 썩은 뼈. ※ 이는 차비가 교룡을 경시하여 한 말이다.
【全己(전기)】: 자기를 보전하다.
【奚(해)】: 어찌.

5 於是赴江刺蛟, 殺之而復上船, 舟中之人皆得活。→ 그리하여 강으로 뛰어들어 교룡을 찔러, 죽이고 나서 다시 배 위로 올라오니, 배 안의 사람들이 모두 목숨을 건졌다.
【於是(어시)】: 이에, 그리하여.
【赴江(부강)】: 강으로 뛰어들다.
【刺(자)】: 찌르다.
【得活(득활)】: 목숨을 건지다, 살아남다.

뱃사공이 말했다.

「보지 못했습니다.」

차비가 팔을 걷어붙이고 옷자락을 추어올리더니 보검을 뽑아들고 말했다.

「이놈은 강물 속의 썩은 고기 뼈다귀인데, 내가 보검을 포기하여 자신을 보전할 수 있다면 내 어찌 이를 아끼겠는가?」

그리하여 강으로 뛰어들어 교룡을 찔러 죽이고 나서 다시 배 위로 올라오니 배 안의 사람들이 모두 목숨을 건졌다.

해설

초(楚)나라의 차비(次非)는 간수(干遂)에서 보검을 얻어 돌아오는 길에 사람들과 배를 타고 강을 건너다가 강의 한복판에서 두 마리의 교룡이 배를 둘러싸고 공격하려는 찰나에 보검을 뽑아들고 과감히 강물로 뛰어들어 교룡을 죽이고 여러 사람의 목숨을 구했다.

이 우언은 위급한 상황에서 자신의 희생을 무릅쓰고 과감히 몸을 던져 남을 구제한 차비의 용감한 의협(義俠) 정신을 찬양한 것이다.

159 유왕격고(幽王擊鼓)

《呂氏春秋·疑似》

원문 및 주석

幽王擊鼓[1]

周宅酆鎬, 近戎人。與諸侯約, 爲高葆禱於王路, 置鼓其上, 遠近相聞。[2] 卽戎寇至, 傳鼓相告, 諸侯之兵皆至救天子。[3] 戎寇當至, 幽

1 幽王擊鼓 → 유왕(幽王)이 북을 치다

【幽王(유왕)】: 서주(西周)의 마지막 임금. 성은 희(姬), 이름은 궁열(宮涅)이며, 주선왕(周宣王)의 아들이다. 재위하는 동안 국정을 보살피지 않고 주색에 빠져, 포사(褒姒)를 총애하며 신후(申后)와 태자 의구(宜臼)를 폐위하는 등 나라를 혼란에 빠뜨렸다. 이에 신후(申侯)가 B.C. 771년에 견융(犬戎)과 연합하여 경성(京城)을 함락하자, 유왕은 여산(驪山) 아래로 도망했다가 피살되고, 서주는 멸망했다.

【擊鼓(격고)】: 북을 치다.

2 周宅酆鎬, 近戎人。與諸侯約, 爲高葆禱於王路, 置鼓其上, 遠近相聞。→ 주(周)나라의 주거지인 풍(酆)지방과 호(鎬)지방은, 견융(犬戎)의 주거지와 가깝다. (주왕이) 제후들과 약정(約定)하여, 왕성으로 통하는 대로에 높은 보루를 쌓고, 그 위에 북을 설치하여, 먼 곳 가까운 곳 모두 북소리가 잘 들리도록 했다.

【宅(택)】: 주거지. 여기서는 「경성(京城)」을 가리킨다.

【酆鎬(풍호)】: [지명] 주문왕(周文王) 때의 도읍은 풍(酆)이었으나, 주무왕(周武王) 때 호(鎬)로 옮겼다. 풍(酆)은 지금의 섬서성 장안현(長安縣) 서북쪽에 있고, 호(鎬)는 섬서성 장안현 서쪽에 있는데, 두 곳의 거리가 매우 가깝기 때문에 합쳐서 주나라의 도읍 「酆鎬」라 칭했다.

【戎(융)】: 견융(犬戎), 또는 서융(西戎). 주(周)나라 서쪽의 오랑캐.

【爲高葆禱(위고보도)】: 높은 보류를 쌓다. 〖爲〗: 쌓다, 축조하다. 〖葆禱〗: 보루.

【王路(왕로)】: 여러 제후국으로부터 왕성으로 통하는 대로.

【置(치)】: 설치하다.

王擊鼓, 諸侯之兵皆至, 褒姒大說喜之。[4] 幽王欲褒姒之笑也, 因數擊鼓, 諸侯之兵數至而無寇。[5] 至於後, 戎寇眞至, 幽王擊鼓, 諸侯兵不至。[6] 幽王之身乃死於麗山之下, 爲天下笑。[7]

번역문

유왕(幽王)이 북을 치다

주(周)나라의 주거지인 풍(酆)지방과 호(鎬)지방은 견융(犬戎)의 주거지

....

3 卽戎寇至, 傳鼓相告, 諸侯之兵皆至救天子。→ 만일 견융이 침입해 들어오면, 북을 쳐서 알려, 제후의 군사가 모두 달려와 천자를 구하도록 한 것이다.
【卽(즉)】: [연사] 만일, 만약.
【寇(구)】: 도둑, 도적. ※ 여기서는 견융(犬戎)을 멸시하는 뜻으로 사용한 말.
【傳鼓相告(전고상고)】: 북을 쳐서 알리다.

4 戎寇當至, 幽王擊鼓, 諸侯之兵皆至, 褒姒大說喜之。→ 일찍이 견융이 쳐들어 온 적이 있었다. 유왕이 북을 쳐서, 제후들의 군대가 모두 달려오자, (유왕의 총희) 포사(褒姒)가 매우 기뻐하며 즐거워했다.
【當(당)】: 嘗(상), 일찍이. ※「當」을 「嘗(상)」과 통한다고 보는 견해와 當을 嘗의 오류라고 보는 견해가 있으나,「일찍이」라고 풀이한 점은 일치한다.
【褒姒(포사)】: [인명] 유왕(幽王)의 총희.
【大說喜之(대열희지)】: 매우 기뻐하며 즐거워하다.

5 幽王欲褒姒之笑也, 因數擊鼓, 諸侯之兵數至而無寇。→ 유왕은 포사의 웃는 모습을 원했다. 그리하여 자주 북을 쳐서, 제후들의 군대가 매번 달려왔다. 그러나 (그때마다) 견융은 없었다.
【欲(욕)】: …을 바라다, …을 원하다, 하고자 하다.
【因(인)】: 그리하여, 이로 인해.
【數(삭)】: 여러 번, 자주, 빈번히.

6 至於後, 戎寇眞至, 幽王擊鼓, 諸侯兵不至。→ 후에, 견융이 정말로 쳐들어와, 유왕이 북을 쳤으나, 제후의 군대가 오지 않았다.

7 幽王之身乃死於麗山之下, 爲天下笑。→ 유왕의 몸은 결국 여산(麗山) 아래에서 죽어, 천하의 웃음거리가 되었다.
【乃(내)】: 마침내, 결국.
【麗山(여산)】: [산 이름] 驪山(여산). 지금의 섬서성 임동현(臨潼縣) 동남쪽에 있다.

와 가깝다. (주왕은) 제후들과 약정(約定)하여 왕성으로 통하는 대로에 높은 보루를 쌓고, 그 위에 북을 설치하여 먼 곳 가까운 곳 모두 북소리가 잘 들리도록 했다. 만일 견융이 침입해 들어오면 북을 쳐서 알려 제후의 군사가 모두 달려와 천자를 구하도록 한 것이다.

일찍이 견융이 쳐들어 온 적이 있었다. 유왕이 북을 쳐서 제후들의 군대가 모두 달려오자 (유왕의 총희) 포사(褒姒)가 매우 기뻐하며 즐거워했다. 유왕은 포사의 웃는 모습을 원했다. 그리하여 자주 북을 쳐서, 제후들의 군대가 매번 달려왔다. 그러나 (그때마다) 견융은 없었다. 후에 견융이 정말로 쳐들어와 유왕이 북을 쳤으나 제후의 군대가 오지 않았다. 유왕의 몸은 결국 여산(麗山) 아래에서 죽어 천하의 웃음거리가 되었다.

해설

주(周)의 유왕(幽王)은 서쪽 오랑캐인 견융(犬戎)이 주나라의 도성(都城)과 너무 가까이 있어 불안을 느낀 나머지, 제후국에서 왕실로 통하는 대로(大路)에 보루를 쌓고 그 위에 북을 설치하여, 견융이 침입할 경우 북을 울려 제후들에게 알림으로써 제후의 군대가 와서 천자를 구하도록 했다. 그 후 견융이 한 차례 침입하여 유왕이 북을 울리자 제후의 군대가 모두 달려왔다. 유왕의 총희 포사(褒姒)가 이를 보고 매우 좋아하며 즐거워하자, 유왕은 포사의 웃는 모습을 보려고 견융의 침입이 없는데도 불구하고 여러 차례 북을 울려 제후의 군대를 희롱했다. 그리하여 유왕은 제후들로부터 신뢰를 잃었고, 후에 견융이 실제로 쳐들어 왔을 때 제후들이 군대를 보내지 않아 유왕은 여산의 아래에서 견융에게 피살되어 백성들의 웃음거리가 되고 말았다.

이 우언은 본래 백성을 다스리는 나라의 임금이 총희가 좋아한다는 이

유만으로 제후의 군사를 동원하는 국가 대사를 사사로이 장난거리로 삼았다가 천하의 신뢰를 잃고 자멸한 군주의 무지몽매한 행위를 질책한 동시에, 또한 서양 이솝(Aesop) 우화의 「양치기 소년」처럼 여러 번 거짓말을 계속하면 나중에 진실을 말해도 믿을 수 없게 된다는 교훈을 제시한 것이다.

160 여구기귀(黎丘奇鬼)

《呂氏春秋·疑似》

원문 및 주석

黎丘奇鬼[1]

梁北有黎丘部有奇鬼焉, 喜效人之子姪、昆弟之狀。[2] 邑丈人有之市而醉歸者, 黎丘之鬼效其子之狀, 扶而道苦之。[3] 丈人歸, 酒醒, 而

1 黎丘奇鬼 → 여구(黎丘)의 이상한 귀신
【黎丘(여구)】: [지명] 지금의 하남성 우성현(虞城縣) 북쪽.
【奇鬼(기괴)】: 이상한 귀신.

2 梁北有黎丘部有奇鬼焉, 喜效人之子姪、昆弟之狀。→ 위(魏)나라의 북쪽 여구(黎丘)라는 마을에 이상한 귀신이 있어, 사람의 아들과 조카 · 형제의 모습을 흉내 내길 좋아했다.
【梁(양)】: [국명] 위(魏)나라. 지금의 하남성 북부, 섬서성 동부, 산서성 서남부, 하북성 남부 일대에 걸쳐 있던 주대(周代)의 제후국으로 본래 진(晉)나라에 속했으나 B.C. 375년 조씨(趙氏) · 한씨(韓氏) · 위씨(魏氏)가 진(晉)의 영토를 삼분하여 각기 조(趙) · 한(韓) · 위(魏) 세 나라로 독립했다. 위나라는 개국 초기 안읍(安邑)에 도읍을 정했다가 혜왕(惠王) 때 대량(大梁)으로 천도하고 국호를 양(梁)이라 했다.
【部(부)】: 鄕(향), 마을.
【喜效(희효)】: 흉내 내길 좋아하다. 〖效〗: 흉내 내다, 모방하다, 따라하다.
【子姪(자질)】: 아들과 조카.
【昆弟(곤제)】: 형제.
【狀(상)】: 모습, 모양.

3 邑丈人有之市而醉歸者, 黎丘之鬼效其子之狀, 扶而道苦之。→ 마을의 어느 남자 노인이 시장에 갔다가 술이 취해 돌아오는데, 여구의 귀신이 그 노인 아들의 모습을 흉내 내어, 노인을 부축하고 돌아오며 길에서 노인을 괴롭혔다.
【之市(지시)】: 시장에 가다. 〖之〗: 가다.

誚其子曰:「吾爲汝父也, 豈謂不慈哉? 我醉, 汝道苦我, 何故?」[4] 其子泣而觸地曰:「孽矣! 無此事也。昔也往責於東邑人, 可問也。」[5] 其父信之, 曰:「譆! 是必夫奇鬼也, 我固嘗聞之矣。明日端復飮於市, 欲遇而刺殺之。」[6] 明旦之市而醉, 其眞子恐其父之不能反也, 遂

················

【丈人(장인)】: 남자 노인에 대한 존칭.
【醉歸(취귀)】: 술에 취해 돌아오다.
【扶(부)】: 부축하다.
【道苦之(도고지)】: 길에서 노인을 괴롭히다. 〖苦〗: 고통스럽게 하다, 괴롭히다. 〖之〗: [대명사] 그, 즉 노인.

4 丈人歸, 酒醒, 而誚其子曰:「吾爲汝父也, 豈謂不慈哉? 我醉, 汝道苦我, 何故?」→ 노인은 집에 돌아와, 술이 깨고 나서, 아들을 꾸짖었다:「내가 너의 아비인데, 어째서 자상하지 못하다고 말했느냐? 그리고 내가 술이 취했는데, 네가 길에서 나를 괴롭힌 것은, 무슨 까닭이냐?」
【誚(초)】: 꾸짖다, 나무라다.
【豈(기)】: 어찌.
【何故(하고)】: 무슨 까닭, 무슨 이유, 무엇 때문.

5 其子泣而觸地曰:「孽矣! 無此事也。昔也往責於東邑人, 可問也。」→ 그 아들이 울면서 이마를 땅에 대고 말했다:「요괴의 짓입니다! 이런 일이 없습니다. (저는) 어제 동쪽 마을 사람에게 빚을 독촉하러 갔었으니, (그들에게) 물어볼 수 있습니다.」
【觸地(촉지)】: 이마를 땅에 대다.
【孽(얼)】: 요괴, 요물.
【昔(석)】: 종전, 과거. 여기서는「어제」를 가리킨다.
【責(책)】: 債(채), 빚을 독촉하다.
【東邑(동읍)】: 동쪽 마을.
【可問(가문)】: 물어볼 수 있다.

6 其父信之, 曰:「譆! 是必夫奇鬼也, 我固嘗聞之矣。明日端復飮於市, 欲遇而刺殺之。」→ 그의 아버지가 아들의 말을 믿고, 말했다:「아! 이것은 틀림없이 그 이상한 귀신이다. 나는 본래 일찍이 그것을 들은 적이 있다. 내일은 일부러 다시 시장에 가서 술을 마시고, 그놈을 만나 찔러 죽일 생각이다.」
【譆(희)!】: 아!
【是(시)】: 이, 이것.
【夫(부)】: [지시대명사] 그.
【固(고)】: 본래.
【嘗(상)】: 일찍이.
【端(단)】: 耑(단), 고의로, 일부러, 특별히.

逝迎之。[7] 丈人望見其眞子, 拔劍而刺之。丈人智惑於似其子者, 而殺其眞子。[8]

번역문

여구(黎丘)의 이상한 귀신

위(魏)나라의 북쪽 여구(黎丘)라는 마을에 이상한 귀신이 있어, 사람의 아들과 조카 · 형제의 모습을 흉내 내길 좋아했다. 마을의 어느 남자 노인이 시장에 갔다가 술이 취해 돌아오는데, 여구의 귀신이 그 노인 아들의 모습을 흉내 내어 노인을 부축하고 돌아오며 길에서 노인을 괴롭혔다. 노인은 집에 돌아와 술이 깨고 나서 아들을 꾸짖었다.

「내가 너의 아비인데 어째서 자상하지 못하다고 말했느냐? 그리고 내가 술이 취했는데 네가 길에서 나를 괴롭힌 것은 무슨 까닭이냐?」

【欲(욕)】: …하고자 하다, …하려고 하다.
【刺殺(자살)】: 찔러 죽이다.

7 明旦之市而醉, 其眞子恐其父之不能反也, 遂逝迎之。→ (노인은) 다음날 아침 시장에 가서 술을 마셔 취했고, 그의 진짜 아들은 자기 아버지가 돌아오지 못할까 걱정하여, 즉시 아버지를 마중하러 나갔다.
【明旦(명단)】: 다음날 아침.
【恐(공)】: 두려워하다, 걱정하다.
【反(반)】: 返(반), 돌아오다.
【遂(수)】: 곧, 바로, 즉시.
【逝(서)】: 가다.
【迎(영)】: 맞다, 마중하다, 영접하다.

8 丈人望見其眞子, 拔劍而刺之。丈人智惑於似其子者, 而殺其眞子。→ 노인은 자기의 진짜 아들을 보자, 칼을 뽑아 그를 찔렀다. 노인은 자기 아들을 닮은 이상한 귀신에게 지력(智力)이 미혹되어 자기의 진짜 아들을 죽인 것이다.
【拔劍(발검)】: 칼을 뽑다. 〖拔〗: 뽑다.
【惑於(혹어)…】: …에 미혹되다. 〖於〗: [개사] …에.
【似其子者(사기자자)】: 자기의 아들과 닮은 자. 즉「이상한 귀신」.

그 아들이 울면서 이마를 땅에 대고 말했다.

「요괴의 짓입니다! 이런 일이 없습니다. (저는) 어제 동쪽 마을 사람에게 빚을 독촉하러 갔었으니, (그들에게) 물어볼 수 있습니다.」

그의 아버지가 아들의 말을 믿고 말했다.

「아! 이것은 틀림없이 그 이상한 귀신이다. 나는 본래 일찍이 그것을 들은 적이 있다. 내일은 일부러 다시 시장에 가서 술을 마시고 그놈을 만나 찔러 죽일 생각이다.」

(노인은) 다음날 아침 시장에 가서 술을 마셔 취했고, 그의 진짜 아들은 자기 아버지가 돌아오지 못할까 걱정하여 즉시 아버지를 마중하러 나갔다. 노인은 자기의 진짜 아들을 보자 칼을 뽑아 그를 찔렀다. 노인은 자기 아들을 닮은 이상한 귀신에게 지력(智力)이 미혹되어 자기의 진짜 아들을 죽인 것이다.

해설

여구(黎丘) 마을의 노인은 사람의 아들과 조카 · 형제의 모습을 흉내 내기 좋아하는 귀신에게 농락당한 후, 다음날 귀신을 만나 죽이겠다는 생각으로 다시 시장에 가서 술을 마시고 돌아오다가, 아버지를 마중 나온 진짜 아들을 귀신으로 잘못 알고 찔러 죽였다.

노인은 귀신이 농간을 부리는 상황에서 오늘의 변화를 전혀 예측하지 못하고 어제와 똑같은 방법을 재연함으로써 비극을 초래하고 말았다.

이 우언은 혼동하기 쉬운 사이비 사물에 대해 세심한 관찰과 연구를 소홀히 하여 경솔하게 대응할 경우 심각한 역효과가 야기될 수 있다는 것을 경계한 것이다.

161 천정득일인(穿井得一人)

《呂氏春秋·察傳》

원문 및 주석

穿井得一人[1]

宋之丁氏, 家無井而出漑汲, 常一人居外。[2] 及其家穿井, 告人曰:「吾穿井得一人。」[3] 有聞而傳之者, 曰:「丁氏穿井得一人。」國人道之, 聞之於宋君。[4] 宋君令人問之於丁氏, 丁氏對曰:「得一人之使,

1 穿井得一人 → 우물을 파고 한 사람을 얻다
【穿井(천정)】: 우물을 파다

2 宋之丁氏, 家無井而出漑汲, 常一人居外。→ 송(宋)나라의 정씨(丁氏)는, 집에 우물이 없어 밖에 나가 물을 길어 와야 하기 때문에, 항상 한 사람이 밖에 머물러 있었다.
【宋(송)】: [국명] 지금의 하남성 상구현(商邱縣) 일대에 있던 주대(周代)의 제후국.
【漑汲(개급)】: 물을 길어오다.
【居外(거외)】: 밖에 머물다, 밖에서 거처하다.

3 及其家穿井, 告人曰:「吾穿井得一人。」→ 그는 자기 집에 우물을 파고 나서 사람들에게 말하길:「나는 우물을 파고 한 사람을 얻었습니다.」라고 했다.
【及(급)】: …에 이르러, 여기서는「…하고 나서」의 뜻.

4 有聞而傳之者, 曰:「丁氏穿井得一人。」國人道之, 聞之於宋君。→ 이 말을 듣고 전하는 사람이「정씨가 우물을 파고 한 사람을 얻었다.」라고 말했다. 도성(都城) 사람들이 이에 대해 담론을 벌이자, 그 말이 송나라 군주의 귀에 들어갔다.
【聞而傳(문이전)】: 듣고 전파하다.
【國人(국인)】: 도성(都城) 사람들.
【道(도)】: 담론하다, 이러쿵저러쿵 이야기하다.
【聞之於(문지어)…】: 그것이 …에게 전해지다, 그것이 …의 귀에 들어가다.

非得一人於井中也。」[5]

번역문

우물을 파고 한 사람을 얻다

송(宋)나라의 정씨(丁氏)는 집에 우물이 없어 밖에 나가 물을 길어 와야 하기 때문에 항상 한 사람이 밖에 머물러 있었다. 그는 자기 집에 우물을 파고 나서 사람들에게 말하길 「나는 우물을 파고 한 사람을 얻었습니다.」라고 했다. 이 말을 듣고 전하는 사람이 「정씨가 우물을 파고 한 사람을 얻었다.」라고 말했다.

도성(都城) 사람들이 이에 대해 담론을 벌이자 그 말이 송나라 군주의 귀에 들어갔다. 송나라 군주가 사람을 시켜 그것을 정씨에게 물어보니, 정씨가 대답하길 「한 사람의 인력을 얻었다는 것이지 우물 안에서 한 사람을 얻었다는 것이 아닙니다.」라고 했다.

해설

송(宋)나라의 정씨(丁氏)가 집에 우물이 없어 항상 밖에 한 사람을 배치해 두고 물을 길어오다가 자기 집에 우물을 판 후, 사람들에게 「우물을 파고 한 사람을 얻었다.」라고 한 말은 우물 속에서 한 사람을 얻었다는 것이 아니라, 집에 우물을 파고 나서 물을 길러오기 위해 사람을 배치할 필요가

5 宋君令人問之於丁氏, 丁氏對曰 : 「得一人之使, 非得一人於井中也。」 → 송나라 군주가 사람을 시켜 그것을 정씨에게 물어보니, 정씨가 대답하길 「한 사람의 인력을 얻었다는 것이지 우물 안에서 한 사람을 얻었다는 것이 아닙니다.」라고 했다.
【令(령)】: …을 시켜 …하게 하다.
【使(사)】: 사역(使役), 인력(人力).

없기 때문에 한 사람 분의 인력을 얻은 것이라는 뜻이었다.

이 우언은 들은 소문을 확인하지 않고 가볍게 믿음으로써 잘못이 잘못을 전하는 우를 범하지 않도록 경계한 것이다.

162 송왕여사자(宋王與使者)

《呂氏春秋 · 壅塞》

원문 및 주석

宋王與使者[1]

齊攻宋, 宋王使人候齊寇之所至。使者還曰:「齊寇近矣, 國人恐矣。」[2] 左右皆謂宋王曰:「此所謂肉自生蟲者也。以宋之强, 齊兵之

1 宋王與使者 → 송왕(宋王)과 사자(使者)

【宋王(송왕)】: 송(宋)나라의 군주. 여기서는 「강왕(康王)」을 가리킨다. ※ 송나라는 강왕 때 매우 부강하여 일세를 풍미했으나 얼마 후 패전하여 나라가 망하는 비운을 맞아 강왕이 위(魏)나라로 도망했다. 【宋】: 지금의 하남성 상구현(商邱縣) 일대에 있던 주대(周代)의 제후국.

【使者(사자)】: 명령을 받고 파견되는 사람.

2 齊攻宋, 宋王使人候齊寇之所至。使者還曰:「齊寇近矣, 國人恐矣。」 → 제(齊)나라가 송(宋)나라를 공격하자, 송왕(宋王)이 사람을 보내 제나라 군사가 어디까지 왔는지 살펴보도록 했다. 사자가 돌아와 말했다:「제나라 군사가 가까이 와서, 도성(都城) 사람들이 두려워하고 있습니다.」

【齊(제)】: [국명] 지금의 산동성 북부와 하북성 남부에 걸쳐 있던 주대(周代)의 제후국.

【使(사)】: 파견하다, 보내다.

【齊寇(제구)】: 제나라에 대한 비칭. ※「寇」는 적에 대한 비칭으로 과거 일본 해적을 왜구(倭寇)라고 부르는 것과 같은 뜻. 여기서는 「제나라 군사」를 가리킨다.

【候(후)】: 살피다, 탐색하다.

【所至(소지)】: 도달한 곳, 이른 곳.

【還(환)】: 돌아오다.

【國人(국인)】: 도성(都城) 사람들.

【恐(공)】: 두려워하다.

弱, 惡能如此?」[3] 宋王因怒而詘殺之。又使人往視齊寇, 使者報如前, 宋王又怒詘殺之。如此者三。[4] 其後又使人往視, 齊寇近矣, 國人恐矣, 使者遇其兄, 曰:「國危甚矣, 若將安適?」[5] 其弟曰:「爲王視齊寇, 不意其近, 而國人恐如此也。今又私患, 鄕之先視齊寇者, 皆以『寇之近也』報而死。[6] 今也報其情, 死, 不報其情, 又恐死, 將

3 左右皆謂宋王曰:「此所謂肉自生蟲者也。以宋之强, 齊兵之弱, 惡能如此?」→ 왕의 측근 신하들이 모두 송왕에게 말했다:「이는 이른바 고기 자체에서 벌레가 생기듯이 자기 내부가 부패한 것입니다. 강한 송나라와 약한 제나라 군사를 근거로 볼 때, 어찌 이럴 수가 있겠습니까?」

【左右(좌우)】: 왕의 측근 신하.

【肉自生蟲(육자생충)】: 고기에 스스로 벌레가 생기다. 즉「자기 내부가 부패하다」의 뜻.

【以(이)】: …로써, …을 가지고, …을 근거로.

【惡(오)】: 어찌.

4 宋王因怒而詘殺之。又使人往視齊寇, 使者報如前, 宋王又怒詘殺之。如此者三。→ 송왕은 이로 인해 화가 나서 사자를 지은 죄도 없이 죽여 버렸다. 그리고 또 사람을 보내 제나라 군사를 살펴보도록 하여, 사자가 이전과 같이 보고하자, 송왕은 또 화를 내며 사자를 지은 죄도 없이 죽여 버렸다. 이와 같이 세 번을 했다.

【因(인)】: 이로 인해.

【詘殺(굴살)】: 지은 죄 없이 죽이다, 무고하게 죽이다.

【往視(왕시)】: 가서 살펴보다.

5 其後又使人往視, 齊寇近矣, 國人恐矣, 使者遇其兄, 曰:「國危甚矣, 若將安適?」→ 그 후 또 사람을 보내 가서 살펴보게 하니, (사실 그대로) 제나라 군사가 가까이 다가와, 도성 사람들이 두려워하고 있었다. 사자가 자기 형을 찾아가 만나자, (형이) 물었다:「나라가 매우 위험한데, 너는 장차 어디로 가려고 하느냐?」

【若(약)】: 너, 당신.

【將安適(장안적)】: 장차 어디로 가려고 하는가? 〖將〗: 장차 …하려고 하다. 〖安〗: 어디. 〖適〗: 往(왕), 가다.

6 其弟曰:「爲王視齊寇, 不意其近, 而國人恐如此也。今又私患, 鄕之先視齊寇者, 皆以『寇之近也』報而死。→ 아우가 대답했다:「왕을 위해 제나라 군사를 살펴보니, 의외로 제나라 군사가 가까이 다가와, 도성 사람들이 이처럼 두려워하고 있습니다. 지금 또 나 개인적으로 걱정하는 것은, 전에 먼저 제나라의 군사를 살펴보았던 사자들이, 모두『제나라 군사가 가까이 다가왔다』고 보고했다가 죽음을 당한 것입니다.

【不意(불의)】: 의외로, 예상외로, 뜻밖에.

【私患(사환)】: 사사로운 걱정, 개인적인 걱정.

若何?」[7] 其兄曰:「如報其情, 有且先夫死者死, 先夫亡者亡。」[8] 於是報於王曰:「殊不知齊寇之所在, 國人甚安。」王大喜, 左右皆曰:「鄉之死者宜矣。」[9] 王多賜之金。寇至, 王自投車上馳而走, 此人得以富於他國。[10]

【鄉(향)】: 嚮(향), 이전, 종전.

7 今也報其情, 死, 不報其情, 又恐死, 將若何?」→ 지금 그 실제 상황을 보고해도, 죽고, 그 실제 상황을 보고하지 않아도, 또 아마 죽을 텐데, 장차 어떻게 하지요?」
【其情(기정)】: 그 실제 상황.
【恐(공)】: 아마도.
【若何(약하)】: 어찌하다, 어떻게 하다.

8 其兄曰:「如報其情, 有且先夫死者死, (不如)先夫亡者亡。」→ 그의 형이 말했다:「만일 실제 상황을 보고하면, 또 (나라가 망해서) 죽는 사람보다 먼저 죽을 것이니, 차라리 (나라가 망해서) 도망치는 사람들보다 먼저 도망치는 것이 나을 것이다.」
【如(여)】: 만일, 만약.
【有(유)】: 又(우), 또.
【且(차)】: 곧 …일 것이다.
【先夫死者死(선부사자사)】: 죽는 사람들 보다 먼저 죽다. 즉「장차 나라가 망해 죽는 사람들 보다 먼저 죽다」의 뜻.
【先夫亡者亡(선부망자망)】: 도망치는 사람들보다 먼저 도망치다. 즉「나라가 망해 도망치는 사람들보다 먼저 도망치다」의 뜻. 〖亡〗: 도망치다.

9 於是報於王曰:「殊不知齊寇之所在, 國人甚安。」王大喜, 左右皆曰:「鄉之死者宜矣。」→ 그리하여 그가 왕에게 보고했다:「제나라 군사가 어디 있는지 전혀 알 수 없고, 도성 사람들은 매우 편안하게 지내고 있습니다.」왕은 매우 기뻐했고, 측근 신하들은 모두:「전에 죽은 자들은 당연히 죽어 마땅하다.」라고 말했다.
【於是(어시)】: 이에, 그리하여.
【殊(수)】: 전혀, 완전히.
【所在(소재)】: 있는 곳.
【宜(의)】: 당연하다, 마땅하다.

10 王多賜之金。寇至, 王自投車上馳而走, 此人得以富於他國。→ 왕은 그에게 많은 황금을 하사했다. 얼마 후 제나라 군사가 당도하자, 왕은 스스로 수레에 몸을 던져 재빨리 달아났고, (거짓으로 보고한) 이 사람은 다른 나라에 가서 부자가 되었다.
【多賜(다사)】: 많이 하사하다, 많이 주다.
【投車上(투거상)】: 수레에 몸을 던지다.
【馳而走(치이주)】: 재빨리 달아나다.

번역문

송왕(宋王)과 사자(使者)

제(齊)나라가 송(宋)나라를 공격하자 송왕(宋王)이 사람을 보내 제나라 군사가 어디까지 왔는지 살펴보도록 했다. 사자가 돌아와 말했다.

「제나라 군사가 가까이 와서 도성(都城) 사람들이 두려워하고 있습니다.」

왕의 측근 신하들이 모두 송왕에게 말했다.

「이는 이른바 고기 자체에서 벌레가 생기듯이 자기 내부가 부패한 것입니다. 강한 송나라와 약한 제나라 군사를 근거로 볼 때 어찌 이럴 수가 있겠습니까?」

송왕은 이로 인해 화가 나서 사자를 지은 죄도 없이 죽여 버렸다. 그리고 또 사람을 보내 제나라 군사를 살펴보도록 하여 사자가 이전과 같이 보고하자, 송왕은 또 화를 내며 사자를 지은 죄도 없이 죽여 버렸다. 이와 같이 세 번을 했다. 그 후 또 사람을 보내 살펴보게 하니, (사실 그대로) 제나라 군사가 가까이 다가와 도성 사람들이 두려워하고 있었다. 사자가 자기 형을 찾아가 만나자 (형이) 물었다.

「나라가 매우 위험한데 너는 장차 어디로 가려고 하느냐?」

아우가 대답했다.

「왕을 위해 제나라 군사를 살펴보니 의외로 제나라 군사가 가까이 다가와 도성 사람들이 이처럼 두려워하고 있습니다. 지금 또 나 개인적으로 걱정하는 것은, 전에 먼저 제나라의 군사를 살펴보았던 사자들이 모두 『제나라 군사가 가까이 다가왔다』고 보고했다가 죽음을 당한 것입니다. 지금 그 실제 상황을 보고해도 죽고, 그 실제 상황을 보고하지 않아도 또 아마 죽을 텐데, 장차 어떻게 하지요?」

그의 형이 말했다.

「만일 실제 상황을 보고하면 또 (나라가 망해서) 죽는 사람보다 먼저 죽을 것이니 차라리 (나라가 망해서) 도망치는 사람들보다 먼저 도망치는 것이 나을 것이다.」

그리하여 그가 왕에게 보고했다.

「제나라 군사가 어디 있는지 전혀 알 수 없고, 도성 사람들은 매우 편안하게 지내고 있습니다.」

왕은 매우 기뻐했고, 측근 신하들은 모두 「전에 죽은 자들은 당연히 죽어 마땅하다.」라고 말했다.

왕은 그에게 많은 황금을 하사했다. 얼마 후 제나라 군사가 당도하자 왕은 스스로 수레에 몸을 던져 재빨리 달아났고, (거짓으로 보고한) 이 사람은 다른 나라에 가서 부자가 되었다.

해설

송왕(宋王)은 제(齊)나라가 공격해 온다는 말을 듣고 사자(使者)를 보내 제나라 군사가 어디까지 왔는지 살펴보도록 하여 사자가 돌아와 도성(都城)에 가까이 와서 도성 사람들이 매우 두려워한다고 보고하자, 강국인 송나라에 제나라의 약한 군대가 감히 쳐들어 올 수 없다고 주장한 측근 신하들의 말을 믿고, 사자에게 허위 보고를 했다는 죄명을 씌워 죽여 버렸다. 이렇게 세 번을 거듭하자 네 번째 사자는 진실을 보고하여 죽을 바에야 거짓으로 보고하고 도망치라는 형의 권유에 따라 송왕에게 거짓으로 보고한 후 많은 황금을 하사받아 다른 나라로 도망쳤고, 얼마 후 제나라 군사가 쳐들어와 송왕은 황급히 위(魏)나라로 몸을 피했다.

이 우언은 송왕이 과거의 전성기를 생각하며 사자의 진실한 보고를 믿지 않고 적을 경시하다가 나라를 잃은 사례를 통해, 시대 변화에 따른 객관적 현실을 부정하고 자신의 주관적 사고에 안주할 경우 반드시 실패한다는 것을 경계한 것이다.

163 엄이도종(掩耳盜鐘)

《呂氏春秋 · 自知》

원문 및 주석

掩耳盜鐘[1]

范氏之亡也, 百姓有得鐘者。欲負而走, 則鐘大不可負。以椎毁之, 鐘況然有音。恐人聞之而奪己也, 遽揜其耳。[2] 惡人聞之可也,

1 掩耳盜鐘 → 귀를 막고 종을 훔치다
【掩(엄)】: 막다, 닫다.
【盜(도)】: 훔치다.

2 范氏之亡也, 百姓有得鐘者。欲負而走, 則鐘大不可負。以椎毁之, 鐘況然有音。恐人聞之而奪己也, 遽揜其耳。→ 범씨(范氏)가 도망갈 때, 어느 한 백성이 그의 종을 훔쳤다. 등에 짊어지고 달아나려다가, 종이 너무 커서 짊어질 수가 없었다. 망치로 종을 부수자, 종이 와장창 부서지는 소리가 났다. 그는 다른 사람이 이 소리를 듣고 자기 것을 빼앗아 갈까 두려워서, 재빨리 자기의 귀를 막았다.
【范氏(범씨)】: 범소자(范昭子). 춘추시대 말기 진(晉)나라의 귀족으로, 조씨(趙氏) · 한씨(韓氏) · 위씨(魏氏) · 지씨(智氏)와의 투쟁에서 패망했다.
【欲(욕)】: …하고자 하다, …하려고 생각하다.
【負(부)】: (등에) 지다, 짊어지다.
【椎(추)】: 錐(추), 망치.
【毁(훼)】: 부수다.
【況然(황연)】: 종소리가 우렁찬 모양.
【恐(공)】: 두려워하다.
【奪己(탈기)】: 자기 것을 빼앗다.
【遽(거)】: 황급히, 재빨리.
【揜(엄)】: 掩(엄), 막다.

惡己自聞之, 悖矣。[3]

번역문

귀를 막고 종을 훔치다

범씨(范氏)가 도망갈 때 어느 한 백성이 그의 종을 훔쳤다. 등에 짊어지고 달아나려다가 종이 너무 커서 짊어질 수가 없었다. 망치로 종을 부수자 종이 와장창 부서지는 소리가 났다. 그는 다른 사람이 이 소리를 듣고 자기 것을 빼앗아 갈까 두려워서 재빨리 자기의 귀를 막았다.

다른 사람이 그 소리를 들을까봐 우려하는 것은 이해할 수 있지만 자기가 들을까봐 우려하는 것은 실로 황당한 일이다.

해설

진(晉)나라의 귀족인 범씨(范氏)가 달아나면서 가지고 가지 못한 종(鐘)을 어느 백성이 점유하여 짊어지고 가려다 너무 커서 그것을 부수어 작게 만들어 가려고 망치로 내리쳤다. 와장창하고 큰 소리가 나자 다른 사람이 소리를 듣고 와서 종을 빼앗아갈까 봐 두려워 자기의 귀를 막고 종을 부쉈다.

종을 부수면 종이 아니라는 사실을 모르는 것도 황당하지만, 자기의 귀를 막으면 남들이 듣지 못한다고 생각하는 것도 어처구니없는 일이다.

3 惡人聞之可也, 惡己自聞之, 悖矣! → 다른 사람이 그 소리를 들을까봐 우려하는 것은 이해할 수 있지만, 자기가 들을까봐 우려하는 것은, 실로 황당한 일이다.
【惡(오)】: 싫어하다. 여기서는 「겁내다, 우려하다」의 뜻.
【己自(기자)】: 자기 스스로.
【悖(패)】: 황당하다, 어이없다.

이 우언은 스스로 총명한 척하면서 일을 망치는 어리석은 사람을 풍자하고, 동시에 객관적 사실을 존중하지 않으면 자기가 자기 꾀에 넘어갈 수 있다는 것을 경계한 것이다.

164 호렵질경(好獵疾耕)

《呂氏春秋 · 貴當》

원문 및 주석

好獵疾耕[1]

齊人有好獵者, 曠日持久而不得獸, 入則媿其家室, 出則媿其知友、州里。[2] 惟其所以不得之故, 則狗惡也。欲得良狗, 則家貧無以。[3]

1 好獵疾耕 → 사냥을 좋아하여 열심히 농사를 짓다
【好獵(호렵)】: 사냥을 좋아하다. 〖好〗: [동사] 좋아하다.
【疾耕(질경)】: 힘껏 농사를 짓다, 열심이 경작하다.

2 齊人有好獵者, 曠日持久而不得獸, 入則媿其家室, 出則媿其知友、州里。→ 제(齊)나라 사람으로 사냥을 좋아하는 자가 있었는데, 공치는 날이 오래 지속되며 짐승을 잡지 못하자, 집에 들어오면 자기 가족들에게 부끄럽고, 밖에 나가면 자기 친지와 마을 사람들에게 부끄러웠다.
【齊(제)】: [국명] 지금의 산동성 북부와 하북성 남부에 걸쳐 있던 주대(周代)의 제후국.
【曠日(광일)】: 공치는 날, 허탕 치는 날.
【持久(지구)】: 오래 지속되다.
【媿(괴)】: 愧(괴), 부끄럽다.
【家室(가실)】: 가족.
【知友(지우)】: 친지.
【州里(주리)】: 마을.

3 惟其所以不得之故, 則狗惡也。欲得良狗, 則家貧無以。→ 그는 자기가 잡지 못하는 까닭을, 바로 개가 열등하기 때문이라고 생각했다. 좋은 개를 구하려니, 집이 가난하여 방법이 없었다.
【惟(유)】: 생각하다, 사유하다.
【所以(소이)…之故(지고)】: …한 까닭.

於是還疾耕, 疾耕則家富, 家富則有以求良狗。[4] 狗良則數得獸矣, 田獵之獲常過人矣。非獨獵也, 百事也盡然。[5]

번역문

사냥을 좋아하여 열심히 농사를 짓다

제(齊)나라 사람으로 사냥을 좋아하는 자가 있었는데, 공치는 날이 오래 지속되며 짐승을 잡지 못하자 집에 들어오면 자기 가족들에게 부끄럽고 밖에 나가면 자기 친지와 마을 사람들에게 부끄러웠다. 그는 자기가 잡지 못하는 까닭을 바로 개가 열등하기 때문이라고 생각했다.

좋은 개를 구하려니 집이 가난하여 방법이 없었다. 그리하여 집에 돌아와 열심히 농사를 지었다. 열심히 농사를 지으니 집이 부유해지고, 집이 부

【惡(악)】: 열악하다, 열등하다, 나쁘다.
【欲(욕)】: …하고자 하다, …하려 하다.
【無以(무이)】: …할 방법이 없다, …할 수가 없다. 〖以〗: 방법.

4 於是還疾耕, 疾耕則家富, 家富則有以求良狗。→ 그리하여 집에 돌아와 열심히 농사를 지었다. 열심히 농사를 지으니 집이 부유해지고, 집이 부유해지니 좋은 개를 구할 수가 있었다.
【於是(어시)】: 그리하여.
【還(환)】: 집에 돌아오다.
【有以(유이)】: …할 방법이 있다, …할 수가 있다.

5 狗良則數得獸矣, 田獵之獲常過人矣。非獨獵也, 百事也盡然。→ 개가 좋아 여러 번 짐승을 잡아서, 사냥으로 얻는 수확이 항상 다른 사람을 능가했다. 비단 사냥뿐 아니라, 모든 일이 다 그렇다.
【數(삭)】: 자주, 빈번히.
【田獵(전렵)】: 사냥. 〖田〗: 畋(전), 사냥하다.
【獲(획)】: 수확.
【過人(과인)】: 다른 사람을 능가하다.
【非獨(비독)】: 비단 …뿐 아니라.
【百事(백사)】: 모든 일.
【盡然(진연)】: 다 그렇다. 〖盡〗: 모두, 다.

유해지니 좋은 개를 구할 수가 있었다. 개가 좋아 자주 짐승을 잡아서 사냥으로 얻는 수확이 항상 다른 사람을 능가했다.

비단 사냥뿐 아니라 모든 일이 다 그렇다.

해설

사냥을 좋아한 제(齊)나라 사람은 오래도록 짐승을 잡지 못한 원인을 사냥개가 열등하기 때문이라고 여겼다. 그러나 집이 가난하여 좋은 개를 살 방법이 없자 열심히 농사를 지어 부유하게 되었고, 마침내 좋은 개를 사서 남들보다 짐승도 많이 잡았다.

모든 일은 서로 연관을 맺기도 하고 서로 제약을 가하기도 한다. 따라서 좋은 결과를 얻기 위해서는 다방면으로 조건과 요인을 신중히 헤아려 해결할 수 있는 중요한 고리를 찾지 않으면 안 된다.

이 우언은 막혀 풀리지 않는 문제에 봉착했을 때 오로지 한 방향으로만 일관하지 말고 방향을 돌려 합당한 해결 방법을 찾아야 성공할 수 있다는 이치를 설명한 것이다.

165 기사인(起死人)

《呂氏春秋·別類》

원문 및 주석

起死人[1]

魯人有公孫綽者, 告人曰:「我能起死人。」[2] 人問其故, 對曰:「我固能治偏枯, 今吾倍所以爲偏枯之藥, 則可以起死人矣。」[3] 物固有可以爲小, 不可以爲大; 可以爲半, 不可以爲全者也。[4]

1 起死人 → 죽은 사람을 살리다

2 魯人有公孫綽者, 告人曰:「我能起死人。」→ 노(魯)나라 사람 공손작(公孫綽)이, 사람들에게 말했다:「나는 죽은 사람을 살릴 수 있습니다.」
【魯(노)】: 지금의 산동성 일대에 있던 주대(周代)의 제후국.
【公孫綽(공손작)】: [인명] 성은 공손(公孫), 이름은 작(綽).

3 人問其故, 對曰:「我固能治偏枯, 今吾倍所以爲偏枯之藥, 則可以起死人矣。」→ 사람들이 그 이유를 묻자, 그가 대답했다:「나는 본래 반신불수(半身不隨)를 치료할 수 있는데, 지금 내가 반신불수를 치료하는 데 쓰는 약을 두 배로 늘리면, 죽은 사람을 살려낼 수 있습니다.」
【故(고)】: 이유, 연고.
【固(고)】: 본래.
【偏枯(편고)】: 반신불수.
【倍(배)】: 두 배. 여기서는「배로 늘리다」의 뜻.
【所以爲偏枯之藥(소이위편고지약)】: 반신불수를 치료하는 데 쓰는 약.
【爲(위)】: 치료하다.

4 物固有可以爲小, 不可以爲大; 可以爲半, 不可以爲全者也。→ 물건 중에는 본래 작은 역할을 할 수 있어도, 큰 역할을 할 수 없는 것이 있고; 절반을 해결할 수 있어도, 전체를 해결 할 수 없는 것이 있다.

번역문

죽은 사람을 살리다

노(魯)나라 사람 공손작(公孫綽)이 사람들에게 말했다.

「나는 죽은 사람을 살릴 수 있습니다.」

사람들이 그 이유를 묻자 그가 대답했다.

「나는 본래 반신불수(半身不隨)를 치료할 수 있는데, 지금 내가 반신불수를 치료할 때 쓰는 약을 두 배로 늘리면 죽은 사람을 살려낼 수 있습니다.」

물건 중에는 본래 작은 역할을 할 수 있어도 큰 역할을 할 수 없는 것이 있고, 절반을 해결할 수 있어도 전체를 해결 할 수 없는 것이 있다.

해설

노(魯)나라 사람 공손작(公孫綽)은 반신불수(半身不隨)를 치료할 수 있는 처방을 두 배로 늘리면 죽은 사람을 살려낼 수 있다고 생각했다. 즉 몸의 절반을 치료했으니 약의 분량을 두 배로 늘리면 전신(全身)을 치료할 수 있다는 것이다. 질병의 치료는 질병의 종류에 따라 적용하는 약이 달라지는 것이지 동일한 약의 분량을 증감하여 치료하는 것이 아니다.

이 우언은 구체적인 문제는 구체적으로 대응해야 하고, 상황이 다르면 처리하는 방법도 당연히 달라야 한다는 이치를 설명한 것이다.

【爲小(위소)】: 작은 역할을 하다.
【爲大(위대)】: 큰 역할을 하다.
【爲半(위반)】: 절반을 해결하다.
【爲全(위전)】: 전체를 해결하다.

166 생목조옥(生木造屋)

《呂氏春秋 · 別類》

원문 및 주석

生木造屋[1]

高陽應將爲室家, 匠對曰 :「未可也。木尙生, 加塗其上, 必將撓。以生爲室, 今雖善, 後將必敗。」[2] 高陽應曰 :「緣子之言, 則室不敗也。木益枯則勁, 塗益乾則輕, 以益勁任益輕則不敗。」[3] 匠人無辭而

1 生木造屋 → 마르지 않은 생나무로 집을 짓다

2 高陽應將爲室家, 匠對曰 :「未可也。木尙生, 加塗其上, 必將撓。以生爲室, 今雖善, 後將必敗。」→ 고양응(高陽應)이 집을 지으려고 하자, 장인(匠人)이 말했다 :「안 됩니다. 나무가 아직 마르지 않았는데, 그 위에 진흙을 바르면, 반드시 굽을 것입니다. 생나무로 집을 지으면, 지금은 비록 좋아도, 후에는 반드시 부서질 것입니다.」

【高陽應(고양응)】: [인명] 성은 고양(高陽), 이름은 응(應).

【將(장)】: 장차 …하려 하다.

【爲室家(위실가)】: 집을 짓다. 〖爲〗: 짓다. 〖室家〗: 집, 가옥.

【未可(미가)】: 不可(불가), 안 된다, 불가하다.

【尙(상)】: 아직.

【加塗(가도)】: 진흙을 바르다.

【撓(뇨)】: 휘다, 굽다, 구부러지다.

【敗(패)】: 부서지다, 무너지다.

3 高陽應曰 :「緣子之言, 則室不敗也。木益枯則勁, 塗益乾則輕, 以益勁任益輕則不敗。」→ 고양응이 말했다 :「당신의 말대로라면, 집이 무너지지 않아. 나무는 마를수록 더욱 견고해지고, 흙은 마를수록 더욱 가벼워져서, 더욱 견고한 것으로 더욱 가벼워진 것을 감당하니 부서지지 않지.」

對, 受令而爲之。室之始成也善, 其後果敗。[4] 高陽應好小察, 而不通乎大理也。[5]

번역문

마르지 않은 생나무로 집을 짓다

고양응(高陽應)이 집을 지으려고 하자 장인(匠人)이 말했다.

「안 됩니다. 나무가 아직 마르지 않았는데 그 위에 진흙을 바르면 반드시 굽을 것입니다. 생나무로 집을 지으면 지금은 비록 좋아도 후에는 반드시 부서질 것입니다.」

고양응이 말했다.

「당신의 말대로라면 집이 무너지지 않아. 나무는 마를수록 더욱 견고해지고 흙은 마를수록 더욱 가벼워져서, 더욱 견고한 것으로 더욱 가벼워진

【緣(연)】: 의하다, 근거하다, 따르다.
【益(익)】: 더욱 …할수록.
【枯(고)】: 마르다.
【勁(경)】: 견고하다.
【以益勁任益輕(이익경임익경)】: 더욱 견고한 것으로 더욱 가벼운 것을 감당하다. 〖任〗: 감당하다.

4 匠人無辭而對, 受令而爲之。室之始成也善, 其後果敗。→ 장인은 대꾸할 말이 없어, 명을 받고 집을 지었다. 집이 처음 완성되었을 때는 매우 훌륭했으나, 후에 과연 무너지고 말았다.
【無辭而對(무사이대)】: 대꾸할 말이 없다.
【受令(수령)】: 명을 받다.
【果(과)】: 과연.

5 高陽應好小察, 而不通乎大理也。→ 고양응은 잔재주를 좋아하고, 큰 도리에 능통하지 못하다.
【好(호)】: [동사] 좋아하다.
【小察(소찰)】: 잔재주.
【乎(호)】: [개사] 於(어), …에.
【大理(대리)】: 큰 도리, 큰 이치.

것을 감당하니 부서지지 않지.」

장인은 대꾸할 말이 없어 명을 받고 집을 지었다. 집이 처음 완성되었을 때는 매우 훌륭했으나 후에 과연 무너지고 말았다.

고양응은 잔재주를 좋아하고 큰 도리에 능통하지 못하다.

해설

고양응(高陽應)이 생목(生木)으로 집을 지으려는 것에 대해 장인(匠人)은 자기의 경험을 근거로 생목에 흙을 바르면 장차 나무가 굽어져서 반드시 부서질 것이라 했고, 고양응은 선부른 이론을 근거로 나무는 마를수록 견고해지고 흙이란 마를수록 가벼워져서 절대 부서지지 않는다고 했다. 장인은 고양응의 교묘한 궤변에 대꾸할 말이 없어 분부대로 집을 지었으나 시간이 흐르자 결국 집이 부서지고 말았다.

잔재주에 밝고 궤변에 능한 사람의 말이나 행동은 언뜻 보기에 사리에 맞는듯하여 사람을 미혹시킬 수 있으나, 과학적으로 자세히 분석해 보면 실제에 어긋나기 때문에 결코 성공할 수가 없다.

이 우언은 일을 처리하는 과정에서 전문지식이 없는 윗사람이 잔재주와 궤변으로 전문가인 아랫사람의 의견을 무시하고 강행하면 반드시 실패한다는 이치를 설명한 것이다.

167 질구취서(桎狗取鼠)

《呂氏春秋·士容》

원문 및 주석

桎狗取鼠[1]

齊有善相狗者, 其鄰假以買取鼠之狗, 期年乃得之, 曰:「是良狗也。」[2] 其鄰畜之數年, 而不取鼠。[3] 以告相者, 相者曰:「此良狗也。其志在獐麋豕鹿, 不在鼠。欲其取鼠也, 則桎之。」[4] 其鄰桎其後足,

1 桎狗取鼠 → 개에게 족쇄를 채워 쥐를 잡게 하다
【桎(질)】: [동사용법] 족쇄를 채우다.
【取鼠(취서)】: 쥐를 잡다.

2 齊有善相狗者, 其鄰假以買取鼠之狗, 期年乃得之, 曰:「是良狗也。」→ 제(齊)나라에 개를 잘 식별하는 사람이 있었다. 그의 이웃이 쥐 잡는 개를 사달라고 부탁하자, 일 년 만에 비로소 그것을 구해오더니, 말했다:「이것은 좋은 개입니다.」
【齊(제)】: [국명] 지금의 산동성 북부와 하북성 남부에 걸쳐 있던 주대(周代)의 제후국.
【善相狗(선상구)】: 개를 잘 식별하다.
【假(가)】: 부탁하다.
【期年(기년)】: 일 년.
【乃(내)】: 비로소.
【是(시)】: 이것.

3 其鄰畜之數年, 而不取鼠。→ 이웃집 사람이 이 개를 수년 동안 길렀으나, 쥐를 잡지 않았다.
【畜(축)】: 기르다.

4 以告相者, 相者曰:「此良狗也。其志在獐麋豕鹿, 不在鼠。欲其取鼠也, 則桎之。」→ 이러한 상황을 개를 식별하는 사람에게 알리자, 개를 식별하는 사람이 말했다:「이것은 좋은 개입니다. 그 개의 관심은 노루·고라니·멧돼지·사슴과 같은 들짐승에 있고, 쥐에는 관심이

狗乃取鼠。[5]

번역문

개에게 족쇄를 채워 쥐를 잡게 하다

제(齊)나라에 개를 잘 식별하는 사람이 있었다. 그의 이웃이 쥐 잡는 개를 사달라고 부탁하자 일 년 만에 비로소 그것을 구해오더니 말했다.

「이것은 좋은 개입니다.」

이웃집 사람이 이 개를 수년 동안 길렀으나 쥐를 잡지 않았다. 이러한 상황을 개를 식별하는 사람에게 알리자, 개를 식별하는 사람이 말했다.

「이것은 좋은 개입니다. 그 개의 관심은 노루 · 고라니 · 멧돼지 · 사슴과 같은 들짐승에 있고, 쥐에는 관심이 없습니다. 그 개가 쥐를 잡도록 하려면 개에게 족쇄를 채우십시오.」

이웃집 사람이 개의 뒷다리에 족쇄를 채우자 개가 비로소 쥐를 잡았다.

해설

제(齊)나라 사람이 쥐를 잡기 위해 개를 잘 식별하는 사람에게 부탁하여 좋은 개를 샀으나 일 년이 지나도록 쥐를 잡지 않아 개를 식별하는 사람이 그 개의 다리에 족쇄를 채우도록 하자 비로소 쥐를 잡았다.

개의 용도는 본래 사냥을 하거나 집을 지키는 것이지 쥐를 잡는 것이 아

....

없습니다. 그 개가 쥐를 잡도록 하려면, 개에게 족쇄를 채우십시오.」
【獐麋豕鹿(장미시록)】: 노루, 고라니, 돼지, 사슴.
【欲(욕)】: …하고자 하다, …을 바라다.

5 其鄰桎其後足, 狗乃取鼠。→ 이웃집 사람이 개의 뒷다리에 족쇄를 채우자, 개가 비로소 쥐를 잡았다.

니다. 그러므로 노루 · 고라니 · 멧돼지 · 사슴과 같은 들짐승을 잡는 개로 하여금 쥐를 잡게 하는 것은 큰 재능을 작게 이용하는 것이다.

이 우언은 좋은 재능을 적재적소에 활용하지 못함으로써 투자에 상응하는 성과를 거두지 못하는 어리석은 행위를 풍자한 것이다.

《한비자(韓非子)》 우언

한비(韓非 : 약 B.C. 280-B.C. 233)는 전국시대 말엽의 사상가로 법가사상(法家思想)을 집대성한 사람이다. 《사기(史記) 노자한비열전(老子韓非列傳)》의 기록에 의하면, 한비는 말을 더듬었기 때문에 말하기를 싫어하였으나 저술에 매우 능했다. 이사(李斯)와 더불어 순자(荀子)에게 배웠는데 이사 스스로도 자기가 한비보다 못했음을 인정했다고 한다.

한(韓)나라 제후의 아들인 한비는 한나라가 점점 쇠퇴하는 것을 보고 한왕(韓王)에게 여러 차례 글을 올려 예치(禮治)를 폐지하고 형법(刑法)으로 다스려 부국강병을 꾀할 것을 주장했다. 왕이 이를 채택하지 않자 한비는 물러나와 오직 저술에만 전념하였다.

《한비자(韓非子)》는 한비가 지은 법가(法家)의 대표작으로 내용 대부분이 논변문(論辨文)에 속하는데, 선명한 관점과 예리한 언어에 정밀한 분석과 강력한 논리성이 돋보이고, 많은 우언(寓言)을 논증의 소재로 운용함으로써 보다 흥미롭고 생동감을 더해준다.

《한비자》의 주석서로는 청(淸) 왕선신(王先愼)의 《한비자집해(韓非子集解)》를 비롯하여 근인(近人) 진기유(陳奇猷)의 《한비자집석(韓非子集釋)》, 양계웅(梁啓雄)의 《한비자천해(韓非子淺解)》, 주훈초(周勛初)의 《한비자교주(韓非子校注)》 등이 있다.

168 정공벌호(鄭公伐胡)

《韓非子·說難》

원문 및 주석

鄭公伐胡[1]

昔者鄭武公欲伐胡, 故先以其女妻胡公, 以娛其意。[2] 因問於羣臣曰:「吾欲用兵, 誰可伐者?」[3] 大夫關其思對曰:「胡可伐。」[4] 武公怒

1 鄭公伐胡 → 정무공(鄭武公)이 호(胡)나라를 점령하다
【鄭公(정공)】: 춘추시대 정(鄭)나라의 군주. 여기서는 정무공(鄭武公)을 가리킨다. 〖鄭〗: 지금의 하남성 신정현(新鄭縣) 일대에 있던 주대(周代)의 제후국.
【伐(벌)】: 공격하다, 정벌하다, 토벌하다.
【胡(호)】: [국명] 지금의 하남성 언성현(郾城縣) 서남쪽에 있던 주대(周代)의 제후국.

2 昔者鄭武公欲伐胡, 故先以其女妻胡公, 以娛其意。→ 옛날에 정무공(鄭武公)이 호(胡)나라를 정벌하려고, 의도적으로 먼저 자기의 딸을 호공(胡公)의 아내로 보내, 호공의 마음을 즐겁게 했다.
【故(고)】: 일부러, 의도적으로.
【胡公(호공)】: 호나라의 군주.
【娛(오)】: [사동용법] 기쁘게 하다, 즐겁게 하다.
【其意(기의)】: 호공(胡公)의 마음. 〖其〗: [대명사] 그, 즉 호공.

3 因問於羣臣曰:「吾欲用兵, 誰可伐者?」→ 그리하여 여러 신하들에게 물었다:「내가 군사를 동원하려고 하는데, 어떤 나라가 정벌할 만한가?」
【因(인)】: 이로 인해, 그리하여.
【欲(욕)】: …하고자 하다, …하려고 하다.
【用兵(용병)】: 군사를 동원하다.
【誰(수)】: 누구. 여기서는「어떤 나라」를 의미한다.

4 大夫關其思對曰:「胡可伐。」→ 대부 관기사(關其思)가 대답했다:「호나라가 정벌할 만합

而戮之, 曰 : 「胡, 兄弟之國也。子言伐之, 何也?」[5] 胡君聞之, 以鄭爲親己, 遂不備鄭, 鄭人襲胡取之。[6]

번역문

정무공(鄭武公)이 호(胡)나라를 점령하다

옛날에 정무공(鄭武公)이 호(胡)나라를 정벌하려고 의도적으로 먼저 자기의 딸을 호공(胡公)의 아내로 보내 호공의 마음을 즐겁게 했다. 그리하여 여러 신하들에게 물었다.

「내가 군사를 동원하려고 하는데 어떤 나라가 정벌할 만한가?」

대부 관기사(關其思)가 대답했다.

「호나라가 정벌할 만합니다.」

무공이 버럭 화를 내며 관기사를 죽이고 말했다.

「호나라는 형제의 나라이다. 그대가 호나라를 정벌하라고 말한 것은 무

....

니다.」

【關其思(관기사)】: [인명] 생애사적 미상.

5 武公怒而戮之, 曰 : 「胡, 兄弟之國也。子言伐之, 何也?」 → 무공이 버럭 화를 내며 관기사를 죽이고 말했다 : 「호나라는, 형제의 나라이다. 그대가 호나라를 정벌하라고 말한 것은, 무슨 뜻이냐?」

【戮(륙)】: 죽이다.

【子(자)】: 그대, 당신.

6 胡君聞之, 以鄭爲親己, 遂不備鄭, 鄭人襲胡取之。→ 호나라 군주는 이 소식을 듣고 정나라를 자기와 친한 사이라고 여겼다. 그리하여 정나라를 대비하지 않자, 정나라가 호나라를 습격하여 탈취해 버렸다.

【以鄭爲親己(이정위친기)】: 정나라를 자기와 친한 사이라고 여기다. 〖以…爲…〗: …을 …라 여기다, …을…로 삼다. 〖親己〗: 자기와 친한 사이.

【遂(수)】: 그리하여.

【不備(불비)…】: …에 대비하지 않다.

【襲(습)】: 습격하다.

는 뜻이냐?」

호나라 군주는 이 소식을 듣고 정나라를 자기와 친한 사이라고 여겼다. 그리하여 정나라를 대비하지 않자 정나라가 호나라를 습격하여 탈취해 버렸다.

해설

정무공(鄭武公)은 호(胡)나라를 점령하기 위해 자기의 딸을 호나라 군주에게 시집보내는 등 계략을 써오다가 마침내 군사를 일으키기로 결심하고 신하들을 소집하여 점령해야 할 대상을 물었다. 이때 대부 관기사(關其思)가 호나라를 거론하자 정무공은 의도적으로 화를 내고 호나라를 형제지국으로 칭하며 관기사를 죽여 호의를 보였다. 호나라는 이러한 정무공의 계략을 눈치 채지 못하고 무방비 상태로 있다가 정무공의 일격에 그만 나라를 잃고 말았다.

이 우언은 평소 소원한 관계의 사람이 돌연 호의를 베푼다 하여 무작정 받아들이지 말고, 그 의도를 확실히 파악하여 거짓 인의(仁義)에 미혹되지 않도록 신중히 대처해야 한다는 이치를 설명한 것이다.

169 지자의린(智子疑鄰)

《韓非子·說難》

원문 및 주석

智子疑鄰[1]

宋有富人, 天雨牆壞。其子曰:「不築, 必將有盜。」[2] 其鄰人之父亦云。暮而果大亡其財, 其家甚智其子, 而疑鄰人之父。[3]

1 智子疑鄰 → 자식을 지혜롭다 하고 이웃을 의심하다
【智(지)】: [동사용법] 지혜롭다고 여기다.

2 宋有富人, 天雨牆壞。其子曰:「不築, 必將有盜。」→ 송(宋)나라에 한 부자가 있었는데, 비가 와서 집의 담장이 무너졌다. 그의 아들이 말했다:「쌓지 않으면, 반드시 도둑이 들것입니다.」
【宋(송)】: [국명] 지금의 하남성 상구현(商邱縣) 일대에 있던 주대(周代)의 제후국.
【天雨(천우)】: 비가 내리다.
【壞(괴)】: 무너지다.
【將(장)】: 장차 …일 것이다.
【有盜(유도)】: 도둑이 들다.

3 其鄰人之父亦云。暮而果大亡其財, 其家甚智其子, 而疑鄰人之父。→ 그 이웃집 노인 영감도 역시 같은 말을 했다. 그날 밤에 과연 재물을 많이 잃었다. 그 집안사람들은 아들을 매우 지혜롭다고 칭찬했다. 그러나 이웃집 영감에 대해서는 (오히려) 의심을 품었다.
【父(부)】: [노인에 대한 존칭] 翁(옹), 노인 영감.
【云(운)】: 말하다.
【果(과)】: 과연.
【大亡(대망)】: 많이 잃다.
【甚智(심지)】: 매우 지혜롭다고 칭찬하다.

번역문

자식을 지혜롭다 하고 이웃을 의심하다

송(宋)나라에 한 부자가 있었는데, 비가 와서 집의 담장이 무너졌다. 그의 아들이 말했다.

「쌓지 않으면 반드시 도둑이 들것입니다.」

이웃집 노인 영감도 역시 같은 말을 했다. 그날 밤에 과연 재물을 많이 잃었다. 그 집안사람들은 아들을 매우 지혜롭다고 칭찬했다. 그러나 이웃집 영감에 대해서는 (오히려) 의심을 품었다.

해설

송(宋)나라 부잣집의 담장이 비로 인해 무너져 그 집 아들과 이웃집 영감이 이구동성으로 담장을 쌓지 않으면 도둑이 들 것이라고 같은 말을 했는데도 자기 아들에 대해서는 지혜롭다고 칭찬한 반면, 이웃집 영감에 대해서는 오히려 의심을 품었다.

이 우언은 남의 진의(眞意)를 이해하거나 사실 그 자체를 존중하지 않고, 오로지 친소(親疎) 관계를 시비 판단의 기준으로 삼아 남을 의심하고 경계하는 선입견을 비난한 것이다.

170 미자하(彌子瑕)

《韓非子·說難》

원문 및 주석

彌子瑕[1]

昔者彌子瑕有寵於衛君。衛國之法, 竊駕君車者罪刖。[2] 彌子瑕母病, 人間往夜告彌子, 彌子矯駕君車以出。[3] 君聞而賢之, 曰:「孝哉! 爲母之故, 忘其刖罪。」[4] 異日, 與君遊於果園, 食桃而甘, 不盡, 以其

1 彌子瑕 → 미자하(彌子瑕)
【彌子瑕(미자하)】: [인명] 위령공(衛靈公)의 신하.

2 昔者彌子瑕有寵於衛君。衛國之法, 竊駕君車者罪刖。→ 옛날에 미자하(彌子瑕)는 위(魏)나라 군주로부터 총애를 받았다. 위나라의 국법은, 군주의 수레를 훔쳐 모는 자에 대해 월형(刖刑)으로 죄를 다스렸다.
【有寵於(유총어)…】: …로부터 총애를 받다.
【衛君(위군)】: 위나라의 군주. 여기서는 「위영공(衛靈公)」을 가리킨다. 【衛】: 지금의 하북성 남부와 하남성 북부 일대에 있던 주대(周代)의 제후국.
【竊駕(절가)】: 훔쳐서 몰다.
【罪刖(죄월)】: 월형(刖刑)으로 죄를 다스리다. 【罪】: [동사] 처벌하다, 죄를 다스리다. 【刖】: 다리를 자르는 형벌.

3 彌子瑕母病, 人間往夜告彌子, 彌子矯駕君車以出。→ 미자하의 어머니가 병이 나서, 어떤 사람이 은밀히 밤중에 가서 미자하에게 알리자, 미자하가 자기 마음대로 임금의 수레를 몰고 나갔다.
【間往夜(간왕야)】: 은밀히 밤중에 가다. 【間】: 몰래, 은밀히. ※ 일부 판본은 「間往夜」를 《설원(說苑)》을 근거로 「聞(문)夜往」이라 했다.
【矯駕(교가)】: 자기 마음대로 몰다. 【矯】: 마음대로, 멋대로. 【駕】: (수레나 말을) 몰다.

4 君聞而賢之, 曰:「孝哉! 爲母之故, 忘其刖罪。」→ 임금이 이 말을 듣고 그를 칭찬하여, 말했

半啗君。[5] 君曰 :「愛我哉! 忘其口味, 以啗寡人。」[6] 及彌子色衰愛弛, 得罪於君, 君曰 :「是固嘗矯駕吾車, 又嘗啗我以餘桃。」[7] 故彌子之行未變於初也, 而以前之所以見賢, 而後獲罪者, 愛憎之變也。[8]

다 :「효자로다! 어머니로 인해, 월형(刖刑) 죄를 잊은 것이다.」

【賢(현)】: 칭찬하다.

【爲(위)…之故(지고)】: …로 인해, …때문에.

5 異日, 與君遊於果園, 食桃而甘, 不盡, 以其半啗君。→ 또 어느 날, (미자하가) 임금과 과수원에서 노닐다가, 복숭아를 먹고 맛이 달콤하여, 이를 다 먹지 않고, 그 절반을 남겨 임금에게 드렸다.

【異日(이일)】: 어느 날.

【食(식)】: [동사] 먹다.

【盡(진)】: 다하다. 여기서는「다 먹다」의 뜻.

【啗(담)】: 먹이다.

6 君曰 :「愛我哉! 忘其口味, 以啗寡人。」→ 임금이 말했다 :「진정으로 나를 사랑하는구나! 자기의 먹고 싶은 욕망을 잊고, 이를 과인에게 먹여주었다.」

【口味(구미)】: 먹고 싶은 욕망. ※ 혹은「(복숭아에 남아 있는) 입 냄새」라고 풀이한 경우도 있다.

【寡人(과인)】: 과덕지인(寡德之人)이란 의미로 임금이 자신을 낮추어 부르는 말.

7 及彌子色衰愛弛, 得罪於君, 君曰 :「是固嘗矯駕吾車, 又嘗啗我以餘桃。」→ (훗날) 미자하가 늙어 자태가 쇠락하고 (임금의) 사랑이 느슨해지기에 이르러, (미자하가) 임금에게 죄를 짓자, 임금이 말했다 :「이 놈은 본래 일찍이 나의 수레를 마음대로 몰았던 적이 있고, 또 일찍이 (자기가) 먹다 남은 복숭아를 나에게 먹인 적이 있다.」

【色衰(색쇠)】: 늙어서 자태가 쇠락하다.

【愛弛(애이)】: 사랑이 느슨해지다.

【是(시)】: [대명사] 이, 즉「미자하」.

【固(고)】: 본래.

8 故彌子之行未變於初也, 而以前之所以見賢, 而後獲罪者, 愛憎之變也。→ 미자하의 행위는 처음과 비교하여 변한 것이 없으나, 전에 칭찬을 받고, 후에 죄를 얻은 까닭은, 바로 애증(愛憎)이 변했기 때문이다.

【所以(소이)…】: …한 까닭.

【見賢(견현)】: 칭찬을 받다. ※ 見+동사=피동형.

번역문

미자하(彌子瑕)

옛날에 미자하(彌子瑕)는 위(魏)나라 군주로부터 총애를 받았다. 위나라의 국법은 군주의 수레를 훔쳐 모는 자에 대해 월형(刖刑)으로 죄를 다스렸다. 미자하의 어머니가 병이 나서 어떤 사람이 은밀히 밤중에 가서 미자하에게 알리자, 미자하가 자기 마음대로 임금의 수레를 몰고 나갔다. 임금이 이 말을 듣고 그를 칭찬하여 말했다.

「효자로다! 어머니로 인해 월형(刖刑) 죄를 잊은 것이다.」

또 어느 날 (미자하가) 임금과 과수원에서 노닐다가 복숭아를 먹고 맛이 달콤하여 이를 다 먹지 않고 그 절반을 남겨 임금에게 드렸다.

임금이 말했다.

「진정으로 나를 사랑하는구나! 자기의 먹고 싶은 욕망을 잊고 이를 과인에게 먹여주었다.」

(훗날) 미자하가 늙어 자태가 쇠락하고 (임금의) 사랑이 느슨해지기에 이르러 (미자하가) 임금에게 죄를 짓자 임금이 말했다.

「이 놈은 본래 일찍이 나의 수레를 마음대로 몰았던 적이 있고, 또 일찍이 (자기가) 먹다 남은 복숭아를 나에게 먹인 적이 있다.」

미자하의 행위는 처음과 비교하여 변한 것이 없으나 전에 칭찬을 받고 후에 죄를 얻은 까닭은 바로 애증(愛憎)이 변했기 때문이다.

해설

위(衛)나라 영공(靈公)이 미자하(彌子瑕)를 한창 총애할 때는 미자하가 마음대로 임금의 수레를 훔쳐 타고 나가도 문제 삼지 않고, 먹던 복숭아를 남겨 임금에게 주었어도 좋은 뜻으로 생각하며 칭찬했으나, 미자하가 늙어 임금의 총애가 식어버린 후에 죄를 짓자, 임금은 과거 미자하의 모든 행동을 들먹이며 비난했다.

영공의 이러한 행위는 자기의 호오(好惡)를 시비 판단의 기준으로 삼아 만사를 자기의 기분에 따라 좌지우지하던 옛날 군주의 전형적인 본질을 드러낸 것으로, 임금과 신하의 관계가 진정성(眞情性)이 없는 비천한 감정의 결합이었음을 보여준 것이다.

이 우언은 인간관계에 있어서 진정한 우의(友誼)는 반드시 서로의 정당한 목적과 고상한 도덕관념의 바탕 위에서 수립되어야 오래 지속될 수 있다는 이치를 설명한 것이다.

171 화씨지벽(和氏之璧)

《韓非子 · 和氏》

원문 및 주석

和氏之璧[1]

楚人和氏得玉璞楚山中, 奉而獻之厲王。[2] 厲王使玉人相之, 玉人曰 : 「石也。」 王以和爲誑, 而刖其左足。[3] 及厲王薨, 武王卽位, 和又奉其璞而獻之武王。[4] 武王使玉人相之, 又曰 : 「石也。」 王又以和爲

1 和氏之璧 → 화씨(和氏)의 벽옥(碧玉)
【和氏(화씨)】: 변화(卞和). ※《사기(史記) · 정양전(鄭陽傳)》을 비롯하여 대부분의 서적들이 「卞和」라 했다.
【璧(벽)】: 벽옥.

2 楚人和氏得玉璞楚山中, 奉而獻之厲王。 → 초(楚)나라 사람 화씨(和氏)가 초산(楚山)에서 박옥(璞玉)을 얻어, 그것을 여왕(厲王)에게 바쳤다.
【楚(초)】: [국명] 지금의 호남성 · 호북성과 강서성 · 절강성 및 하남성 남부에 걸쳐 있던 주대(周代)의 제후국.
【玉璞(옥박)】: 박옥, 즉 「가공하지 않은 옥돌」.
【奉而獻(봉이헌)】: 받들어 올리다. 〖奉〗: 捧(봉), 두 손으로 받쳐들다. 〖獻〗: 바치다, 헌상하다.
【厲王(여왕)】:《사기(史記) · 초세가(楚世家)》의 기록에 의하면 초(楚)나라에는 여왕(厲王)이 존재하지 않는다.

3 厲王使玉人相之, 玉人曰 : 「石也。」 王以和爲誑, 而刖其左足。 → 여왕이 옥공(玉工)으로 하여금 그것을 감정하도록 하니, 옥공이 말했다 : 「돌입니다.」 왕이 화씨를 거짓말쟁이라고 여겨, 그의 왼쪽 다리를 잘라버렸다.
【使(사)】: …로 하여금 …하게 하다.
【玉人(옥인)】: 옥공, 옥장이.
【相(상)】: 감별하다, 감정하다.

誑, 而刖其右足。[5] 武王薨, 文王卽位。和乃抱其璞而哭於楚山之下, 三日三夜, 泣盡而繼之以血。[6] 王聞之, 使人問其故, 曰 :「天下之刖者多矣, 子奚哭之悲也?」[7] 和曰 :「吾非悲刖也, 悲夫寶玉而題之以石, 貞士而名之以誑, 此吾所以悲也。」[8] 王乃使玉人理其璞而得寶

【以和爲誑(이화위광)】: 화씨를 거짓말쟁이라고 여기다. 〖以…爲…〗: …을 …라고 여기다. 〖誑〗: 거짓말. 여기서는「거짓말쟁이」의 뜻.

【刖(월)】: (다리를) 자르다.

4 及厲王薨, 武王卽位, 和又奉其璞而獻之武王。→ 여왕이 죽고, 무왕(武王)이 즉위하자, 화씨는 또 그 박옥을 들고 가서 무왕에게 바쳤다.

【及(급)】: …에 이르다.

【薨(훙)】: 죽다, 훙거(薨去)하다. ※ 옛날 왕이나 제후가 죽는 것을 말한다.

【武王(무왕)】: 초(楚)나라의 군주. 51년간(B.C. 740-B.C. 690) 재위했다.

5 武王使玉人相之, 又曰 :「石也。」王又以和爲誑, 而刖其右足。→ 무왕이 옥공으로 하여금 그것을 감정하도록 하니, (옥공이) 또 말했다 :「돌입니다.」 왕이 또 화씨를 거짓말쟁이라고 여겨, 그의 오른쪽 다리를 잘라버렸다.

6 武王薨, 文王卽位。和乃抱其璞而哭於楚山之下, 三日三夜, 泣盡而繼之以血。→ 무왕이 죽고, 문왕(文王)이 즉위했다. 그리하여 화씨가 그 박옥을 끌어 앉고 초산(楚山) 아래에서 우는데, 사흘 밤낮이 지나자, 눈물이 다 말라버리고 눈물에 이어 피가 흘러나왔다.

【乃(내)】: 이에, 그리하여.

【抱(포)】: 끌어 앉다.

【泣盡(읍진)】: 눈물이 다 마르다. 〖泣〗: 눈물.

【繼之以血(계지이혈)】: 피로써 눈물을 잇다. 즉「눈물에 이어 피가 흘러나오다」의 뜻. 〖之〗: [대명사] 그것, 즉「눈물」.

7 王聞之, 使人問其故, 曰 :「天下之刖者多矣, 子奚哭之悲也?」→ 왕이 이 말을 듣고, 사람을 보내 그 까닭을 물었다 :「천하에 다리를 잘린 자가 많은데, 그대는 어찌하여 그렇게 슬피 우는가?」

【故(고)】: 까닭, 연고, 이유.

【子(자)】: 그대, 당신.

【奚(해)】: 어찌, 어째서.

8 和曰 :「吾非悲刖也, 悲夫寶玉而題之以石, 貞士而名之以誑, 此吾所以悲也。」→ 화씨가 대답했다 :「저는 다리를 잘려 슬퍼하는 것이 아니라, 보옥을 돌로 취급하고, 정직한 사람을 거짓말쟁이라 이름 붙인 것을 슬퍼하는 것입니다. 이것이 제가 슬퍼하는 까닭입니다.」

【夫(부)】: [어조사].

【題(제)】: 간주하다, 취급하다, 평가하다.

【貞士(정사)】: 충직한 사람.

焉。遂命曰「<u>和</u>氏之璧。」[9]

번역문

화씨(和氏)의 벽옥(碧玉)

초(楚)나라 사람 화씨(和氏)가 초산(楚山)에서 박옥(璞玉)을 얻어 그것을 여왕(厲王)에게 바쳤다. 여왕이 옥공(玉工)으로 하여금 그것을 감정하도록 하니 옥공이 말했다.

「돌입니다.」

왕이 화씨를 거짓말쟁이라고 여겨 그의 왼쪽 다리를 잘라버렸다. 여왕이 죽고 무왕(武王)이 즉위하자 화씨는 또 그 박옥(璞玉)을 들고 가서 무왕에게 바쳤다. 무왕이 옥공으로 하여금 그것을 감정하도록 하니 (옥공이) 또 말했다.

「돌입니다.」

왕이 또 화씨를 거짓말쟁이라고 여겨 그의 오른쪽 다리를 잘라버렸다. 무왕이 죽고 문왕(文王)이 즉위했다. 그리하여 화씨가 그 박옥을 끌어 앉고 초산(楚山) 아래에서 우는데, 사흘 밤낮이 지나자 눈물이 다 말라버리고 눈물에 이어 피가 흘러나왔다. 왕이 이 말을 듣고 사람을 보내 그 까닭을 물

【名(명)】: [동사] 이름을 붙이다.
【所以(소이)】: 까닭, 이유.

9 王乃使玉人理其璞而得寶焉。遂命曰「和氏之璧。」→ 이에 왕이 옥공으로 하여금 그 박옥을 갈라 가공토록 하여 마침내 보옥을 얻었다. 그리하여 이를 「화씨지벽(和氏之璧)」이라 명명(命名)했다.
【乃(내)】: 이에, 그리하여.
【理(리)】: 갈라서 다듬다, 가공하다.
【遂(수)】: 그리하여.
【命(명)】: 명명하다, 이름을 붙이다.

었다.

「천하에 다리를 잘린 자가 많은데, 그대는 어찌하여 그렇게 슬피 우는가?」

화씨가 대답했다.

「저는 다리를 잘려 슬퍼하는 것이 아니라 보옥을 돌로 취급하고 정직한 사람을 거짓말쟁이라 이름 붙인 것을 슬퍼하는 것입니다. 이것이 제가 슬퍼하는 까닭입니다.」

이에 왕이 옥공으로 하여금 그 박옥을 갈라 가공토록 하여 마침내 보옥을 얻었다. 그리하여 이를 「화씨지벽(和氏之璧)」이라 명명(命名)했다.

해설

초산(楚山)에서 발견한 박옥(璞玉)을 여왕(厲王)에게 바쳤다가 돌로 판정되어 왼쪽 다리를 잘리고, 다시 무왕(武王)에게 바쳤다가 역시 돌로 판정되어 오른쪽 다리를 잘린 화씨가 문왕이 즉위한 후 진귀한 보옥으로 판명되어 마침내 원한을 풀고 명예를 회복했다.

전국시대의 전제사회(專制社會)에서 진보적인 인사들은 통치 계층의 인정을 받기가 매우 어려웠고, 이로 인해 냉대와 박해를 받기 일쑤였다.

이 우언은 한비(韓非)가 화씨의 처지를 빌려 현사(賢士)들의 재능이 군주에게 채택되기가 그처럼 어렵다는 것을 비유하여 진실이 인정을 받으려면 왕왕 오해로 인해 모진 시련을 겪기도 하지만, 이를 두려워하지 않고 시종일관 소신을 견지해 나가면 결국 사회로부터 인정을 받을 수 있다는 이치를 설명한 것이다.

172 휘질기의(諱疾忌醫)

《韓非子·喩老》

원문 및 주석

諱疾忌醫[1]

扁鵲見蔡桓公, 立有間, 扁鵲曰:「君有疾在腠理, 不治將恐深。」[2]

1 諱疾忌醫 → 병을 숨기고 의사를 기피하다
【諱(휘)】: 숨기다, 감추다.
【忌(기)】: 꺼리다, 기피하다.

2 扁鵲見蔡桓公, 立有間, 扁鵲曰:「君有疾在腠理, 不治將恐深。」→ 편작(扁鵲)이 채환공(蔡桓公)을 알현하고, 서서 잠시 보더니, 말했다:「임금님은 병이 살결에 있는데, 치료하지 않으면 아마도 심해질 것입니다.」
【扁鵲(편작)】: [인명] 전국시대의 명의(名醫). 성은 진(秦), 이름은 월인(越人)으로 발해군(渤海郡) 막읍(鄚邑)[지금의 하북성 임구현(任丘縣) 북막주진(北鄚州鎭)] 사람이다. 그는 중국 의술에서의 전통적 진단법인 사진법(四診法)[망(望: 보다)·문(聞: 듣다)·문(問: 묻다)·절(切: 맥을 짚다)]의 기초를 닦았다. 그의 의술이 매우 고명했기 때문에 당시 사람들은 그를 황제(黃帝)시대의 명의인「편작(扁鵲)」에 비유하여 그 이름을 그대로 따서 불렀다.
【蔡桓公(채환공)】: 춘추시대 채(蔡)나라에는 환공(桓公)이 없고 환후(桓侯)가 있으며, 20년간(B.C. 714-B.C. 695) 재위했다. 〖蔡〗: 지금의 하남성 상채현(上蔡縣) 일대에 있던 주대(周代)의 제후국.
【有間(유간)】: 잠시, 잠깐.
【腠理(주리)】: 살결.
【將(장)】: 장차 …일 것이다.
【恐(공)】: 걱정이다, 염려되다.
【深(심)】: 깊다, 심하다.

桓公曰:「寡人無疾。」[3] 扁鵲出, 桓公曰:「醫之好治不病以爲功。」[4] 居十日, 扁鵲復見曰:「君之病在肌膚, 不治將益深。」 桓公不應。[5] 扁鵲出, 桓公又不悅。[6] 居十日, 扁鵲復見曰:「君之病在腸胃, 不治將益深。」 桓公又不應。 扁鵲出, 桓公又不悅。[7] 居十日, 扁鵲望桓公而還走。 桓公故使人問之。[8] 扁鵲曰:「病在腠理, 湯熨之所及也;[9]

3 桓公曰:「寡人無疾。」: 환공이 말했다:「과인은 병이 없소.」
【寡人(과인)】: 과덕지인(寡德之人)이란 뜻으로 임금이 자신을 낮추어 부르는 말.

4 扁鵲出, 桓公曰:「醫之好治不病以爲功。」→ 편작이 나가자, 환공이 말했다:「의사는 병이 없는 사람을 치료하여 자기 공으로 삼기를 좋아한다.」
【好(호)】: [동사] 좋아하다.
【不病(불병)】: 병이 없는 사람.
【以爲(이위)…】: 이로써 …을 삼다.

5 居十日, 扁鵲復見曰:「君之病在肌膚, 不治將益深。」桓公不應。→ 열흘이 지나, 편작이 다시 (환공을) 알현하고 말했다:「임금님의 병은 근육과 피부 사이에 있는데, 치료하지 않으면 더욱 깊어질 것입니다.」환공은 대꾸하지 않았다.
【居(거)】: 머물다, 경과하다.
【復(부)】: 다시, 또.
【肌膚(기부)】: 근육과 피부 사이.
【益(익)】: 더욱.
【應(응)】: 대꾸하다, 대응하다.

6 扁鵲出, 桓公又不悅。→ 편작이 나가자, 환공은 또 불쾌하게 생각했다.
【不悅(불열)】: 불쾌하게 생각하다. 【悅】: 기뻐하다, 즐거워하다.

7 居十日, 扁鵲復見曰:「君之病在腸胃, 不治將益深。」桓公又不應。扁鵲出, 桓公又不悅。→ 열흘이 지나, 편작이 다시 (채환공을) 배알하고 말했다. :「임금님의 병은 장과 위에 있는데, 치료하지 않으면 더욱 깊어질 것입니다.」환공은 또 대꾸하지 않았다. 편작이 나가자 환공은 또 불쾌하게 생가했다.

8 居十日, 扁鵲望桓公而還走。桓公故使人問之。→ 열흘이 지나, 편작이 멀리서 환공을 바라보더니 몸을 돌려 나가 버렸다. 환공이 일부러 사람을 시켜 편작에게 물어보았다.
【還走(환주)】: 몸을 돌려 나가 버리다.
【故(고)】: 일부러.
【之(지)】: [대명사] 그, 즉「편작」.

9 扁鵲曰:「病在腠理, 湯熨之所及也; → 편작이 말했다:「병이 살결에 있을 때는, 뜨거운 물로 덥게 하거나 약물로 찜질하여 완치에 이를 수 있고;

在肌膚, 鍼石之所及也;[10] 在腸胃, 火齊之所及也; 在骨髓, 司命之所屬, 無奈何也。[11] 今在骨髓, 臣是以無請也。」[12] 居五日, 桓公體痛, 使人索扁鵲, 已逃秦矣, 桓公遂死。[13]

번역문

병을 숨기고 의사를 기피하다

편작(扁鵲)이 채환공(蔡桓公)을 알현하고 서서 잠시 보더니 말했다.

……………

【湯(탕)】: 燙(탕), 뜨거운 물로 데우다.
【熨(위)】: 약물로 찜질하다.
【及(급)】: (완치에) 이르다, 도달하다.

10 在肌膚, 鍼石之所及也; → 근육과 피부 사이에 있을 때는, 침으로 완치할 수 있고;
【鍼石(침석)】: 침으로 치료하다. ※「鍼石」은 본래「금속 침과 돌 침」이나, 여기서는 동사 용법으로 쓰였다.

11 在腸胃, 火齊之所及也; 在骨髓, 司命之所屬, 無奈何也。→ 장이나 위에 있을 때는, 화제(火劑)로 완치할 수 있지만; 골수에 있으면, 이는 (생사를 주재하는) 사명(司命)의 소관이라, 어찌할 방법이 없습니다.
【火齊(화제)】: 화기(火氣)를 치료하는 약제(藥劑). 【齊】: 劑(제), 약제, 조제한 약.
【司命(사명)】: 사람의 생사를 주재한다는 전설 속의 신(神) 이름.
【所屬(소속)】: 소관, 관장하는 바.
【無奈何(무내하)】: 어찌할 방법이 없다.

12 今在骨髓, 臣是以無請也。」→ 지금은 이미 골수에 있기 때문에, 그래서 제가 (치료하도록) 청하지 않았습니다.」
【臣(신)】: 신, 저. ※ 군주에 대한 신하나 백성의 자칭.
【是以(시이)】: 그래서.
【無請(무청)】: 요청하지 않다.

13 居五日, 桓公體痛, 使人索扁鵲, 已逃秦矣, 桓公遂死。→ 닷새가 지난 후, 환공의 몸이 아파, 사람을 보내 편작을 찾았으나, 이미 진나라로 달아났고, 환공은 결국 죽고 말았다.
【使(사)】: 보내다, 파견하다.
【索(색)】: 찾다.
【逃(도)】: 도망하다.
【遂(수)】: 마침내, 결국.

「임금님은 병이 살결에 있는데 치료하지 않으면 아마도 심해질 것입니다.」

환공이 말했다.

「과인은 병이 없소.」

편작이 나가자 환공이 말했다.

「의사는 병이 없는 사람을 치료하여 자기 공으로 삼기를 좋아한다.」

열흘이 지나 편작이 다시 (환공을) 알현하고 말했다.

「임금님의 병은 근육과 피부 사이에 있는데 치료하지 않으면 더욱 깊어질 것입니다.」

환공은 대꾸하지 않았다. 편작이 나가자 환공은 또 불쾌하게 생각했다.

열흘이 지나 편작이 다시 (채환공을) 배알하고 말했다.

「임금님의 병은 장과 위에 있는데, 치료하지 않으면 더욱 깊어질 것입니다.」

환공은 또 대꾸하지 않았다. 편작이 나가자 환공은 또 불쾌하게 생가했다.

열흘이 지나 편작이 환공을 멀리서 바라보더니 몸을 돌려 나가 버렸다. 환공이 일부러 사람을 시켜 편작에게 물어보았다.

편작이 말했다.

「병이 살결에 있을 때는 뜨거운 물로 덥게 하거나 약물로 찜질하여 완치에 이를 수 있고, 근육과 피부 사이에 있을 때는 침으로 완치할 수 있고, 장이나 위에 있을 때는 화제(火齊)로 완치할 수 있지만, 골수에 있으면 이는 (생사를 주재하는) 사명(司命)의 소관이라 어찌할 방법이 없습니다. 지금은 이미 골수에 있기 때문에, 그래서 제가 (치료하도록) 청하지 않았습니다.」

닷새가 지난 후 환공의 몸이 아파 사람을 보내 편작을 찾았으나 이미 진나라로 달아났고, 환공은 결국 죽고 말았다.

해설

편작(扁鵲)은 이름난 명의로 환자를 보기만 해도 병의 상태를 소상히 안다. 채환공(蔡桓公)은 그러한 편작의 말을 믿지 않고 자기의 주장을 고집하며 치료를 거부하다가 결국 편작의 예상대로 죽음을 피하지 못했다.

일상생활에서 일어나는 모든 문제는 반드시 발생과 발전의 과정이 있다. 이를 해결하자면 초기 단계에서 해결하는 것이 가장 쉽고 문제가 확대될수록 해결하기가 어려워진다.

이 우언은 채환공이 명의(名醫)의 말을 불신하다가 목숨을 잃은 고사를 통해, 모든 중요한 일은 자기의 주관적인 편견을 고집하지 말고 전문가의 충고를 들어 적절히 대처해야 재난을 미연에 방지할 수 있다는 이치를 설명한 것이다.

173 주위상저(紂爲象箸)

《韓非子 · 喩老》

원문 및 주석

紂爲象箸[1]

昔者, 紂爲象箸, 而箕子怖。以爲象箸必不加於土鉶, 必將犀玉之杯;[2] 象箸玉杯, 必不羹菽藿, 則必旄、象、豹胎; 旄、象、豹胎, 必

1 紂爲象箸 → 주왕(紂王)이 상아(象牙) 젓가락을 만들다
【紂(주)】: 상(商)나라의 마지막 군주. 폭군으로 이름이 났다.
【爲(위)】: 만들다.
【象箸(상저)】: 상아 젓가락.

2 昔者, 紂爲象箸, 而箕子怖。以爲象箸必不加於土鉶, 必將犀玉之杯; → 옛날에, 은(殷)나라의 주왕(紂王)이 상아(象牙) 젓가락을 만들자, 기자(箕子)가 두려워했다. (기자는) 주왕이 상아 젓가락을 사용하면 틀림없이 흙으로 만든 그릇을 사용하지 않고, 무소뿔이나 옥으로 만든 술잔을 사용할 것이고;
【箕子(기자)】: [인명] 주왕(紂王)의 숙부로, 이름은 서여(胥餘)이다. 자작(子爵)의 작위를 받고 기(箕)에 봉해져 기자(箕子)라 불렀다. 주왕이 포악무도하여 기자가 간했으나 듣지 않자, 기자가 미치광이로 가장하여 구금되었다. 그 후 주무왕(周武王)이 상(商)을 멸한 후 기자를 조선(朝鮮)에 봉했다고 한다.
【怖(포)】: 두려워하다, 겁내다.
【以爲(이위)】: …라고 여기다, …라고 생각하다.
【不加於(불가어)…】: …을 사용하지 않다.
【土鉶(토형)】: 흙으로 만든 조잡한 그릇.
【將(장)】: 用(용), 쓰다, 사용하다.
【犀玉之杯(서옥지배)】: 무소뿔이나 옥으로 만든 술잔. 【犀】: 무소, 무소뿔.

不衣短褐而食於茅屋之下，則必錦衣九重、廣室高臺。[3] 吾畏其卒，故怖其始。[4] 居五年，紂爲肉圃，設炮烙，登糟丘，臨酒池，紂遂以亡。[5]

---

3 象箸玉杯，必不羹菽藿，則必旄、象、豹胎；旄、象、豹胎，必不衣短褐而食於茅屋之下，則必錦衣九重、廣室高臺。→ 상아 젓가락과 옥으로 만든 술잔을 사용하면, 틀림없이 콩과 콩잎으로 국을 끓이지 않고, 무소 · 코끼리 · 표범의 태아와 같은 진귀한 음식을 먹으려 할 것이며; 무소 · 코끼리 · 표범의 태아와 같은 진귀한 음식을 먹으면, 틀림없이 짧은 베옷을 입거나 초가집에서 먹지 않고, 여러 겹의 비단옷과 고대광실을 원할 것이라고 생각했다.

【羹(갱)】: [동사용법] 국을 끓이다.

【菽(숙)】: 콩.

【藿(곽)】: 콩잎.

【旄(모)、象(상)、豹胎(표태)】: 야크 · 코끼리 · 표범과 같은 동물의 태아. 〖旄〗: 야크(yak).

【衣(의)】: [동사] 입다.

【短褐(단갈)】: 짧은 베옷.

【食(식)】: [동사] 먹다.

【茅屋(모옥)】: 초가집.

【錦衣九重(금의구중)】: 여러 겹의 비단 옷. 〖九〗: 중국인들은 「九」를 「아홉」이라는 수의 개념보다는 「여러, 다수」의 의미로 사용하는 경우가 많다.

【廣室高臺(광실고대)】: 고대광실, 매우 크고 좋은 집.

4 吾畏其卒，故怖其始。→ (그리하여 기자가 말했다) : 「나는 그의 최후를 두려워하기 때문에, 그래서 그의 처음을 두려워하는 것이다.」

【畏(외)】: 두려워하다.

【卒(졸)】: 최후, 마지막.

5 居五年，紂爲肉圃，設炮烙，登糟丘，臨酒池，紂遂以亡。→ 5년이 지나자, 주왕은 육림(肉林)을 만들어, 포격(炮烙)을 설치하고, 술지게미 언덕에 올라, 주지(酒池)를 내려다보며 주지육림(酒池肉林)의 방탕한 생활을 했다. 주왕은 마침내 멸망하고 말았다.

【居(거)】: 지나다, 경과하다.

【肉圃(육포)】: 육림(肉林), 즉 나뭇가지에 고기를 걸어 만든 고기 숲.

【炮烙(포락)】: 동(銅)으로 만든 취사도구. 아래에 숯불을 피우고 육림에서 고기를 가져와 구워먹는다. ※「炮烙」을 「가혹한 형벌」이라 풀이한 경우도 있다.

【糟丘(조구)】: 술지게미 언덕. ※ 술을 빚고 남은 술지게미가 쌓여 이루어진 언덕을 가리킨다.

【臨(림)】: (아래로) 내려다보다.

【酒池(주지)】: 술로 채워 만든 못.

번역문

주왕(紂王)이 상아(象牙) 젓가락을 만들다

옛날에 은(殷)나라의 주왕(紂王)이 상아(象牙) 젓가락을 만들자 기자(箕子)가 두려워했다. (기자는) 주왕이 상아 젓가락을 사용하면 틀림없이 흙으로 만든 그릇을 사용하지 않고 무소뿔이나 옥으로 만든 술잔을 사용할 것이고, 상아 젓가락과 옥으로 만든 술잔을 사용하면 틀림없이 콩과 콩잎으로 국을 끓이지 않고 무소·코끼리·표범의 태아와 같은 진귀한 음식을 먹으려 할 것이며, 무소·코끼리·표범의 태아와 같은 진귀한 음식을 먹으면 틀림없이 짧은 베옷을 입거나 초가집에서 먹지 않고 여러 겹의 비단옷과 고대광실을 원할 것이라고 생각했다.

(그리하여 기자가 말했다)

「나는 그의 최후를 두려워하기 때문에, 그래서 그의 처음을 두려워하는 것이다.」

오 년이 지나자 주왕은 육림(肉林)을 만들어 포격(炮烙)을 설치하고, 술지게미 언덕에 올라 주지(酒池)를 내려다보며 주지육림(酒池肉林)의 방탕한 생활을 했다. 주왕은 마침내 멸망하고 말았다.

해설

기자(箕子)는 주왕(紂王)이 상아(象牙)로 젓가락을 만들자 앞으로 닥칠 주왕의 끊임없는 개선 요구와 이를 관철하기 위한 만행이 거울을 보듯이 선명하게 떠올라 걱정을 떨쳐버릴 수가 없었다. 오 년이 지나자 주왕은 기자가 예상했던 대로 주지육림(酒池肉林)을 조성하여 방탕한 생활을 즐기다가 마침내 멸망의 길을 걷고 말았다.

이 우언은 주왕의 황음무도(荒淫無道)한 생활을 폭로하고 기자의 예리한 통찰력을 칭찬하면서, 세상에서 일어나는 모든 재난과 불행이 작은 탐욕으로부터 출발한다는 이치를 설명한 것이다.

174 자한불수옥(子罕不受玉)

《韓非子·喩老》

원문 및 주석

子罕不受玉[1]

宋之鄙人, 得璞玉而獻之子罕, 子罕不受。[2] 鄙人曰:「此寶也, 宜爲君子器, 不宜爲細人用。」[3] 子罕曰:「爾以玉爲寶, 我以不受子玉爲寶。」[4]

1 子罕不受玉 → 자한(子罕)이 옥(玉)을 받지 않다
【子罕(자한)】: [인명] 송(宋)나라의 대부.

2 宋之鄙人, 得璞玉而獻之子罕, 子罕不受。 → 송(宋)나라의 시골 사람이, 박옥(璞玉)을 얻어 자한(子罕)에게 바치자, 자한이 받지 않았다.
【宋(송)】: 지금의 하남성 상구현(商邱縣) 일대에 있던 주대(周代)의 제후국.
【鄙人(비인)】: 시골 사람.
【璞玉(박옥)】: 가공하지 않은 옥돌.
【獻(헌)】: 바치다, 헌상하다.

3 鄙人曰:「此寶也, 宜爲君子器, 不宜爲細人用。」 → 시골 사람이 말했다:「이것은 보물이라, 군자의 기물을 만들기에 적합하고, 소인을 위해 쓰기에는 적합하지 않습니다.」
【宜(의)】: 마땅하다, 적합하다.
【爲(위)】: 만들다, 제조하다.
【器(기)】: 기물, 도구.
【細人(세인)】: 소인, 소인배.

4 子罕曰:「爾以玉爲寶, 我以不受子玉爲寶。」 → 자한이 말했다:「당신은 옥을 보배로 여기지만, 나는 당신의 옥을 받지 않는 것을 보배로 여깁니다.」
【爾(이)】: 너, 당신.
【以(이)…爲(위)…】: …을 …로 여기다, …을 …라고 생각하다.

번역문

자한(子罕)이 옥(玉)을 받지 않다

송(宋)나라의 시골 사람이 박옥(璞玉)을 얻어 자한(子罕)에게 바치자 자한이 받지 않았다.

시골 사람이 말했다.

「이것은 보물이라 군자의 기물을 만들기에 적합하고, 소인을 위해 쓰기에는 적합하지 않습니다.」

자한이 말했다.

「당신은 옥을 보배로 여기지만 나는 당신의 옥을 받지 않는 것을 보배로 여깁니다.」

해설

송(宋)나라의 시골 사람은 박옥(璞玉)을 자한(子罕)에게 바치며, 박옥은 군자의 기물을 만들어 사용하기에 적합하고 소인들이 사용하기에 적합하지 않다고 말했으나, 자한은 오히려 박옥을 보배로 여기지 않을 뿐 아니라, 박옥을 받지 않는 것을 보배로 여긴다고 했다.

박옥은 분명 고귀한 물건이다. 그러나 그것을 탐하지 않는 것은 박옥보다 더욱 고귀하다.

이 우언은 자신의 고상하고 청렴한 성품을 기르는 것이 박옥을 얻는 것보다 더욱 중요하다는 것을 강조한 것이다.

175 왕수분서(王壽焚書)

《韓非子 · 喩老》

원문 및 주석

王壽焚書[1]

王壽負書而行, 見徐馮於周。徐馮曰 : 「事者, 爲也。爲生於時, 時者無常事。[2] 書者, 言也。言生於知, 知者不藏書。今子何獨負之而

1 王壽焚書 → 왕수(王壽)가 책을 불사르다
【王壽(왕수)】: [인명] 옛날 책을 좋아하던 사람 이름.
【焚(분)】: 태우다, 불사르다.

2 王壽負書而行, 見徐馮於周。徐馮曰 : 「事者, 爲也。爲生於時, 時者無常事。→ 왕수(王壽)가 책을 짊어지고 가다가, 주(周)나라 지역에서 서빙(徐馮)을 만났다. 서빙이 말했다 : 「일은, 사람의 행위입니다. 사람의 행위는 모두 적절한 때에 발생하고, 적절한 때는 항상 있는 것이 아닙니다.
【負(부)】: (등에) 짊어지다.
【徐馮(서빙)】: [인명] 전국시대 양혜왕(梁惠王) 때의 학자. ※ 양(梁)은 위(魏)나라를 말한다. 위나라는 지금의 하남성 북부와 섬서성 동부 · 산서성 서남부 · 하북성 남부에 걸쳐 있던 주대(周代)의 제후국으로, 본래 진(晉)나라에 속했으나 B.C. 375년 조씨(趙氏) · 한씨(韓氏) · 위씨(魏氏)가 진(晉)의 영토를 삼분하여 각기 조(趙) · 한(韓) · 위(魏) 세 나라로 독립했다. 위나라는 개국 초기 안읍(安邑)에 도읍을 정했다가 혜왕(惠王) 때 대량(大梁)으로 천도하고 국호를 양(梁)이라 했다.
【周(주)】: 주(周)나라 지역.
【爲(위)】: 사람의 행위.
【時者(시자)】: 적절한 때. ※ 판본에 따라서는 「時者」를 「知者(지자)」라 했다.
【常事(상사)】: 일상사, 항상 있는 일.

行?」於是王壽因焚其書而儛之。[3]

번역문

왕수(王壽)가 책을 불사르다

왕수(王壽)가 책을 짊어지고 가다가 주(周)나라 지역에서 서빙(徐馮)을 만났다.

서빙이 말했다.

「일은 사람의 행위입니다. 사람의 행위는 모두 적절한 때에 발생하고, 적절한 때는 항상 있는 것이 아닙니다. 책은 언어입니다. 언어는 지혜로부터 생겨나고, 지혜 있는 사람은 책을 간직하지 않습니다. 그런데 지금 당신은 어째서 홀로 책을 짊어지고 가십니까?」

그리하여 왕수는 책을 불살라 버리고 좋아서 춤을 추었다.

해설

왕수(王壽)는 책을 짊어지고 길을 가다가 서빙(徐馮)으로부터 지혜로운 사람은 책을 간직하지 않는다는 말을 듣고 책을 모두 불살라 버렸다.

3 書者, 言也。言生於知, 知者不藏書。今子何獨負之而行?」於是王壽因焚其書而儛之。→ 책은, 언어입니다. 언어는 지혜로부터 생겨나고, 지혜 있는 사람은 책을 간직하지 않습니다. 그런데 지금 당신은 어째서 홀로 책을 짊어지고 가십니까?」 그리하여 왕수는 책을 불살라 버리고 좋아서 춤을 추었다.
【知(지)】: 智(지), 지혜.
【藏(장)】: 간직하다, 수장하다.
【於是(어시)】: 이에, 그리하여.
【因(인)】: 따르다, 좇다.
【儛(무)】: 舞(무), 좋아서 춤을 추다.

이 우언은 지식의 근원이 실천에서 비롯된다는 것을 근거로, 사사건건 경전(經典)에 의존할 경우 적극적인 창조정신을 상실할 수 있다는 의미에서 실천의 중요성을 강조한 것이다.

그러나 책은 사람들이 역사와 현실 사이를 인식하는 교량 역할을 해왔기 때문에 만일 책이 없다면 과거의 경험이나 교훈에 대한 기록이 있을 수 없고, 이전 사람들의 지식이나 경험을 이어받을 수도 없다는 점에서 볼 때 지나치게 견강부회한 느낌이 있다.

※ 참고 : 이 고사는 《회남자(淮南子) · 도응훈(道應訓)》에도 보이는데, 《한비자》와 비교할 때 기본 내용은 완전히 일치하고, 다만 문자상에서 약간의 출입이 있다.

176 삼년조일엽(三年雕一葉)

《韓非子·喩老》

원문 및 주석

三年雕一葉[1]

宋人有爲其君以象爲楮葉者, 三年而成。[2] 豐殺莖柯, 毫芒繁澤, 亂之楮葉之中, 而不可別也。此人遂以巧食祿於宋邦。[3] 列子聞之曰

1 三年雕一葉 → 삼 년 동안 잎사귀 하나를 조각하다
【雕(조)】: 새기다, 조각하다.

2 宋人有爲其君以象爲楮葉者, 三年而成。→ 송(宋)나라 사람으로 임금을 위해 상아(象牙)를 가지고 닥나무 잎을 조각하는 자가 있었는데, 삼 년이 걸려 완성했다.
【宋(송)】: [국명] 지금의 하남성 상구현(商邱縣) 일대에 있던 주대(周代)의 제후국.
【象(상)】: 상아.
【楮(저)】: 닥나무. ※ 껍질은 한지의 원료로 쓰인다.

3 豐殺莖柯, 毫芒繁澤, 亂之楮葉之中, 而不可別也。此人遂以巧食祿於宋邦。→ 굵은 줄기와 가느다란 잎자루, 잎 가장자리의 톱날이나 잎의 광택 등이, (진짜) 닥나무 잎들과 뒤섞어 놓아도, 구별할 수가 없었다. 그리하여 이 사람은 이 기교로 인해 송나라에서 후한 봉록을 누렸다.
【豐殺莖柯(풍살경가)】: 굵은 줄기와 가느다란 잎자루. ※ 아마도 만든 닥나무 잎이 한 토막의 가지에 매달려 있는 모양인 듯하다. 〖豐殺〗: 굵고 가늠. 〖莖〗: 줄기. 〖柯〗: 잎자루.
【毫芒(호망)】: 잎 가장자리의 톱날.
【繁澤(번택)】: 광택.
【亂(란)】: 뒤섞어 놓다.
【遂(수)】: 그리하여.
【以(이)】: 因(인), …로 인해.
【巧(교)】: 기교, 기술. ※ 판본에 따라서는 「巧」를 「功(공)」이라 했다.

:「使天地三年而成一葉, 則物之有葉者寡矣。」[4]

번역문

삼 년 동안 잎사귀 하나를 조각하다

송(宋)나라 사람으로 임금을 위해 상아(象牙)를 가지고 닥나무 잎을 조각하는 자가 있었는데 삼 년이 걸려 완성했다. 굵은 줄기와 가느다란 잎자루, 잎 가장자리의 톱날이나 잎의 광택 등이 (진짜) 닥나무 잎들과 뒤섞어 놓아도 구별할 수가 없었다. 그리하여 이 사람은 이 기교로 인해 송나라에서 후한 봉록을 누렸다.

열자(列子)가 이 이야기를 듣고 말했다.

「만일 천지(天地)가 삼 년에 잎사귀 하나를 만든다면 잎이 있는 물건은 매우 적을 것이다.」

해설

어느 송(宋)나라 사람이 임금을 위해 상아(象牙)를 가지고 닥나무 잎을 조각하여 삼 년이 걸려 완성했는데, 진짜 닥나무 잎과 구별할 수 없을 정도

【食祿(식록)】: [동사용법] 봉록을 누리다.
【宋邦(송방)】: 송나라. 〖邦〗: 국가.

4 列子聞之曰:「使天地三年而成一葉, 則物之有葉者寡矣。」→ 열자(列子)가 이 이야기를 듣고 말했다:「만일 천지(天地)가 삼 년에 잎사귀 하나를 만든다면, 잎이 있는 물건은 매우 적을 것이다.」
【列子(열자)】: [인명] 열어구(列御寇). 전국시대 정(鄭)나라 사람으로 장자(莊子)와 더불어 도가(道家)의 대표적 인물. 〖子〗: 학문과 덕망이 있는 남자에 대한 존칭.
【使(사)】: 만일, 만약.
【寡(과)】: 적다.

로 정교하여, 이 기교로 인해 후한 봉록을 누렸다. 이 말을 전해들은 열자(列子)는 능숙한 조각 기교에 대해서는 말하지 않고 시간이 지나치게 많이 걸렸다는 것을 지적했다.

이 우언은 열자의 말을 빌려 송나라 사람이 닥나무 잎을 조각하면서 지나치게 많은 시간을 들여 최상의 능률을 추구하지 않았다는 것을 지적한 것이나, 한편 능숙한 기술에 충분한 시간을 들여야 좋은 작품이 탄생한다는 점과 남다른 재능을 가지고 사회로부터 인정을 받아 자신의 지위가 보장될 수 있다는 점은 충분히 찬양할 만한 일이다.

177 심부재마(心不在馬)

《韓非子·喻老》

원문 및 주석

心不在馬[1]

趙襄主學御於王於期, 俄而與於期逐, 三易馬而三後。[2] 襄主曰:「子之敎我御, 術未盡也。」[3] 對曰:「術已盡, 用之則過也。凡御之所貴, 馬體安於車, 人心調於馬, 而後可以追速致遠。[4] 今君後則欲逮

1 心不在馬 → 마음이 말에 있지 않다

2 趙襄主學御於王於期, 俄而與於期逐, 三易馬而三後。→ 조양자(趙襄子)가 왕어기(王於期)에게 말 모는 법을 배우고 나서, 얼마 후 왕어기와 시합을 했는데, 말을 세 번이나 바꾸었어도 세 번 모두 뒤졌다.
【趙襄主(조양주)】: 조양자(趙襄子). 춘추시대 진(晉)나라의 집정 대신.
【御(어)】: 수레를 몰다.
【王於期(왕어기)】: [인명] 왕량(王良). 조(趙)나라의 이름난 말몰이꾼. 〖於期〗: 왕량의 다른 이름. 「于期(우기)」라고도 하며, 간혹 판본에 따라 「子期(자기)」라고 했는데, 이는 「于」를 「子」로 잘못 표기한 것으로 보는 견해가 많다.
【俄而(아이)】: 얼마 후.
【逐(축)】: 시합하다.
【三易馬而三後(삼역마이삼후)】: 말을 세 번 바꾸었으나 세 번 모두 뒤지다. 〖易〗: 바꾸다, 교환하다. 〖後〗: 뒤지다, 뒤떨어지다.

3 襄主曰:「子之敎我御, 術未盡也。」→ 조양자가 말했다:「당신이 나에게 말 모는 법을 가르치면서, 기술을 다 전수하지 않았소.」
【未盡(미진)】: 미진하다. 즉 「기술을 다 전수하지 않다」의 뜻.

4 對曰:「術已盡, 用之則過也。凡御之所貴, 馬體安於車, 人心調於馬, 而後可以追速致遠。→

臣, 先則恐逮於臣。[5] 夫誘道爭遠, 非先則後也, 而先後心皆在於臣, 尙何以調於馬? 此君之所以後也。」[6]

....

왕어기가 대답했다 : 「기술은 이미 다 전수했으나, 그것을 운용하는 방법이 잘못되었습니다. 대저 말을 모는 데 있어서 중요한 관건은, 말의 몸체를 수레에 안정시키고, 사람의 마음을 말에 집중하는 것입니다. 그래야 빨리 달리고 멀리 갈 수 있습니다.

【過(과)】: 잘못되다.

【凡(범)】: 무릇, 대저.

【所貴(소귀)】: 중요한 관건.

【安(안)】: 안정시키다.

【調(조)】: 협조하다. 여기서는 「집중하다」의 뜻.

【而後(이후)】: 연후에, 그 후에. 여기서는 「그래야」의 뜻.

【可以(가이)】: …할 수 있다.

【追速(추속)】: 빨리 달리다. ※ 판본에 따라서는 「追」를 「進(진)」이라 했다.

【致遠(치원)】: 멀리 가다.

5 今君後則欲逮臣, 先則恐逮於臣。→ 지금 당신께서는 (저보다) 뒤지면 저를 따라잡으려 하고, (저보다) 앞서면 저에게 뒤질까봐 두려워하고 있습니다.

【君(군)】: [상대방에 대한 존칭] 당신, 선생.

【欲(욕)】: …하고자 하다, …하려고 하다, …을 바라다.

【恐(공)】: 두려워하다, 겁내다.

【逮(태)】: 따라 잡다, 추월하다.

【臣(신)】: 저, 신. ※ 군주에 대한 백성이나 신하의 비칭.

6 夫誘道爭遠, 非先則後也, 而先後心皆在於臣, 尙何以調於馬? 此君之所以後也。」→ 대저 길에서 말을 유도(誘導)하여 멀리 가기를 다툴 때는, 본래 앞서지 않으면 뒤지는 법인데, 앞서거나 뒤지거나 마음이 모두 저에게 쏠려 있으니, 또 어찌 말에 집중할 수 있겠습니까? 이것이 바로 당신께서 (저보다) 뒤지는 까닭입니다.」

【夫(부)】: [발어사] 대저, 무릇.

【誘道(유도)】: 길에서 말을 유도(誘導)하다. 즉 말을 유도하여 길을 따라 전진하는 것을 말한다.

【爭遠(쟁원)】: 멀리 가기를 다투다.

【先後(선후)】: 앞설 때나 뒤질 때나. 앞서거나 뒤지거나.

【尙(상)】: 또, 또한, 더구나. ※ 판본에 따라서는 「尙」을 「上(상)」이라 했다.

【所以(소이)】: 까닭, 이유.

번역문

마음이 말에 있지 않다

조양자(趙襄子)가 왕어기(王於期)에게 말 모는 법을 배우고 나서 얼마 후 왕어기와 시합을 했는데, 말을 세 번이나 바꾸었어도 세 번 모두 뒤졌다.

조양자가 말했다.

「당신이 나에게 말 모는 법을 가르치면서 기술을 다 전수하지 않았소.」

왕어기가 대답했다.

「기술은 이미 다 전수했으나 그것을 운용하는 방법이 잘못되었습니다. 대저 말을 모는 데 있어서 중요한 관건은, 말의 몸체를 수레에 안정시키고 사람의 마음을 말에 집중하는 것입니다. 그래야 빨리 달리고 멀리 갈 수 있습니다. 지금 당신께서는 (저보다) 뒤지면 저를 따라잡으려 하고, (저보다) 앞서면 저에게 뒤질까봐 두려워하고 있습니다. 대저 길에서 말을 유도(誘導)하여 멀리 가기를 다툴 때는 본래 앞서지 않으면 뒤지는 법인데, 앞서거나 뒤지거나 마음이 모두 저에게 쏠려 있으니, 또 어찌 말에 집중할 수 있겠습니까? 이것이 바로 당신께서 (저보다) 뒤지는 까닭입니다.」

해설

조양자(趙襄子)는 왕어기(王於期)로부터 말 모는 기술을 배운 후, 왕어기와 겨루어 세 번을 모두 뒤지자 왕어기가 자기에게 기술을 모두 다 가르치지 않은 것으로 의심했다. 이에 왕어기는 조양자가 오직 승부에만 집착하고 말을 모는 일에 정신을 집중하지 않은 것이 경쟁에서 뒤지게 된 가장 중요한 원인이라고 지적했다.

이 우언은 경기를 할 때 잡념을 버리고 정신을 집중해야 자기의 기술을 충분히 발휘하여 좋은 성적을 거둘 수 있듯이, 일을 할 때도 먼저 이해득실을 생각하지 말고 전심전력해야 비로소 좋은 성과가 나타날 수 있다는 이치를 설명한 것이다.

178 일명경인(一鳴驚人)

《韓非子·喩老》

원문 및 주석

一鳴驚人[1]

楚莊王莅政三年, 無令發, 無政爲也。[2] 右司馬御座, 而與王隱曰 :「有鳥止南方之皐, 三年不翅, 不飛不鳴, 嘿然無聲, 此爲何名?」[3]

……………

1 一鳴驚人 → 한 번의 울음소리로 사람을 놀라게 하다
【驚(경)】: [사동용법] 놀라게 하다.

2 楚莊王莅政三年, 無令發, 無政爲也。→ 초장왕(楚莊王)은 집정하고 나서 삼 년 동안, 명령을 발포하지 않고, 정사(政事)를 돌보지 않았다.
【楚莊王(초장왕)】: 초(楚)나라의 군주로 13년간(B.C. 613-B.C. 591) 재위했다. 제환공(齊桓公)·진문공(晉文公)·진목공(秦穆公)·송양공(宋襄公)과 더불어 춘추오패(春秋五覇)의 한 사람. 〖楚〗: 지금의 호남성·호북성과 강서성·절강성 및 하남성 남부에 걸쳐 있던 주대(周代)의 제후국.
【莅政(이정)】: 집정하다, 정사에 임하다. 〖莅〗: 涖(리), 蒞(리), 임하다.
【無政爲(무정위)】: 정사를 돌보지 않다, 정무를 처리하지 않다.

3 右司馬御座, 而與王隱曰 :「有鳥止南方之皐, 三年不翅, 不飛不鳴, 嘿然無聲, 此爲何名?」→ 우사마(右司馬)가 임금의 곁에서 어좌(御座)를 모시고 있다가, 왕에게 은어(隱語)로 말했다 :「어떤 새가 남쪽 언덕에 머물면서, 삼 년 동안 날개를 펴지도 않고, 날지도 않고 울지도 않으며, 묵묵히 소리를 내지 않는데, 이것이 무슨 새입니까?」
【右司馬(우사마)】: [관직] 주대(周代) 최고위 관직인 육경(六卿)의 하나.
【御座(어좌)】: 임금의 곁에서 어좌를 모시다. 〖御〗: 모시다. 〖座〗: 어좌, 옥좌.
【隱(은)】: 은어, 수수께끼.
【止(지)】: 머물다.
【皐(부)】: 언덕.

王曰：「三年不翅，將以長羽翼；不飛不鳴，將以觀民則。[4] 雖無飛，飛必冲天；雖無鳴，鳴必驚人。子釋之，不穀知之矣。」[5] 處半年，乃自聽政，所廢者十，所起者九，誅大臣五，擧處士六，而邦大治。[6] 擧

················

【翅(시)】: [동사용법] 날개를 펴다.
【嘿然(묵연)】: 침묵하는 모양. 〖嘿〗: 默(묵), 침묵하다.
【何名(하명)】: 무슨 이름. 즉 「무슨 이름의 새」.

4 王曰:「三年不翅, 將以長羽翼; 不飛不鳴, 將以觀民則。→ 왕이 말했다:「삼 년 동안 날개를 펴지 않은 것은, 장차 날개를 자라게 하기 위한 것이고; 날지도 않고 울지도 않은 것은, 장차 백성들의 준법 상황을 살피기 위한 것이었소.
【將(장)】: 장차 …하려 하다.
【長(장)】: 자라다.
【羽翼(우익)】: 날개.
【觀(관)】: 관찰하다, 살피다.
【民則(민칙)】: 민중의 법칙. 즉 「백성들의 준법 상황」을 가리킨다.

5 雖無飛, 飛必冲天; 雖無鳴, 鳴必驚人。子釋之, 不穀知之矣。」→ 비록 날지 않았지만, 날았다 하면 반드시 하늘 높이 치솟고; 비록 울지 않았지만, 울었다 하면, 그 울음소리는 반드시 사람을 놀라게 할 것이오. 그대는 마음을 놓으시오, 나는 그 뜻을 알고 있소.」
【冲天(충천)】: 하늘 높이 치솟다.
【子(자)】: 그대, 당신.
【釋(석)】: 안심하다, 마음을 놓다.
【不穀(불곡)】: 나. ※ 군주가 「곡식처럼 백성을 공양하지 못한다」라는 뜻으로 자신을 낮추어 부르는 호칭.
【知之(지지)】: 그 뜻을 알다. 〖之〗: 그것, 즉 「은어」.

6 處半年, 乃自聽政, 所廢者十, 所起者九, 誅大臣五, 擧處士六, 而邦大治。→ 반년이 지나자, (장왕이) 마침내 친히 정사를 돌보아, (불합리한 법령) 열 가지를 폐하고, (새로운 법령) 아홉 가지를 반포한 후, 대신(大臣) 다섯 명을 사형에 처하고, 처사(處士) 여섯 명을 천거하니, 나라가 매우 잘 다스려졌다.
【處(처)】: 처하다. 여기서는 「지나다, 경과하다」의 뜻.
【乃(내)】: 마침내.
【聽政(청정)】: 정사를 돌보다, 정무를 처리하다.
【誅(주)】: 죽이다, 사형에 처하다.
【擧(거)】: 천거하다, 선발하다, 기용하다.
【處士(처사)】: 벼슬을 하지 않고 초야에 묻혀 있는 선비.
【邦(방)】: 나라.
【大治(대치)】: 매우 잘 다스려지다.

兵誅齊, 敗之徐州, 勝晉於河雍, 合諸侯於宋, 遂霸天下。[7]

번역문

한 번의 울음소리로 사람을 놀라게 하다

초장왕(楚莊王)은 집정하고 나서 삼 년 동안 명령을 발포하지 않고 정사(政事)를 돌보지 않았다. 우사마(右司馬)가 임금의 곁에서 어좌(御座)를 모시고 있다가 왕에게 은어(隱語)로 말했다.

「어떤 새가 남쪽 언덕에 머물면서 삼 년 동안 날개를 펴지도 않고 날지도 않고 울지도 않으며 묵묵히 소리를 내지 않는데, 이것이 무슨 새입니까?」

왕이 말했다.

「삼 년 동안 날개를 펴지 않은 것은 장차 날개를 자라게 하기 위한 것이

7 擧兵誅齊, 敗之徐州, 勝晉於河雍, 合諸侯於宋, 遂霸天下。→ 군사를 일으켜 제(齊)나라를 공격하여, 이를 서주(徐州)에서 물리치고, 하옹(河雍)에서 진(晉)나라에 승리를 거둔 다음, 송(宋)나라에서 제후들을 규합하여, 마침내 천하를 제패했다.
【擧兵(거병)】: 군사를 일으키다.
【誅(주)】: 공격하다, 토벌하다.
【齊(제)】: [국명] 지금의 산동성 북부와 하북성 남부에 걸쳐 있던 주대(周代)의 제후국.
【敗(패)】: 물리치다.
【徐州(서주)】: [지명] 제(齊)나라의 영토. 지금의 산동성 등현(滕縣) 동남쪽.
【晉(진)】: [국명] 지금의 산서성 일대에 있던 주대(周代)의 제후국. B.C. 375년 조씨(趙氏)·한씨(韓氏)·위씨(魏氏)가 진(晉)의 영토를 삼분하여 각기 조(趙)·한(韓)·위(魏) 세 나라로 독립했다.
【河雍(하옹)】: [지명] 어디인지 확실히 알 수 없으나 지금의 하남성 원무현(原武縣)의 형옹(衡雍)이라 추측하기도 한다.
【合(합)】: 규합하다.
【宋(송)】: [국명] 지금의 하남성 상구현(商邱縣) 일대에 있던 주대(周代)의 제후국.
【遂(수)】: 마침내, 드디어.
【霸(패)】: 제패하다.

고, 날지도 않고 울지도 않은 것은 장차 백성들의 준법 상황을 살피기 위한 것이었소. 비록 날지 않았지만 날았다 하면 반드시 하늘 높이 치솟고, 비록 울지 않았지만 울었다 하면 그 울음소리는 반드시 사람을 놀라게 할 것이오. 그대는 마음을 놓으시오. 나는 그 뜻을 알고 있소.」

반년이 지나자 (장왕이) 마침내 친히 정사를 돌보아, (불합리한 법령) 열 가지를 폐하고 (새로운 법령) 아홉 가지를 반포한 후, 대신(大臣) 다섯 명을 사형에 처하고 처사(處士) 여섯 명을 천거하니 나라가 매우 잘 다스려졌다. (그 후) 군사를 일으켜 제(齊)나라를 공격하여 이를 서주(徐州)에서 물리치고, 하옹(河雍)에서 진(晉)나라에 승리를 거둔 다음, 송(宋)나라에서 제후들을 규합하여 마침내 천하를 제패했다.

해설

초장왕(楚莊王)이 즉위하고 삼 년 동안 정사(政事)를 돌보지 않자 우사마(右司馬)가 은어(隱語)를 가지고 초장왕을 새에 비유하여 삼 년 동안 날개를 펴지도 않고, 날지도 않고, 울지도 않는다고 지적했다.

초장왕은 그제야 자신이 그렇게 했던 까닭을 밝히고, 과감히 친정(親政)에 나서 불합리한 법령을 폐하고 새로운 법령을 반포하는 한편, 무능한 대신을 처형하고 유능한 인재를 기용하여 국력을 강화한 후, 이를 바탕으로 여러 제후들을 평정하여 마침내 천하의 패자(霸者)가 되었다.

이 우언은 초장왕의 사례를 통해, 큰일의 성공은 행운에 의해 일조일석에 얻어지는 것이 아니라, 예리한 통찰력과 정확한 상황 판단 및 확고부동한 개혁 의지를 가지고 꾸준하고 과감하게 추진해 나가야 비로소 얻을 수 있다는 것을 비유한 것이다.

179 자하견증자(子夏見曾子)

《韓非子·喩老》

원문 및 주석

子夏見曾子[1]

子夏見曾子, 曾子曰:「何肥也?」對曰:「戰勝, 故肥也。」[2] 曾子曰:「何謂也?」子夏曰:「吾入見先王之義則榮之; 出見富貴之樂又榮之。兩者戰於胸中, 未知勝負, 故臞, 今先王之義勝, 故肥。」[3]

1 子夏見曾子 → 자하(子夏)가 증자(曾子)를 만나다
【子夏(자하)】: [인명] 성은 복(卜), 이름은 상(商). 춘추시대 위(衛)나라 사람으로 공자(孔子)의 제자.
【曾子(증자)】: [인명] 성은 증(曾), 이름은 삼(參), 자는 자여(子輿)이며, 춘추시대 노(魯)나라 사람으로 공자의 제자. 〖子〗: 학문과 덕망이 있는 남자에 대한 존칭.

2 子夏見曾子, 曾子曰:「何肥也?」對曰:「戰勝, 故肥也。」→ 자하(子夏)가 증자(曾子)를 만나자, 증자가 말했다:「어째서 살이 쪘습니까?」(자하가) 대답했다:「싸움에 이겨서 살이 쪘습니다.」

3 曾子曰:「何謂也?」子夏曰:「吾入見先王之義則榮之; 出見富貴之樂又榮之。兩者戰於胸中, 未知勝負, 故臞, 今先王之義勝, 故肥。」→ 증자가 말했다:「무슨 뜻입니까?」자하가 말했다:「나는 들어와서 선왕(先王)의 인의도덕(仁義道德)을 보면 그것을 영광으로 생각하다가; 나가서 부귀(富貴)의 즐거움을 보면 또 그것을 영광으로 생각했습니다. 두 가지가 마음속에서 싸움을 벌여, 승부를 가리지 못했습니다. 그래서 수척해졌었는데, 오늘 선왕의 인의도덕이 승리를 거두었습니다. 그래서 살이 쪘습니다.」
【何謂(하위)】: 무슨 말, 무슨 뜻.
【先王之義(선왕지의)】: 선왕의 인의도덕(仁義道德).
【榮(영)】: 영광으로 생각하다.
【臞(구)】: 수척하다.

번역문

자하(子夏)가 증자(曾子)를 만나다

자하(子夏)가 증자(曾子)를 만나자 증자가 말했다.

「어째서 살이 쪘습니까?」

(자하가) 대답했다.

「싸움에 이겨서 살이 쪘습니다.」

증자가 말했다.

「무슨 뜻입니까?」

자하가 말했다.

「나는 들어와서 선왕(先王)의 인의도덕(仁義道德)을 보면 그것을 영광으로 생각하다가, 나가서 부귀(富貴)의 즐거움을 보면 또 그것을 영광으로 생각했습니다. 두 가지가 마음속에서 싸움을 벌여 승부를 가리지 못했습니다. 그래서 수척해졌었는데 오늘 선왕의 인의도덕이 승리를 거두었습니다. 그래서 살이 쪘습니다.」

해설

자하(子夏)는 집안에 들어와 요(堯)·순(舜)·우(禹)·탕(湯)과 같은 선왕(先王)의 인의도덕(仁義道德)을 보면 그것을 영광으로 생각하다가도, 밖에서 부귀영화를 보면 또 그것을 영광으로 생각했다. 그리하여 마음의 갈등으로 인해 몸이 수척해졌으나, 결국 선왕의 인의도덕이 승리를 거두자 비로소 마음이 편해져 살이 쪘다.

인간의 의지에서 가장 어려운 것은 자신을 극복하고 사사로운 잡념을 이겨내는 것이다. 오로지 자기반성과 자아비판을 통해 사사로운 잡념과

불건전한 사상을 제거할 수 있어야 진정한 강자(强者)로 살아남을 수 있다.

이 우언은 자하의 행위를 통해 선왕의 인의도덕을 선양하고 극기(克己)의 중요성을 강조한 것이다.

180 학택지사(涸澤之蛇)

《韓非子 · 說林上》

원문 및 주석

涸澤之蛇[1]

澤涸, 蛇將徙, 有小蛇謂大蛇曰 : 「子行而我隨之, 人以爲蛇之行者耳, 必有殺子。不如相銜負我以行, 人必以我爲神君也。」[2] 乃相銜負以越公道而行, 人皆避之曰神君也。[3]

1 涸澤之蛇 → 마른 연못의 뱀
【涸(학)】: 마르다.
【澤(택)】: 못, 연못.

2 澤涸, 蛇將徙, 有小蛇謂大蛇曰 : 「子行而我隨之, 人以爲蛇之行者耳, 必有殺子。不如相銜負我以行, 人必以我爲神君也。」 → 연못의 물이 말라, 뱀이 장차 이사하려고 하는데, 작은 뱀이 큰 뱀에게 말했다 : 「네가 (앞서) 가고 내가 뒤를 따라가면, 사람들이 뱀의 행렬일 뿐이라 여겨, 반드시 너를 죽일 것이다. 그런데 우리가 서로 입을 물고 (네가) 나를 업고 가면, 사람들이 반드시 나를 신령이라 여길 것이니 이렇게 하는 것이 낫다.」
【將(장)】: 장차 …하려 하다.
【徙(사)】: 이사하다.
【子(자)】: 당신, 그대.
【以爲(이위)】: …라고 여기다, …라고 생각하다.
【不如(불여)】: …만 못하다, …이 낫다
【相銜(상함)】: 서로 입을 물다.
【負(부)】: (등에) 업다, 짊어지다.
【以我爲神君(이아위신군)】: 나를 신령으로 여기다. 〖以…爲…〗: …을 …으로 여기다, …을 …으로 삼다. 〖神君〗: 신, 신령, 신선. 「君」은 존칭.

3 乃相銜負以越公道而行, 人皆避之曰神君也。→ 그리하여 서로 입을 물고 등에 업혀 큰 길을

번역문

마른 연못의 뱀

연못의 물이 말라 뱀이 장차 이사하려고 하는데, 작은 뱀이 큰 뱀에게 말했다.

「네가 (앞서) 가고 내가 뒤를 따라가면 사람들이 뱀의 행렬일 뿐이라 여겨 반드시 너를 죽일 것이다. 그런데 우리가 서로 입을 물고 (네가) 나를 업고 가면 사람들이 반드시 나를 신령이라 여길 것이니, 이렇게 하는 것이 낫다.」

그리하여 서로 입을 물고 등에 업혀 큰 길을 건너가자 사람들이 모두 뱀을 피하며 신령이라고 말했다.

해설

연못에 사는 뱀들이 연못의 물이 말라 이사를 해야 하는 난관에 봉착했다. 이사를 하다가 사람들에게 발견되면 죽을 수도 있다. 이에 작은 뱀이 기지를 발휘하여, 두 뱀이 서로 입을 물고 작은 뱀이 큰 뱀의 등에 업혀 가면 사람들이 이를 신령으로 여길 것이라 제안했고, 과연 그 제안이 적중하여 무사히 난관을 극복할 수 있었다.

이 우언은 「궁즉통(窮則通 : 궁하면 통한다)」이란 말처럼 사람이 다급한 상황에 처했을 때 가볍게 포기하지 말고 차분히 방법을 강구하면 난관을 극복할 수 있음을 비유한 것이다.

건너가니, 사람들이 모두 뱀을 피하며 신령이라고 말했다.
【乃(내)】: 이에, 그리하여.
【越(월)】: 건너가다, 넘어가다.
【公道(공도)】: 대로, 큰 길.
【避之(피지)】: 뱀을 피하다. 〖之〗: [대명사] 그것, 즉 「뱀」.

181 노마식도(老馬識途)

《韓非子 · 說林上》

원문 및 주석

老馬識途[1]

管仲、隰朋從桓公伐孤竹, 春往冬反, 迷惑失道。[2] 管仲曰 : 「老馬之智可用也。」 乃放老馬而隨之, 遂得道。[3] 行山中無水, 隰朋曰 : 「蟻

1 老馬識途 → 늙은 말이 길을 알다
【識途(식도)】: 길을 알다. 〖識〗: 알다, 인식하다. 〖途〗: 길.

2 管仲、隰朋從桓公伐孤竹, 春往冬反, 迷惑失道。 → 관중(管仲)과 습붕(隰朋)이 환공(桓公)을 수행하고 고죽국(孤竹國) 정벌에 나서, 봄에 떠나 겨울에 돌아오는데, 무엇에 홀려 길을 잃었다.
【管仲(관중)】: [인명] 춘추시대 제환공(齊桓公)의 재상으로, 성은 관(管), 자는 중(仲), 이름은 이오(夷吾). 제환공을 보필하여 환공으로 하여금 제후의 맹주가 되게 했다. 환공은 그를 존중하여 「중부(仲父)」라 불렀다.
【隰朋(습붕)】: [인명] 춘추시대 제(齊)나라의 대부. 관중을 보좌하여 제환공이 천하를 제패하도록 도왔다.
【桓公(환공)】: 춘추시대 제(齊)나라의 군주. 제희공(齊僖公)의 아들로, 이름은 소백(小白)이며 43년간(B.C. 685 – B.C. 643) 재위했다. 진문공(晉文公) · 진목공(秦穆公) · 송양공(宋襄公) · 초장왕(楚莊王)과 더불어 춘추오패(春秋五霸)의 하나.
【伐(벌)】: 치다, 공격하다, 정벌하다.
【孤竹(고죽)】: [국명] 고죽국(孤竹國). 지금의 하북성 노룡현(盧龍縣) 일대에 있던 은(殷)나라 때의 제후국.
【反(반)】: 返(반), 돌아오다.
【迷惑(미혹)】: 미혹되다, 무엇에 홀리다.

3 管仲曰 : 「老馬之智可用也。」 乃放老馬而隨之, 遂得道。 → 관중이 말했다 : 「늙은 말의 지혜를

冬居山之陽, 夏居山之陰。蟻壤一寸, 而仞有水。」乃掘地, 遂得水。[4]
以管仲之聖而隰朋之智, 至其所不知, 不難師於老馬與蟻。[5]

번역문

늙은 말이 길을 알다

관중(管仲)과 습붕(隰朋)이 환공(桓公)을 수행하고 고죽국(孤竹國) 정벌에 나서, 봄에 떠나 겨울에 돌아오는데 무엇에 홀려 길을 잃었다.

관중이 말했다.

이용할 수 있습니다.」 그리하여 늙은 말을 풀어 놓고 그 말을 따라가, 마침내 길을 찾았다.
【乃(내)】: 이에, 그리하여.
【放(방)】: 풀어 놓다.
【遂(수)】: 마침내, 드디어.

4 行山中無水, 隰朋曰 : 「蟻冬居山之陽, 夏居山之陰。蟻壤一寸, 而仞有水。」乃掘地, 遂得水。 → 산속을 가다가 물이 없자, 습붕이 말했다 : 「개미는 겨울에 산의 남쪽에 살고, 여름에 산의 북쪽에 삽니다. 개밋둑 높이가 한 치이면, 일곱 자나 여덟 자 아래에는 물이 있습니다.」 그리하여 땅을 파서, 마침내 물을 얻었다.
【蟻(의)】: 개미.
【陽(양)】: 산의 남쪽을 「陽(양)」이라 하고 북쪽을 「陰(음)」이라 하며, 반대로 강의 북쪽을 「陽」이라 하고 강의 남쪽을 「陰」이라 한다.
【蟻壤(의양)】: 개밋둑.
【仞(인)】: [길이 단위] 1인은 7~8척(尺 : 자).
【乃(내)】: 이에, 그리하여.
【掘地(굴지)】: 땅을 파다. 〖掘〗: 파다, 굴착하다.

5 以管仲之聖而隰朋之智, 至其所不知, 不難師於老馬與蟻。→ 관중의 비범함과 습붕의 지혜로써도, 자기가 모르는 일에 봉착하니, 늙은 말과 개미에게 배우는 것을 난처하게 여기지 않았다.
【聖(성)】: 비범함.
【而(이)】: 與(여), …와(과).
【至(지)】: 이르다. 여기서는 「만나다, 봉착하다」의 뜻.
【不難(불난)】: 난처하게 생각하지 않다, 곤란하게 여기지 않다.
【師(사)】: [동사] 배우다, 가르침을 받다.

「늙은 말의 지혜를 이용할 수 있습니다.」

그리하여 늙은 말을 풀어 놓고 그 말을 따라가 마침내 길을 찾았다.

산속을 가다가 물이 없자 습붕이 말했다.

「개미는 겨울에 산의 남쪽에 살고 여름에 산의 북쪽에 삽니다. 개밋둑 높이가 한 치이면 일곱 자나 여덟 자 아래에는 물이 있습니다.」

그리하여 땅을 파서 마침내 물을 얻었다.

관중의 비범함과 습붕의 지혜로써도 자기가 모르는 일에 봉착하니, 늙은 말과 개미에게 배우는 것을 난처하게 여기지 않았다.

해설

관중(管仲)과 습붕(隰朋)이 제환공(齊桓公)을 수행하여 고죽국(孤竹國) 정벌에 나섰다가 돌아오는 길에 길을 잃자 관중이 끌고 가던 늙은 말을 풀어 말의 기억력을 이용해 길을 찾았고, 산속을 가다가 마실 물이 없자 습붕이 개미의 습성을 이용해 개밋둑을 파내려가 물을 얻었다. 관중과 습붕은 지혜가 출중한 사람들이지만, 모르는 일에 봉착하니 체면을 따지지 않고 늙은 말과 개미에 의존하여 난제를 해결했다.

이 우언은 본래 경험의 고귀함을 존중하여 경험자에게 잘 배워야 한다는 것을 계시한 것이나, 후에는 경험이 풍부한 자가 시비(是非)를 분별하는 능력이 뛰어나다는 것을 비유하는 말로 사용했다.

182 불사지약(不死之藥)

《韓非子 · 說林上》

원문 및 주석

不死之藥[1]

有獻不死之藥於荊王者, 謁者操之以入。[2] 中射之士問曰 :「可食乎?」曰 :「可。」因奪而食之。王大怒, 使人殺中射之士。[3] 中射之士使人說王曰 :「臣問謁者, 曰可食, 臣故食之。是臣無罪, 而罪在謁者也。[4] 且客獻不死之藥, 臣食之, 而王殺臣, 是死藥也, 是客欺王

1 不死之藥 → 불사약

2 有獻不死之藥於荊王者, 謁者操之以入。→ 초왕(楚王)에게 불사약을 바친 자가 있어, 알자(謁者)가 그것을 가지고 (궁궐 안으로) 들어갔다.
【獻(헌)】: 바치다, 헌상하다.
【荊王(형왕)】: 초왕(楚王). 【荊】: 초(楚)나라의 다른 이름. 초나라는 지금의 호남성 · 호북성과 강서성 · 절강성 및 하남성 남부에 걸쳐 있던 주대(周代)의 제후국.
【謁者(알자)】: 전달 책임을 맡은 관리.
【操(조)】: 잡다, 가지다.

3 中射之士問曰 :「可食乎?」曰 :「可。」因奪而食之。王大怒, 使人殺中射之士。→ 중야지사(中射之士)가 물었다 :「먹어도 됩니까?」(알자가) 대답했다 :「예.」그리하여 (중야지사가) 그것을 빼앗아 먹어버렸다. 왕이 매우 화가 나서, 사람을 보내 중야지사를 죽이려 했다.
【中射之士(중야지사)】: 왕궁의 경비를 담당하는 근위병.
【食(식)】: [동사] 먹다.
【因(인)】: 그리하여.
【使(사)】: 보내다, 파견하다.

4 中射之士使人說王曰 :「臣問謁者, 曰可食, 臣故食之。是臣無罪, 而罪在謁者也。→ (이에) 중

也。[5] 夫殺無罪之人，而明人之欺王也，不如釋臣。」王乃不殺。[6]

번역문

불사약

초왕(楚王)에게 불사약을 바친 자가 있어 알자(謁者)가 그것을 가지고 (궁궐 안으로) 들어갔다.

중야지사(中射之士)가 물었다.

「먹어도 됩니까?」

(알자가) 대답했다.

「예.」

그리하여 (중야지사가) 그것을 빼앗아 먹어버렸다. 왕이 매우 화가 나서 사람을 보내 중야지사를 죽이려 했다. (이에) 중야지사가 사람을 보내

················

야지사가 사람을 보내 왕에게 말했다 : 「제가 알자에게 물었더니, 먹어도 된다고 해서, 제가 그것을 먹었습니다. 이로 보건대 저는 죄가 없고, 죄는 알자에게 있습니다.
【是(시)】: 이, 이것. 여기서는 「이로 보아, 이로 미루어」의 뜻.

5 且客獻不死之藥，臣食之，而王殺臣，是死藥也，是客欺王也。→ 그리고 손님이 불사약을 바쳐, 제가 그것을 먹었는데, 임금님께서 저를 죽이신다면, 이것은 사약이며, 이는 손님이 임금님을 속인 것입니다.
【且(차)】: 그리고, 또한.
【欺(기)】: 속이다, 기만하다.

6 夫殺無罪之人，而明人之欺王也，不如釋臣。」王乃不殺。→ 대저 (굳이) 죄 없는 사람을 죽여서까지, 어떤 사람이 (불사약이라고) 임금님을 속였다는 사실을 증명하는 것은, (오히려) 저를 풀어주는 것만 못합니다.」 그리하여 왕은 (그를) 죽이지 않았다.
【夫(부)】: [발어사] 대저, 무릇.
【無罪之人(무죄지인)】: 죄 없는 사람. ※ 판본에 따라서는 「人」을 「臣(신)」이라 했다.
【明(명)】: 밝히다, 증명하다.
【不如(불여)】: …하는 것만 못하다, …하는 것이 낫다.
【釋(석)】: 풀어주다, 석방하다.
【乃(내)】: 이에, 그리하여.

왕에게 말했다.

「제가 알자에게 물었더니 먹어도 된다고 해서 제가 그것을 먹었습니다. 이로 보건대, 저는 죄가 없고 죄는 알자에게 있습니다. 그리고 손님이 불사약을 바쳐 제가 그것을 먹었는데, 임금님께서 저를 죽이신다면 이것은 사약이며, 이는 손님이 임금님을 속인 것입니다. 대저 (굳이) 죄 없는 사람을 죽여서까지 어떤 사람이 (불사약이라고) 임금님을 속였다는 사실을 증명하는 것은 (오히려) 저를 풀어주는 것만 못합니다.」

그리하여 왕은 (그를) 죽이지 않았다.

해설

중야지사(中射之士)는 손님이 초왕(楚王)에게 바치는 불사약(不死藥)을 알자(謁者)가 받아 전달하는 과정에서 빼앗아 먹고 왕이 대노하여 자기를 죽이려 하자 두 가지 교묘한 방법을 찾아냈다. 하나는 「가식(可食)」이라는 말을 「먹을 수 있는가? (먹어서 탈이 없는가?)」로 해석하지 않고 「먹어도 되는가? (내가 먹어도 되는가?)」라는 말로 해석하여 알자에게 책임을 전가한 것이고, 다른 하나는 자기가 이 약을 먹은 죄를 물어 왕이 자기를 죽인다면, 이 약은 결코 불사약이 아니라 사약인 동시에 알자가 사약을 가지고 불사약이라고 왕을 속였다는 것이다.

이 우언은 중야지사가 교묘한 궤변(詭辯)으로 불사약의 속임수를 폭로하고 초왕으로부터 자신의 목숨을 보전하는 동시에 불사약의 허구(虛構)를 믿는 우매한 통치자를 풍자한 것이다.

183 원수불구근화(遠水不救近火)

《韓非子 · 說林上》

원문 및 주석

遠水不救近火[1]

魯穆公使衆公子或宦於晉, 或宦於荊。[2] 犁鉏曰 :「假人於越而救溺子, 越人雖善游, 子必不生矣。[3] 失火而取水於海, 海水雖多, 火必

1 遠水不救近火 → 멀리 있는 물은 가까운 불을 잡지 못한다

【救火(구화)】: 불을 잡다, 불을 끄다.

2 魯穆公使衆公子或宦於晉, 或宦於荊。 → 노(魯)나라 목공(穆公)이 자기의 여러 아들을 파견하여 어떤 아들은 진(晉)나라에서 벼슬을 하게 하고, 어떤 아들은 초(楚)나라에서 벼슬을 하게 했다.

【魯穆公(노목공)】: 노(魯)나라의 군주. 33년간(B.C. 409 - B.C. 377) 재위했다. 【魯】: 지금의 산동성 일대에 있던 주대(周代)의 제후국.

【使(사)】: 보내다, 파견하다.

【公子(공자)】: 제후의 아들. ※ 천자의 아들을 「왕자」라 하고, 제후의 아들을 「공자」라 한다.

【宦(환)】: 벼슬살이하다, 관리가 되다.

【晉(진)】: [국명] 지금의 산서성 일대에 있던 주대(周代)의 제후국. B.C. 375년 조씨(趙氏) · 한씨(韓氏) · 위씨(魏氏)가 진(晉)의 영토를 삼분하여 각기 조(趙) · 한(韓) · 위(魏) 세 나라로 독립했다.

【荊(형)】: 초(楚)나라의 다른 이름. 초나라는 지금의 호남성 · 호북성과 강서성 · 절강성 및 하남성 남부에 걸쳐 있던 주대(周代)의 제후국.

3 犁鉏曰 :「假人於越而救溺子, 越人雖善游, 子必不生矣。 → (이에 대해) 이서(犁鉏)가 말했다 :「월(越)나라에서 사람을 빌려다가 물에 빠진 아이를 구하려 한다면, 월나라 사람이 비록 수영을 잘한다 해도, 아이는 절대로 살려내지 못합니다.

※ 이는 월나라 사람이 제아무리 수영을 잘한다 해도 멀리 중원(中原)까지 와서 물에 빠진

不滅矣, 遠水不救近火也。[4] 今晉與荊雖强, 而齊近, 魯患其不救乎!」[5]

번역문

멀리 있는 물은 가까운 불을 잡지 못한다

노(魯)나라 목공(穆公)이 자기의 여러 아들을 파견하여, 어떤 아들은 진(晉)나라에서 벼슬을 하게 하고, 어떤 아들은 초(楚)나라에서 벼슬을 하게 했다.

(이에 대해) 이서(犁鉏)가 말했다.

「월(越)나라에서 사람을 빌려다가 물에 빠진 아이를 구하려 한다면 월나

사람을 구해내지는 못한다는 뜻이다.

【犁鉏(이서)】: [인명] 노(魯)나라의 대부.

【假(가)】: 빌리다.

【越(월)】: [국명] 지금의 절강성 일대에 있던 춘추시대의 제후국. ※ 중원 지역에서 볼 때, 월나라는 멀리 바다에 근접한 나라이다.

【溺子(익자)】: 물에 빠진 아이.

【善游(선유)】: 수영을 잘하다, 헤엄을 잘 치다.

【必(필)】: 반드시, 틀림없이. 여기서는 「절대로」의 뜻.

4 失火而取水於海, 海水雖多, 火必不滅矣, 遠水不救近火也。→ 불이 났다고 바다에서 물을 퍼오려 한다면, 바닷물이 비록 많다 해도, 불은 절대로 잡지 못합니다. 이는 멀리 있는 물로 가까이 있는 불을 잡지 못한다는 뜻입니다.

【滅(멸)】: (불을) 끄다, 잡다.

5 今晉與荊雖强, 而齊近, 魯患其不救乎!」→ 지금 진(晉)나라와 초(楚)나라가 비록 강하다 해도, 제(齊)나라가 (노나라에) 가까이 있어, (진나라와 초나라는) 아마도 노나라의 환난을 구제하지 못할 것입니다.」

※ 이는 제나라가 노나라와 가까이 있어, 만일 제나라가 노나라를 침략할 경우 멀리 있는 진나라와 초나라가 와서 구하지 못한다는 뜻이다.

【齊近(제근)】: 제나라가 (노나라에) 가까이 있다.

【其(기)】: 아마도.

라 사람이 비록 수영을 잘한다 해도 아이는 절대로 살려내지 못합니다. 불이 났다고 바다에서 물을 퍼오려 한다면 바닷물이 비록 많다 해도 불은 절대로 잡지 못합니다. 이는 멀리 있는 물로 가까이 있는 불을 잡지 못한다는 뜻입니다. 지금 진(晉)나라와 초(楚)나라가 비록 강하다 해도, 제(齊)나라가 (노나라에) 가까이 있어, (진나라와 초나라는) 아마도 노나라의 환난을 구제하지 못할 것입니다.」

해설

노(魯)나라 목공(穆公)은 자기의 여러 아들을 멀리 떨어진 진(晉)나라와 초(楚)나라에 파견하여 벼슬을 하게 했다. 그 이유는 두 나라와 화친하여 나라의 안정을 도모하려는 것이었다. 이에 대부 이서(犁鉏)는 멀리 떨어진 진 · 초 양국과의 돈독한 우의로 인해 오히려 가까이 있는 제(齊)나라와의 관계가 소원해질 것을 우려하여 「원수불구근화(遠水不救近火)」라는 고사를 예로 들어 진 · 초 두 나라와 화친하려는 것이 바람직하지 않다는 뜻을 표했다.

이 우언은 가까운 것을 소홀히 취급하여 포기하고 먼 것을 중시하여 취하는 것이 결코 자신의 이익을 도모하기 위한 좋은 방법이 아니라는 것을 비유한 것이다.

184 소장무용(所長無用)

《韓非子·說林上》

원문 및 주석

所長無用[1]

魯人身善織屨, 妻善織縞, 而欲徙於越。或謂之曰:「子必窮矣。」魯人曰:「何也?」[2] 曰:「屨爲履之也, 而越人跣行; 縞爲冠之也, 而越人翦髮。以子之所長, 游於不用之國, 欲使無窮, 其可得乎!」[3]

1 所長無用 → 뛰어난 기술이 쓸모가 없어지다
【所長(소장)】: 장기, 특기, 우수한 기술.

2 魯人身善織屨, 妻善織縞, 而欲徙於越。或謂之曰:「子必窮矣。」魯人曰:「何也?」→ 어느 노(魯)나라 사람이 자기는 신발을 짜는 데 능하고, 자기 아내는 명주를 짜는 데 능하여, 월(越)나라로 이사를 가려고 생각했다. (이에) 어떤 사람이 그에게 말했다:「당신은 반드시 곤궁해질 것입니다.」노나라 사람이 물었다:「어째서요?」
【魯(노)】: [국명] 지금의 산동성 일대에 있던 주대(周代)의 제후국.
【身(신)】: 자기, 자신.
【善織屨(선직구)】: 신발을 잘 짜다. 〖善〗: 능하다, 잘하다. 〖織〗: 짜다. 〖屨〗: 신발. ※ 주로 마(麻)나 칡으로 짜는 짚신과 비슷한 신발을 말한다.
【縞(호)】: 명주.
【欲(욕)】: …하고자 하다, …하려고 생각하다.
【徙(사)】: 이사하다.
【越(월)】: [국명] 지금의 절강성 일대에 있던 주대(周代)의 제후국.
【或(혹)】: 어떤 사람.
【子(자)】: 그대, 당신.

3 曰:「屨爲履之也, 而越人跣行; 縞爲冠之也, 而越人翦髮。以子之所長, 游於不用之國, 欲使無

번역문

뛰어난 기술이 쓸모가 없어지다

어느 노(魯)나라 사람이 자기는 신발을 짜는 데 능하고, 자기 아내는 명주를 짜는 데 능하여 월(越)나라로 이사를 가려고 생각했다. (이에) 어떤 사람이 그에게 말했다.

「당신은 반드시 곤궁해질 것입니다.」

노나라 사람이 물었다.

「어째서요?」

그 사람이 말했다.

「신발은 발에 신는 것인데 월나라 사람들은 맨발로 걸어 다니고, 명주는 모자를 만들어 쓰는 것인데 월나라 사람들은 머리를 깎고 모자를 쓰지 않습니다. 당신의 뛰어난 기술을 가지고 사용하지 않는 나라에 가서 떠돌아다니면 곤궁하지 않게 하려 해도 어찌 가능하겠습니까?」

窮, 其可得乎!」 → 그 사람이 말했다 : 「신발은 발에 신는 것인데, 월나라 사람들은 맨발로 걸어 다니고; 명주는 모자를 만들어 쓰는 것인데, 월나라 사람들은 머리를 깎고 모자를 쓰지 않습니다. 당신의 뛰어난 기술을 가지고, 사용하지 않는 나라에 가서 떠돌아다니면, 곤궁하지 않게 하려 해도, 어찌 가능하겠습니까?」

【爲(위)】: [개사] …이다.

【履(리)】: [동사용법] (발에) 신다.

【跣行(선행)】: 맨발로 다니다. 〖跣〗: 맨발.

【冠(관)】: [동사용법] 모자를 쓰다.

【翦髮(전발)】: 머리를 깎다. ※ 판본에 따라서는 「翦」을 「被(피)」라 했다.

【使無窮(사무궁)】: 곤궁함이 없도록 하다. 〖使〗: …하게 하다, …하도록 하다.

【其(기)】: 豈(기), 어찌.

【可得(가득)】: 가능하다, 할 수 있다.

해설

아무리 뛰어난 기술이라도 그것을 필요로 하는 환경에서 부(富)를 쌓을 수 있는 수단이 되는 것이지, 그것을 필요로 하지 않는 환경에서는 다만 쓸모없는 무용지물일 뿐이다.

이 우언은 자신의 특기를 활용하기 위해서는 그것을 필요로 하는 생활 환경의 선택이 중요하다는 것을 강조한 것이다.

185 수난거이(樹難去易)

《韓非子 · 說林上》

원문 및 주석

樹難去易[1]

夫楊, 橫樹之卽生, 倒樹之卽生, 折而樹之又生。然使十人樹之, 一人拔之, 則毋生楊矣。[2] 夫以十人之衆, 樹易生之物, 而不勝一人者, 何也? 樹之難, 而去之易也。[3]

1 樹難去易 → 심기는 어렵고 제거하기는 쉽다
【樹(수)】: (나무를) 심다.
【去(거)】: 없애다, 제거하다.
【易(이)】: 쉽다, 용이하다.

2 夫楊, 橫樹之卽生, 倒樹之卽生, 折而樹之又生。然使十人樹之, 一人拔之, 則毋生楊矣。→ 대저 버드나무는, 가로로 눕혀 심어도 곧 살아나고, 거꾸로 심어도 곧 살아나며, 꺾어서 심어도 또 살아난다. 그러나 열 사람으로 하여금 그것을 심게 해도, 한 사람이 그것을 뽑으면, 살아나는 버드나무가 없다.
【夫(부)】: [발어사] 무릇, 대저.
【橫樹(횡수)】: 가로로 눕혀 심다.
【卽(즉)】: 곧, 바로, 즉시.
【倒樹(도수)】: 거꾸로 심다.
【折而樹(절이수)】: 꺾어서 심다.
【使(사)】: …로 하여금 …하게 하다.
【拔(발)】: 뽑다.
【毋(무)】: 無(무).

3 夫以十人之衆, 樹易生之物, 而不勝一人者, 何也? 樹之難, 而去之易也。→ 대저 열 사람의

번역문

심기는 어렵고 제거하기는 쉽다

대저 버드나무는 가로로 눕혀 심어도 곧 살아나고, 거꾸로 심어도 곧 살아나며, 꺾어서 심어도 또 살아난다. 그러나 열 사람으로 하여금 그것을 심게 해도 한 사람이 그것을 뽑으면 살아나는 버드나무가 없다.

대저 열 사람의 힘으로 쉽게 살아나는 식물을 심어도 한 사람을 당해내지 못하는 것은 어째서인가? 그것을 심기는 어려워도 없애기는 쉽기 때문이다.

해설

버드나무는 가로로 뉘어 심거나, 거꾸로 심거나, 꺾어서 심거나, 어떻게 심어도 잘 살아난다. 그처럼 잘 사는 나무를 열 사람이 심는다 해도, 한 사람이 뽑아 버린다면 한 그루도 살아남을 수가 없다. 심기는 어려워도 뽑기는 쉽기 때문이다.

매사가 모두 마찬가지이다. 아무리 많은 사람이 공을 들여 탑을 쌓아도 파괴하는 사람이 있으면 공든 탑은 결국 무너지고 만다.

이 우언은 건설하기는 어려워도 파괴하기는 쉽다는 이치를 설명한 것이다.

힘으로, 쉽게 살아나는 식물을 심어도, 한 사람을 당해내지 못하는 것은, 어째서인가? 그것을 심기는 어려워도, 없애기는 쉽기 때문이다.
【衆(중)】: 많은 사람.
【易生(이생)】: 쉽게 살아나다.
【勝(승)】: 이겨내다, 당해내다.

186 위인가녀(衛人嫁女)

《韓非子·說林上》

원문 및 주석

衛人嫁女[1]

衛人嫁其子而教之曰:「必私積聚。爲人婦而出, 常也; 其成居, 幸也。」[2] 其子因私積聚, 其姑以爲多私而出之。其子所以反者, 倍其所以嫁。[3] 其父不自罪於教子非也, 而自知其益富。[4] 今人臣之處官

1 衛人嫁女 → 위(衛)나라 사람이 딸을 시집보내다
【衛(위)】: [국명] 지금의 하북성 남부와 하남성 북부 일대에 걸쳐 있던 주대(周代)의 제후국.
【嫁女(가녀)】: 딸을 시집보내다.

2 衛人嫁其子而教之曰:「必私積聚。爲人婦而出, 常也; 其成居, 幸也。」 → 위(衛)나라 사람이 자기 딸을 시집보내며 딸에게 훈계하여 말했다:「반드시 몰래 재산을 모아 챙겨두어야 한다. 남의 며느리 노릇을 하다가 쫓겨나는 것은, 흔한 일이고; 끝까지 해로(偕老)하는 것은, 요행이다.」
【子(자)】: 자식. 여기서는 「딸」을 가리킨다. ※ 옛날에는 아들이나 딸 모두 「子」로 호칭했다.
【教(교)】: 가르치다, 훈계하다.
【私(사)】: 몰래, 비밀리에.
【積聚(적취)】: 재산을 모아 챙겨두다.
【爲人婦(위인부)】: 남의 며느리가 되다.
【出(출)】: 쫓겨나다, 소박맞다.
【常(상)】: 흔한 일, 항상 있는 일.
【成居(성거)】: 끝까지 해로하다. 〖成〗: 終(종).
【幸(행)】: 요행, 행운.

3 其子因私積聚, 其姑以爲多私而出之。其子所以反者, 倍其所以嫁。→ 그의 딸이 몰래 재산을

者, 皆是類也。[5]

번역문

위(衛)나라 사람이 딸을 시집보내다

위(衛)나라 사람이 자기 딸을 시집보내며 딸에게 훈계하여 말했다.

「반드시 몰래 재산을 모아 챙겨두어야 한다. 남의 며느리 노릇을 하다가 쫓겨나는 것은 흔한 일이고, 끝까지 해로(偕老)하는 것은 요행이다.」

그의 딸이 몰래 재산을 모아 챙겨두는 일로 인해, 그 시어머니는 (며느리를) 너무 이기심이 많다고 여겨 내쫓아 버렸다. 그 딸이 가지고 돌아온 물건은 시집보낼 때 가지고 간 물건의 두 배가 되었다. 그녀의 아버지는

모아 챙겨두는 일로 인해, 그 시어머니는 (며느리를) 이기심이 너무 많다고 여겨 내쫓아 버렸다. 그 딸이 가지고 돌아온 물건은, 시집보낼 때 가지고 간 물건의 두 배가 되었다.
【因(인)】: …로 인해, …로 말미암아.
【姑(고)】: 시어머니.
【以爲(이위)】: …라고 여기다, …라고 생각하다.
【多私(다사)】: 사심(私心)이 많다.
【所以反者(소이반자)】: 가지고 돌아온 물건. 〖反〗: 返(반), 돌아오다.
【倍(배)】: 두 배.
【所以嫁(소이가)】: 시집갈 때 가지고 간 물건.

4 其父不自罪於教子非也, 而自知其益富。→ 그녀의 아버지는 자식을 잘못 가르친 자신에 대해 질책은 하지 않고, (오히려) 자기가 더욱 부유해진 것을 지혜롭다고 여겼다.
【罪於(죄어)…】: …에 대해 질책하다. 〖於〗: [개사] …에 대해.
【教子非(교자비)】: 자식을 잘못 가르치다.
【知(지)】: 智(지), 지혜롭다고 여기다, 총명하다고 생각하다.
【益(익)】: 더욱, 보다.

5 今人臣之處官者, 皆是類也。→ 오늘날 관리 노릇을 하는 자들은, 모두 이러한 부류들이다.
【處官(처관)】: 관리 노릇하다.
【是類(시류)】: 이러한 부류. ※ 즉 오늘날 관리 노릇하는 자들은 모두가 부정한 방법으로 공금이나 재물을 횡령하는데, 설사 적발되어 면직을 당한다 해도 이미 막대한 재산을 모아 가지고 있기 때문에, 이는 바로 딸을 시집보낸 위나라 사람과 같은 부류라는 뜻이다.

자식을 잘못 가르친 자신에 대해 질책은 하지 않고 (오히려) 자기가 더욱 부유해진 것을 지혜롭다고 여겼다.

오늘날 관리 노릇을 하는 자들은 모두 이러한 부류들이다.

해설

위(衛)나라 사람이 자기 딸을 시집보내면서 시집가서 잘 살도록 귀감이 될 만한 훈계를 하지 않고, 소박맞는 일은 흔한 반면 부부가 종신토록 해로하는 경우는 드물기 때문에 반드시 딴 주머니를 차서 재산을 빼돌려야 한다고 가르쳤다. 그리하여 그 딸은 아버지의 말대로 실행하다가 결국 시어머니에게 쫓겨나 친정으로 돌아왔다. 그런데 이때 가지고 온 재물이 시집갈 때 가지고 갔던 것보다 두 배가 넘었다.

이 우언은 작자가 고사의 말미에서 말한 것처럼 당시 관리들의 행태를 딸을 시집보내는 위나라 사람에 비유하여, 오직 자기의 이익만을 도모하여 부정을 일삼는 탐관오리들의 몰염치한 행태를 비난한 것이다.

187 상마(相馬)

《韓非子·說林下》

원문 및 주석

相馬[1]

伯樂敎二人相踶馬, 相與之簡子廐觀馬。[2] 一人擧踶馬, 其一人從後而循之, 三撫其尻, 而馬不踶, 此自以爲失相。[3] 其一人曰 :「子非

1 相馬 → 말을 관찰하여 우열을 가리다
【相(상)】: 살피다, 관찰하다.

2 伯樂敎二人相踶馬, 相與之簡子廐觀馬。→ 백락(伯樂)이 두 사람으로 하여금 발길질하는 말을 살펴보라고 하여, (두 사람이) 함께 조간자(趙簡子)의 마구간에 가서 말을 관찰했다.
【伯樂(백락)】: [인명] 성은 손(孫), 이름은 양(陽)이며, 자는 백락(伯樂)이다. 진목공(秦穆公) 때 사람으로 말의 우열을 가리는 능력이 뛰어나기로 이름이났다.
【踶馬(제마)】: 발로 차는 버릇을 지닌 말, 발길질하는 말. 〖踶〗: 踢(척), 발로 차다.
【相與(상여)】: 함께, 같이.
【之(지)】: 가다.
【簡子(간자)】: 조간자(趙簡子). 조앙(趙鞅). 춘추시대 진(晉)나라의 대부.
【廐(구)】: 마구간.

3 一人擧踶馬, 其一人從後而循之, 三撫其尻, 而馬不踶, 此自以爲失相。→ 한 사람이 발길질하는 말을 가리키자, 다른 한 사람이 그 말의 뒤를 따라가며, 말의 엉덩이를 세 번이나 어루만졌다. 그러나 그 말은 발길질을 하지 않았다. (말을 지적한 사람은) 이를 자기가 잘못 관찰한 것이라 여겼다.
【擧(거)】: 지적하다, 가리키다.
【循(순)】: 따르다.
【撫(무)】: 어루만지다.
【尻(고)】: 엉덩이.

失相也。此其爲馬也，踒肩而腫膝。[4] 夫踶馬也者，擧後而任前，腫膝不可任也，故後不擧。子巧於相踶馬，而拙於任腫膝。」[5]

번역문

말을 관찰하여 우열을 가리다

백락(伯樂)이 두 사람으로 하여금 발길질하는 말을 살펴보라고 하여, (두 사람이) 함께 조간자(趙簡子)의 마구간에 가서 말을 관찰했다. 한 사람이 발길질하는 말을 가리키자 다른 한 사람이 그 말의 뒤를 따라가며 말의 엉덩이를 세 번이나 어루만졌다. 그러나 그 말은 발길질을 하지 않았다. (말을 지적한 사람은) 이를 자기가 잘못 관찰한 것이라 여겼다.

【以爲(이위)】: …라 여기다, …라고 생각하다.
【失相(실상)】: 잘못 관찰하다.

4 其一人曰：「子非失相也。此其爲馬也，踒肩而腫膝。→ 이에 다른 한 사람이 말했다 : 「당신이 잘못 관찰한 것이 아닙니다. 이 말은 분명히 발길질하는 말인데, 어깨를 다치고 무릎도 부어있습니다.
【其(기)】: 분명히, 확실히.
【踒肩(위견)】: 어깨를 다치다. 〖踒〗: (다리를) 접질리다, 삐다. 여기서는 「근육과 뼈를 다치다」의 뜻.
【腫膝(종슬)】: 무릎이 붓다. 〖腫〗: 붓다, 부어오르다. 〖膝〗: 무릎.

5 夫踶馬也者，擧後而任前，腫膝不可任也，故後不擧。子巧於相踶馬，而拙於任腫膝。」→ 대저 발길질하는 말은, 뒷발을 들고 앞다리로 지탱하는데, 이 말은 앞무릎이 부어올라 지탱할 수가 없습니다. 그래서 뒷발을 들지 못한 것입니다. 당신은 발길질하는 말을 살피는 데는 뛰어나지만, 무릎이 부어오른 것을 살피는 데는 서투르군요.」
【夫(부)】: [발어사] 무릇, 대저.
【擧後(거후)】: 뒷발을 들다.
【任前(임전)】: 앞다리로 지탱하다. 〖任〗: 견디다, 지탱하다, 감당하다.
【巧於(교어)…】: …에 뛰어나다. 〖於〗: [개사] …에.
【拙於(졸어)…】: …에 서투르다.
【任腫膝(임종슬)】: 무릎이 부어오른 것을 살피다. 〖任〗: 살피다, 관찰하다.

이에 다른 한 사람이 말했다.

「당신이 잘못 관찰한 것이 아닙니다. 이 말은 분명히 발길질하는 말인데 어깨를 다치고 무릎도 부어있습니다. 대저 발길질하는 말은 뒷발을 들고 앞다리로 지탱합니다. 이 말은 앞무릎이 부어올라 지탱할 수가 없습니다. 그래서 뒷발을 들지 못한 것입니다. 당신은 발길질하는 말을 살피는 데는 뛰어나지만 무릎이 부어오른 것을 살피는 데는 서투르군요.」

해설

발길질하는 버릇이 있는 말을 살펴보라는 백락(伯樂)의 지시에 따라 두 사람이 조간자(趙簡子)의 마구간으로 가서 말을 관찰한 후, 그중 한 사람이 한 마리를 지목하여 다른 한 사람이 그 말의 엉덩이를 세 번이나 쓰다듬어도 발길질을 하지 않았다. 지목했던 사람은 자신의 관찰이 틀렸다고 자인했다. 그러나 실은 그가 틀린 것이 아니라 그 말이 앞다리를 다쳐 뒷다리를 들 수 없었던 것을 미처 발견하지 못한 것이었다.

이 우언은 전체적인 상황을 이해한 후 신중히 결론을 내리지 않고 부분적인 관찰을 근거로 섣불리 판단을 내릴 경우 반드시 오류가 발생할 수 있음을 지적한 것이다.

188 삼슬쟁송(三蝨爭訟)

《韓非子 · 說林下》

원문 및 주석

三蝨爭訟[1]

三蝨相與訟, 一蝨過之, 曰 : 「訟者奚說?」 三蝨曰 : 「爭肥饒之地。」[2] 一蝨曰 : 「若亦不患臘之至而茅之燥耳, 若又奚患?」[3] 於是乃相與聚嘬其母而食之。彘臞, 人乃弗殺。[4]

1 三蝨爭訟 → 세 마리의 이가 시비를 다투다
【蝨(슬)】: [흡혈 기생충] 이.
【爭訟(쟁송)】: 시시비비를 다투다. 【訟】: 논쟁하다, 말다툼하다, 시비를 따지다.

2 三蝨相與訟, 一蝨過之, 曰 : 「訟者奚說?」 三蝨曰 : 「爭肥饒之地。」 → (돼지의 몸에 기생하고 있는) 세 마리의 이가 서로 논쟁을 벌이고 있는데, 다른 한 마리의 이가 그들에게 건너가, 말했다 : 「무슨 연유로 논쟁을 벌이고 있는 거야?」 세 마리의 이가 말했다 : 「살찌고 기름진 곳을 차지하려고 다투는 거야.」
【相與(상여)】: 서로, 함께, 같이.
【過(과)】: 건너가다.
【奚說(해설)】: 무슨 연유.
【肥饒(비요)】: 살찌고 기름지다.

3 一蝨曰 : 「若亦不患臘之至而茅之燥耳, 若又奚患?」 → 다른 한 마리의 이가 말했다 : 「너희들이 아직도 납제(臘祭)가 다가오고 띠풀이 말라가는 것을 걱정하지 않는다면, 너희들은 또 무엇을 걱정하고 있는 거야?」
※ 납제가 도래하면 돼지를 잡아 띠풀로 구워 정결하게 한 다음 제물로 올리는데, 이렇게 되면 돼지 몸에 기생하는 이들은 모두 타 죽는다.
【若(약)】: 너, 너희들.

번역문

세 마리의 이가 시비를 다투다

(돼지의 몸에 기생하고 있는) 세 마리의 이가 서로 논쟁을 벌이고 있는데, 다른 한 마리의 이가 그들에게 건너가 말했다.

「무슨 연유로 논쟁을 벌이고 있는 거야?」

세 마리의 이가 말했다.

「살찌고 기름진 곳을 차지하려고 다투는 거야.」

다른 한 마리의 이가 말했다.

「너희들이 아직도 납제(臘祭)가 다가오고 띠풀이 말라가는 것을 걱정하지 않는다면, 너희들은 또 무엇을 걱정하고 있는 거야?」

그리하여 곧 다 함께 모여들어 그 돼지의 피를 빨아먹었다. 돼지의 몸이

【亦(역)】: 아직도, 여전히.

【患(환)】: 걱정하다, 근심하다.

【臘之至(납지지)】: 납제가 도래하다. 〖臘〗: 납제(臘祭). 옛날 동지 이후 셋째 술일(戌日)에 모든 신에게 지내는 제사.

【茅之燥(모지조)】: 띠풀이 마르다. 〖茅〗: 띠풀. ※ 띠풀은 돼지를 잡아 터럭을 태울 때 사용하는 연료로 쓰인다. 〖燥〗: 마르다, 건조하다.

4 於是乃相與聚嘬其母而食之。彘臞, 人乃弗殺。→ 그리하여 곧 다함께 모여들어 그 돼지의 피를 빨아먹었다. 돼지의 몸이 바싹 마르자, 사람들이 결국 돼지를 잡지 않았다.

【於是(어시)】: 이에, 그리하여.

【乃(내)】: 두 개의 「乃」가 있는데, 앞의 「乃」는 「곧, 바로」의 뜻이고, 뒤의 「乃」는 「결국」의 뜻.

【聚(취)】: 모이다, 모여들다.

【嘬(최)】: 빨다, 빨아먹다.

【母(모)】: 모체, 숙주(宿主), 즉 「돼지」. ※ 이가 돼지의 몸에 기생하기 때문에 「母」는 곧 「돼지」를 가리킨다는 말이다.

【食(식)】: [동사] 먹다.

【彘(체)】: 돼지.

【臞(구)】: 여위다, 마르다, 수척해지다.

바싹 마르자 사람들이 결국 돼지를 잡지 않았다.

해설

돼지 몸에 기생하는 이 세 마리가 서로 좋은 자리를 차지하려고 다투다가 납제(臘祭)가 되면 사람들이 돼지를 잡아 띠풀로 구워 제사에 올린다는 이야기를 듣고, 공멸의 위기의식을 느낀 나머지 즉시 싸움을 멈추고 굳게 담합하여 결사적으로 돼지의 피를 빨아 돼지의 몸을 바싹 마르게 했다. 그리하여 사람들은 마른 돼지를 납제에 올릴 수 없어 그 돼지를 잡지 않았고, 세 마리의 이는 마침내 자신들의 숙주(宿主)를 살려내고 동시에 자신들의 생명을 보전했다.

이 우언은 당시 사회에서 자기들의 기득권을 유지하기 위해 담합하여 국가에 큰 손해를 끼치고 사회를 좀먹게 하는 관료들의 권모술수를 폭로하고 풍자한 것이다.

189 회충양구(蚘蟲兩口)

《韓非子 · 說林下》

원문 및 주석

蚘蟲兩口[1]

蟲有蚘者, 一身兩口, 爭相齕也。遂相殺, 因自殺。[2] 人臣之爭事而亡其國者, 皆蚘類也。[3]

1 蚘蟲兩口 → 한 몸에 두 입이 있는 살무사

【蚘(회)】: 虺(훼), 살무사. ※ 판본에 따라서는 「蚘」를 「虺」라 했다.

2 蟲有蚘者, 一身兩口, 爭相齕也。遂相殺, 因自殺。→ 동물 가운데 한 몸에 두 개의 입을 가진 살무사가 있었는데, 서로 먹이를 다투며 물어뜯었다. 그리하여 서로 죽이려다가, 이로 인해 자신이 자신을 물어 죽였다.

【齕(흘)】: 물다.

【遂(수)】: 그리하여.

【因(인)】: 이로 인해, 이로 말미암아.

【自殺(자살)】: 자살하다. 즉 「자신이 자신을 물어 죽이다」의 뜻.

3 人臣之爭事而亡其國者, 皆蚘類也。→ 관리로서 서로 권세와 이익을 다투어 나라를 망하게 하는 자들은, 모두 살무사와 같은 부류들이다.

【人臣(인신)】: 관리(官吏).

【爭事(쟁사)】: 권세와 이익을 다투다.

번역문

한 몸에 두 입이 있는 살무사

동물 가운데 한 몸에 두 개의 입을 가진 살무사가 있었는데 서로 먹이를 다투며 물어뜯었다. 그리하여 서로 죽이려다가, 이로 인해 자신이 자신을 물어 죽였다.

관리로서 서로 권세와 이익을 다투어 나라를 망하게 하는 자들은 모두 살무사와 같은 부류들이다.

해설

한 몸에 두 입을 가지고 있는 살무사가 먹이를 다투어 서로 물며 싸우다가 결국 자신이 자신을 물어 죽이는 결과를 초래했다.

이 우언은 한 몸에 두 입을 가진 독사를 모순으로 가득 찬 조정(朝廷)에 비유하여, 만일 관리들이 자신의 권력과 이익을 쟁취하기 위해 투쟁한다면 반드시 독사처럼 자멸한다는 것을 비유한 것이다.

190 진가보정(眞假寶鼎)

《韓非子·說林下》

원문 및 주석

眞假寶鼎[1]

齊伐魯, 索讒鼎, 魯以其贋往。齊人曰:「贋也。」魯人曰:「眞也。」[2] 齊人曰:「使樂正子春來, 吾將聽子。」[3] 魯君請樂正子春, 樂正子春

....

1 眞假寶鼎 → 진짜 보정(寶鼎)과 가짜 보정
【寶鼎(보정)】: 나라의 보물로 여기는 세발 달린 솥. 【鼎】: 전설에 의하면 본래 정(鼎)은 하(夏)나라 우(禹)임금이 9주(州)에서 바친 동(銅)을 가지고 모두 아홉 개를 주조한 후, 하(夏)·상(商)·주(周) 삼대에 걸쳐 전국 구주(九州)를 상징하는 보물로 전해왔다. 따라서 고대의 통치자들은 정(鼎)을 나라를 세우는 중요한 기구인 동시에 정권의 상징으로 여겼다.

2 齊伐魯, 索讒鼎, 魯以其贋往。齊人曰:「贋也。」魯人曰:「眞也。」→ 제(齊)나라가 노(魯)나라를 공격하여, 참정(讒鼎)을 요구하자, 노나라가 가짜 참정을 가지고 갔다. 제나라 사람이 말했다:「(이것은) 가짜입니다.」노나라 사람이 말했다:「진짜입니다.」
【齊(제)】: [국명] 지금의 산동성 북부와 하북성 남부에 걸쳐 있던 주대(周代)의 제후국.
【伐(벌)】: 공격하다, 정벌하다.
【魯(노)】: [국명] 지금의 산동성 일대에 있던 주대(周代)의 제후국.
【索(색)】: 요구하다, 달라고 하다.
【讒鼎(참정)】: 노(魯)나라의 보정(寶鼎) 이름.
【贋(안)】: 가짜.

3 齊人曰:「使樂正子春來, 吾將聽子。」→ 제나라 사람이 말했다:「만일 악정자춘(樂正子春)이 와서 말한다면, 내가 당신을 믿을 것이오.」
【使(사)】: 만일, 만약.
【樂正子春(악정자춘)】: [인명] 노나라의 선비. 성은 악정(樂正), 이름은 자춘(子春)이며, 증자(曾子)의 제자로 성품이 고상한 사람으로 알려져 있다.

曰：「胡不以其眞往也?」[4] 君曰：「我愛之。」答曰：「臣亦愛臣之信。」[5]

번역문

진짜 보정(寶鼎)과 가짜 보정

제(齊)나라가 노(魯)나라를 공격하여 참정(讒鼎)을 요구하자 노나라가 가짜 참정을 가지고 갔다.

제나라 사람이 말했다.

「(이것은) 가짜입니다.」

노나라 사람이 말했다.

「진짜입니다.」

제나라 사람이 말했다.

「만일 악정자춘(樂正子春)이 와서 말한다면 내가 당신을 믿을 것이오.」

노나라 군주가 악정자춘에게 청하자 악정자춘이 말했다.

「어째서 진짜를 가지고 가지 않았습니까?」

【將(장)】: …할 것이다.
【聽(청)】: 듣다. 여기서는 「믿다」의 뜻.
【子(자)】: 그대, 당신.

4 魯君請樂正子春, 樂正子春曰 : 「胡不以其眞往也?」 → 노나라 군주가 악정자춘에게 청하자, 악정자춘이 말했다 : 「어째서 진짜를 가지고 가지 않았습니까?」
【胡(호)】: 어째서.

5 君曰 : 「我愛之。」 答曰 : 「臣亦愛臣之信。」 → 노나라 군주가 말했다 : 「나는 그것을 소중히 여기고 있소.」 악정자춘이 대답했다 : 「저도 저의 신용을 소중히 여기고 있습니다.」
【愛(애)】: 아끼다, 소중하게 여기다.
【臣(신)】: 신, 저. ※ 군주에 대한 백성이나 신하의 자칭.
【信(신)】: 신용.

노나라 군주가 말했다.

「나는 그것을 소중히 여기고 있소.」

악정자춘이 대답했다.

「저도 저의 신용을 소중히 여기고 있습니다.」

해설

제(齊)나라가 노(魯)나라에 쳐들어가 노나라의 참정(讒鼎)을 요구했다. 참정은 예로부터 국가를 상징하는 귀중한 보물이다. 그리하여 노나라가 가짜 참정을 만들어 보내자 제나라 사람과 노나라 사람이 진위를 놓고 논쟁을 벌였다. 이에 제나라는 증자(曾子)의 제자로 노나라의 고명한 선비인 악정자춘(樂正子春)을 청해 오면 그의 말을 믿겠다고 하여 노나라 군주가 악정자춘에게 증언해주기를 청하니, 악정자춘은 자신의 신용이 훼손되는 것을 우려하여 난색을 표했다.

이 우언은 기만술책이 나라를 위태롭게 할 수 있다는 것을 모르고 「눈 가리고 아웅」하는 식으로 대응하려는 노나라 군주의 소심한 자질을 비난하는 동시에 군주의 엄한 요청을 두려워하지 않고 자신의 명예를 소중히 여기는 악정자춘의 고매한 품격을 찬양한 것이다.

191 몽견조(夢見竈)

《韓非子·內儲說上》

원문 및 주석

夢見竈[1]

衛靈公之時, 彌子瑕有寵, 專於衛國。侏儒有見公者, 曰:「臣之夢踐矣。」[2] 公曰:「何夢?」對曰:「夢見竈, 爲見公也。」[3] 公怒曰:「吾聞見人主者夢見日, 奚爲見寡人而夢見竈?」[4] 對曰:「夫日兼燭

1 夢見竈 → 꿈에 아궁이를 보다
【竈(조)】: 아궁이.

2 衛靈公之時, 彌子瑕有寵, 專於衛國。侏儒有見公者, 曰:「臣之夢踐矣。」→ 위(衛)나라 영공(靈公) 시절에, 미자하(彌子瑕)가 왕의 총애를 받아, 위(衛)나라에서 전권을 휘둘렀다. 어느 난장이가 영공을 알현하고, 말했다:「저의 꿈은 영험합니다.」
【衛靈公(위영공)】: 위(衛)나라의 군주. 〖衛〗: 지금의 하북성 남부와 하남성 북부 일대에 있던 주대(周代)의 제후국.
【彌子瑕(미자하)】: [인명] 위영공(衛靈公)의 총신.
【有寵(유총)】: 총애를 받다.
【專(전)】: 전횡하다, 전권을 휘두르다.
【侏儒(주유)】: 난장이.
【見(견)】: 뵙다, 알현하다.
【踐(천)】: 이행하다, 실천하다. 여기서는「영험하다, 잘 들어맞다」의 뜻.

3 公曰:「何夢?」對曰:「夢見竈, 爲見公也。」→ 영공이 물었다:「무슨 꿈인가?」(난장이가) 대답했다:「제가 꿈에 아궁이를 보았는데, 이는 바로 군주를 알현한다는 뜻입니다.」
【爲(위)】: 乃(내), 바로 …이다.

4 公怒曰:「吾聞見人主者夢見日, 奚爲見寡人而夢見竈?」→ 영공이 화를 내며 말했다:「내가

天下, 一物不能當也; 人君兼燭一國, 一人不能壅也。故將見人主者, 夢見日。[5] 夫竈, 一人煬焉, 則後人無從見矣。今或者一人有煬君者乎? 則臣雖夢見竈, 不亦可乎!」[6]

번역문

꿈에 아궁이를 보다

위(衛)나라 영공(靈公) 시절에 미자하(彌子瑕)가 왕의 총애를 받아 위(衛)나라에서 전권을 휘둘렀다. 어느 난장이가 영공을 알현하고 말했다.

「저의 꿈은 영험합니다.」

···············

듣건대 임금을 알현하려면 꿈에 해를 본다는데, 어째서 과인을 알현하는데 아궁이를 보았느냐?」

【人主(인주)】: 임금, 군주.

【奚爲(해위)】: 어째서.

【寡人(과인)】: 과덕지인(寡德之人)이란 의미로 임금이 자신을 낮추어 부르는 말.

5 對曰 : 「夫日兼燭天下, 一物不能當也; 人君兼燭一國, 一人不能壅也。故將見人主者, 夢見日。→ (난장이가) 대답했다 : 「무릇 해는 천하를 두루 비추어, 하나의 물건이 가릴 수 없고; 임금은 한 나라를 두루 비추어, 어느 한 사람이 가릴 수 없습니다. 그래서 임금을 알현하려는 사람은, 꿈에 해를 봅니다.

【夫(부)】: [발어사] 무릇, 대저.

【兼燭(겸촉)】: 두루 비치다.

【當(당)】: 擋(당), 가리다.

【壅(옹)】: 막다, 가리다.

6 夫竈, 一人煬焉, 則後人無從見矣。今或者一人有煬君者乎? 則臣雖夢見竈, 不亦可乎!」→ 대저 아궁이는, 한 사람이 불을 쬐고 있으면, 뒤에 있는 사람은 (불을) 볼 수가 없습니다. 지금 혹시 어느 한 사람이 임금님을 가리고 있습니까? 그렇다면 제가 비록 꿈에 아궁이를 보았다 해도, 무방하지 않습니까?」

【煬(양)】: 불을 쬐다.

【無從(무종)】: …할 방법이 없다, …할 수가 없다.

【煬君(양군)】: 임금을 쬐다, 즉 「임금을 가리다」의 뜻. ※ 임금을 아궁이의 불에 비유한 말.

【不亦(불역)…乎(호)?】: …하지 않은가?

영공이 물었다.

「무슨 꿈인가?」

(난장이가) 대답했다.

「제가 꿈에 아궁이를 보았는데, 이는 바로 군주를 알현한다는 뜻입니다.」

영공이 화를 내며 말했다.

「내가 듣건대 임금을 알현하려면 꿈에 해를 본다는데, 어째서 과인을 알현하는데 아궁이를 보았느냐?」

(난장이가) 대답했다.

「무릇 해는 천하를 두루 비추어 하나의 물건이 가릴 수 없고, 임금은 한 나라를 두루 비추어 어느 한 사람이 가릴 수 없습니다. 그래서 임금을 알현하려는 사람은 꿈에 해를 봅니다. 대저 아궁이는 한 사람이 불을 쬐고 있으면 뒤에 있는 사람은 (불을) 볼 수가 없습니다. 지금 혹시 어느 한 사람이 임금님을 가리고 있습니까? 그렇다면 제가 비록 꿈에 아궁이를 보았다 해도 무방하지 않습니까?」

해설

위(衛)나라의 영공(靈公)이 미자하(彌子瑕)를 총애하여 미자하가 전권을 휘두르자, 어느 난장이가 영공을 알현하고 꿈에 아궁이를 보아 임금을 알현하게 되었다며 자신의 꿈이 매우 영험하다고 했다.

본래 해몽에서 임금을 알현하려면 해를 보는 꿈을 꾸는데, 난장이가 아궁이를 보고 임금을 알현하게 되었다고 한 것은 미자하의 전횡을 겨냥하여 영공을 각성시키려는 난장이의 의도가 깔려있는 것이다.

난장이의 해몽에 의하면, 해는 천하를 두루 비추어 하나의 물건이 가릴 수 없고, 임금은 나라를 두루 비추어 어느 한 사람이 가릴 수 없는데, 아궁이의 불은 한 사람이 쬐고 있으면 가려지기 때문에 뒷사람이 불을 볼 수가 없다. 지금 위나라에는 어느 한 사람이 아궁이의 불을 쬐듯이 임금을 가리고 있기 때문에 자신이 꿈에 아궁이를 보고 임금을 알현한 것이라며 영공과 미자하의 관계를 우회적으로 비유했다.

이 우언은 군주가 총신 한 사람의 전횡을 방치함으로써 백성들에게 막대한 피해를 주고 이로 인해 민심이 멀어져 나라가 위태로워진다는 것을 비유한 것이다.

192 혜자지지(惠子之智)

《韓非子·內儲說上》

원문 및 주석

惠子之智[1]

張儀欲以秦、韓與魏之勢伐齊、荊，而惠施欲以齊、荊偃兵，二人爭之。[2] 羣臣左右皆爲張子言，而以攻齊、荊爲利，而莫爲惠子言。[3]

1 惠子之智 → 혜자(惠子)의 지혜
【惠子(혜자)】: [인명] 혜시(惠施). 주 2【惠施(혜시)】 참조.

2 張儀欲以秦、韓與魏之勢伐齊、荊，而惠施欲以齊、荊偃兵，二人爭之。→ 장의(張儀)는 진(秦)나라 · 한(韓)나라와 위(魏)나라의 세력으로 제(齊)나라 · 초(楚)나라를 정벌하려 하고, 혜자(惠子)는 제나라 · 초나라와 화친하여 전쟁을 멈추고자 하여, 두 사람이 논쟁을 벌였다.
【張儀(장의)】: [인명] 전국시대의 종횡가. 위(魏)나라 사람으로 진혜왕(秦惠王)의 재상을 지냈다. 소진(蘇秦)의 합종(合縱)을 반대하고 연횡(連橫)을 주장했다.
【欲(욕)】: …하고자 하다, …하려 하다, …하기를 바라다.
【秦(진)】: [국명] 지금의 섬서성과 감숙성 일대에 있던 주대(周代)의 제후국이었으나, B.C. 221년 진시황(秦始皇) 때 전국을 통일하여 진왕조를 건설했다.
【韓(한)】: [국명] 지금의 하남성 중부와 산서성 동남부에 있던 주대(周代)의 제후국.
【魏(위)】: [국명] 지금의 하남성 북부 · 섬서성 동부 · 산서성 서남부 및 하북성 남부 일대에 있던 주대(周代)의 제후국. 본래 진(晉)나라에 속했으나 B.C. 375년 조씨(趙氏) · 한씨(韓氏) · 위씨(魏氏)가 진(晉)의 영토를 삼분하여 각기 조(趙) · 한(韓) · 위(魏) 세 나라로 독립했다.
【齊(제)】: [국명] 지금의 산동성 북부와 하북성 남부에 걸쳐 있던 주대(周代)의 제후국.
【荊(형)】: [국명] 초(楚)나라의 다른 이름. 지금의 호남성 · 호북성과 강서성 · 절강성 및 하남성 남부에 걸쳐 있던 주대(周代)의 제후국.
【惠施(혜시)】: [인명] 혜자(惠子). 전국시대 송(宋)나라 사람으로 위혜왕(魏惠王)의 재상을 지냈다. 장자(莊子)와 절친한 사이라고 알려져 있다.

王果聽張子，而以惠子言爲不可。[4] 攻齊、荊事已定，惠子入見。王言曰：「先生毋言矣。攻齊、荊之事果利矣，一國盡以爲然。」[5] 惠子因說：「不可不察也。夫攻齊、荊之事也誠利，一國盡以爲利，是何智者之衆也？[6] 攻齊、荊之事誠不利，一國盡以爲利，何愚者之衆

【偃兵(언병)】: 전쟁을 멈추다.
【二人(이인)】: 두 사람, 즉 장의와 혜시.

3 羣臣左右皆爲張子言，而以攻齊、荊爲利，而莫爲惠子言。→ (왕 주변의) 여러 신하들은 모두 장의의 편을 들어 말하며, 제나라와 초나라를 공격하는 것이 유리하다 했고, 혜자(惠子)를 위해 말하는 사람은 아무도 없었다.
【羣臣左右(군신좌우)】: 임금 주변의 여러 신하.
【莫(막)】: 없다.

4 王果聽張子，而以惠子言爲不可。→ 위왕(魏王)은 마침내 장의의 말을 들어, 혜자의 주장을 채택할 수 없다고 여겼다.
【王(왕)】: 여기서는 「위왕(魏王)」을 가리킨다.
【果(과)】: 마침내, 최후에.
【以(이)…爲(위)…】: …을 …로 여기다.
【不可(불가)】: 불가하다, 채택할 수 없다.

5 攻齊、荊事已定，惠子入見。王言曰：「先生毋言矣。攻齊、荊之事果利矣，一國盡以爲然。」→ (위왕이) 제나라와 초나라를 공격하기로 확정한 후, 혜자가 들어가 위왕을 알현했다. 위왕이 말했다：「선생은 아무 말도 하지 마시오. 제나라와 초나라를 공격하는 것이 확실히 유리하고, 온 나라 사람들도 모두 그렇게 생각하고 있소.」
【入見(입현)】: 들어가 왕을 알현하다.
【毋(무)】: 勿(물), …하지 말라.
【果(과)】: 과연, 확실히.
【一國(일국)】: 전국, 온 나라.
【以爲然(이위연)】: 그렇게 여기다, 그렇다고 여기다. 〖以爲〗: …라고 여기다, …라고 생각하다.

6 惠子因說：「不可不察也。夫攻齊、荊之事也誠利，一國盡以爲利，是何智者之衆也? → 그리하여 혜자가 말했다：「잘 살피지 않으면 안 됩니다. 대저 제나라와 초나라를 공격하는 것이 확실히 유리하고, 온 나라 사람들 모두가 유리하다고 여긴다면, (위나라에는) 지혜 있는 사람이 어찌 이렇게 많습니까?
【因(인)】: 이로 인해, 그리하여.
【誠(성)】: 실로, 확실히.
【是何(시하)】: 이 어찌. 즉 「어찌 이렇게」의 뜻.
【智者(지자)】: 지혜 있는 사람, 총명한 사람.

也?[7] 凡謀者, 疑也; 疑也者, 誠疑, 以爲可者半, 以爲不可者半。[8] 今一國盡以爲可, 是王亡半也。劫主者, 固亡其半者也。」[9]

번역문

혜자(惠子)의 지혜

장의(張儀)는 진(秦)나라 · 한(韓)나라와 위(魏)나라의 세력으로 제(齊)나라 · 초(楚)나라를 정벌하려 하고, 혜자(惠子)는 제나라 · 초나라와 화친하여 전쟁을 멈추고자 하여 두 사람이 논쟁을 벌였다.

(왕 주변의) 여러 신하들은 모두 장의의 편을 들어 말하며 제나라와 초나라를 공격하는 것이 유리하다 했고, 혜자(惠子)를 위해 말하는 사람은 아

【衆(중)】: 많다.

7 攻齊、荊之事誠不利, 一國盡以爲利, 何愚者之衆也? → (또) 제나라와 초나라를 공격하는 것이 확실히 불리한데, 온 나라 사람들 모두가 유리하다고 여긴다면, (위나라에는) 우매한 사람이 어찌 이렇게 많습니까?

【愚者(우자)】: 우매한 사람, 어리석은 사람.

8 凡謀者, 疑也; 疑也者, 誠疑, 以爲可者半, 以爲不可者半。→ 대저 상의한다는 것은, 의혹이 있다는 것이며; 의혹이란, 확실히 의심스러운 것이어서, 가능하다고 여기는 사람이 절반이고, 불가능하다고 여기는 사람이 절반입니다.

【凡(범)】: 무릇, 대저.

【謀(모)】: 도모하다, 꾀하다, 상의하다, 협의하다.

【以爲可者(이위가자)】: 가능하다고 여기는 사람들.

9 今一國盡以爲可, 是王亡半也。劫主者, 固亡其半者也。」→ 지금 온 나라가 모두 가능하다고 여긴다면, 이는 왕께서 절반을 잃는 것입니다. 신하에게 협박당하는 군주는, 반드시 절반을 잃게 됩니다.」

【是(시)】: 이, 이것.

【亡(망)】: 잃다, 상실하다.

【劫主者(겁주자)】: 신하에게 협박당하는 군주. 【劫】: 위협하다, 협박하다. ※「劫主者」를 「군주를 위협하는 권력자」라고 풀이하기도 한다.

【固(고)】: 반드시, 필시.

무도 없었다. 위왕(魏王)은 마침내 장의의 말을 들어 혜자의 주장을 채택할 수 없다고 여겼다. (위왕이) 제나라와 초나라를 공격하기로 확정한 후, 혜자가 들어가 위왕을 알현했다.

위왕이 말했다.

「선생은 아무 말도 하지 마시오. 제나라와 초나라를 공격하는 것이 확실히 유리하고, 온 나라 사람들도 모두 그렇게 생각하고 있소.」

그리하여 혜자가 말했다.

「잘 살피지 않으면 안 됩니다. 대저 제나라와 초나라를 공격하는 것이 확실히 유리하고 온 나라 사람들 모두가 유리하다고 여긴다면 (위나라에는) 지혜 있는 사람이 어찌 이렇게 많습니까? (또) 제나라와 초나라를 공격하는 것이 확실히 불리한데 온 나라 사람들 모두가 유리하다고 여긴다면, (위나라에는) 우매한 사람이 어찌 이렇게 많습니까? 대저 상의한다는 것은 의혹이 있다는 것이며, 의혹이란 확실히 의심스러운 것이어서 가능하다고 여기는 사람이 절반이고 불가능하다고 여기는 사람이 절반입니다. 지금 온 나라가 모두 가능하다고 여긴다면 이는 왕께서 절반을 잃는 것입니다. 신하에게 협박당하는 군주는 반드시 절반을 잃게 됩니다.」

해설

장의(張儀)와 혜자(惠子)가 위왕(魏王) 앞에서 제(齊)·초(楚) 두 나라에 관한 문제를 놓고 논쟁을 벌이는데, 장의는 진(秦)·한(韓)·위(魏) 세 나라가 연합하여 제·초 두 나라를 정벌해야 한다고 주장하고, 혜자는 오히려 제·초 두 나라와 화친하여 전쟁을 막아야 한다고 주장했다. 이때 위왕의 측근 신하들은 장의를 위해 발언하고 혜자를 위해 발언하는 사람이 없었다. 그리하여 위왕은 장의의 주장을 채택했다. 이에 혜자는 찬반(贊反)이 각기 절반이라는 논리로, 군주가 반대 입장에 있는 다수의 의견을 고려하지 않고 영향력 있는 권신(權臣)에게 휘둘려 일을 처리한 것에 대해 강한 불만을 표했다.

이 우언은 왕이 신하들과 중대한 문제를 협의하는 과정에서 권신에게 이끌려 가면 공정한 판단을 할 수 없을 뿐만 아니라 일을 그르칠 수 있기 때문에 마땅히 실사구시(實事求是)의 원칙에 따라 여러 의견을 청취해야 실패하지 않는다는 이치를 설명한 것이다.

193 삼인성호(三人成虎)

《韓非子 · 內儲說上》

원문 및 주석

三人成虎[1]

龐恭與太子質於邯鄲, 謂魏王曰:「今一人言市有虎, 王信之乎?」曰:「不。」[2]「二人言市有虎, 王信之乎?」曰:「不。」「三人言市有虎, 王信之乎?」王曰:「寡人信之。」[3] 龐恭曰:「夫市之無虎也明

1 三人成虎 → 세 사람이 없는 호랑이를 만들어 내다

2 龐恭與太子質於邯鄲, 謂魏王曰:「今一人言市有虎, 王信之乎?」曰:「不。」→ 위(魏)나라의 대신 방공(龐恭)이 태자와 함께 조(趙)나라의 한단(邯鄲)에 인질로 가면서, 위왕(魏王)에게 물었다:「지금 한 사람이 저자에 호랑이가 있다고 말하면, 임금님께서는 그것을 믿으시겠습니까?」(왕이) 말했다:「아니오.」
【龐恭(방공)】:[인명] 전국시대 위(魏)나라의 대신.
【質(질)】: 인질로 잡혀가다.
【邯鄲(한단)】:[지명] 전국시대 조(趙)나라의 도읍. 지금의 하북성 한단시(邯鄲市).

3「二人言市有虎, 王信之乎?」曰:「不。」「三人言市有虎, 王信之乎?」王曰:「寡人信之。」→ (방공이 물었다):「두 사람이 저자에 호랑이가 있다고 말하면, 임금님께서는 그것을 믿으시겠습니까?」(왕이) 말했다:「아니오.」(방공이 물었다):「세 사람이 저자에 호랑이가 있다고 말하면, 임금님께서는 그것을 믿으시겠습니까?」왕이 말했다:「과인은 그것을 믿을 것이오.」
【寡人(과인)】: 과덕지인(寡德之人)이란 의미로 임금이 자신을 낮추어 부르는 말.

4 龐恭曰:「夫市之無虎也明矣, 然而三人言而成虎。→ 방공이 말했다:「무릇 저자에 호랑이가 없다는 것이 분명해도, 그러나 세 사람이 있다고 말하면 마치 호랑이가 있는 것처럼 믿게 됩니다.

矣, 然而三人言而成虎。[4] 今邯鄲之去魏也遠於市, 議臣者過於三人, 願王察之。」龐恭從邯鄲反, 竟不得見。[5]

번역문

세 사람이 없는 호랑이를 만들어 내다

위(魏)나라의 대신 방공(龐恭)이 태자와 함께 조(趙)나라의 한단(邯鄲)에 인질로 가면서 위왕(魏王)에게 물었다.

「지금 한 사람이 저자에 호랑이가 있다고 말하면 임금님께서는 그것을 믿으시겠습니까?」

(왕이) 말했다.

「아니오.」

(방공이 물었다).

「두 사람이 저자에 호랑이가 있다고 말하면 임금님께서는 그것을 믿으시겠습니까?」

【夫(부)】: [발어사] 대저, 무릇.
【然而(연이)】: 그러나.
【成虎(성호)】: 호랑이가 되다.

5 今邯鄲之去魏也遠於市, 議臣者過於三人, 願王察之。」龐恭從邯鄲反, 竟不得見。→ 지금 한단이 위나라로부터 떨어진 거리는 저자보다 멀지만, 저를 비방하는 자는 세 사람이 넘을 것이니, 임금님께서 그것을 잘 살펴주시기 바랍니다.」 방공은 (태자의 인질이 끝나) 한단으로부터 돌아온 후, 끝내 (위왕을) 알현하지 못했다.
【去(거)】: 떨어지다.
【議(의)】: 비방하다, 비난하다.
【過(과)】: 넘다, 초과하다.
【願(원)】: 바라다, 희망하다.
【反(반)】: 返(반), 돌아오다.
【竟(경)】: 끝내.

(왕이) 말했다.

「아니오.」

(방공이 물었다).

「세 사람이 저자에 호랑이가 있다고 말하면 임금님께서는 그것을 믿으시겠습니까?」

왕이 말했다.

「과인은 그것을 믿을 것이오.」

방공이 말했다.

「무릇 저자에 호랑이가 없다는 것이 분명해도 그러나 세 사람이 있다고 말하면 마치 호랑이가 있는 것처럼 믿게 됩니다. 지금 한단이 위나라로부터 떨어진 거리는 저자보다 멀지만, 저를 비방하는 자는 세 사람이 넘을 것이니 임금님께서 그것을 잘 살펴주시기 바랍니다.」

방공은 (태자의 인질이 끝나) 한단으로부터 돌아온 후, 끝내 (위왕을) 알현하지 못했다.

해설

저자에 호랑이가 있다고 말하는 것은 분명한 거짓이다. 그러나 위왕(魏王)은 이러한 거짓을 한 사람이 전하고 두 사람이 전할 때는 믿지 않다가 세 사람이 전하면 믿는다고 했다. 그리하여 방공(龐恭)은 자신이 태자와 함께 조(趙)나라 인질로 가면서 자기가 위나라에 없는 동안 자기를 비방하는 자가 틀림없이 세 사람을 넘을 것이라며 위왕에게 각별히 살펴달라고 당부했다. 그럼에도 불구하고 태자의 인질이 풀려 위나라로 돌아온 후, 방공은 끝내 위왕을 알현하지 못했다.

이 우언은 다수의 의견이라 하여 반드시 옳은 것은 아니며, 중요한 것은 자세히 조사하고 확인해야 한다는 실사구시(實事求是)의 중요성을 강조한 것이다.

※ 참고 : 이 고사는 《전국책(戰國策) · 위책이(魏策二)》에도 보이는데 기본 줄거리는 같고 약간의 문자 출입이 있다. 《한비자》가 시대적으로 앞서기 때문에 본서에서는 《한비자》를 채택했다.

194 석읍심간(石邑深澗)

《韓非子 · 內儲說上》

원문 및 주석

石邑深澗[1]

董閼于爲趙上地守, 行石邑山中, 見深澗, 峭如牆, 深百仞。[2] 因問其旁鄉左右曰 : 「人嘗有入此者乎?」 對曰 : 「無有。」[3] 曰 : 「嬰兒、盲

1 石邑深澗 → 석읍(石邑)의 깊은 계곡
【石邑(석읍)】 : [지명] 조(趙)나라 상지군(上地郡)에 속한 읍 이름. 지금의 하북성 획록현(獲鹿縣) 경내.
【深澗(심간)】 : 깊은 계곡.

2 董閼于爲趙上地守, 行石邑山中, 見深澗, 峭如牆, 深百仞。 → 동알우(董閼于)가 조(趙)나라 상지군(上地郡)의 군수로 부임하여, 석읍(石邑)의 산속을 거닐다가, 깊은 골짜기를 보았다. 가파르기가 마치 담벼락 같고, 깊이가 족히 백 길은 되었다.
【董閼于(동알우)】 : [인명] 전국시대 조(趙)나라의 관리.
【趙(조)】 : [국명] 지금의 산서성 북부와 중부 및 하북성 서부와 남부 지역에 있던 주대(周代)의 제후국. 본래 진(晉)나라에 속했으나 B.C. 375년 조씨(趙氏) · 한씨(韓氏) · 위씨(魏氏)가 진(晉)의 영토를 삼분하여 각기 조(趙) · 한(韓) · 위(魏) 세 나라로 독립했다.
【上地(상지)】 : [지명] 조나라의 군(郡) 이름.
【守(수)】 : [관직] 군수.
【行(행)】 : 가다, 걷다.
【峭(초)】 : 가파르다.
【如(여)】 : 마치 …같다.
【牆(장)】 : 담장, 담벼락.
【仞(인)】 : [길이 단위] 길. 1인(仞)은 7~8척(尺 : 자).

3 因問其旁鄉左右曰 : 「人嘗有入此者乎?」 對曰 : 「無有。」 → 그리하여 일행 중 그 부근 마을에

聾、狂悖之人，嘗有入此者乎?」對曰：「無有。」[4]「牛馬、犬彘，嘗有入此者乎?」對曰：「無有。」[5] 董閼于喟然太息曰：「吾能治矣。使吾治之無赦，猶入澗之必死也，則人莫之敢犯也，何爲不治?」[6]

....

사는 사람에게 물었다 :「사람이 일찍이 이곳에 들어간 적이 있습니까?」(부근에 사는 사람이) 대답했다 :「없습니다.」

【因(인)】: 그리하여, 곧, 바로.

【旁鄕(방향)】: 부근 마을.

【左右(좌우)】: 측근. 여기서는「일행」을 가리킨다.

【嘗(상)】: 일찍이.

4 曰 :「嬰兒、盲聾、狂悖之人，嘗有入此者乎?」對曰 :「無有。」→ 동알우가 물었다 :「어린아이나 소경이나 귀머거리나 정신이상자가, 일찍이 이곳에 들어간 적이 있습니까?」(부근에 사는 사람이) 대답했다 :「없습니다.」

【盲聾(맹롱)】: 소경과 귀머거리. 〖盲〗: 맹인, 소경. 〖聾〗: 귀머거리.

【狂悖(광패)】: 정신이상자.

5「牛馬、犬彘，嘗有入此者乎?」對曰 :「無有。」→ (동알우가 물었다) :「소나 말이나 개나 돼지가, 일찍이 이곳에 들어간 적이 있습니까?」(부근에 사는 사람이) 대답했다 :「없습니다.」

【彘(체)】: 돼지.

6 董閼于喟然太息曰 :「吾能治矣。使吾治之無赦，猶入澗之必死也，則人莫之敢犯也，何爲不治?」→ 동알우가 길게 탄식하며 말했다 :「나는 다스릴 수 있다. 만일 내가 사람들을 다스리면서 죄를 사면해 주지 않는다면, 이는 마치 계곡에 들어갈 경우 반드시 죽는 것과 같다. 그러면 감히 법을 위반하는 사람이 없을 터이니, 어찌 다스리지 못하겠는가?」

【喟然(위연)】: 탄식하는 모양.

【太息(태식)】: 탄식하다.

【使(사)】: 만일, 만약.

【無赦(무사)】: 용서하지 않다.

【猶(유)】: 마치 …과 같다.

【莫之敢犯(막지감범)】: [莫敢犯之의 도치 형태] 감히 법을 위반하는 자가 없다. 〖之〗: [대명사] 그것, 즉「법, 법률」. 〖犯〗: 거스르다, 위반하다.

【何爲(하위)】: 어찌.

번역문

석읍(石邑)의 깊은 계곡

동알우(董閼于)가 조(趙)나라 상지군(上地郡)의 군수로 부임하여 석읍(石邑)의 산속을 거닐다가 깊은 골짜기를 보았다. 가파르기가 마치 담벼락 같고 깊이가 족히 백 길은 되었다. 그리하여 일행 중 그 부근 마을에 사는 사람에게 물었다.

「사람이 일찍이 이곳에 들어간 적이 있습니까?」

(부근에 사는 사람이) 대답했다.

「없습니다.」

동알우가 물었다.

「어린아이나 소경이나 귀머거리나 정신이상자가 일찍이 이곳에 들어간 적이 있습니까?」

(부근에 사는 사람이) 대답했다.

「없습니다.」

(동알우가 물었다).

「소나 말이나 개나 돼지가 일찍이 이곳에 들어간 적이 있습니까?」

(부근에 사는 사람이) 대답했다.

「없습니다.」

동알우가 길게 탄식하며 말했다.

「나는 다스릴 수 있다. 만일 내가 사람들을 다스리면서 죄를 사면해 주지 않는다면, 이는 마치 계곡에 들어갈 경우 반드시 죽는 것과 같다. 그러면 감히 법을 위반하는 사람이 없을 터이니 어찌 다스리지 못하겠는가?」

해설

동알우(董閼于)는 상지군(上地郡)의 군수로 부임하여 석읍(石邑)의 산속을 걷다가 깊은 계곡을 보고 통치방법을 깨달았다. 즉 이 계곡을 법망(法網)에 비유하여, 누구나 이 계곡에 빠지면 살아남지 못하듯이 법을 위반한 사람을 절대 용서하지 않는다면 계곡에 빠진 것과 마찬가지이기 때문에 살기 위해서는 법을 지키지 않을 수 없다는 것이다.

이 우언은 한비(韓非)가 법가(法家)의 기본이념인 「법에 의한 통치」를 비유한 것이다.

195 위왕색정(魏王索鄭)

《韓非子·內儲說上》

원문 및 주석

魏王索鄭[1]

魏王謂鄭王曰：「始鄭、梁一國也，已而別，今願復得鄭而合之梁。」[2] 鄭君患之，召羣臣而與之謀所以對魏。[3] 鄭公子謂鄭君曰：「此

1 魏王索鄭 → 위왕(魏王)이 정(鄭)나라에 요구하다
【魏王(위왕)】: 위나라의 군주. 여기서는 「위혜왕(魏惠王)」을 가리킨다. 〖魏〗: [국명] 지금의 하남성 북부와 섬서성 동부 · 산서성 서남부 · 하북성 남부에 걸쳐 있던 주대(周代)의 제후국. 본래 진(晉)나라에 속했으나 B.C. 375년 조씨(趙氏) · 한씨(韓氏) · 위씨(魏氏)가 진(晉)의 영토를 삼분하여 각기 조(趙) · 한(韓) · 위(魏) 세 나라로 독립했다. 위(魏)나라는 개국 초기 안읍(安邑)에 도읍을 정했다가 혜왕(惠王) 때 대량(大梁)으로 천도하여 국호를 양(梁)이라 했다.
【索(색)】: 요구하다.
【鄭(정)】: 지금의 하남성 신정현(新鄭縣) 일대에 있던 주대(周代)의 제후국. 본래 조(趙) · 한(韓) · 위(魏) 세 나라는 춘추시대의 진(晉)나라가 분리되어 독립한 제후국인데, B.C. 375년 한(韓)나라가 정(鄭)나라를 멸하고 도읍을 정나라의 도읍인 신정(新鄭)으로 옮겨, 이때부터 한나라를 정나라로 부르기도 했다. 여기서 정나라는 한나라를 가리킨다.

2 魏王謂鄭王曰：「始鄭、梁一國也，已而別，今願復得鄭而合之梁。」 → 위왕(魏王)이 정왕(鄭王)에게 말했다: 「애당초 정(鄭)나라와 위(魏)나라는 한 나라였으나, 후에 분리되었는데, 지금은 다시 정나라를 얻어 위나라에 합병하길 바라고 있습니다.」
【鄭王(정왕)】: 정나라의 군주. 여기서는 「한(韓)나라의 선혜왕(宣惠王)」을 가리킨다.
【梁(양)】: 위(魏)나라. 주 1 참조.
【已而(이이)】: 후, 이후.
【別(별)】: 분리되다.

甚易應也。君對魏曰：『以鄭爲故魏而可合也，則弊邑亦願得梁而合之鄭。』」魏王乃止。[4]

번역문

위왕(魏王)이 정(鄭)나라에 요구하다

위왕(魏王)이 정왕(鄭王)에게 말했다.

「애당초 정(鄭)나라와 위(魏)나라는 한 나라였으나 후에 분리되었는데, 지금은 다시 정나라를 얻어 위나라에 합병하길 바라고 있습니다.」

정나라의 군주는 이를 걱정하여 여러 신하들을 불러 그들과 함께 위나라에 대응할 방법을 모색했다. (이때) 정나라 공자(公子)가 군주에게 말했다.

....

【合之梁(합지량)】: 정(鄭)나라를 양나라에 합병하다. 〖之〗: [대명사] 그것, 즉「정나라」.

3 鄭君患之, 召羣臣而與之謀所以對魏。→ 정나라의 군주는 이를 걱정하여, 여러 신하들을 불러 그들과 함께 위나라에 대응할 방법을 모색했다.
【患(환)】: 걱정하다, 근심하다.
【召(소)】: 소집하다, 부르다.
【謀(모)】: 모색하다, 상의하다.
【所以對魏(소이대위)】: 위나라에 대응할 방법. 〖所以…〗: …할 방법.

4 鄭公子謂鄭君曰:「此甚易應也。君對魏曰:『以鄭爲故魏而可合也, 則弊邑亦願得梁而合之鄭。』」魏王乃止。→ (이때) 정나라 공자(公子)가 군주에게 말했다:「이것은 대응하기가 매우 쉽습니다. 임금님께서 위왕에게:『정나라를 본래 위나라로 여겨 합병할 수 있다면, 우리 정나라 역시 위나라를 얻어 정나라에 합병하기를 원합니다.』라고 말씀하십시오.」 이에 위왕이 말을 멈추었다.
【甚易(심이)】: 매우 쉽다, 매우 용이하다.
【應(응)】: 대응하다.
【以鄭爲故魏(이정위고위)】: 정나라를 본래의 위나라로 여기다. 즉「정나라와 위나라를 본래 한 나라로 여기다」의 뜻. 〖以…爲…〗: …을 …으로 여기다. 〖故〗: 본래, 원래.
【弊邑(폐읍)】: 저의 나라. ※ 상대방에게 자기 나라를 낮추어 부른 말.
【乃(내)】: 이에, 그리하여.

「이것은 대응하기가 매우 쉽습니다. 임금님께서 위왕에게 『정나라를 본래 위나라로 여겨 합병할 수 있다면, 우리 정나라 역시 위나라를 얻어 정나라에 합병하기를 원합니다.』라고 말씀하십시오.」

이에 위왕이 말을 멈추었다.

해설

위왕(魏王)이 위(魏)나라와 정(鄭)나라가 본래 한 나라였다는 이유를 들어 정나라를 위나라에 합병하자고 요구하여 정왕(鄭王)이 고민하고 있을 때, 정나라 공자가(公子) 왕에게 상대방의 논리를 역이용하는 방법으로 「두 나라가 본래 한 나라였다면 정나라 역시 위나라를 얻어 정나라에 합병하길 원한다.」라고 제안하도록 하여 위왕의 입을 봉해버렸다.

이 우언은 국가 간의 외교 전략에서 상대방의 착오를 포착하여 상대방의 방법을 역이용할 경우 왕왕 예기치 않은 효과를 거둘 수 있다는 이치를 설명한 것이다.

196 남우충수(濫竽充數)

《韓非子 · 內儲說上》

원문 및 주석

濫竽充數[1]

齊宣王使人吹竽, 必三百人。南郭處士請爲王吹竽, 宣王說之。廩食以數百人。[2] 宣王死, 湣王立, 好一一聽之, 處士逃。[3]

1 濫竽充數 → 피리를 불 줄 모르면서 머리 숫자만 채우다
【濫竽(남우)】: 피리를 불 줄도 모르면서 자리에 함께 섞여 거짓으로 부는 척하다. 즉, 무능한 사람이 재능이 있는 척하다. 〖竽〗: [악기] 생황 비슷한 피리의 일종.
【充數(충수)】: 수를 채우다.

2 齊宣王使人吹竽, 必三百人。南郭處士請爲王吹竽, 宣王說之。廩食以數百人。→ 제(齊)나라 선왕(宣王)은 사람들에게 피리를 불게 하면서, 반드시 삼백 명이 합주(合奏)하도록 했다. 남곽처사(南郭處士)가 왕을 위해 피리를 불겠다고 청하자, 선왕이 매우 기뻐했다. 관청에서 지급하는 양식도 다른 수백 사람과 똑같이 주었다.
【齊宣王(제선왕)】: 제나라의 군주. 19년간(B.C. 319-B.C. 301) 재위했다. 〖齊〗: 지금의 산동성 북부와 하북성 남부에 걸쳐 있던 주대(周代)의 제후국.
【使(사)】: …로 하여금 …하도록 하다.
【吹竽(취우)】: 피리를 불다.
【南郭處士(남곽처사)】: 성씨가 남곽(南郭)인 처사. 〖處士〗: 벼슬하지 않고 은거하는 사람.
【說(열)】: 悅(열), 기뻐하다, 좋아하다.
【廩食(늠식)】: 관청에서 지급하는 양식.
【以(이)】: 如同(여동), …와 똑같이 주다.

3 宣王死, 湣王立, 好一一聽之, 處士逃。→ 선왕이 죽고, 민왕(湣王)이 즉위하여, (합주를 폐지하고) 한 사람씩 독주하는 것을 듣기 좋아하자, 남곽처사가 그만 줄행랑을 쳐버렸다.
【湣王(민왕)】: 제(齊)나라의 군주로 16년간(B.C. 300-B.C. 285) 재위했다.

번역문

피리를 불 줄 모르면서 머리 숫자만 채우다

제(齊)나라 선왕(宣王)은 사람들에게 피리를 불게 하면서 반드시 삼백 명이 합주(合奏)하도록 했다. 남곽처사(南郭處士)가 왕을 위해 피리를 불겠다고 청하자 선왕이 매우 기뻐했다. 관청에서 지급하는 양식도 다른 수백 사람과 똑같이 주었다.

선왕이 죽고 민왕(湣王)이 즉위하여 (합주를 폐지하고) 한 사람씩 독주하는 것을 듣기 좋아하자 남국처사가 그만 줄행랑을 쳐버렸다.

해설

제(齊)나라 선왕(宣王)은 사람들로 하여금 피리를 불게 하면서 반드시 삼백 명이 합주(合奏)하도록 했다. 남곽처사(南郭處士)가 이를 악용하여 선왕을 위해 피리 불겠다고 청하자, 선왕이 허락하고 사람들의 대열에 끼어 불도록 했다. 그 후 선왕이 죽고 민왕(湣王)이 즉위하여 합주를 폐지하고 한 사람씩 연주하도록 하자 남곽처사는 마각이 들어날 것을 두려워하여 그만 줄행랑을 치고 말았다.

이 우언은 재능도 없는 사람이 여러 사람 속에 끼어 수를 채우고 함께 이득을 보는 몰염치한 행위를 풍자한 것이다.

【立(립)】: 즉위하다.
【好一一聽之(호일일청지)】: 한 사람 한 사람씩 독주하는 것을 듣기 좋아하다. [동사] 좋아하다.
【逃(도)】: 달아나다, 줄행랑치다.

197 이계견귀(李季見鬼)

《韓非子·內儲說下》

원문 및 주석

李季見鬼[1]

燕人李季好遠出, 其妻有私通於士。季突至, 士在內中, 妻患之。[2] 其室婦曰:「令公子裸而解髮, 直出門, 吾屬佯不見也。」於是公子從其計, 疾走出門。[3] 季曰:「是何人也?」家室皆曰:「無有。」[4] 季曰

1 李季見鬼 → 이계(李季)가 귀신을 보다
【李季(이계)】: [인명].

2 燕人李季好遠出, 其妻有私通於士。季突至, 士在內中, 妻患之。→ 연(燕)나라 사람 이계(李季)가 집을 떠나 멀리 출행하기를 좋아하자, 그 아내가 다른 남자와 몰래 정을 통했다. (어느 날) 이계가 갑자기 돌아왔는데, 남자가 내실에 있어, 아내가 이를 매우 걱정했다.
【燕(연)】: [국명] 지금의 하북성 대흥현(大興縣) 일대에 있던 주대(周代)의 제후국.
【好(호)】: [동사] 좋아하다.
【遠出(원출)】: 집을 떠나 멀리 출행하다.
【私通(사통)】: 사통하다, 몰래 정을 통하다.
【士(사)】: 외간 남자.
【突至(돌지)】: 갑자기 돌아오다.
【內中(내중)】: 내실, 안방.
【患(환)】: 걱정하다.

3 其室婦曰:「令公子裸而解髮, 直出門, 吾屬佯不見也。」於是公子從其計, 疾走出門。→ 가정부가 말했다:「공자(公子)로 하여금 벌거벗은 몸으로 머리를 풀어헤치고, 곧장 대문을 뛰쳐나가도록 하고, 우리는 못 본척해요.」그리하여 공자가 그 계책대로 질주하여 대문을 뛰쳐나갔다.

:「吾見鬼乎?」婦人曰:「然。」[5]「爲之奈何?」曰:「取五牲之矢浴之。」季曰:「諾。」乃浴以矢。[6]

번역문

이계(李季)가 귀신을 보다

연(燕)나라 사람 이계(李季)가 집을 떠나 멀리 출행하기를 좋아하자, 그 아내가 다른 남자와 몰래 정을 통했다. (어느 날) 이계가 갑자기 돌아왔는데, 남자가 내실에 있어 아내가 이를 매우 걱정했다.

【室婦(실부)】: 가정부.
【令(령)】: …로 하여금 …하게 하다.
【公子(공자)】: [젊은 남자에 대한 존칭] 여기서는 「사통한 남자」를 가리킨다.
【裸而解髮(나이해발)】: 벌거벗고 머리를 풀어헤치다.
【直(직)】: 곧장, 곧바로.
【吾屬(오속)】: 우리, 우리들.
【佯(양)】: (거짓으로) …한 척하다, …한 체하다.

4 季曰:「是何人也?」家室皆曰:「無有。」→ 이계가 말했다:「이게 누구야?」아내와 가정부가 모두 말했다:「아무것도 없는데요.」
【家室(가실)】: 아내와 가정부. ※「家」는「아내」를 가리키고,「室」은「가정부」를 가리킨다.

5 季曰:「吾見鬼乎?」婦人曰:「然。」→ 이계가 말했다:「내가 귀신을 봤나?」부인이 말했다:「맞아요.」
【然(연)】: 맞다, 그렇다.

6「爲之奈何?」曰:「取五牲之矢浴之。」季曰:「諾。」乃浴以矢。→ (이계가 말했다):「이를 어쩌지?」(부인이 말했다):「다섯 가지 짐승의 대변을 취해다가 그것으로 몸을 씻으세요.」이계가 말했다:「알았소.」그리하여 대변을 가지고 몸을 씻었다.
【爲之奈何(위지내하)?】: 이를 어떻게 하지? 이를 어쩌지?
【五牲(오생)】: 소 · 양 · 돼지 · 닭 · 개 등 다섯 가지 가축.
【矢(시)】: 屎(시), 똥, 대변.
【浴(욕)】: 목욕하다, 몸을 씻다.
【諾(락)】: [승낙하는 말] 예, 응, 좋아, 그래, 알았어.
【乃(내)】: 이에, 그리하여.

가정부가 말했다.

「공자(公子)로 하여금 벌거벗은 몸으로 머리를 풀어헤치고 곧장 대문을 뛰쳐나가도록 하고, 우리는 못 본척해요.」

그리하여 공자가 그 계책대로 질주하여 대문을 뛰쳐나갔다.

이계가 말했다.

「이게 누구야?」

아내와 가정부가 모두 말했다.

「아무것도 없는데요.」

이계가 말했다.

「내가 귀신을 봤나?」

부인이 말했다.

「맞아요.」

(이계가 말했다)

「이를 어쩌지?」

(부인이 말했다)

「다섯 가지 짐승의 대변을 취해다가 그것으로 몸을 씻으세요.」

이계가 말했다.

「알았소.」

그리하여 대변을 가지고 몸을 씻었다.

해설

남편이 멀리 출행한 사이 외간 남자를 집에 들여 사통한 이계(李季)의 아내가 갑자기 남편이 돌아오자 가정부와 공모하여 남편을 마치 귀신에게 홀린 정신착란증 환자로 착각하게 만들고, 치유 방법으로 다섯 가지 짐승의 대변을 구해 몸을 씻는 어처구니없는 처방을 했다.

이 우언은 귀신의 존재를 믿고 자기가 친히 목격한 것을 믿지 않으면, 사악한 사람에게 빌미를 주어 심각한 피해를 당할 수 있음을 경계한 것이다.

198 부처도고(夫妻禱告)

《韓非子·內儲說下》

원문 및 주석

夫妻禱告[1]

衛人有夫妻禱者, 而祝曰:「使我無故, 得百束布!」[2] 其夫曰:「何少也?」對曰:「益是, 子將以買妾。」[3]

1 夫妻禱告 → 남편과 아내가 기도하다
【禱告(도고)】: 기도하다.

2 衛人有夫妻禱者, 而祝曰:「使我無故, 得百束布!」→ 위(魏)나라 사람으로 기도하는 부부가 있었는데, (아내가) 빌면서 말했다:「저에게 아무 일도 하지 않고, 백 묶음의 필목을 얻게 해주소서.」
【衛(위)】: [국명] 지금의 하북성 남부와 하남성 북부 일대에 있던 주대(周代)의 제후국.
【使(사)】: …로 하여금 …하게 하다.
【無故(무고)】: 이유 없이, 까닭 없이. 여기서는「아무 일도 하지 않고」의 뜻.
【百束布(백속포)】: 두 가지로 풀이하고 있다. ① 백 묶음의 필목. 〖束〗: 묶음. 필목은 다섯 필을 1束이라 한다. ② 백 꾸러미의 돈. 〖束〗: 꾸러미. 〖布〗: 옛날의 화폐.

3 其夫曰:「何少也?」對曰:「益是, 子將以買妾。」→ 그 남편이 물었다:「어째서 그렇게 적소?」(아내가) 대답했다:「이보다 많으면, 당신은 장차 그것으로 첩을 사들일 거요.」
【何(하)】: 어찌, 어째서.
【益是(익시)】: 이를 초과하다, 이보다 많다.
【子(자)】: 그대, 당신.
【將(장)】: 장차 …할 것이다.
【以(이)】: 以之(이지), 그것을 가지고.

번역문

남편과 아내가 기도하다

위(魏)나라 사람으로 기도하는 부부가 있었는데, (아내가) 빌면서 말했다.

「저에게 아무 일도 하지 않고 백 묶음의 필목을 얻게 해주소서.」

그 남편이 물었다.

「어째서 그렇게 적소?」

(아내가) 대답했다.

「이보다 많으면 당신은 장차 그것으로 첩을 사들일 거요.」

해설

위(衛)나라 사람의 아내가 아무 일도 하지 않고 백 묶음의 필목을 얻게 해달라고 기도한 것에 대해 남편이 어째서 그렇게 적으냐고 물어, 아내가 그 보다 더 많으면 그것으로 첩을 들일 것이기 때문이라고 말한 것은, 당시 사회에서 변심하는 사례가 자주 발생했다는 것을 의미한다.

이 우언은 한비(韓非)가 부부의 관계나 군신(君臣)의 관계를 대립적인 것으로 보아 부부의 모순을 가지고 군신의 모순을 비유한 것이다.

199 정수의미인(鄭袖劓美人)

《韓非子 · 內儲說下》

원문 및 주석

鄭袖劓美人[1]

魏王遺荊王美人, 荊王甚悅之。[2] 夫人鄭袖知王悅愛之也, 亦悅愛之甚於王, 衣服玩好, 擇其所欲爲之。[3] 王曰 : 「夫人知我愛新人也,

1 鄭袖劓美人 → 정수(鄭袖)가 미인의 코를 베다
【鄭袖(정수)】: [인명] 초(楚)나라 회왕(懷王)의 총희.
【劓(의)】: 코를 베다.

2 魏王遺荊王美人, 荊王甚悅之。→ 위왕(魏王)이 초왕(楚王)에게 미인을 선물로 보내 주었다.
【魏王(위왕)】: 위(魏)나라의 군주. 〖魏〗: 지금의 하남성 북부와 섬서성 동부 · 산서성 서남부 · 하북성 남부에 걸쳐 있던 주대(周代)의 제후국으로, 본래 진(晉)나라에 속했으나 B.C. 375년 조씨(趙氏) · 한씨(韓氏) · 위씨(魏氏)가 진(晉)의 영토를 삼분하여 각기 조(趙) · 한(韓) · 위(魏) 세 나라로 독립했다. 위나라는 개국 초기 안읍(安邑)에 도읍을 정했다가 혜왕(惠王) 때 대량(大梁)으로 천도하고 국호를 양(梁)이라 했다.
【遺(유)】: 주다, 증여하다, 선물하다.
【荊王(형왕)】: 초(楚)나라의 군주. 여기서는 「초회왕(楚懷王)」을 가리킨다. 〖荊〗: 초나라의 다른 이름. 초나라는 지금의 호남성 · 호북성과 강서성 · 절강성 및 하남성 남부에 걸쳐 있던 주대(周代)의 제후국.
【甚悅(심열)】: 매우 좋아하다. 〖悅〗: 좋아하다, 기뻐하다.
【之(지)】: [대명사] 그, 즉 「미인」.

3 夫人鄭袖知王悅愛之也, 亦悅愛之甚於王, 衣服玩好, 擇其所欲爲之。→ (초왕의) 부인 정수(鄭袖)는 왕이 미인을 좋아하고 사랑하자, 자기도 왕이 그녀를 좋아하고 사랑하는 것보다 더욱 좋아하고 사랑하는 척하며, 옷과 노리개 등, 그녀가 갖고 싶어 하는 것들을 골라 만들어 주었다.

其悅愛之甚於寡人, 此孝子之所以養親, 忠臣之所以事君也。」[4] 夫人知王之不以己爲妬也, 因謂新人曰 :「王甚悅愛子, 然惡子之鼻, 子見王常掩鼻, 則王長幸子矣。」[5] 於是新人從之, 每見王, 常掩鼻。[6] 王謂夫人曰 :「新人見寡人, 常掩鼻, 何也?」 對曰 :「不己知也。」[7]

....

【悅愛(열애)】: 좋아하고 사랑하다.
【玩好(완호)】: 노리개, 완구.
【擇(택)】: 고르다, 선택하다.
【其所欲爲之(기소욕위지)】: 그녀가 갖고 싶어 하는 것을 만들어주다.

4 王曰 :「夫人知我愛新人也, 其悅愛之甚於寡人, 此孝子之所以養親, 忠臣之所以事君也。」→ 초왕이 말했다 :「부인은 내가 새사람을 사랑하는 것을 알고, 그녀를 좋아하고 사랑하는 것이 과인보다 더하니, 이는 효자가 부모를 봉양하는 방법이고, 충신이 임금을 섬기는 방법이요.」
【新人(신인)】: 새사람, 즉 새로 들어온 미녀.
【所以(소이)】: 방법.
【養親(양친)】: 부모를 봉양하다.
【事君(사군)】: 임금을 섬기다. 〖事〗: 섬기다.

5 夫人知王之不以己爲妬也, 因謂新人曰 :「王甚悅愛子, 然惡子之鼻, 子見王常掩鼻, 則王長幸子矣。」→ 부인은 왕이 자기를 투기하지 않는다고 여기는 것을 알고, 바로 새사람에게 일러 말했다 :「왕께서 자네를 매우 좋아하고 사랑하지만 자네의 코를 싫어하니, 자네가 왕을 뵐 적에 항상 코를 가리면 오래오래 그대를 사랑하실 거야.」
【不以己爲妬(불이기위투)】: 자기를 투기한다고 여기지 않다. 〖以〗: 以爲(이위), …라고 여기다. 〖爲妬〗: 투기하다, 시기하다, 질투하다.
【因(인)】: 곧, 바로.
【子(자)】: 그대, 당신.
【惡(오)】: 싫어하다, 미워하다.
【掩鼻(엄비)】: 코를 가리다. 〖掩〗: 가리다.
【長幸(장행)】: 오래도록 총애하다. 〖幸〗: 총애하다.

6 於是新人從之, 每見王, 常掩鼻。→ 그리하여 새사람은 부인의 말대로, 매번 왕을 뵐 때마다, 항상 코를 가렸다.
【於是(어시)】: 이에, 그리하여.

7 王謂夫人曰 :「新人見寡人, 常掩鼻, 何也?」 對曰 :「不己知也。」→ 왕이 부인에게 물었다 :「새사람은 과인을 볼 때, 항상 코를 가리는데, 어째서 그러는가?」 (부인이) 대답했다 :「저는 모릅니다.」
【不己知(불기지)】: 모르다. ※ 노문초(盧文弨)의 《군서습보(羣書拾補)》에는 「己」자를 잘못 들어간 글자로 보았다.

王强問之, 對曰 : 「頃嘗言惡聞王臭。」 王怒曰 : 「劓之!」[8] 夫人先誡御者曰 : 「王適有言, 必可從命。」 御者因揄刀而劓美人。[9]

번역문

정수(鄭袖)가 미인의 코를 베다

위왕(魏王)이 초왕(楚王)에게 미인을 선물로 보내 주었다. (초왕의) 부인 정수(鄭袖)는 왕이 미인을 좋아하고 사랑하자, 자기도 왕이 그녀를 좋아하고 사랑하는 것보다 더욱 좋아하고 사랑하는 척하며, 옷과 노리개 등 그녀가 갖고 싶어 하는 것들을 골라 만들어 주었다.

초왕이 말했다.

「부인은 내가 새사람을 사랑하는 것을 알고, 그녀를 좋아하고 사랑하는

---

8 王强問之, 對曰 : 「頃嘗言惡聞王臭。」 王怒曰 : 「劓之!」 → 왕이 강압적으로 묻자, (부인이) 대답했다 : 「방금 그녀가 왕의 악취를 맡기 싫다고 말한 적이 있습니다.」 왕이 화를 내며 말했다 : 「코를 잘라 버려라!」
【强問(강문)】 : 강압적으로 묻다.
【頃(경)】 : 방금.
【嘗言(상언)】 : 말한 적이 있다. 〖嘗〗 : 일찍이 …한 적이 있다.
【惡聞(오문)】 : 맡기 싫어하다. 〖惡〗 : 싫어하다. 〖聞〗 : 냄새를 맡다.
【臭(취)】 : 악취.

9 夫人先誡御者曰 : 「王適有言, 必可從命。」 御者因揄刀而劓美人。 → 부인이 먼저 측근 시종에게 분부하여 말했다 : 「왕께서 만일 무슨 말씀을 하시면, 반드시 속히 명을 따라야 하네.」 측근 시종이 바로 칼을 뽑아 미인의 코를 잘라버렸다.
【誡(계)】 : 경고하다. 즉 「분부하다」의 뜻.
【御者(어자)】 : 측근 시종.
【適(적)】 : 만일, 만약.
【可(가)】 : 亟(극), 급히, 속히. ※ 왕선신(王先愼)은 《한비자집해(韓非子集解)》에서는 「可」를 마땅히 「亟」이라 해야 한다고 했다.
【因(인)】 : 곧, 바로.
【揄刀(유도)】 : 칼을 뽑다. 〖揄〗 : 끌어당기다, 뽑다.

것이 과인보다 더하니, 이는 효자가 부모를 봉양하는 방법이고 충신이 임금을 섬기는 방법이요.」

부인은 왕이 자기를 투기하지 않는다고 여기는 것을 알고, 바로 새사람에게 일러 말했다.

「왕께서 자네를 매우 좋아하고 사랑하지만 자네의 코를 싫어하니, 자네가 왕을 뵐 적에 항상 코를 가리면 오래오래 그대를 사랑하실 거야.」

그리하여 새사람은 부인의 말대로 매번 왕을 뵐 때마다 항상 코를 가렸다.

왕이 부인에게 물었다.

「새사람은 과인을 볼 때 항상 코를 가리는데, 어째서 그러는가?」

(부인이) 대답했다.

「저는 모릅니다.」

왕이 강압적으로 묻자 (부인이) 대답했다.

「방금 그녀가 왕의 악취를 맡기 싫다고 말한 적이 있습니다.」

왕이 화를 내며 말했다.

「코를 잘라 버려라!」

부인이 먼저 측근 시종에게 분부하여 말했다.

「왕께서 만일 무슨 말씀을 하시면 반드시 속히 명을 따라야 하네.」

측근 시종이 바로 칼을 뽑아 미인의 코를 잘라버렸다.

해설

위왕(魏王)이 초왕(楚王)에게 미녀를 선물로 보내 초왕이 정수(鄭袖)보다 미녀를 더욱 좋아하고 사랑하자, 이를 시기한 정수가 미녀를 제거하기 위해 음모를 꾸며 왕으로 하여금 미녀의 코를 자르게 했다. 미녀는 정수가 자기를 시기하여 음모를 꾸민다는 것을 모르고 순진하게 정수의 말을 믿었다가 재앙을 당한 것이다.

이 우언은 한비(韓非)가 미녀와 정수의 관계를 통해 신하들의 권력투쟁이 바로 변란의 근원이라는 점을 인식하여, 일을 처리할 때 절대로 어느 일방의 의견만 듣지 말고 다방면으로 여러 의견을 청취한 후, 신중히 결정해야 실패하지 않는다는 것을 지적한 것이다.

200 재신상적(宰臣上炙)

《韓非子·內儲說下》

원문 및 주석

宰臣上炙[1]

晉文公之時, 宰臣上炙, 而有髮繞之。[2] 文公召宰人而譙之曰:「女欲寡人之哽邪? 奚爲以髮繞炙?」[3] 宰人頓首再拜, 請曰:「臣有

....

1 宰臣上炙 → 선부(膳夫)가 구운 고기를 올리다
【宰臣(재신)】: 선부(膳夫). 주대(周代)에 제왕의 식사를 담당하던 관직.
【上(상)】: 올리다, 진상하다.
【炙(적)】: [명사] 구운 고기.

2 晉文公之時, 宰臣上炙, 而有髮繞之。→ 진(晉)나라 문공(文公) 때, 선부(膳夫)가 구운 고기를 올렸는데, 머리카락이 고기에 감겨 있었다.
【晉文公(진문공)】: 진나라의 군주로 9년간(B.C. 636-B.C. 628) 재위했다. 제환공(齊桓公)·진목공(秦穆公)·초장왕(楚莊王)·송양공(宋襄公)과 더불어 춘추오패(春秋五覇)의 하나. 〖晉〗: 지금의 산서성 일대에 있던 주대(周代)의 제후국. B.C. 375년에 조씨(趙氏)·한씨(韓氏)·위씨(魏氏)가 진(晉)의 영토를 삼분하여 각기 조(趙)·한(韓)·위(魏) 세 나라로 독립했다.
【繞(요)】: 감다, 두르다.

3 文公召宰人而譙之曰:「女欲寡人之哽邪? 奚爲以髮繞炙?」→ 문공이 선부를 불러 그를 꾸짖으며 물었다:「네가 과인의 목을 막히게 하려고 한 짓이냐? 어째서 머리카락으로 구운 고기를 감았느냐?」
【召(소)】: 부르다, 불러들이다.
【宰人(재인)】: 선부(膳夫).
【譙(초)】: 꾸짖다, 문책하다.
【女(여)】: 汝(여), 너, 당신.
【欲(욕)】: …하고자 하다, …하려고 하다.

死罪三：援礪砥刀，利猶干將也，切肉肉斷，而髮不斷，臣之罪一也；[4] 援木而貫臠，而不見髮，臣之罪二也；[5] 奉炙爐炭，火盡赤紅，而炙熟而髮不焦，臣之罪三也。堂下得微有疾臣者乎?」[6] 公曰：「善。」

【寡人(과인)】: 과덕지인(寡德之人)이란 의미로 임금이 자신을 낮추어 부르는 말.

【哽(경)】: 목메다, 목이 막히다.

【奚爲(해위)】: 어째서, 왜.

4 宰人頓首再拜，請曰：「臣有死罪三：援礪砥刀，利猶干將也，切肉肉斷，而髮不斷，臣之罪一也；→ 선부가 머리를 조아려 두 번 절하고, 말했다 :「제가 세 가지 죽을죄를 지었습니다 : 숫돌을 가져와 칼을 갈아서, 예리하기가 마치 간장(干將) 보검과 같아, 고기를 쓸면 고기는 잘리는데, 머리카락이 잘리지 않았습니다. 이것이 제가 지은 첫 번째의 죄입니다.

【頓首(돈수)】: 머리를 조아리다.

【請(청)】: 고하다, 보고하다.

【援礪砥刀(원려지도)】: 숫돌을 가져와 칼을 갈다. 〖援〗: 가지다, 잡다. 〖礪〗: 숫돌. 〖砥〗: [동사용법] 갈다.

【利猶干將(이유간장)】: 예리하기가 마치 간장(干將)보검과 같다. 〖利〗: 예리하다. 〖猶〗: 마치 …같다. 〖干將〗: 보검(寶劍) 이름. ※ 춘추시대 오(吳)나라의 간장(干將)이라는 장인과 그의 아내 막야(莫邪)가 오왕(吳王) 합려(闔閭)를 위해 음양(陰陽) 두 자루의 검을 만들어 양검(陽劍)을 「간장」이라 하고, 음검(陰劍)을 「막야」라 했다.

5 援木而貫臠，而不見髮，臣之罪二也；→ 나무막대로 고깃덩어리를 꿰어가지고 살펴보았으나, 머리카락을 보지 못했습니다. 이것이 제가 지은 두 번째의 죄입니다.

【貫(관)】: 꿰다.

【臠(련)】: 고깃덩어리.

6 奉炙爐炭，火盡赤紅，而炙熟而髮不焦，臣之罪三也。堂下得微有疾臣者乎?」→ 고깃덩어리를 받쳐 들고 화로의 탄불에 굽는데, 탄불은 모두 벌겋게 타서, 구운 고기는 익었으나 머리카락은 그을리지 않았습니다. 이것이 제가 지은 세 번째 죄입니다. 혹시 당하(堂下)에 있는 사람들 중에 저를 시기하는 자가 없는지요?」

【奉(봉)】: 捧(봉), 받쳐 들다.

【炙(적)】: [동사] 고기를 굽다.

【爐炭(노탄)】: 화로 탄불. 〖爐〗: 화로. ※ 판본에 따라서는 「爐」를 「熾(치)」라 했다.

【盡(진)】: 모두.

【赤紅(적홍)】: 벌겋게 타다.

【熟(숙)】: 익다.

【焦(초)】: 그을리다.

【堂下(당하)】: 전당(殿堂) 아래. 여기서는 「당하에 있는 사람」의 뜻.

【得微(득미)】: 得無(득무), 혹시 없는지. ※ 판본에 따라서는 「得微」를 「得無微」라 했다.

【疾(질)】: 嫉(질), 시기하다, 질투하다.

乃召其堂下而譙之, 果然, 乃誅之。[7]

번역문

선부(膳夫)가 구운 고기를 올리다

진(晉)나라 문공(文公) 때 선부(膳夫)가 구운 고기를 올렸는데, 머리카락이 고기에 감겨 있었다. 문공이 선부를 불러 그를 꾸짖으며 물었다.

「네가 과인의 목을 막히게 하려고 한 짓이냐? 어째서 머리카락으로 구운 고기를 감았느냐?」

선부가 머리를 조아려 두 번 절하고 말했다.

「제가 세 가지 죽을죄를 지었습니다. 숫돌을 가져와 칼을 갈아서 예리하기가 마치 간장(干將) 보검과 같아 고기를 썰면 고기는 잘리는데 머리카락이 잘리지 않았습니다. 이것이 제가 지은 첫 번째의 죄입니다. 나무막대로 고깃덩어리를 꿰어가지고 살펴보았으나 머리카락을 보지 못했습니다. 이것이 제가 지은 두 번째의 죄입니다. 고깃덩어리를 받쳐 들고 화로의 탄불에 굽는데 탄불은 모두 벌겋게 타서 구운 고기는 익었으나 머리카락은 그을리지 않았습니다. 이것이 제가 지은 세 번째 죄입니다. 혹시 당하(堂下)에 있는 사람들 중에 저를 시기하는 자가 없는지요?」

문공이 말했다.

「맞다.」

7 公曰 : 「善。」 乃召其堂下而譙之, 果然, 乃誅之。→ 문공이 말했다 : 「맞다.」 그리하여 당하 사람을 불러 문책하니, 과연 그러한 자가 있어, 바로 그를 사형에 처했다.
【善(선)】 : 좋다, 맞다.
【乃(내)】 : 앞의 『乃』는 「이에, 그리하여」의 뜻이고, 뒤의 『乃』는 「바로, 곧」의 뜻.
【果然(과연)】 : 과연. 즉 「과연 그러한 자가 있다」의 뜻.
【誅(주)】 : 죽이다, 사형에 처하다.

그리하여 당하 사람을 불러 문책하니 과연 그러한 자가 있어, 바로 그를 사형에 처했다.

해설

임금의 수라상에 올린 구운 고기에 머리카락이 감겨있다면 이는 이유 여하를 막론하고 선부(膳夫)의 잘못으로 간주된다. 이는 어떤 사람이 고의로 이미 구워놓은 고기에 머리카락을 감아 선부를 해치려고 획책한 것이다. 그렇지 않다면 예리한 칼에 머리카락이 잘리지 않을 리도 없을 뿐 아니라, 나무막대에 고기를 꿰어 자세히 살피는데 머리카락이 보이지 않을 리도 없으며, 더구나 벌건 탄불에 고기를 굽는데 머리카락이 타지 않을 리도 없다. 이에 총명한 선부는 자기의 죄과를 조목조목 조리 있게 설명한 후, 자기를 시기하는 사람이 있다는 의혹을 제기하여 결국 왕의 도움으로 범인을 잡아 문제를 해결했다.

이 우언은 어떤 문제를 관찰할 때 사이비(似而非) 현상에 미혹되지 말고, 당사자가 범죄를 저지를 만한 충분한 조건을 구비했는지 면밀히 분석하여 신중히 판단해야 한다는 사건 처리의 중요성을 강조한 것이다.

201 진백가녀(秦伯嫁女)

《韓非子·外儲說左上》

원문 및 주석

秦伯嫁女[1]

昔秦伯嫁其女於晉公子, 爲之飾裝, 從衣文之媵七十人, 至晉, 晉人愛其妾, 而賤公女。[2] 此可謂善嫁妾, 而未可謂善嫁女也。[3]

1 秦伯嫁女 → 진(秦)나라의 군주가 딸을 시집보내다

【秦伯(진백)】: 진나라의 군주. 여기서는 「진목공(秦穆公)」을 가리킨다. 〖秦〗: [국명] 지금의 섬서성과 감숙성 일대에 있던 주대(周代)의 제후국이었으나, B.C. 221년 진시황(秦始皇) 때 전국을 통일하여 진왕조를 건설했다.

【嫁女(가녀)】: 딸을 시집보내다. 〖嫁〗: 시집보내다. 〖女〗: 딸. 여기서는 진목공의 딸 「회영(懷嬴)」을 가리킨다.

2 昔秦伯嫁其女於晉公子, 爲之飾裝, 從衣文之媵七十人, 至晉, 晉人愛其妾, 而賤公女。→ 옛날 진(秦)나라의 군주가 자기 딸을 진(晉)나라 공자(公子)에게 시집보내면서, 딸에게 가지고 갈 패물을 챙겨주고, 화려한 문양의 옷을 입은 몸종 칠십 명을 딸려 보냈다. 진(晉)나라에 도착하자, 진공자(晉公子)는 그 시녀들을 좋아하고, 오히려 진(秦)나라 군주의 딸을 경시했다.

【晉公子(진공자)】: 진나라의 공자. 여기서는 「중이(重耳)[이후의 진문공(晉文公)]」를 가리킨다. 〖公子〗: 제후의 아들. ※ 제왕의 아들을 「왕자」라 하고, 제후의 아들을 「공자」라 한다.

【飾裝(식장)】: 시집갈 때 가지고 가는 패물.

【從(종)】: 따르다.

【衣文之媵(의문지잉)】: 문양이 있는 화려한 옷을 입은 몸종. 〖衣〗: [동사] 입다. 〖文〗: 紋(문), 문양, 무늬. 〖媵〗: 옛날 귀인이 시집갈 때 데리고 가던 몸종. 시녀, 계집종.

【晉人(진인)】: 진나라 사람. 여기서는 「진나라 공자」를 가리킨다. 〖晉〗: 지금의 산서성 동쪽에 있던 주대(周代)의 제후국.

【賤(천)】: 홀시하다, 경시하다.

번역문

진(秦)나라의 군주가 딸을 시집보내다

옛날 진(秦)나라의 군주가 자기 딸을 진(晉)나라 공자(公子)에게 시집보내면서, 딸에게 가지고 갈 패물을 챙겨주고 화려한 문양의 옷을 입은 몸종 칠십 명을 딸려 보냈다. 진(晉)나라에 도착하자 진공자(晉公子)는 그 시녀들을 좋아하고, 오히려 진(秦)나라 군주의 딸을 경시했다. 이는 시녀들을 시집보내는 데 능하다고 말할 수는 있어도 딸을 시집보내는 데 능하다고 말할 수는 없다.

해설

진(秦)나라 군주가 자기 딸을 진(晉)나라 공자(公子)에게 시집보내면서 값진 패물을 챙겨주고 계집종 칠십 명을 딸려 보냈으나 진(晉)나라 공자는 진(秦)나라 군주의 딸보다 계집종들을 더 좋아했다.

이 우언은 본말이 뒤바뀌어 바라는 바와 정반대의 결과가 야기된 것을 비유한 것이다.

....

【公女(공녀)】: 진(晉)나라 군주의 딸.

3 此可謂善嫁妾, 而未可謂善嫁女也。→ 이는 시녀들을 시집보내는 데 능하다고 말할 수는 있어도, 딸을 시집보내는 데 능하다고 말할 수 없다.
【可謂(가위)】: …라고 말할 수 있다.
【善嫁(선가)】: 시집을 잘 보내다.
【妾(첩)】: 시녀, 계집종.

202 매독환주(買櫝還珠)

《韓非子 · 外儲說左上》

원문 및 주석

買櫝還珠[1]

楚人有賣其珠於鄭者, 爲木蘭之櫝, 薰以桂椒, 綴以珠玉, 飾以玫瑰, 輯以翡翠。[2] 鄭人買其櫝, 而還其珠。此可謂善賣櫝矣, 未可謂善鬻珠也。[3]

1 買櫝還珠 → 상자를 사고 구슬을 돌려주다
【櫝(독)】: 함, 상자.
【還(환)】: 돌려주다.

2 楚人有賣其珠於鄭者, 爲木蘭之櫝, 薰以桂椒, 綴以珠玉, 飾以玫瑰, 輯以翡翠。→ 초(楚)나라 사람으로 자기의 구슬을 정(鄭)나라에 팔려는 자가 있었는데, 목란나무로 상자를 만들어, (상자에) 계수나무와 산초나무로 향기를 스며들게 하고, 주옥(珠玉)으로 상감을 하는가 하면, 매괴(玫瑰)로 장식을 하고, 비취로 테를 둘렀다.
【楚(초)】: [국명] 지금의 호남성 · 호북성과 강서성 · 절강성 및 하남성 남부에 걸쳐 있던 주대(周代)의 제후국.
【鄭(정)】: [국명] 지금의 하남성 신정현(新鄭縣) 일대에 있던 주대(周代)의 제후국.
【木蘭之櫝(목란지독)】: 목란나무 상자.
【薰以桂椒(훈이계초)】: 계수나무와 산초나무로 향기를 스며들게 하다. 〖薰〗: 향기를 스며들게 하다. 〖桂〗: 계수나무. 〖椒〗: 산초나무.
【綴以珠玉(철이주옥)】: 주옥으로 상감하다. 〖綴〗: 상감하다, 장식하다.
【飾以玫瑰(식이매괴)】: 매괴로 장식하다. 〖飾〗: 장식하다. 〖玫瑰〗: 중국 남방에서 나는 붉은 옥돌.
【輯以翡翠(집이비취)】: 비취로 테를 두르다. 〖輯〗: 緝(집), 테를 두르다.

3 鄭人買其櫝, 而還其珠。此可謂善賣櫝矣, 未可謂善鬻珠也。→ 정나라 사람은 그 상자만 사

번역문

상자를 사고 구슬을 돌려주다

초(楚)나라 사람으로 자기의 구슬을 정(鄭)나라에 팔려는 자가 있었는데, 목란나무로 상자를 만들어 (상자에) 계수나무와 산초나무로 향기를 스며들게 하고 주옥(珠玉)으로 상감을 하는가 하면, 매괴(玫瑰)로 장식을 하고 비취로 테를 둘렀다.

정나라 사람은 그 상자만 사고 구슬을 돌려주었다.

이 사람은 상자를 파는 데 능하다고 말할 수는 있어도 구슬을 파는 데 능하다고 말할 수는 없다.

해설

초(楚)나라 사람은 구슬을 팔기 위해 목란나무로 상자를 만든 다음 상자에 온갖 장식을 화려하게 꾸며 구슬을 더욱 귀중하게 보이려다가 오히려 구슬을 팔지 못했고, 정나라 사람은 화려한 상자에 눈이 팔려 구슬을 사지 않고 상자를 샀다. 결국 쌍방 모두 내용보다는 겉을 중시하여 본래의 의도와 정반대의 결과를 초래했다.

이 우언은 한비(韓非)가 각국의 제후들로 하여금 유세객(遊說客)의 화려한 언사에 현혹되어 피해를 입지 않도록 본질을 확실히 파악하여 본말이 전도되지 않도록 유의해야 한다는 이치를 설명한 것이다.

....

고, 구슬을 돌려주었다. 이 사람은 상자를 파는 데 능하다고 말할 수는 있어도, 구슬을 파는 데 능하다고 말할 수는 없다.

【此(차)】: [대명사] 이, 즉 「초나라 사람」.

【可謂(가위)】: …라고 말할 수 있다.

【善賣(선매)】: 잘 팔다, 팔기를 잘하다.

【鬻(육)】: 賣(매), 팔다.

203 사계지구(射稽之謳)

《韓非子 · 外儲說左上》

원문 및 주석

射稽之謳[1]

宋王與齊王仇也, 築武宮, 謳癸倡, 行者止觀, 築者不倦。王聞, 召而賜之。[2] 對曰 :「師射稽之謳, 又賢於癸。」王召射稽使之謳, 行

1 射稽之謳 → 사계(射稽)의 노래 솜씨
【射稽(사계)】: [인명] 당시의 이름난 노래꾼.
【謳(구)】: 노래하다, 노래를 부르다. 여기서는 명사 용법으로 「노래 솜씨, 노래 실력」의 뜻.

2 宋王與齊王仇也, 築武宮, 謳癸倡, 行者止觀, 築者不倦。王聞, 召而賜之。→ 송왕(宋王)이 제왕(齊王)과 원한이 있어, (병사들을 훈련할) 무술도장을 짓는데, (공사장에서) 계(癸)라는 노래꾼이 노래를 부르자, 행인들은 걸음을 멈추고 구경을 했고, 일하는 인부들은 피로를 느끼지 않았다. 송왕이 이 말을 듣고, 계를 불러 상을 내렸다.
【宋(송)】: [국명] 지금의 하남성 상구현(商邱縣) 일대에 있던 주대(周代)의 제후국.
【齊(제)】: [국명] 지금의 산동성 북부와 하북성 남부에 걸쳐 있던 주대(周代)의 제후국.
【仇(구)】: 원수, 원수지간.
【武宮(무궁)】: 무술 도장.
【築者(축자)】: 축조하는 사람, 인부.
【謳(구)】: 노래하다. 여기서는 「가수, 노래꾼」을 뜻한다.
【癸(계)】: [인명].
【倡(창)】: 唱(창), 노래를 부르다.
【行者(행자)】: 행인, 길 가는 사람.
【止觀(지관)】: 걸음을 멈추고 관람하다.
【不倦(불권)】: 피로를 느끼지 않다.
【召(소)】: 부르다, 불러들이다.

者不止, 築者知倦。[3] 王曰 : 「行者不止, 築者知倦, 其謳不勝如癸美, 何也?」[4] 對曰 : 「王試度其功, 癸四板, 射稽八板; 擿其堅, 癸五寸, 射稽二寸。」[5]

【賜(사)】 : 상을 내리다.

3 對曰 : 「師射稽之謳, 又賢於癸。」 王召射稽使之謳, 行者不止, 築者知倦。→ (이에) 계가 대답했다 : 「(저의) 스승인 사계(射稽)의 노래 솜씨는, 저보다 훨씬 뛰어납니다.」 왕이 사계를 불러 노래를 부르게 했다. 행인들은 걸음을 멈추지 않고, 인부들은 피로를 느꼈다.

【謳(구)】 : 앞의 「謳」는 명사 용법으로 「노래 솜씨, 노래 실력」의 뜻이고, 뒤의 「謳」는 동사로 「노래하다, 노래를 부르다」의 뜻.

【又(우)】 : 더욱, 훨씬.

【賢(현)】 : 뛰어나다.

【於(어)】 : [개사] …보다, …에 비해.

【使之謳(사지구)】 : 그로 하여금 노래를 부르게 하다. 〖使〗 : …로 하여금 …하게 하다. 〖之〗 : [대명사] 그, 즉 「사계(射稽)」.

【知倦(지권)】 : 피로를 느끼다.

4 王曰 : 「行者不止, 築者知倦, 其謳不勝如癸美, 何也?」 → 왕이 말했다 : 「행인들이 걸음을 멈추지 않고, 인부들이 피로를 느끼는데, 이는 사계의 노래 솜씨가 당신보다 못한 것이다. 무슨 까닭인가?」

【其(기)】 : [대명사] 그, 즉 「사계(射稽)」.

【不勝如(불승여)】 : …만큼 …하지 못하다.

【美(미)】 : 아름답다. 여기서는 「잘 부르다」의 뜻.

5 對曰 : 「王試度其功, 癸四板, 射稽八板; 擿其堅, 癸五寸, 射稽二寸。」 → (계가) 대답했다 : 「임금님께서 그의 능률을 헤아려 보십시오. 제가 노래를 부를 때는 널빤지 네 개의 높이까지 쌓았고, 사계가 노래를 부를 때는 여덟 개의 높이까지 쌓았습니다. 벽의 견고한 정도를 찔러보아도, 제가 노래 부를 때 쌓은 벽은 다섯 치가 들어가는데, 사계는 두 치가 들어갈 뿐입니다.」

【試度(시탁)】 : 헤아려 보다, 따져보다. 〖試〗 : 시험 삼아 해보다. 〖度〗 : 헤아리다, 따지다.

【功(공)】 : 효과, 능률.

【板(판)】 : 널빤지. ※ 옛날에는 널빤지를 양쪽에 대고 흙을 다져 넣어 벽을 쌓았으며, 널빤지의 수를 세어 벽의 면적을 계산했다. 통상 1판(板)의 길이는 7~8척(尺 : 자)이고, 폭은 2척이나, 시대와 지역에 따라 다 차이가 있다.

【擿(척)】 : 파헤치다, 들추어내다. 여기서는 「(손가락이나 막대기 또는 금속으로) 찔러보다」의 뜻.

번역문

사계(射稽)의 노래 솜씨

송왕(宋王)이 제왕(齊王)과 원한이 있어 (병사들을 훈련할) 무술도장을 짓는데, (공사장에서) 계(癸)라는 노래꾼이 노래를 부르자, 행인들은 걸음을 멈추고 구경을 했고, 일하는 인부들은 피로를 느끼지 않았다. 송왕이 이 말을 듣고 계를 불러 상을 내렸다. (이에) 계가 대답했다.

「(저의) 스승인 사계(射稽)의 노래 솜씨는 저보다 훨씬 뛰어납니다.」

왕이 사계를 불러 노래를 부르게 했다. 행인들은 걸음을 멈추지 않고 인부들은 피로를 느꼈다.

왕이 말했다.

「행인들이 걸음을 멈추지 않고 인부들이 피로를 느끼는데, 이는 사계의 노래 솜씨가 당신보다 못한 것이다. 무슨 까닭인가?」

(계가) 대답했다.

「임금님께서 그의 능률을 헤아려 보십시오. 제가 노래를 부를 때는 널빤지 네 개의 높이까지 쌓았고, 사계가 노래를 부를 때는 여덟 개의 높이까지 쌓았습니다. 벽의 견고한 정도를 찔러보아도, 제가 노래 부를 때 쌓은 벽은 다섯 치가 들어가는데, 사계는 두 치가 들어갈 뿐입니다.」

해설

송(宋)나라 군주는 무술 도장을 짓는 현장에서 계(癸)가 노래를 불러 행인들이 걸음을 멈추고 인부들이 피로를 느끼지 않았다는 말을 듣고 계에게 상을 내리자, 계는 자기의 스승 사계(射稽)를 추천하며 자기보다 훨씬 뛰어나다고 칭찬했다. 이에 왕이 사계를 불러 시험해보니 행인들은 걸음을 멈추지 않고 일하는 사람은 피로한 기색을 보였다. 그리하여 송왕이 계를 의심했다.

이에 대해 계는 자신과 스승 사계에 대한 평가를 표면적으로 드러난 현상을 기준으로 하지 않고 실질적인 일의 능률을 근거로 증명했다. 즉, 자기가 노래를 부를 때는 일꾼들이 겨우 널빤지 네 개의 높이까지 쌓았고, 사계가 노래를 부를 때는 무려 여덟 개의 높이까지 쌓았으며, 벽의 견고한 정도를 측정하기 위해 찔러보면, 자기가 노래 부를 때 쌓은 벽은 무려 다섯 치가 들어가는 반면, 사계가 노래 부를 때 쌓은 벽은 겨우 두 치가 들어갈 뿐이라 했다. 이는 사계가 아름다운 선율을 통해 사람들로 하여금 일에 대한 열정을 불러일으켜 일의 능률을 제고시킨 때문이라고 해석한 것이다.

이 우언은 모든 일의 우열을 평가할 때 실제 효과를 감안하지 않고 겉으로 나타난 현상에 미혹된다면 정확한 평가가 이루어질 수 없다는 것을 지적한 것이다.

204 극자각후(棘刺刻猴)

《韓非子 · 外儲說左上》

원문 및 주석

棘刺刻猴[1]

燕王好微巧, 衛人請以棘刺之端爲母猴, 燕王說之, 養之以五乘之奉。[2] 王曰 :「吾試觀客爲棘刺之母猴。」[3] 客曰 :「人主欲觀之, 必

1 棘刺刻猴 → 대추나무 가시에 원숭이를 새기다
【棘刺(극자)】: 대추나무 가시.
【刻(각)】: 새기다.

2 燕王好微巧, 衛人請以棘刺之端爲母猴, 燕王說之, 養之以五乘之奉。→ 연왕(燕王)이 작고 교묘한 물건을 좋아하자, 위(衛)나라 사람이 대추나무 가시의 끝에 원숭이를 새기겠다고 자청하여, 연왕이 기뻐하며, 5승(乘)의 봉록으로써 그를 예우했다.
【燕(연)】: [국명] 지금의 하북성 북부와 요녕성 남부에 걸쳐 있던 주대(周代)의 제후국.
【好(호)】: [동사] 좋아하다.
【微巧(미교)】: 작고 교묘한 물건.
【衛(위)】: [국명] 지금의 하북성 남부와 하남성 북부 일대에 있던 주대(周代)의 제후국.
【端(단)】: 끝, 끝부분.
【母猴(모후)】: 미후(獼猴), 원숭이.
【說(열)】: 悅(열), 좋아하다.
【養(양)】: 공양하다. 여기서는 「대우하다, 예우하다」의 뜻.
【五乘之奉(오승지봉)】: 5승의 봉록. 즉 5승의 토지에서 거두는 세금의 액수를 말한다. 〖乘〗: [토지 단위] 《주례(周禮) · 지관(地官) · 소사도(小司徒)》에 의하면, 주대(周代)의 정전제도(井田制度)에서 토지 4정(井)을 읍(邑)이라 하고, 4읍을 구(丘)라 하고, 4구를 승(乘)이라 했다. 〖奉〗: 俸(봉), 봉록.

3 王曰 :「吾試觀客爲棘刺之母猴。」→ 연왕이 말했다 :「나는 당신이 대추나무 가시에 원숭이

半歲不入宮，不飮酒食肉，雨霽日出，視之晏陰之間，而棘刺之母猴乃可見也。」[4] 燕王因養衛人，不能觀其母猴。[5] 鄭有臺下之冶者，謂燕王曰：「臣爲削者也，諸微物必以削削之，而所削必大於削。[6] 今棘刺之端不容削鋒，削鋒難以治棘刺之端。王試觀客之削，則能與不能可知也。」王曰：「善。」[7] 謂衛人曰：「客爲棘削之?」曰：「以

새기는 것을 직접 보고 싶소.」
【試觀(시관)】: 직접 보다, 참관하다.
【客(객)】: 손님. 여기서는 「위(衛)나라 사람」을 가리킨다.

4 客曰：「人主欲觀之，必半歲不入宮，不飮酒食肉，雨霽日出，視之晏陰之間，而棘刺之母猴乃可見也。」→ 위나라 사람이 말했다:「임금님께서 그것을 보시려면, 반드시 반년 동안 후궁(后宮)에 들어가지 말고, 술을 마시거나 고기를 먹지 않아야 하며, 비가 개고 해가 나면서, 음양이 바뀌는 순간 그것을 보아야, 비로소 대추나무 가시의 원숭이를 볼 수 있습니다.」
【人主(인주)】: 군주, 임금.
【半歲(반세)】: 반년. 〖歲〗: 年(년).
【宮(궁)】: 여기서는 「후궁(后宮)」, 즉 후비(后妃)가 거주하는 곳을 가리킨다.
【食(식)】: [동사] 먹다.
【雨霽(우제)】: 비가 개다.
【晏陰之間(안음지간)】: 음양이 바뀌는 사이. 〖晏〗: 陽(양).
【乃(내)】: 비로소.

5 燕王因養衛人，不能觀其母猴。→ 그리하여 연왕은 위나라 사람을 예우만 하면서, 그 원숭이를 볼 수가 없었다.
【因(인)】: 이로 인해, 그리하여.

6 鄭有臺下之冶者，謂燕王曰：「臣爲削者也，諸微物必以削削之，而所削必大於削。→ (이때) 정(鄭)나라 대하(臺下)의 대장장이가, 연왕(燕王)에게 말했다:「저는 조각칼을 만드는 사람입니다. 모든 미세한 물건은 반드시 조각칼로 새겨야 하고, 새겨지는 물건은 반드시 조각칼보다 커야 합니다.
【臺下(대하)】: 정(鄭)나라의 지명.
【冶者(야자)】: 대장장이.
【臣(신)】: 신, 저. ※ 신하나 백성의 군주에 대한 자칭.
【爲削者(위삭자)】: 조각칼을 만드는 사람. 〖爲〗: 제조하다, 만들다. 〖削〗: 조각칼
【諸微物(제미물)】: 모든 미세한 물건.
【以削削之(이삭삭지)】: 조각칼로 그것을 새기다. ※ 앞의 〖削〗: [명사] 조각칼. 뒤의 〖削〗: [동사] 새기다.

7 今棘刺之端不容削鋒，削鋒難以治棘刺之端。王試觀客之削，則能與不能可知也。」王曰：

削。」[8] 王曰：「吾欲觀見之。」客曰：「臣請之舍取之。」因逃。[9]

번역문

대추나무 가시에 원숭이를 새기다

연왕(燕王)이 작고 교묘한 물건을 좋아하자, 위(衛)나라 사람이 대추나무 가시의 끝에 원숭이를 새기겠다고 자청하여, 연왕이 기뻐하며 5승(乘)의 봉록으로써 그를 예우했다.

연왕이 말했다.

....

「善。」→ 지금 대추나무 가시의 끝은, 조각칼의 칼끝을 수용하지 못해, 조각칼의 칼끝이 대추나무 가시의 끝부분을 다스릴 수 없습니다. 임금님께서 위(衛)나라 사람의 조각칼을 보시면, 새길 수 있는지 없는지 알 수 있습니다.」 연왕이 말했다 : 「옳소.」

【不容(불용)】 : 수용하지 못하다, 받아들이지 못하다.

【削鋒(삭봉)】 : 조각칼 끝.

【難以(난이)】 : …하기 어렵다.

【治(치)】 : 다스리다. 여기서는 「새기다, 조각하다」의 뜻.

【能與不能(능여불능)】 : 할 수 있는지 없는지, 즉 「새길 수 있는지 없는지」의 뜻.

8 謂衛人曰 : 「客爲棘削之?」 曰 : 「以削。」 → 연왕이 위나라 사람에게 말했다 : 「당신은 대추나무 가시 끝에 원숭이를 새길 때 무슨 도구를 사용하는가?」 (위나라 사람이) 말했다 : 「조각칼을 사용합니다.」

【客爲棘削之(객위극삭지)】 : ※ 이 구절은 일부 말이 누락되어 불완전하다. 《소명문선(昭明文選)》 「위도부(魏都賦)」에는 이 고사를 인용하여 「客爲棘刺之母猴也, 何以理之?(당신은 대추나무 가시 끝에 원숭이를 새길 때 무엇을 사용하는가?)」라고 했다.

9 王曰 : 「吾欲觀見之。」 客曰 : 「臣請之舍取之。」 因逃。 → 연왕이 말했다 : 「내가 그것을 좀 보고 싶소.」 위나라 사람이 말했다 : 「제가 집에 가서 그것을 가져오겠습니다.」 (위나라 사람은) 이를 틈타 줄행랑을 쳐버렸다.

【欲(욕)】 : …하고자 하다, …하기를 바라다.

【請(청)】 : 허락을 청하다.

【之舍取之(지사취지)】 : 집에 가서 그것을 가져오다. 〖之〗 : 앞의 「之」는 「가다」의 뜻이고, 뒤의 「之」는 대명사로 「그것, 즉 조각칼」을 가리킨다. 〖舍〗 : 집, 숙소.

【因(인)】 : (시간 · 기회 등을) 틈타다.

【逃(도)】 : 도망치다, 줄행랑치다.

「나는 당신이 대추나무 가시에 원숭이 새기는 것을 직접 보고 싶소.」

위나라 사람이 말했다.

「임금님께서 그것을 보시려면 반드시 반년 동안 후궁(后宮)에 들어가지 말고, 술을 마시거나 고기를 먹지 않아야 하며, 비가 개고 해가 나면서 음양이 바뀌는 순간 그것을 보아야 비로소 대추나무 가시의 원숭이를 볼 수 있습니다.」

그리하여 연왕은 위나라 사람을 예우만 하면서 그 원숭이를 볼 수가 없었다. (이때) 정(鄭)나라 대하(臺下)의 대장장이가 연왕(燕王)에게 말했다.

「저는 조각칼을 만드는 사람입니다. 모든 미세한 물건은 반드시 조각칼로 새겨야 하고, 새겨지는 물건은 반드시 조각칼보다 커야 합니다. 지금 대추나무 가시의 끝은 조각칼의 칼끝을 수용하지 못해, 조각칼의 칼끝이 대추나무 가시의 끝부분을 다스릴 수 없습니다. 임금님께서 위(衛)나라 사람의 조각칼을 보시면 새길 수 있는지 없는지 알 수 있습니다.」

연왕이 말했다.

「옳소.」

연왕이 위나라 사람에게 말했다.

「당신은 대추나무 가시 끝에 원숭이를 새길 때 무슨 도구를 사용하는가?」

(위나라 사람이) 말했다.

「조각칼을 사용합니다.」

연왕이 말했다.

「내가 그것을 좀 보고 싶소.」

위나라 사람이 말했다.

「제가 집에 가서 그것을 가져오겠습니다.」

(위나라 사람은) 이를 틈타 줄행랑을 쳐버렸다.

해설

위(衛)나라 사람은 아주 미세한 물건을 좋아하는 연왕(燕王)의 취미를 알고 대추나무 가시 끝에 원숭이를 새겨주겠다고 하는 교묘한 술책으로 연왕으로부터 후한 봉록을 받다가, 직접 원숭이 새기는 것을 보고 싶다고 제안하는 연왕에게 도저히 받아들일 수 없는 해괴한 조건을 내세워 연왕으로 하여금 직접 참관하는 것을 단념하도록 유도했다.

그러다가 조각칼을 만드는 정(鄭)나라의 대장장이가 연왕을 찾아가 조각칼로 물건을 새기려면 물건이 반드시 조각칼보다 커야 한다는 것을 알려주고 연왕으로 하여금 직접 확인토록 하자, 위나라 사람은 집에 가서 가져오겠다는 핑계를 대고 줄행랑을 쳐버렸다.

위나라 사람은 연왕의 취미를 알고 속임수를 써서 후한 봉록을 챙겼고, 연왕은 탐욕으로 인해 기만을 당했다.

이 우언은 한비(韓非)가 위나라 사람의 거짓 행태를 화려하고 황당무계한 언사로 군주를 갈취하려는 유세객에 비유하여, 군주가 그러한 유세객의 유혹에 넘어가지 않으려면 「실천(實踐)」을 통해 진위우열(眞僞優劣)을 밝혀내는 것이 가장 확실한 검증 방법이라는 것을 지적한 것이다.

205 백마과관(白馬過關)

《韓非子·外儲說左上》

원문 및 주석

白馬過關[1]

兒說, 宋人, 善辯者也, 持「白馬非馬」也, 服齊稷下之辯者。[2] 乘白馬而過關, 則顧白馬之賦。[3] 故籍之虛辭, 則能勝一國; 考實按形,

1 白馬過關 → 백마(白馬)가 관문을 통과하다
【過關(과관)】: (국경의) 관문을 통과하다.

2 兒說, 宋人, 善辯者也, 持「白馬非馬」也, 服齊稷下之辯者。→ 예열(兒說)은, 송(宋)나라의 능변가로, 「백마는 말이 아니다」라는 논리를 주장하여, 제(齊)나라 직하(稷下)의 능변가를 굴복시켰다.
【兒說(예열)】: [인명] 송(宋)나라 원왕(元王) 때의 대부. 〖兒〗: 倪(예).
【宋(송)】: [국명] 지금의 하남성 상구현(商邱縣) 일대에 있던 주대(周代)의 제후국.
【善辯者(선변자)】: 능변가.
【持(지)】: 주장하다.
【白馬非馬(백마비마)】: 백마는 말이 아니다. ※ 이는 전국시대 명가(名家)의 저명한 논리로, 개별[백마(白馬)]과 일반[마(馬)] 두 개의 다른 개념을 설명한 것인데, 그들은 다만 양자의 구별만 보고, 양자의 연관성을 보지 못했다. 본래 명가의 대표적 인물인 공손룡(公孫龍)이 주장한 학설이나, 예열(兒說)도 이를 주장했다.
【服(복)】: [사동 용법] 굴복시키다.
【齊(제)】: [국명] 지금의 산동성 북부와 하북성 남부 일대에 있던 주대(周代)의 제후국.
【稷下(직하)】: [지명] 지금의 산동성 임치현(臨淄縣) 북쪽. 옛 제(齊)나라 고성(古城)의 서쪽으로 능변가들이 많았다고 한다.

3 乘白馬而過關, 則顧白馬之賦。→ 그러나 예열은 백마를 타고 (국경의) 관문을 통과하면서, 보통 말과 똑같은 세금을 물었다.

不能謾於一人。[4]

번역문

백마(白馬)가 관문을 통과하다

예열(兒說)은 송(宋)나라의 능변가로 「백마(白馬)는 말이 아니다」라는 논리를 주장하여 제(齊)나라 직하(稷下)의 능변가를 굴복시켰다. 그러나 예열은 백마를 타고 (국경의) 관문을 통과하면서 보통 말과 똑같은 세금을 물었다.

그래서 언어에 의지하면 한 나라를 이길 수 있지만, 실질을 살펴 형체에 의거하면 한 사람조차도 속일 수가 없다.

해설

예열(兒說)은 「백마비마(白馬非馬 : 백마는 말이 아니다)」의 논리로 직하(稷

【乘(승)】: 타다.
【顧白馬之賦(고백마지부)】: 보통 말의 세금을 납부하다. ※ 진기유(陳奇猷)는《한비자집석(韓非子集釋)》에서 「白」자를 잘못 들어간 글자로 보아, 이 구절을 「백마를 타고 관문을 통과하는데 세금을 감해주지 않고 세금을 보통 말과 똑같이 납부했다」라는 의미로 풀이했다. 〖顧〗: 雇(고), 물다, 내다, 납부하다.
【賦(부)】: 부세, 세금.

4 故籍之虛辭, 則能勝一國; 考實按形, 不能謾於一人。→ 그래서 언어에 의지하면, 한 나라를 이길 수 있지만; 실질을 살펴 형체에 의거하면, 한 사람조차도 속일 수가 없다.
【故(고)】: 그래서.
【籍(적)】: 藉(자), 의지하다, 기대다.
【之(지)】: [개사] 於(어), …에.
【虛辭(허사)】: 빈말. 여기서는 「말」을 가리킨다. ※「빈말」이라 한 것은 「말」 자체가 물건처럼 실체가 없다는 뜻이다.
【考實按形(고실안형)】: 실질을 살펴 형체에 의거하다.
【謾(만)】: 속이다.

下)의 능변가를 굴복시켰지만, 정작 백마를 타고 국경의 관문을 통과할 때는 자신의 고답한 논리를 활용하여 관문을 지키는 병졸을 설득하지 못하고 보통 말과 똑같이 통관세(通關稅)를 물었다.

이는 예열이 백마라는 개별성과 보통 말이라는 일반성을 구별했을 뿐, 양자가 상호 연관성이 있다는 것을 보지 못한 것이다. 따라서 스스로 고답하다고 여기는 논리를 가지고 현실 생활의 문제를 해결하자면 당연히 많은 오류가 발생할 수 있다.

이 우언은 고답한 논리와 현실 생활의 차이에서 나타나는 괴리 현상을 실사구시(實事求是)의 입장에서 고려하지 않은 결함을 지적한 것이다.

206 불사지도(不死之道)

《韓非子·外儲說左上》

원문 및 주석

不死之道[1]

客有敎燕王爲不死之道者, 王使人學之, 所使學者未及學, 而客死。王大怒, 誅之。[2] 王不知客之欺己, 而誅學者之晩也。夫信不然之物, 而誅無罪之臣, 不察之患也。[3] 且人所急, 無如其身, 不能自使

1 不死之道 → 죽지 않는 방법

2 客有敎燕王爲不死之道者, 王使人學之, 所使學者未及學, 而客死。王大怒, 誅之。→ 손님으로 연왕(燕王)에게 장생불사의 수련 방법을 가르쳐주겠다는 자가 있어, 왕이 사람을 파견하여 그것을 배워오도록 했는데, 배워오라고 파견한 사람이 미처 배우기도 전에 그 손님이 죽어 버렸다. 왕이 매우 화가 나서, 배워오라고 파견한 사람을 사형에 처했다.
【燕(연)】: [국명] 지금의 하북성 대흥현(大興縣) 일대에 있던 주대(周代)의 제후국.
【爲不死之道(위불사지도)】: 죽지 않는 방법을 수련하다. 〖爲〗: 수련하다. 〖道〗: 방법.
【使(사)】: 보내다, 파견하다.
【所使學者(소사학자)】: 배워오라고 파견한 사람.
【未及(미급)】: 미처 …하지 못하다, …하기도 전에.
【誅(주)】: 죽이다, 사형에 처하다.

3 王不知客之欺己, 而誅學者之晩也。夫信不然之物, 而誅無罪之臣, 不察之患也。→ 연왕은 손님이 자기를 속인 것을 모르고, 배워오도록 파견한 사람이 늦은 것을 처벌했다. 대저 불가능한 일을 믿고, 죄가 없는 신하를 죽인 것은, 자세히 살피지 않은 잘못이다.
【欺(기)】: 속이다.
【誅(주)】: 처벌하다, 문책하다.
【不然之物(불연지물)】: 진실하지 못한 일, 사람을 속이는 일, 불가능한 일.

其身無死, 安能使王長生哉?[4]

번역문

죽지 않는 방법

손님으로 연왕(燕王)에게 장생불사(長生不死)의 수련 방법을 가르쳐주겠다는 자가 있어, 왕이 사람을 파견하여 그것을 배워오도록 했는데, 배워오라고 파견한 사람이 미처 배우기도 전에 그 손님이 죽어 버렸다. 왕이 매우 화가 나서 배워오라고 파견한 사람을 사형에 처했다.

연왕은 손님이 자기를 속인 것을 모르고 배워오도록 파견한 사람이 늦은 것을 처벌했다. 대저 불가능한 일을 믿고 죄가 없는 신하를 죽인 것은 자세히 살피지 않은 잘못이다. 그리고 사람이 가장 중시하는 것은 자기 몸과 같은 것이 없는데, 손님은 스스로 자기 몸을 죽지 않게 하지 못하면서 어찌 왕을 장생불사하게 할 수 있겠는가?

해설

장생불사의 방법을 가르쳐준다고 호언장담한 사람이 자신의 생명을 보

【患(환)】: 착오, 잘못, 실책, 과오.

4 且人所急, 無如其身, 不能自使其身無死, 安能使王長生哉? → 그리고 사람이 가장 중시하는 것은, 자기 몸과 같은 것이 없는데, 손님은 스스로 자기 몸을 죽지 않게 하지 못하면서, 어찌 왕을 장생불사하게 할 수 있겠는가?
【且(차)】: 또한, 그리고.
【所急(소급)】: 가장 긴요한 것, 가장 중시하는 것.
【無如(무여)】: …만한 것이 없다.
【使(사)】: …로 하여금 …하도록 하다.
【安能(안능)】: 어찌 …할 수 있겠는가?

전하지 못하고 죽은 것은 그 자체가 바로 속임수라는 것을 반증하는 것이다. 그런데 우매한 연왕은 그러한 이치를 깨닫지 못하고 오히려 죄 없는 사람을 죽였다.

이 우언은 한비(韓非)가 황당무계한 속임수에 현혹되어 사리를 분간하지 못하고 무고한 사람에게 피해를 주는 통치자의 우매한 행위를 풍자한 것이다.

207 정인쟁년(鄭人爭年)

《韓非子 · 外儲說左上》

원문 및 주석

鄭人爭年[1]

鄭人有相與爭年者, 一人曰:「吾與堯同年。」其一人曰:「我與黃帝之兄同年。」[2] 訟此而不決, 以後息者爲勝耳。[3]

1 鄭人爭年 → 정(鄭)나라 사람이 나이를 다투다
【鄭(정)】: [국명] 지금의 하남성 신정현(新鄭縣) 일대에 있던 주대(周代)의 제후국.
【爭年(쟁년)】: 나이를 다투다.

2 鄭人有相與爭年者, 一人曰:「吾與堯同年。」其一人曰:「我與黃帝之兄同年。」→ 정(鄭)나라 사람으로 서로 나이를 다투는 자들이 있었는데, 그중 한 사람이 말했다:「나는 요(堯)임금과 나이가 같소.」(그러자) 다른 한 사람이 말했다:「나는 황제(黃帝)의 형과 나이가 같소.」
【相與(상여)】: 서로, 함께.
【堯(요)】: 상고시대 당(唐)나라의 요임금. ※《사기(史記) · 오제본기(五帝本紀)》에 의하면 「堯」는 황제(黃帝)의 현손이라 했다.
【同年(동년)】: 같은 나이.
【黃帝(황제)】: 상고시대 중국 최초의 제왕이라 불리는 전설 인물. ※《사기(史記) · 오제본기(五帝本紀)》에 의하면 「황제」의 성은 공손(公孫), 이름은 헌원(軒轅)이라 했다.

3 訟此而不決, 以後息者爲勝耳。→ 이를 따지다가 결말이 나지 않자, 나중에 멈추는 사람이 승자가 되기로 했다.
【訟(송)】: 따지다, 논쟁을 벌이다.
【後息者(후식자)】: 나중에 멈추는 자. 〖息〗: 멈추다, 그만두다, 쉬다.
【以(이)…爲(위)…】: …으로 …을 삼다.
【耳(이)】: [어조사].

번역문

정(鄭)나라 사람이 나이를 다투다

정(鄭)나라 사람으로 서로 나이를 다투는 자들이 있었는데, 그중 한 사람이 말했다.

「나는 요(堯)임금과 나이가 같소.」

(그러자) 다른 한 사람이 말했다.

「나는 황제(黃帝)의 형과 나이가 같소.」

이를 따지다가 결말이 나지 않자 나중에 멈추는 자가 승자가 되기로 했다.

해설

두 명의 정(鄭)나라 사람이 서로 누구의 나이가 더 많은가를 따지다가 승부가 나지 않자 끝까지 버티는 사람이 승자가 되기로 했다. 이 두 사람의 논쟁은 객관적인 검증이 불가능한 문제를 가지고 서로 우겨대며 버티는 것 말고는 아무 의미를 찾을 수가 없다.

이 우언은 쓸모없고 무의미한 일에 시간과 기운을 낭비하는 무료한 자들을 풍자한 것이다.

208 화협자(畫莢者)

《韓非子·外儲說左上》

원문 및 주석

畫莢者[1]

客有爲周君畫莢者, 三年而成。君觀之, 如髹莢者同狀, 周君大怒。[2] 畫莢者曰 :「築十版之牆, 鑿八尺之牖, 而以日始出時, 加之其

1 畫莢者 → 콩꼬투리의 얇은 막에 그림을 그리는 사람
【莢(협)】: 콩꼬투리. 여기서는 「콩꼬투리의 얇은 막」을 가리킨다. ※ 판본에 따라서는 「莢」을 「筴(책)」이라 했다.

2 客有爲周君畫莢者, 三年而成。君觀之, 如髹莢者同狀, 周君大怒。→ 손님으로 주(周)나라 임금을 위해 콩꼬투리의 얇은 막에 그림을 그리는 사람이 있었는데, 삼 년이 걸려 완성했다. 임금이 그것을 보니, 마치 콩꼬투리에 옻칠을 한 것과 모양이 같아, 주나라 임금이 매우 화를 냈다.
【如(여)】: 마치 …같다.
【髹(휴)】: 옻칠을 하다.
【同狀(동상)】: 같은 모양.

3 畫莢者曰 :「築十版之牆, 鑿八尺之牖, 而以日始出時, 加之其上以觀。」→ (이에) 그림을 그린 사람이 말했다 :「열 판 높이의 벽을 쌓아 여덟 자의 창문을 내고, 해가 막 떠오를 때에 그것을 창문에 놓고 보십시오.」
【築(축)】: 쌓다, 축조하다.
【版(판)】: 板(판), 널빤지. ※ 옛날에는 널빤지를 양쪽에 대고 흙을 다져 넣어 벽을 쌓았으며, 널빤지의 수를 세어 벽의 면적을 계산했다. 통상 1판(板)의 길이는 7~8척(尺 : 자)이고, 폭은 2척이나 시대와 지역에 따라 차이가 있다.
【牆(장)】: 벽, 담장.
【鑿(착)】: 뚫다. 여기서는 「(창문을) 내다」의 뜻.

上以觀。」3 周君爲之, 望見其狀, 盡成龍蛇禽獸車馬, 萬物之狀備具。周君大悅。4

번역문

콩꼬투리의 얇은 막에 그림을 그리는 사람

손님으로 주(周)나라 임금을 위해 콩꼬투리의 얇은 막에 그림을 그리는 사람이 있었는데, 삼 년이 걸려 완성했다. 임금이 그것을 보니 마치 콩꼬투리에 옻칠을 한 것과 모양이 같아 주나라 임금이 매우 화를 냈다.

(이에) 그림을 그린 사람이 말했다.

「열 판 높이의 벽을 쌓아 여덟 자의 창문을 내고, 해가 막 떠오를 때에 그것을 창문에 놓고 보십시오.」

주나라 임금이 그의 말대로 하여 그 모양을 바라보니, 모두 용과 뱀과 금수와 거마 등으로 변하면서 만물의 형상이 두루 갖추어져 있었다. 주나라 임금이 매우 좋아했다.

【尺(척)】: [길이 단위] 자. ※ 진기유(陳奇猷)는 「尺」을 「寸(촌 : 치)」의 오류로 보았다.
【牖(유)】: 창, 창문.
【以日始出時(이일시출시)】: 해가 막 떠오를 때에. 〖以〗: [시간과 장소를 나타내는 개사] … 에. 〖始出〗: 막 떠오르다, 처음 떠오르다.
【加(가)】: 두다, 놓다.

4 周君爲之, 望見其狀, 盡成龍蛇禽獸車馬, 萬物之狀備具。周君大悅。→ 주나라 임금이 그의 말대로 하여, 그 모양을 바라보니, 모두 용과 뱀과 금수와 거마 등으로 변하면서, 만물의 형상이 두루 갖추어져 있었다. 주나라 임금이 매우 좋아했다.
【爲之(위지)】: 그 말대로 하다.
【望見(망견)】: (위를 향해) 바라보다.
【備具(비구)】: 모두 갖추어지다.
【悅(열)】: 좋아하다, 기뻐하다.

해설

주(周)나라 임금은 콩꼬투리의 얇은 막에 그림을 그리는 재주를 가진 사람이 무려 삼 년에 걸쳐 그려 준 그림을, 마치 콩꼬투리에 아무렇게나 옻칠을 한 무성의한 물건으로 알고 매우 화를 냈다. 그러나 다시 그 사람이 알려 준 방법대로 열 판 높이의 벽을 쌓아 여덟 자의 창문을 낸 다음 해가 막 떠오를 때 창문 위에 올려놓고 보니, 과연 용과 뱀과 금수(禽獸)와 거마(車馬) 등 온갖 형상이 확연히 드러났다. 주나라 임금은 그제야 매우 좋아하며 감탄을 금치 못했다.

이 우언은 모든 사물의 본질을 제대로 파악하려면 실천하고 인식하는 과정을 거쳐 자세히 관찰하고 깊이 연구해야 비로소 판단 착오가 일어나지 않는다는 것을 지적한 것이다.

209 화귀최이(畫鬼最易)

《韓非子·外儲說左上》

원문 및 주석

畫鬼最易[1]

客有爲齊王畫者, 齊王問曰 :「畫孰最難者?」曰 :「犬馬最難。」[2]「孰最易者?」曰 :「鬼魅最易。夫犬馬, 人所知也, 旦暮罄於前, 不可不類之, 故難; 鬼魅, 無形者, 不罄於前, 故易之也。」[3]

1 畫鬼最易 → 귀신을 그리기가 가장 쉽다
【易(이)】: 쉽다, 용이하다.

2 客有爲齊王畫者, 齊王問曰 :「畫孰最難者?」曰 :「犬馬最難。」→ 손님으로 제왕(齊王)을 위해 그림을 그리려는 자가 있어, 제왕(齊王)이 물었다 :「무엇을 그리는 것이 가장 어렵소?」손님이 대답했다 :「개와 말이 가장 어렵습니다.」
【齊(제)】: [국명] 지금의 산동성 북부와 하북성 남부 일대에 있던 주대(周代)의 제후국.
【孰(숙)】: 무엇.

3「孰最易者?」曰 :「鬼魅最易。夫犬馬, 人所知也, 旦暮罄於前, 不可不類之, 故難; 鬼魅, 無形者, 不罄於前, 故易之也。」→ 제왕이 물었다 :「무엇이 가장 쉽소?」손님이 대답했다 :「귀신과 도깨비가 가장 쉽습니다. 무릇 개와 말은, 사람이 잘 알고, 아침저녁으로 눈앞에 있어, 실물과 닮지 않을 수 없습니다. 그래서 어렵습니다; (그러나) 귀신과 도깨비는, 형체가 없고, 모두 눈앞에 있지 않습니다. 그래서 그것을 그리기가 쉽습니다.」
【鬼魅(귀매)】: 귀신과 도깨비.
【旦暮(단모)】: 아침저녁.
【罄(경)】: 모두, 다.
【不類(불류)】: 같지 않다, 닮지 않다. ※ 원문에는 본래「不」자가 없으나,「不」자가 없을 경우 뜻이 어색하여 주석서에 따라서는「不」자를 첨가했다.

번역문

귀신을 그리기가 가장 쉽다

손님으로 제왕(齊王)을 위해 그림을 그리려는 자가 있어 제왕(齊王)이 물었다.

「무엇을 그리는 것이 가장 어렵소?」

손님이 대답했다.

「개와 말이 가장 어렵습니다.」

제왕이 물었다.

「무엇이 가장 쉽소?」

손님이 대답했다.

「귀신과 도깨비가 가장 쉽습니다. 무릇 개와 말은 사람이 잘 알고 아침 저녁으로 눈앞에 있어 실물과 닮지 않을 수 없습니다. 그래서 어렵습니다. (그러나) 귀신과 도깨비는 형체가 없고 모두 눈앞에 있지 않습니다. 그래서 그것을 그리기가 쉽습니다.」

해설

화가의 입장에서 개나 말 같은 동물은 사람들이 너무 잘 알아 실물과 비교되기 때문에 그리기가 매우 어렵고, 귀신과 도깨비는 사람들이 잘 몰라 잘못 그렸다고 흠 잡힐 일이 없어 그리기가 쉽다는 것이다.

이 우언은 본래 한비(韓非)가 당시 성행한 도가(道家)의 학설을 너무 의미가 깊어 이해할 수 없고 현실에 대해 역할을 하기 보다는 오히려 해를 끼친다고 여겨 이를 귀신 · 도깨비에 비유한 것인데, 즉 실천의 경험을 수반하는 실제의 일은 어려운 반면, 실제를 벗어난 허튼소리는 객관적인 검증이 필요 없기 때문에 비교적 용이하다는 것을 비유한 것이다.

210 불식거액(不識車軛)

《韓非子·外儲說左上》

원문 및 주석

不識車軛[1]

鄭縣人有得車軛者, 而不知其名, 問人曰:「此何種也?」對曰:「此車軛也。」[2] 俄又復得一, 問人曰:「此是何種也?」對曰:「此車軛也。」[3] 問者大怒曰:「曩者曰車軛, 今又曰車軛, 是何衆也? 此女欺我也!」遂與之鬥。[4]

1 不識車軛 → 수레의 멍에를 알지 못하다
【識(식)】: 알다, 인식하다.
【車軛(거액)】: 수레의 멍에. 【軛】: 軶(액), 멍에.

2 鄭縣人有得車軛者, 而不知其名, 問人曰:「此何種也?」對曰:「此車軛也。」→ 정현(鄭縣) 사람으로 수레의 멍에를 주운 자가 있었는데, 그 이름을 알지 못해 주변 사람에게 물었다:「이것이 무슨 물건이오?」주변 사람이 대답했다:「수레의 멍에요.」
【鄭縣(정현)】: [지명] 한애후(韓哀侯)가 정(鄭)나라를 멸한 후 정나라를 정현(鄭縣)으로 부른 듯하다.
【何種(하종)】: 무슨 물건.

3 俄又復得一, 問人曰:「此是何種也?」對曰:「此車軛也。」→ 조금 있다가 또다시 하나를 주워가지고, 주변 사람에게 물었다:「이것이 무슨 물건이오?」주변 사람이 대답했다:「수레의 멍에요.」
【俄(아)】: 잠시 후, 조금 있다가.

4 問者大怒曰:「曩者曰車軛, 今又曰車軛, 是何衆也? 此女欺我也!」遂與之鬥。→ 물어본 사람이 매우 화를 내며 말했다:「방금 전에 수레의 멍에라 하고, 지금 또 수레의 멍에라 하는데, 어째서 멍에가 이렇게 많소? 이는 당신이 나를 속이는 거요!」그리하여 그와 싸움을 벌였다.

번역문

수레의 멍에를 알지 못하다

정현(鄭縣) 사람으로 수레의 멍에를 주운 자가 있었는데, 그 이름을 알지 못해 주변 사람에게 물었다.

「이것이 무슨 물건이오?」

주변 사람이 대답했다.

「수레의 멍에요.」

조금 있다가 또다시 하나를 주워 가지고 주변 사람에게 물었다.

「이것이 무슨 물건이오?」

주변 사람이 대답했다.

「수레의 멍에요.」

물어본 사람이 매우 화를 내며 말했다.

「방금 전에 수레의 멍에라 하고 지금 또 수레의 멍에라 하는데, 어째서 멍에가 이렇게 많소? 이는 당신이 나를 속이는 거요!」

그리하여 그와 싸움을 벌였다.

해설

정현(鄭縣) 사람이 수레의 멍에를 주워 가지고 무엇인지 몰라 주변 사람

【曩者(낭자)】: 방금, 조금 전.
【是(시)】: [대명사] 이것, 즉 「멍에」.
【何衆(하중)】: 어째서 그렇게 많은가?
【女(여)】: 汝(여), 너, 당신.
【欺(기)】: 속이다, 기만하다.
【遂(수)】: 그리하여.
【與之鬥(여지투)】: 그 사람과 싸우다. 〖之〗: [대명사] 그, 즉 「대답한 사람」.

에게 물어 멍에라는 말을 듣고, 얼마 후 또 멍에를 주워 다시 그 사람에게 물어 멍에라는 말을 듣자 멍에가 그렇게 많을 까닭이 없다며 가르쳐 준 사람과 싸움을 벌였다. 열 번이든 백 번이든 같은 물건을 주었다면 이름이 같은 것은 당연한 이치다.

이 우언은 무지몽매(無知蒙昧)한 사람이 남의 의견을 겸허하게 받아들이지 않고 오히려 피해망상증으로 남을 의심하여 분란을 일으키는 행위를 풍자한 것이다.

211 복처위고(卜妻爲袴)

《韓非子 · 外儲說左上》

원문 및 주석

卜妻爲袴[1]

鄭縣人卜子, 使其妻爲袴, 其妻問曰 :「今袴何如?」夫曰 :「象吾故袴。」妻因毁新, 令如故袴。[2]

1 卜妻爲袴 → 복씨(卜氏)의 아내가 바지를 만들다
【卜(복)】: 복씨(卜氏).
【爲袴(위고)】: 바지를 만들다. ※〖袴〗: 褲(고), 바지.

2 鄭縣人卜子, 使其妻爲袴, 其妻問曰 :「今袴何如?」夫曰 :「象吾故袴。」妻因毁新, 令如故袴。
→ 정현(鄭縣)에 사는 복자(卜子)라는 사람이, 자기 아내에게 바지를 만들라고 하자, 그 아내가 물었다 :「지금 새로 만드는 바지는 어떤 모양으로 할까요?」 남편이 말했다 :「내가 입던 바지와 같은 모양이요.」 그리하여 아내는 새 바지를 훼손하여, 헌 바지와 똑같이 만들어 놓았다.
【鄭縣(정현)】: [지명] 한애후(韓哀侯)가 정(鄭)나라를 멸한 후 정나라를 정현(鄭縣)으로 부른 듯하다.
【卜子(복자)】: [인명] 성은 복(卜),「子」는 존칭.
【使(사)】: …로 하여금 …하도록 하다, …하게 하다, …하도록 시키다.
【何如(하여)】: 어떻게, 어떤 모양으로.
【象(상)】: …와 같이, …와 같은 모양으로.
【故袴(고고)】: 원래 입던 바지, 헌 바지. 〖故〗: 원래의, 종래의, 헌, 낡은.
【因(인)】: 이로 인해, 그리하여.
【毁新(훼신)】: 새 바지를 훼손하다. 〖新〗: 새것, 즉「새 바지」.
【令如(영여)】: …을 …와 같게 하다.

번역문

복씨(卜氏)의 아내가 바지를 만들다

정현(鄭縣)에 사는 복자(卜子)라는 사람이 자기 아내에게 바지를 만들라고 하자 그 아내가 물었다.

「지금 새로 만드는 바지는 어떤 모양으로 할까요?」

남편이 말했다.

「내가 입던 바지와 같은 모양이요.」

그리하여 아내는 새 바지를 훼손하여 헌 바지와 똑같이 만들어 놓았다.

해설

복자(卜子)가 자기 아내에게 바지를 만들어 달라고 부탁하면서 자기가 입던 바지와 같은 모양이라고 말한 것은 바지의 디자인을 가리킨 것인데, 그의 아내는 새것과 헌것이라는 개념으로 이해하고 새 바지를 훼손하여 헌 바지를 만들어 놓았다.

이 우언은 한비(韓非)가 선왕지도(先王之道)의 낡은 사상이 현재의 변화한 사회 상황에 맞지 않아 채택할 수 없다는 것을 들어, 부단히 발전 변화하는 상황에 적응하지 않고 구태의연한 것을 고집하며, 새로운 것이 수립된 후에도 굳이 그것을 훼손하여 과거로 되돌리려하는 교조주의적(教條主義的) 사고방식을 꼬집어 풍자한 것이다.

212 영서연설(郢書燕說)

《韓非子 · 外儲說左上》

원문 및 주석

郢書燕說[1]

郢人有遺燕相國書者, 夜書, 火不明, 因謂持燭者曰 : 「擧燭!」 云而過書 「擧燭。」[2] 「擧燭」, 非書意也, 燕相受書而說之, 曰 : 「擧燭

1 郢書燕說 → 영(郢) 사람이 쓴 글을 연(燕)나라 사람이 해석하다
【郢(영)】: [지명] 초(楚)나라의 도읍. 지금의 호북성 강릉현(江陵縣). 초(楚)나라는 지금의 호남성 · 호북성과 강서성 · 절강성 및 하남성 남부에 걸쳐 있던 주대(周代)의 제후국.
【書(서)】: 서신, 편지.
【燕(연)】: [국명] 지금의 하북성 북부와 요녕성 남부 일대에 있던 주대(周)의 제후국.
【說(설)】: 해석하다.

2 郢人有遺燕相國書者, 夜書, 火不明, 因謂持燭者曰 : 「擧燭!」 云而過書 「擧燭。」 → 영(郢) 사람으로 연(燕)나라 재상에게 편지를 보내는 자가 있었다. 밤에 편지를 쓰다 보니, 불빛이 밝지 않았다. 그리하여 촛불을 들고 있는 사람에게 : 「거촉(擧燭)!」이라 말했다. 말하고 나서 실수로 「거촉(擧燭)」이란 말을 편지에 썼다.
【遺(유)】: 보내다.
【相國(상국)】: 재상.
【書(서)】: 본 구절에 「書」자가 세 번 나오는데, 첫 번째 「書」는 명사로 「편지」라는 뜻이고, 나머지는 동사로 「쓰다」의 뜻.
【因(인)】: 그리하여, 이로 인해.
【持燭者(지촉자)】: 촛불을 들고 있는 사람.
【擧燭(거촉)!】: 촛불을 추켜들라!
【過書(과서)】: 실수로 쓰다. 【過】: 실수로, 잘못하여.

者, 尙明也; 尙明也者, 擧賢而任之。」[3] 燕相白王, 王大悅, 國以治。治則治矣, 非書意也。今世學者, 多似此類。[4]

번역문

영(郢) 사람이 쓴 글을 연(燕)나라 사람이 해석하다

영(郢) 사람으로 연(燕)나라 재상에게 편지를 보내는 자가 있었다. 밤에 편지를 쓰다 보니 불빛이 밝지 않았다. 그리하여 촛불을 들고 있는 사람에게 「거촉(擧燭)!」이라 말했다. 말하고 나서 실수로 「거촉(擧燭)」이라는 말을 편지에 썼다.

「거촉(擧燭)」은 본래 편지와 무관한 뜻이다. 그런데 연나라 재상은 편지

3 「擧燭」, 非書意也, 燕相受書而說之, 曰:「擧燭者, 尙明也; 尙明也者, 擧賢而任之。」→「거촉(擧燭)」은, 본래 편지와 무관한 뜻이다. 그런데 연나라 재상은 편지를 받고 이를 해석하여 말하길:「거촉(擧燭)이란, 밝은 것을 숭상한다는 뜻이고; 밝은 것을 숭상한다는 것은, 현인을 천거하여 임용한다는 뜻이다.」라고 했다.
【非書意(비서의)】: 편지의 뜻이 아님. 즉 「편지와 무관한 뜻」을 말한다.
【說之(설지)】: 그것을 해석하다. 〖說〗: 해석하다. ※「說」을 「悅(열)」로 보아 「기뻐하다, 좋아하다」라고 풀이한 경우도 있다. 〖之〗: [대명사] 그것, 즉 「擧燭(거촉)」.
【尙明(상명)】: 밝은 것을 숭상하다.
【擧賢(거현)】: 현인을 천거하다.
【任(임)】: 임용하다.

4 燕相白王, 王大悅, 國以治。治則治矣, 非書意也。今世學者, 多似此類。→ 연나라 재상이 왕에게 설명하자, 왕이 매우 기뻐하며 그대로 이행하니, 나라가 잘 다스려졌다. 나라가 잘 다스려지기는 했지만, 본래 편지의 뜻은 아니다. 오늘날의 학자들도, 대부분 이러한 부류들과 같다.
【白(백)】: 해석하여 고하다, 설명하다.
【悅(열)】: 기뻐하다, 좋아하다. ※ 판본에 따라서는 「悅」을 「說(열)」이라 했다.
【以(이)】: 因(인), 이로 인해.
【治(치)】: 잘 다스려지다.
【多(다)】: 대부분.
【似(사)】: 같다, 흡사하다.

를 받고 이를 해석하여 말하길 「거촉(擧燭)이란 밝은 것을 숭상한다는 뜻이고, 밝은 것을 숭상한다는 것은 현인을 천거하여 임용한다는 뜻이다.」라고 했다.

연나라 재상이 왕에게 설명하자 왕이 매우 기뻐하며 그대로 이행하니 나라가 잘 다스려졌다. 나라가 잘 다스려지기는 했지만 본래 편지의 뜻은 아니다.

오늘날의 학자들도 대부분 이러한 부류들과 같다.

해설

영(郢) 사람이 밤중에 연(燕)나라 재상에게 보내는 편지를 쓰다가 불빛이 어두워 촛불을 들고 있는 사람에게 「거촉(擧燭 : 촛불을 추켜들라)」이라 말한 후, 무의식중에 「거촉」이란 두 글자를 편지에 썼다. 연나라 재상은 편지를 받고, 실수로 잘못 들어간 「거촉」을 「밝은 것을 숭상한다는 뜻이고, 밝은 것을 숭상한다는 것은, 현인을 천거하여 임용한다는 뜻이다.」라고 해석하고, 이를 연왕에게 보고하여 실행한 결과 나라가 잘 다스려졌다.

설사 연나라의 재상이 「거촉」을 임의로 해석하여 결과적으로 국익에 도움을 주었다 해도, 그 결과와 관계없이 편지에 언급한 「거촉」의 본의는 분명히 해석을 잘못한 것이다.

이 우언은 한비(韓非)가 연나라 재상의 행위를 통해, 옛날의 전적(典籍)을 이치에 맞지 않게 멋대로 해석하는 당시 유학자들의 견강부회(牽强附會)한 태도를 비난하면서, 학문하는 사람은 마땅히 전적의 원의(原義)를 그대로 답습하지 말고 창조정신을 가지고 실제와의 결합을 통해 새로운 의미를 부여해야 소득이 있다는 것을 지적한 것이다.

213 정인매리(鄭人買履)

《韓非子 · 外儲說左上》

원문 및 주석

鄭人買履[1]

鄭人有欲買履者, 先自度其足, 而置之其坐。[2] 至之市, 而忘操之。[3] 已得履, 乃曰 : 「吾忘持度。」[4] 反歸取之, 及反, 市罷, 遂不得履。[5] 人

1 鄭人買履 → 정(鄭)나라 사람이 신발을 사러 가다
【鄭(정)】: [국명] 지금의 하남성 신정현(新鄭縣) 일대에 있던 주대(周代)의 제후국.
【履(리)】: 신발.

2 鄭人有且置履者, 先自度其足, 而置之其坐。→ 정(鄭)나라 사람으로 신발을 사려는 자가 있었는데, 먼저 자기가 자기 발의 치수를 재고 나서, 그것을 그 자리에 놓았다.
【且(차)】: (장차) …하려 하다.
【置履(치리)】: 신발을 사다. 〖置〗: 買(매), 사다, 구입하다.
【度(탁)】: [동사] 치수를 재다.
【置之其坐(치지기좌)】: 발을 잰 치수를 그 자리에 놓다. 〖置〗: 놓다, 두다. 〖之〗: [대명사] 그것, 즉 발을 잰 치수.
【坐(좌)】: 座(좌), 자리.

3 至之市, 而忘操之。→ 시장에 도착해서 보니, 발 치수 잰 것을 잊고 가져오지 않았다.
【至之市(지지시)】: 시장에 도착하고 나서. 〖之〗: 가다.
【操之(조지)】: 발을 잰 치수를 휴대하다. 〖之〗: [대명사] 그것, 즉 발을 잰 치수.

4 已得履, 乃曰 : 「吾忘持度。」→ 이미 신발을 골라 놓고 나서, 비로소 말했다 : 「내가 치수 재 놓은 것을 잊고 안 가져 왔소.」
【乃(내)】: 비로소.
【忘持(망지)】: 잊고 가져오지 않다.
【度(도)】: [명사] 발을 잰 치수.

曰 :「何不試之以足?」[6] 曰 :「寧信度, 無自信也。」[7]

번역문

정(鄭)나라 사람이 신발을 사러 가다

정(鄭)나라 사람으로 신발을 사려는 자가 있었는데, 먼저 자기가 자기 발의 치수를 재고 나서 그것을 그 자리에 놓았다. 시장에 도착해서 보니 발 치수 잰 것을 잊고 가져오지 않았다. 이미 신발을 골라 놓고 나서 비로소 말했다.

「내가 치수 재놓은 것을 잊고 안 가져 왔소.」

집으로 돌아가 그것을 가지고 다시 시장에 왔을 때는 이미 시장이 끝나 결국 신발을 사지 못했다.

어떤 사람이 물었다.

「어째서 당신의 발로 직접 신어 보지 않았소?」

5 反歸取之, 及反, 市罷, 遂不得履。→ 집으로 돌아가 그것을 가지고, 다시 시장에 왔을 때는, 이미 시장이 끝나, 결국 신발을 사지 못했다.
【反歸(반귀)】: 되돌아가다.
【及反(급반)】: (시장에) 다시 왔을 때.
【罷(파)】: 파하다, 끝나다.
【遂(수)】: 그리하여, 결국.

6 人曰 :「何不試之以足?」→ 어떤 사람이 물었다 :「어째서 당신의 발로 직접 신어 보지 않았소?」
【以(이)】: …로써, …을 가지고.
【試(시)】: 시험하다. 여기서는「직접 신어보다」의 뜻.

7 曰 :「寧信度, 無自信也。」→ 그가 대답했다 :「차라리 발을 잰 치수를 믿을지언정, 나의 발을 믿지 않기 때문이요.」
【寧(녕)】: 차라리.
【度(도)】: [명사] 발을 잰 치수.
【無自信(무자신)】: 자기의 발을 믿지 않다.

그가 대답했다.

「차라리 발을 잰 치수를 믿을지언정 나의 발을 믿지 않기 때문이요.」

해설

정(鄭)나라 사람이 신발을 사러 시장에 갔다가 발 치수 잰 것을 가지고 오지 않아 다시 집으로 돌아가 그것을 가지고 시장에 오니 이미 장이 끝나 버렸다. 이에 어떤 사람이 왜 직접 그 자리에서 신발을 신어 보지 않았느냐고 묻자, 그의 대답은 차라리 치수를 믿을지언정 자기 발을 믿지 않는다고 했다.

이 우언은 한비(韓非)의 관점에서 창의적이지 못하고 맹목적으로 옛것을 맹신하는 유가(儒家)와 묵가(墨家)를 정나라 사람에 비유하여, 무조건 과거의 규범만을 믿고 고집하며 객관적인 현실을 부정하는 어리석은 폐단을 풍자한 것이다.

214 제환공호복자(齊桓公好服紫)

《韓非子 · 外儲說左上》

원문 및 주석

齊桓公好服紫[1]

齊桓公好服紫, 一國盡服紫。當是時也, 五素不得一紫。[2] 桓公患之, 謂管仲曰 :「寡人好服紫, 紫貴甚, 一國百姓好服紫不已, 寡人奈何?」[3] 管仲曰 :「君欲止之, 何不試勿衣紫也?」 公曰 :「諾。」 謂左

1 齊桓公好服紫 → 제(齊)나라 환공(桓公)이 자주색 옷을 즐겨 입다

【齊桓公(제환공)】: 춘추시대 제나라의 군주로 이름은 소백(小白)이며, 43년간(B.C. 685-B.C. 643) 재위했다. 진문공(晉文公) · 진목공(秦穆公) · 송양공(宋襄公) · 초장왕(楚莊王)과 더불어 춘추오패(春秋五霸)의 하나. 〖齊〗: 지금의 산동성 북부와 하북성 남부에 걸쳐 있던 주대(周代)의 제후국.

【好服紫(호복자)】: 자주색 옷을 즐겨 입다. 〖好〗: [동사] 좋아하다, 즐기다. 〖服〗: [동사] (옷을) 입다.

2 齊桓公好服紫, 一國盡服紫。當是時也, 五素不得一紫。→ 제환공(齊桓公)이 자주색 옷을 즐겨 입자, 온 나라 사람들이 모두 자주색 옷을 입었다. (그리하여) 당시에는, 다섯 벌의 흰옷 값으로 한 벌의 자주색 옷을 사지 못했다.

【一國(일국)】: 나라 전체, 온 나라.

【盡(진)】: 모두, 다.

【當是時(당시시)】: 이때, 이 당시.

【素(소)】: 흰색. 여기서는 「흰옷」을 뜻한다.

【不得(부득)】: 얻지 못하다. 즉 「사지 못하다」의 뜻.

3 桓公患之, 謂管仲曰 :「寡人好服紫, 紫貴甚, 一國百姓好服紫不已, 寡人奈何?」→ 환공이 이를 걱정하여, 관중(管仲)에게 물었다 :「과인이 자주색 옷을 즐겨 입으니, 자주색 옷이 매우

右曰：「吾甚惡紫之臭。」[4] 於是左右適有衣紫而進者，公必曰：「少卻，吾惡紫臭。」[5] 於是日，郎中莫衣紫；其明日，國中莫衣紫，三日，境內莫衣紫也。[6]

비싸지고, 온 나라 백성들이 자주색 옷을 즐겨 입으며 멈추려 하지 않습니다. 과인이 어찌 하면 좋겠습니까?」

【管仲(관중)】: [인명] 제환공(齊桓公)의 재상으로, 성은 관(管), 이름은 이오(夷吾), 자는 중(仲)이다. 환공을 보필하여 환공으로 하여금 제후의 맹주가 되게 했고, 환공은 그를 존중하여 「중부(仲父)」라 불렀다.

【寡人(과인)】: 과덕지인(寡德之人)이란 의미로 임금이 자신을 낮추어 부르는 말.

【貴甚(귀심)】: 매우 비싸다.

【已(이)】: 멈추다, 그만두다, 금지하다.

【奈何(내하)】: 어떻게 할까?

4 管仲曰：「君欲止之，何不試勿衣紫也?」公曰：「諾。」謂左右曰：「吾甚惡紫之臭。」→ 관중이 대답했다 : 「임금님께서 그것을 금하고자 하신다면, 어째서 (임금님 스스로) 자주색 옷을 입지 않도록 시험해 보지 않으십니까?」 환공이 말했다 : 「알겠습니다.」 그리고 주변 사람들에게 말하길 : 「나는 자주색 옷 냄새를 매우 싫어한다.」라고 했다.

【欲(욕)】: …하고자 하다, …하기를 바라다.

【止之(지지)】: 그러한 풍조를 금지하다. ※ 모든 판본에는 본래 「止之」 두 글자가 없으나, 여기서는 왕선신(王先愼)《한비자집해(韓非子集解)》를 근거로 보충했다.

【試(시)】: 시도하다, 시험하다.

【勿(물)】: …하지 말다, …해서는 안 된다.

【諾(락)】: [승낙을 표시하는 말] 예, 응, 좋아, 알았어, 그래.

【左右(좌우)】: 주변 사람들.

【甚(심)】: 매우.

【惡(오)】: 싫어하다, 증오하다.

【臭(취)】: 냄새.

5 於是左右適有衣紫而進者，公必曰：「少卻，吾惡紫臭。」→ 그리하여 주변 신하들 중에 만일 자주색 옷을 입고 들어오는 자가 있으면, 환공은 반드시 말하길 : 「좀 뒤로 물러서시오! 나는 자주색 옷 냄새를 싫어하오.」라고 했다.

【於是(어시)】: 이에, 그리하여.

【適(적)】: [연사] 만일, 만약.

【少卻(소각)】: 조금 뒤로 물러서다. 〖少〗: 좀, 조금, 약간. 〖卻〗: 뒤로 물러서다.

6 於是日，郎中莫衣紫；其明日，國中莫衣紫，三日，境內莫衣紫也。→ 이날에는, 낭중(郎中)들 가운데 자주색 옷을 입은 사람이 없었고; 그 다음날에는, 도성(都城) 안에 자주색 옷을 입은 사람이 없었으며; 사흘 뒤에는, 온 나라 안에 자주색 옷을 입은 사람이 없었다.

번역문

제(齊)나라 환공(桓公)이 자주색 옷을 즐겨 입다

제(齊)나라 환공(桓公)이 자주색 옷을 즐겨 입자 온 나라 사람들이 모두 자주색 옷을 입었다. (그리하여) 당시에는 다섯 벌의 흰옷 값으로 한 벌의 자주색 옷을 사지 못했다. 환공이 이를 걱정하여 관중(管仲)에게 물었다.

「과인이 자주색 옷을 즐겨 입으니 자주색 옷이 매우 비싸지고, 온 나라 백성들이 자주색 옷을 즐겨 입으며 멈추려 하지 않습니다. 과인이 어찌하면 좋겠습니까?」

관중이 대답했다.

「임금님께서 그것을 금하고자 하신다면, 어째서 (임금님 스스로) 자주색 옷을 입지 않도록 시험해 보지 않으십니까?」

환공이 말했다.

「알겠습니다.」

그리고 주변 사람들에게 말하길 「나는 자주색 옷 냄새를 매우 싫어한다.」라고 했다.

그리하여 주변 신하들 가운데 만일 자주색 옷을 입고 들어오는 사람이 있으면, 환공은 반드시 말하길 「좀 뒤로 물러서시오! 나는 자주색 옷 냄새를 싫어하오.」라고 했다.

당일에는 낭중(郞中)들 중에 자주색 옷을 입은 사람이 없었고, 그 다음날에는 도성(都城) 안에 자주색 옷을 입은 사람이 없었으며, 사흘 뒤에는 온

【於(어)】: [개사] …에.
【是日(시일)】: 이날, 당일.
【國中(국중)】: 도성(都城).
【境內(경내)】: 나라 안.

나라 안에 자주색 옷을 입은 사람이 없었다.

해설

제(齊)나라 환공(桓公)이 자주색 옷을 즐겨 입자 온 나라 백성들이 환공을 따라 자주색 옷을 입는 바람에 자주색 옷값이 흰옷의 다섯 배에 달했다. 환공이 이를 걱정하여 관중(管仲)에게 물어 관중이 환공에게 임금 스스로 자주색 옷을 싫어한다는 것을 모든 사람들에게 보여주도록 하여 환공이 이를 실행에 옮김으로써 그릇된 풍조를 바로잡았다.

이 우언은 윗사람의 일거일동이 아랫사람들에게 심대한 영향을 주기 때문에 군주를 비롯한 모든 윗사람이 솔선수범해야 백성을 바르게 선도할 수 있다는 이치를 설명한 것이다.

215 불고불성열(不鼓不成列)

《韓非子 · 外儲說左上》

원문 및 주석

不鼓不成列[1]

宋襄公與楚人戰於涿谷上, 宋人旣成列矣, 楚人未及濟。[2] 右司馬購强趨而諫曰 :「楚人衆而宋人寡, 請使楚人半涉未成列而擊之, 必敗。」[3] 襄公曰 :「寡人聞君子曰 :『不重傷, 不擒二毛, 不推人於

---

1 不鼓不成列 → 전열(戰列)을 갖추지 않은 적을 공격하지 않다

【鼓(고)】: 북을 울리다. 여기서는 「공격하다」의 뜻. ※ 옛날 전쟁할 때는 북을 쳐서 공격 명령을 내렸다.

【成列(성렬)】: 전열을 갖추다, 대열을 정비하다.

2 宋襄公與楚人戰於涿谷上, 宋人旣成列矣, 楚人未及濟。→ 송(宋)나라 양공(襄公)이 초(楚)나라와 탁곡(涿谷)에서 전쟁을 하는데, 송나라는 이미 전열(戰列)을 갖추었고, 초나라는 아직 (강을) 건너지 못했다.

【宋襄公(송양공)】: 송(宋)나라의 군주. 〖宋〗: 지금의 하남성 상구현(商邱縣) 일대에 있던 주대(周代)의 제후국.

【楚(초)】: 지금의 호남성 · 호북성과 강서성 · 절강성 및 하남성 남부에 걸쳐 있던 주대(周代)의 제후국.

【涿谷(탁곡)】:「涿谷」을 《좌전(左傳)》에서는 「泓(홍)」, 《곡량전(穀梁傳)》에서는 「泓水(홍수)」, 《공양전(公羊傳)》에서는 「泓之陽(홍지양)」이라 했는데, 「泓」은 지금의 하남성 자성현(柘城縣) 북쪽에 있는 「泓水」라는 강이다.

【旣(기)】: 이미.

【未及(미급)】: 아직 …하지 못하다, 아직 …에 이르지 못하다.

【濟(제)】: (물을) 건너다.

3 右司馬購强趨而諫曰 :「楚人衆而宋人寡, 請使楚人半涉未成列而擊之, 必敗。」→ 우사마(右

險, 不迫人於阨, 不鼓不成列。』[4] 今楚未濟而擊之, 害義。請使楚人畢涉成陣, 而後鼓士進之。」[5] 右司馬曰 :「君不愛宋民, 腹心不完,

司馬) 구강(購强)이 급히 달려가 (양공에게) 간했다 :「초나라 군사는 많고 송나라 군사는 적으니, 초나라 군사로 하여금 반쯤 건너도록 하고 아직 전열을 갖추기 전에 그들을 공격하면, 반드시 패퇴시킬 것입니다.」

【右司馬(우사마)】: [관직] 군대를 다스리는 최고 책임자.

【購强(구강)】: [인명] 우사마의 이름. 자는 자어(子魚)이며, 송양공의 서형(庶兄)이다.

【趨(추)】: 빨리 가다, 급히 달려가다.

【諫(간)】: 간하다.

【衆(중)】: 많다.

【寡(과)】: 적다.

【使(사)】: …로 하여금 …하도록 하다.

【半涉(반섭)】: 반쯤 건너다, 절반 정도 건너다. 〖涉〗: (물을) 건너다.

【敗(패)】: 패퇴시키다, 격퇴하다, 물리치다, 이기다.

4 襄公曰 :「寡人聞君子曰 :『不重傷, 不擒二毛, 不推人於險, 不迫人於阨, 不鼓不成列。』→ 양공이 말했다 :「과인이 군자의 말을 들으니 :『(다친 사람에게) 거듭 상처를 입히지 않고, 반백의 노병은 사로잡지 않고, 사람을 위험한 곳에서 떠밀지 않고, 사람을 곤경에서 핍박하지 않고, 아직 전열을 갖추지 않으면 공격하지 않는다.』라고 했소.

【寡人(과인)】: 과덕지인(寡德之人)이란 의미로 임금이 자신을 낮추어 부르는 말.

【重傷(중상)】: 거듭 상처를 입히지 않다.

【擒(금)】: 사로잡다, 생포하다.

【二毛(이모)】: 흑백 두 가지의 두발, 즉 머리가 반백인 노인. 여기서는「늙은 병사, 노병」을 가리킨다.

【推(추)】: 밀다, 떠밀다.

【迫(박)】: 닦달하다, 핍박하다.

【阨(애)】: 곤경.

5 今楚未濟而擊之, 害義。請使楚人畢涉成陣, 而後鼓士進之。」→ 지금 초나라 군사가 아직 (강을) 건너지 않았는데 그들을 공격하는 것은, 인의(仁義)를 해치는 일이오. 초나라 군사로 하여금 모두 강을 건너와 진용을 갖추게 하고, 그런 다음에 북을 울려 병사들에게 진격 명령을 내릴 것이오.」

【害義(해의)】: 인의(仁義)를 해치다.

【請(청)】: 본래 상대방에게 동의를 구할 때 사용하는 겸어(謙語)이나, 여기서는 자기 뜻대로 하면서 형식적으로 상대방의 동의를 구하는 것처럼 사용한 말이다.

【使(사)】: …로 하여금 …하게 하다.

【畢(필)】: 모두, 전부.

【成陣(성진)】: 진용을 갖추다.

【而後(이후)】: 그런 다음, 이후, 그 후.

特爲義耳。」[6] 公曰：「不反列, 且行法。」右司馬反列, 楚人已成列撰陳矣, 公乃鼓之。[7] 宋人大敗, 公傷股, 三日而死。此乃慕仁義之禍。[8]

번역문

전열(戰列)을 갖추지 않은 적을 공격하지 않다

송(宋)나라 양공(襄公)이 초(楚)나라와 탁곡(涿谷)에서 전쟁을 하는데, 송나라는 이미 전열(戰列)을 갖추었고 초나라는 아직 (강을) 건너지 못했다. 우사마(右司馬) 구강(購强)이 급히 달려가 (양공에게) 간했다.

「초나라 군사는 많고 송나라 군사는 적으니, 초나라 군사로 하여금 반쯤 건너도록 하고 아직 전열을 갖추기 전에 그들을 공격하면 반드시 패퇴

---

6 右司馬曰：「君不愛宋民, 腹心不完, 特爲義耳。」→ 우사마가 말했다：「임금님께서는 송나라 백성들을 사랑하지 않고, 장병들이 위태로운데, 오로지 인의를 위할 뿐입니다.」
【腹心(복심)】：심복. 여기서는 「장병」을 가리킨다.
【不完(불완)】：불완전하다, 즉 「위태롭다」의 뜻.
【特(특)】：다만, 오직.
【耳(이)】：…뿐.

7 公曰：「不反列, 且行法。」右司馬反列, 楚人已成列撰陳矣, 公乃鼓之。→ 양공이 말했다：「대열로 돌아가지 않으면, 바로 군법을 집행할 것이오.」 우사마가 대열로 돌아가고, 초나라 군사가 이미 전열을 정비하여 진용을 갖추자, 양공이 비로소 그들을 공격했다.
【反(반)】：返(반), 돌아가다.
【且(차)】：바로 …할 것이다.
【行法(행법)】：군법을 집행하다.
【撰陳(찬진)】：포진하다. 진용을 갖추다. 〖撰〗：布(포), 具(구), 배치하다, 갖추다. 〖陳〗：陣(진), 진용, 전렬.
【乃(내)】：비로소.

8 宋人大敗, 公傷股, 三日而死。此乃慕仁義之禍。→ 송나라 군사는 대패하고, 양공은 허벅다리를 다쳐, 사흘 후에 죽었다. 이것이 바로 인의를 흠모한 재앙이다.
【股(고)】：넓적다리.
【慕(모)】：흠모하다.
【禍(화)】：재화, 재앙.

시킬 것입니다.」

양공이 말했다.

「과인이 군자의 말을 들으니 『(다친 사람에게) 거듭 상처를 입히지 않고, 반백의 노병은 사로잡지 않고, 사람을 위험한 곳에서 떠밀지 않고, 사람을 곤경에서 핍박하지 않고, 아직 전열을 갖추지 않으면 공격하지 않는다.』라고 했소. 지금 초나라 군사가 아직 (강을) 건너지 않았는데 그들을 공격하는 것은 인의(仁義)를 해치는 일이오. 초나라 군사로 하여금 모두 강을 건너와 진용을 갖추게 하고, 그런 다음에 북을 울려 병사들에게 진격 명령을 내릴 것이오.」

우사마가 말했다.

「임금님께서는 송나라 백성들을 사랑하지 않고, 장병들이 위태로운데 오로지 인의를 위할 뿐입니다.」

양공이 말했다.

「대열로 돌아가지 않으면 바로 군법을 집행할 것이오.」

우사마가 대열로 돌아가고 초나라 군사가 이미 전열을 정비하여 진용을 갖추자, 양공이 비로소 그들을 공격했다. 송나라 군사는 대패하고 양공은 허벅다리를 다쳐 사흘 후에 죽었다. 이것이 바로 인의를 흠모한 재앙이다.

해설

송(宋)나라 양공(襄公)은 초(楚)나라와의 전쟁에서 초나라 군사는 많고 송나라 군사가 적은 중과부적의 열세에도 불구하고 인의(仁義)를 내세우며 현명한 신하인 우사마(右司馬)의 충고를 듣지 않다가 대패하여 목숨을 잃는 수모를 당했다. 전쟁이란 피차 사활이 걸린 싸움으로 촌보의 양보도 용납할 수 없다. 그런데 송양공은 그처럼 위급한 상황에서 인의를 따지다가 결국 목숨과 나라를 잃고 말았다.

이 우언은 한비(韓非)의 관점에서 공자(孔子)가 제창한 「인의지사(仁義之師)」를 비난한 것으로, 본래 「정치적으로 민심을 얻어야 승리할 수 있다.」라고 하는 「인의지사」의 원의(原義)를 견강부회한 것으로 보인다.

216 석거하주(釋車下走)

《韓非子 · 外儲說左上》

원문 및 주석

釋車下走[1]

齊景公游少海, 傳騎從中來謁曰:「嬰疾甚, 且死, 恐公後之。」[2]

1 釋車下走 → 수레를 포기하고 내려서 발로 뛰어가다
【釋(석)】: 버리다, 포기하다.

2 齊景公游少海, 傳騎從中來謁曰:「嬰疾甚, 且死, 恐公後之。」→ 제(齊)나라 경공(景公)이 발해(渤海)에서 유람하고 있는데, 파발꾼이 도성(都城)으로부터 달려와 배알하고 말했다:「안영(晏嬰)의 병이 위독하여, 곧 죽으려 하는데, 임금님께서 그가 죽은 뒤에 도착할까 두렵습니다.」
【齊景公(제경공)】: 제(齊)나라의 군주. 〖齊〗: 지금의 산동성 북부와 하북성 남부 일대에 걸쳐 있던 주대(周代)의 제후국.
【少海(소해)】: [지명] 발해(渤海).
【傳騎(전기)】: 파발꾼. 말을 타고 공문을 전달하는 사람.
【中(중)】: 도성(都城).
【謁(알)】: 알현하다, 배알하다.
【嬰(영)】: [인명] 안영(晏嬰), 안자(晏子). 시호는 평(平), 자는 중(仲)이며 역사에서는 안평중(晏平仲)이라 칭한다. 제(齊)나라의 대부로 영공(靈公) · 장공(莊公) · 경공(景公) 삼대에 걸쳐 재상을 지냈으며, 유능하고 근면 검소한 인품으로 세상에 널리 알려졌는데, 후인들이 그의 행적과 간언(諫言)을 모아 《안자춘추(晏子春秋)》를 펴냈다. 〖子〗: 학문과 덕망을 지닌 남자에 대한 존칭.
【疾甚(질심)】: 병이 위독하다.
【且(차)】: 곧 …하려 하다.
【恐(공)】: 두려워하다, 걱정하다, 우려하다.
【後之(후지)】: 그의 죽음보다 뒤늦다. 즉「그가 죽은 뒤에 도착하다」의 뜻.

景公遽起, 傳騎又至。景公趨駕煩且之乘, 使騶子韓樞御之。[3] 行數百步, 以騶爲不疾, 奪轡代之御; 可數百步, 以馬爲不進, 釋車而走。[4] 以煩且之良, 而騶子韓樞之巧, 而以爲不如下走也。[5]

번역문

수레를 포기하고 내려서 발로 뛰어가다

제(齊)나라 경공(景公)이 발해(渤海)에서 유람하고 있는데, 파발꾼이 도

3 景公遽起, 傳騎又至。景公趨駕煩且之乘, 使騶子韓樞御之。→ 경공이 즉시 일어서자, (다른) 파발꾼이 또 왔다. 경공이 재빨리 준마 번저(煩且)가 끄는 수레에 올라, 추자(騶子) 한구(韓樞)로 하여금 수레를 몰도록 했다.
【遽(거)】: 즉시.
【趨(추)】: 재빨리.
【駕(가)】: 타다, 오르다.
【煩且(번저)】: 경공의 말 이름. ※「且」는 이름으로 쓸 경우「저」로 읽는다.
【乘(승)】: 수레.
【使(사)】: …로 하여금 …하게 하다.
【騶子(추자)】: [관직] 거마를 관리하는 벼슬.
【韓樞(한추)】: [인명] 마부 이름.
【御之(어지)】: 수레를 몰다. 〖御〗: 몰다. 〖之〗: [대명사] 그것, 즉 수레.

4 行數百步, 以騶爲不疾, 奪轡代之御; 可數百步, 以馬爲不進, 釋車而走。→ (경공은) 수백 보를 가다가, 추자가 빠르지 못하다고 여겨, 고삐를 빼앗아 한구를 대신하여 (자기가 직접) 수레를 몰았다. 대략 수백 보를 가더니, (이번에는) 말이 나아가지 못한다고 여겨, 수레를 포기하고 (내려서) 발로 뛰었다.
【以(이)…爲(위)…】: …을 …라고 여기다.
【不疾(부질)】: 빠르지 못하다.
【轡(비)】: 고삐.
【之(지)】: [대명사] 그, 즉「한추(韓樞)」.
【可(가)】: 대략.
【釋(석)】: 버리다, 포기하다. ※ 판본에 따라서는「釋」 앞에「盡(진)」이 첨가되어「盡釋(진석)」이라 했다.

5 以煩且之良, 而騶子韓樞之巧, 而以爲不如下走也。→ 번저와 같은 좋은 말에, 추자 한구와 같은 기교까지도, 오히려 말에서 내려 뛰는 것만 못하다고 여겼다.
【以爲(이위)】: …라고 여기다, …라고 생각하다.

성(都城)으로부터 달려와 배알하고 말했다.

「안영(晏嬰)의 병이 위독하여 곧 죽으려 하는데, 임금님께서 그가 죽은 뒤에 도착할까 두렵습니다.」

경공이 즉시 일어서자 (다른) 파발꾼이 또 왔다. 경공이 재빨리 준마 번저(煩且)가 끄는 수레에 올라 추자(騶子) 한구(韓樞)로 하여금 수레를 몰도록 했다. (경공은) 수백 보를 가다가 추자가 빠르지 못하다고 여겨, 고삐를 빼앗아 한구를 대신하여 (자기가 직접) 수레를 몰았다. 대략 수백 보를 가더니 (이번에는) 말이 나아가지 못한다고 여겨, 수레를 포기하고 (내려서) 발로 뛰었다.

번저와 같은 좋은 말에 추자 한구와 같은 기교까지도 오히려 말에서 내려 뛰는 것만 못하다고 여겼다.

해설

제(齊)나라 경공(景公)은 안영(晏嬰)의 병환이 위독하다는 말을 듣자, 황급히 추자(趨子)로 하여금 준마(駿馬)가 끄는 수레를 몰게 하여 수백 보를 가다가 추자의 수레 모는 속도가 늦다고 여겨 추자로부터 고삐를 빼앗아 자신이 직접 수레를 몰더니, 다시 수백 보를 가다가 또 말이 빨리 달리지 못한다고 여겨 수레를 포기하고 내려서 뛰었다.

이 우언은 객관적인 현실을 고려하지 않고 주관적인 감정에 따라 일을 처리하면 오히려 일을 그르친다는 뜻으로, 상황이 급박할수록 냉정하고 침착하게 대처해야 한다는 것을 비유한 것이다.

217 위문후기렵(魏文侯期獵)

《韓非子·外儲說左上》

원문 및 주석

魏文侯期獵[1]

魏文侯與虞人期獵。[2] 是日, 會天疾風, 左右止, 文侯不聽, 曰 : 「不可。以風疾之故而失信, 吾不爲也。」[3] 遂自驅車往, 犯風而罷虞

1 魏文侯期獵 → 위문후(魏文侯)가 사냥을 약속하다

【魏文侯(위문후)】: 위나라의 건립자. 【魏】: 지금의 하남성 북부·섬서성 동부·산서성 서남부 및 하북성 남부 일대에 있던 주대(周代)의 제후국. 본래 진(晉)나라에 속했으나 B.C. 375년 조씨(趙氏)·한씨(韓氏)·위씨(魏氏)가 진(晉)의 영토를 삼분하여 각기 조(趙)·한(韓)·위(魏) 세 나라로 독립했다.

【期(기)】: 기약하다, 시간을 약속하다.

【獵(렵)】: 사냥하다, 수렵하다.

2 魏文侯與虞人期獵。→ 위문후(魏文侯)가 우인(虞人)과 사냥을 하기로 약속했다.

【虞人(우인)】: [관직] 산택(山澤)에 관한 업무를 관장하는 하급 관리.

3 是日, 會天疾風, 左右止, 文侯不聽, 曰 : 「不可。以風疾之故而失信, 吾不爲也。」→ 약속한 날, 마침 질풍이 불어, 측근 신하들이 만류했으나, 문후가 듣지 않고, 말했다 : 「안 되오. 질풍이 분다는 이유로 인해 신용 잃는 일을, 나는 하지 않을 것이오.」

【是日(시일)】: 이날, 즉 「약속한 날」.

【會(회)】: 마침.

【天(천)】: 날씨.

【疾風(질풍)】: [동사용법] 질풍이 불다.

【左右(좌우)】: 군주의 측근 신하.

【止(지)】: 멈추도록 권하다, 만류하다.

【以(이)…之故(지고)】: …의 연고로 인해, …의 이유 때문에.

人。[4]

번역문

위문후(魏文侯)가 사냥을 약속하다

위문후(魏文侯)가 우인(虞人)과 사냥을 하기로 약속했다. 약속한 날 마침 질풍이 불어 측근 신하들이 만류했으나 문후가 듣지 않고 말했다.

「안 되오. 질풍이 분다는 이유로 인해 신용 잃는 일을 나는 하지 않을 것이오.」

그리하여 친히 수레를 몰고 가서 바람을 무릅쓰고 우인을 만났다.

해설

위문후(魏文侯)가 우인(虞人)과 함께 사냥을 하기로 약속한 날 질풍이 심하게 불어 측근 신하들이 사냥을 취소하도록 만류했으나, 위문후는 신용을 잃지 않겠다 하여 친히 수레를 몰고 가서 우인을 만났다.

【失信(실신)】: 신용을 잃다.
【不爲(불위)】: 하지 않다.

4 遂自驅車往, 犯風而罷虞人。→ 그리하여 친히 수레를 몰고 가서, 바람을 무릅쓰고 우인을 만났다.
【遂(수)】: 그리하여.
【自(자)】: 몸소, 친히, 직접.
【驅(구)】: 몸소
【犯風(범풍)】: 바람을 무릅쓰다.
【罷虞人(파우인)】: 이 말은 ①「罷」를 「그만두다, 중지하다, 파기하다.」로 보아 「우인과의 약속을 파기하다.」라고 해석할 수 있고, ②「罷」를 「파직하다, 파면하다.」로 보아 「우인을 파면하다.」라고 해석할 수도 있으나, 두 가지 해석 모두 주3의 「以風疾之故而失信, 吾不爲也。」라고 한 말과 부합하지 않는다. 따라서 「罷」를 「會(회: 만나다)」의 잘못된 글자로 보는 견해가 많다.

위문후의 입장에서 볼 때, 질풍이 부는 날씨는 사냥을 하기에 너무 부적합하기 때문에 산택(山澤)을 관리하는 하급관리와의 약속은 얼마든지 취소하거나 일정을 변경할 수 있고, 명분상으로도 전혀 오해의 소지가 없다. 그러나 위문후는 군주를 걱정하는 측근 신하들의 만류를 뿌리치고 결국 우인과의 약속을 이행했다.

이 우언은 약속을 이행하여 신용을 잃지 않겠다는 확고부동한 의지와 굳은 결심이 있다면 어떠한 고난도 능히 극복할 수 있다는 교훈을 제시한 것이다.

218 증자살체(曾子殺彘)

《韓非子 · 外儲說左上》

원문 및 주석

曾子殺彘[1]

曾子之妻之市, 其子隨之而泣, 其母曰 :「女還, 顧反, 爲女殺彘。」[2] 妻道市來, 曾子欲捕彘殺之。妻止之曰 :「特與嬰兒戲耳。」[3]

1 曾子殺彘 → 증자(曾子)가 돼지를 잡다
【曾子(증자)】: [인명] 증삼(曾參). 춘추시대 노(魯)나라 사람으로 자는 자여(子輿)이며, 공자(孔子)의 제자이다. 〖子〗: 학문과 덕망을 지닌 남자에 대한 존칭.
【彘(체)】: 돼지.

2 曾子之妻之市, 其子隨之而泣, 其母曰 :「女還, 顧反, 爲女殺彘。」 → 증자(曾子)의 아내가 시장에 가는데, 아들이 따라오며 울자, 아이의 어머니가 말했다 :「너 집에 돌아가거라. (장에 갔다) 돌아오면, 너에게 돼지를 잡아 고기를 먹여주마.」
【之市(지시)】: 시장에 가다. 〖之〗: 가다. 〖市〗: 저자, 시장.
【泣(읍)】: 울다.
【女(여)】: 汝(여), 너.
【還(환)】: 돌아가다.
【顧反(고반)】: 돌아오다. 〖反〗: 返(반).
【爲(위)】: …에게, …을 위해.
【殺彘(살체)】: 돼지를 잡다. 여기서는 「돼지를 잡아 고기를 먹여주다」의 뜻.

3 妻道市來, 曾子欲捕彘殺之。妻止之曰 :「特與嬰兒戲耳。」 → 증자의 아내가 시장에서 돌아오자, 증자가 돼지를 잡으려 했다. 아내가 증자를 제지하며 말했다 :「다만 어린애와 장난을 했을 뿐인데요.」
【道(도)】: 由, …로부터, …에서. ※ 원문에는 본래 「道」를 「適」이라 했으나, 여기서는 도소석(陶小石)의 《독한비자찰기(讀韓非子札記)》를 근거로 고쳤다.

曾子曰：「嬰兒非與戲也。嬰兒非有知也，待父母而學者也，聽父母之教。[4] 今子欺之，是教子欺也。母欺子，子而不信其母，非所以成教也。」遂烹彘也。[5]

번역문

증자(曾子)가 돼지를 잡다

증자(曾子)의 아내가 시장에 가는데 아들이 따라오며 울자 아이의 어머

......

【欲(욕)】: …하고자 하다, …하려고 하다.
【捕(포)】: 붙잡다.
【止(지)】: 저지하다, 제지하다.
【特(특)】: 다만.
【嬰兒(영아)】: 어린아이.
【耳(이)】: …뿐.

4 曾子曰：「嬰兒非與戲也。嬰兒非有知也，待父母而學者也，聽父母之教。→ 증자가 말했다: 「아이는 더불어 장난하는 대상이 아니오. 아이는 아는 것이 없어, 부모를 의지하여 배우고, 부모의 가르침을 듣는 것이요.
【非與戲(비여희)】: 더불어 장난하는 대상이 아니다. 〖戲〗: 장난하다.
【非有知(비유지)】: 아는 것이 없다.
【待(대)】: 의지하다.

5 今子欺之，是教子欺也。母欺子，子而不信其母，非所以成教也。」遂烹彘也。→ 지금 당신이 아이를 속이면, 이는 아이에게 속이는 법을 가르치는 것이오. 어머니가 아들을 속이면, 아들은 곧 어머니를 믿지 않을 것이니, 잘 가르치는 방법이 아니오.」 그리하여 돼지를 잡아 삶았다.
【子(자)】: 맨 앞의 「子」는 「그대, 당신」의 뜻이고, 나머지 「子」는 모두 「자식, 아들」의 뜻.
【欺(기)】: 속이다.
【是(시)】: [대명사] 이것, 즉 「아이를 속이는 것」.
【而(이)】: 곧.
【所以(소이)】: 방법.
【成教(성교)】: 잘 가르치다.
【遂(수)】: 그리하여.
【烹(팽)】: 삶다.

니가 말했다.

「너 집에 돌아가거라. (장에 갔다) 돌아오면 너에게 돼지를 잡아 고기를 먹여주마.」

증자의 아내가 시장에서 돌아오자 증자가 돼지를 잡으려 했다. 아내가 증자를 제지하며 말했다.

「다만 어린애와 장난을 했을 뿐인데요.」

증자가 말했다.

「아이는 더불어 장난하는 대상이 아니오. 아이는 아는 것이 없어 부모를 의지하여 배우고 부모의 가르침을 듣는 것이오. 지금 당신이 아이를 속이면, 이는 아이에게 속이는 법을 가르치는 것이오. 어머니가 아들을 속이면 아들은 곧 어머니를 믿지 않을 것이니, 잘 가르치는 방법이 아니오.」

그리하여 돼지를 잡아 삶았다.

해설

증자(曾子)는 아내가 장을 보러 가면서 울며 보채는 어린 아들에게 장에서 돌아와 돼지를 잡아 고기를 먹여주겠다고 어르는 말을 들었다. 그리하여 아내가 장에서 돌아오는 것을 보자 돼지를 잡을 준비를 했다. 아내가 증자에게 아이를 달래기 위해 장난으로 한 말이라며 대수롭지 않게 생각하자, 증자는 엄중한 어조로 부모가 자식을 속이면 자식이 속이는 법을 배우는 것이라며 아내를 질책하고 나서 바로 돼지를 잡아 삶아 아들에게 먹여주었다.

이 우언은 부모의 일거일동이 자식들에게 가장 심대한 영향을 미친다는 점을 들어 부모의 자식 교육에 대한 중요성을 강조한 것이다.

219 기일족(夔一足)

《韓非子 · 外儲說左下》

원문 및 주석

夔一足[1]

哀公問於孔子曰:「吾聞夔一足, 信乎?」[2] 曰:「夔, 人也, 何故一足? 彼其無他異, 而獨通於聲。[3] 堯曰:『夔, 一而足矣。』使爲樂正。故君子曰:『夔有一, 足。』非一足也。」[4]

1 夔一足 → 기(夔)의 외다리
【夔(기)】: 신화 인물.
【一足(일족)】: 외다리, 한쪽만 있는 다리.

2 哀公問於孔子曰:「吾聞夔一足, 信乎?」 → 노애공(魯哀公)이 공자(孔子)에게 물었다:「내가 듣건대 기(夔)는 외다리라 하던데, 그것이 사실입니까?」
【哀公(애공)】: 노애공(魯哀公). 춘추시대 노(魯)나라의 군주. 노나라는 지금의 산동성 일대에 있던 주대(周代)의 제후국.
【孔子(공자)】: [인명] 성은 공(孔), 이름은 구(丘), 자는 중니(仲尼). 유가(儒家) 학파의 창시자.
【信(신)】: 정말, 사실.

3 曰:「夔, 人也, 何故一足? 彼其無他異, 而獨通於聲。 → 공자가 대답했다:「기는, 사람인데, 어째서 외다리겠습니까? 그는 다른 장점이 없고, 오로지 음률(音律)에 대해 정통합니다.
【何故(하고)】: 왜, 어째서.
【彼其(피기)】: [대명사] 그, 그 사람.
【他異(타이)】: 다른 특이한 점, 다른 장점.
【獨(독)】: 오직, 다만.
【通於聲(통어성)】: 음률에 정통하다. 〖聲〗: 소리, 즉 「음률」.

4 堯曰:『夔, 一而足矣。』使爲樂正。故君子曰:『夔有一, 足。』非一足也。」 → 요(堯)임금께서:

번역문

기(夔)의 외다리

노(魯)나라 애공(哀公)이 공자(孔子)에게 물었다.

「내가 듣건대 기(夔)는 외다리라 하던데, 그것이 사실입니까?」

공자가 대답했다.

「기는 사람인데 어째서 외다리겠습니까? 그는 다른 장점이 없고, 오로지 음률(音律)에 대해 정통합니다. 요(堯)임금께서 『기는 한 가지 장점이면 족하다.』라 말하고, 그로 하여금 악정(樂正)을 맡도록 했습니다. 그래서 군자가 말하길 『기는 한 가지 장점을 지니고 있으니 족하다.』라고 한 것이지, (결코) 외다리가 아닙니다.」

해설

노(魯)나라 애공(哀公)은 「기일족(夔一足)」이란 말을 듣고, 일족(一足)을 「외다리」로 해석하여 기(夔)가 한쪽 다리만 있다는 것이 사실인가를 공자(孔子)에게 물었다. 이에 공자가 당요(唐堯)와 군자의 말을 인용하여 일족(一足)을 「한 가지 장점(一)을 지닌 것으로 족(足)하다.」라고 해석하며 결코 외다리가 아니라는 것을 증명했다.

한자(漢字)의 특성상 족(足)은 「다리」라는 뜻이 있는가 하면 「족하다, 충분하다」라는 뜻도 있다. 이로 인해 「일족(一足)」이란 말이 와전되고 또 와

....

『기는, 한 가지 장점이면 족하다.』라 말하고, 그로 하여금 악정(樂正)을 맡도록 했습니다. 그래서 군자가 말하길 : 『기는 한 가지 장점을 지니고 있으니, 족하다.』라고 한 것이지, (결코) 외다리가 아닙니다.」

【堯(요)】 : 상고시대 당(唐)의 요임금.

【使(사)】 : …로 하여금 …하도록 하다.

【樂正(악정)】 : [관직] 옛날 음악을 관장하던 관리.

전되어 급기야 요(堯)임금 시대의 악정(樂正)을 외다리 괴물로 착각하게 만들었다.

이 우언은 여러 의미로 해석이 가능한 중국의 언어 문자에 대해 문장 전체를 통해 원의(原意)를 상세히 규명하지 않고, 개략적으로 글자만 보고 뜻을 임의로 해석하여 오류를 범하는 경솔한 행위를 경계한 것이다.

220 구맹주산(狗猛酒酸)

《韓非子 · 外儲說右上》

원문 및 주석

狗猛酒酸[1]

宋人有酤酒者, 升概甚平, 遇客甚謹, 爲酒甚美, 縣幟甚高, 然而不售, 酒酸。[2] 怪其故, 問其所知閭長者楊倩。[3] 倩曰 : 「汝狗猛耶!」

1 狗猛酒酸 → 개가 사나워 술이 시어버리다
【猛(맹)】: 사납다.
【酸(산)】: (음식이) 시다, 시어버리다.

2 宋人有酤酒者, 升概甚平, 遇客甚謹, 爲酒甚美, 縣幟甚高, 然而不售, 酒酸。→ 송(宋)나라 사람으로 술을 파는 자가 있었다. 양도 매우 후하게 주고, 손님 접대도 매우 정중했으며, 담근 술맛도 매우 감미롭고, 주기(酒旗)도 매우 높이 걸었다. 그러나 술이 팔리지 않아, 마침내 술이 시어버렸다.
【宋(송)】: [국명] 지금의 하남성 상구현(商邱縣) 일대에 있던 주대(周代)의 제후국.
【酤酒(고주)】: 술을 팔다. 〖酤〗: 술을 팔다, 술을 사다.
【升概(승개)】: 용량을 되는 도구. 여기서는 「양, 분량」을 가리킨다. 〖升〗: 되, 됫박. 〖概〗: 평미레, 평목.
【甚(심)】: 매우, 대단히.
【平(평)】: 공평하다. 여기서는 「후하다, 넉넉하다」의 뜻.
【遇客(우객)】: 손님을 접대하다.
【謹(근)】: 공손하다, 겸손하다, 정중하다.
【爲酒(위주)】: 술을 담그다.
【縣幟(현치)】: 주기를 걸다. 〖縣〗: 懸(현), 걸다. 〖幟〗: 주기(酒旗), 술집이라는 것을 알리기 위해 술집 앞에 세우는 깃발.
【然而(연이)】: 그러나.

曰 :「狗猛, 則酒何故而不售?」[4] 曰 :「人畏焉。或令孺子懷錢挈壺甕而往酤, 而狗迓而齕之, 此酒所以酸而不售也。」[5]

【售(수)】: 팔다.

3 怪其故, 問其所知閭長者楊倩。→ (술 파는 사람이) 그 까닭을 이상히 여겨, 자기가 잘 알고 지내는 마을의 어른 양천(楊倩)에게 물었다.
【怪(괴)】: 이상히 여기다.
【故(고)】: 연고, 까닭.
【其(기)】: [대명사] 그, 즉 「술집 주인」.
【所知(소지)】: 잘 아는 사이.
【閭(려)】: 마을, 동네.
【長者(장자)】: 어른, 연장자.
【楊倩(양천)】: [인명].

4 倩曰 :「汝狗猛耶!」曰 :「狗猛, 則酒何故而不售?」→ 양천이 말했다 :「당신네 개가 사나워서 그래!」(술 파는 사람이) 물었다 :「개가 사나우면, 왜 술이 팔리지 않습니까?」
【何故(하고)】: 왜, 어째서.

5 曰 :「人畏焉。或令孺子懷錢挈壺甕而往酤, 而狗迓而齕之, 此酒所以酸而不售也。」→ (양천이) 말했다 :「사람들이 (개를) 무서워하는 거야. 어떤 사람이 아이를 시켜 돈을 품속에 지니고 주전자를 들고 가서 술을 받아오도록 했는데, 개가 달려들어 그 아이를 물었어. 이것이 바로 술이 시어 팔리지 않는 까닭이야.」
【畏(외)】: 두려워하다, 겁내다.
【或(혹)】: 어떤 사람.
【令(령)】: …로 하여금 …하게 하다, …하도록 시키다.
【孺子(유자)】: 아이.
【懷(회)】: 품속에 지니다.
【挈(설)】: 손에 들다, 휴대하다.
【壺甕(호옹)】: 주전자와 항아리. 여기서는 「술 담는 용기」를 가리킨다.
【往酤(왕고)】: 술을 사러 가다.
【迓(아)】: 맞이하다, 영접하다. 여기서는 「달려들다」의 뜻.
【齕(흘)】: 물다, 깨물다.
【之(지)】: [대명사] 그, 즉 「아이」.
【所以(소이)】: 까닭, 이유, 원인.

번역문

개가 사나워 술이 시어버리다

송(宋)나라 사람으로 술을 파는 자가 있었다. 양도 매우 후하게 주고 손님 접대도 매우 정중했으며, 담근 술맛도 매우 감미롭고 주기(酒旗)도 매우 높이 걸었다. 그러나 술이 팔리지 않아 마침내 술이 시어버렸다. (술 파는 사람이) 그 까닭을 이상히 여겨 자기가 잘 알고 지내는 마을의 어른 양천(楊倩)에게 물었다.

양천이 말했다.

「당신네 개가 사나워서 그래!」

(술 파는 사람이) 물었다.

「개가 사나우면 왜 술이 팔리지 않습니까?」

(양천이) 말했다.

「사람들이 (개를) 무서워하는 거야. 어떤 사람이 아이를 시켜 돈을 품속에 지니고 주전자를 들고 가서 술을 받아오도록 했는데, 개가 달려들어 그 아이를 물었어. 이것이 바로 술이 시어 팔리지 않는 까닭이야.」

해설

송(宋)나라의 술장사가 손님들에게 양도 후하게 주고 접대도 정중할 뿐만 아니라 술맛도 좋고 주기(酒旗)도 높이 걸어 놓았으나, 술의 잔량(殘量)이 점점 증가하고 팔리지 않아 술이 그만 시어버렸다. 술장사가 그 이유를 몰라 마을의 어른인 양천(楊倩)을 찾아가 묻자, 술집의 개가 사나워 사람을 물기 때문에 무서워서 가지 않는다는 것이었다.

이 우언은 한비(韓非)가 사나운 개를 권신(權臣)들에 비유하여, 재능을 지닌 사람들이 나라에 공헌하겠다는 이상을 품고 현명한 군주가 기용해주기를 바라지만, 기득권을 가진 대신들이 마치 사나운 개처럼 군주에게 접근하려는 사람들을 물어뜯고 언로를 차단함으로써 재능 있는 사람들이 중용되지 못하고 있다는 것을 꼬집어 비유한 것이다.

※ 참고 : 이 우언은 《안자춘추(晏子春秋) · 내편문상(內篇問上)》에도 보이는데, 고사의 기본 골격은 같으나 서술한 내용은 《한비자》가 《안자춘추》에 비해 좀 더 구체적이다.

221 공의휴불수어(公儀休不受魚)

《韓非子 · 外儲說右下》

원문 및 주석

公儀休不受魚[1]

公儀休相魯而嗜魚, 一國盡爭買魚而獻之, 公儀子不受。[2] 其弟諫曰 :「夫子嗜魚而不受者, 何也?」[3] 對曰 :「夫唯嗜魚, 故不受也。夫

1 公儀休不受魚 → 공의휴(公儀休)가 생선을 받지 않다
【公儀休(공의휴)】: [인명] 노(魯)나라의 재상.

2 公儀休相魯而嗜魚, 一國盡爭買魚而獻之, 公儀子不受。→ 공의휴(公儀休)가 노(魯)나라 재상을 지내는데 생선을 매우 좋아하여, 온 나라 사람들이 모두 생선을 사다가 바쳤으나, 공의휴가 받지 않았다.
【相魯(상로)】: 노(魯)나라의 재상을 지내다. 〖相〗: [동사용법] 재상을 지내다. 〖魯〗: 지금의 산동성 일대에 있던 주대(周代)의 제후국.
【一國(일국)】: 온 나라, 전국. 여기서는 「온 나라 사람들」을 가리킨다.
【盡(진)】: 모두.
【獻(헌)】: 바치다, 헌상하다.
【公儀子(공의자)】: 공의휴(公儀休). 〖子〗: 학문과 덕망을 지닌 남자에 대한 존칭.

3 其弟諫曰 :「夫子嗜魚而不受者, 何也?」→ 그의 제자가 여쭈었다 :「선생님은 생선을 좋아하시는데 받지 않는 것은, 무슨 까닭입니까?」
【其弟(기제)】: 그의 제자. ※「其弟」는「其弟子(기제자)」의「子」가 누락된 듯하다.《회남자(淮南子) · 도응훈(道應訓)》에「其弟子」라 했고, 화자가「부자(夫子 : 선생님)」라는 존칭을 사용한 것으로 보아「그의 제자」라고 보는 것이 타당하다.
【諫(간)】: 간하다. 여기서는「여쭈다」의 뜻.
【夫子(부자)】: 선생님. ※ 제자가 스승을 부르는 호칭.
【嗜(기)】: 즐기다, 좋아하다.

卽受魚, 必有下人之色; 有下人之色, 將枉於法; 枉於法, 則免於相。[4] 雖嗜魚, 此必不能致我魚, 我又不能自給魚。[5] 卽無受魚, 而不免於相, 雖嗜魚, 我能長自給魚。」[6]

번역문

공의휴(公儀休)가 생선을 받지 않다

공의휴(公儀休)가 노(魯)나라 재상을 지내는데, 생선을 매우 좋아하여 온 나라 사람들이 모두 생선을 사다가 바쳤으나 공의휴가 받지 않았다.

그의 제자가 여쭈었다.

「선생님은 생선을 좋아하시는데 받지 않는 것은 무슨 까닭입니까?」

4 對曰:「夫唯嗜魚, 故不受也。夫卽受魚, 必有下人之色; 有下人之色, 將枉於法; 枉於法, 則免於相。→ (공의휴가) 대답했다:「바로 생선을 좋아하기 때문에, 그래서 받지 않는 것이다. 만약 생선을 받는다면, 반드시 남에게 자세를 낮추는 표정을 보일 것이고; 남에게 자세를 낮추는 표정을 보이면, 장차 법령을 왜곡할 것이며; 법령을 왜곡하면, 재상에서 면직될 것이다.
【夫唯(부유)…故(고)】: 바로 …때문에 그래서.
【卽(즉)】: 만일, 만약.
【下人(하인)】: 남에게 굽히다, 남에게 자세를 낮추다.
【色(색)】: 표정, 자태.
【將(장)】: 장차 …할 것이다.
【枉於法(왕어법)】: 법령을 왜곡하다.

5 雖嗜魚, 此必不能致我魚, 我又不能自給魚。→ (면직되면) 비록 내가 생선을 좋아한다 해도, 이들은 틀림없이 나에게 생선을 보내오지 않을 것이며, (봉록이 없으니) 나는 또 생선을 자급할 수도 없을 것이다.
【此(차)】: [대명사] 이, 이들, 즉「생선을 바치던 사람들」.
【致我魚(치아어)】: 나에게 생선을 보내오다.
【自給魚(자급어)】: 생선을 자급하다, 즉「스스로 생선을 사먹다」의 뜻.

6 卽無受魚, 而不免於相, 雖嗜魚, 我能長自給魚。」→ 만약 생선을 받지 않으면, 재상에서 면직되지 않을 것이고, 비록 생선을 좋아한다 해도, 내가 항상 생선을 자급할 수 있을 것이다.」
【卽(즉)】: 만일, 만약.
【長(장)】: 항상, 언제나.

(공의휴가) 대답했다.

「바로 생선을 좋아하기 때문에, 그래서 받지 않는 것이다. 만약 생선을 받는다면 반드시 남에게 자세를 낮추는 표정을 보일 것이고, 남에게 자세를 낮추는 표정을 보이면 장차 법령을 왜곡할 것이며, 법령을 왜곡하면 재상에서 면직될 것이다. (면직되면) 비록 내가 생선을 좋아한다 해도 이들은 틀림없이 나에게 생선을 보내오지 않을 것이며, (봉록이 없으니) 나는 또 생선을 자급할 수도 없을 것이다. 만약 생선을 받지 않으면 재상에서 면직되지 않을 것이고, 비록 생선을 좋아한다 해도 내가 항상 생선을 자급할 수 있을 것이다.」

해설

노(魯)나라의 재상 공의휴(公儀休)가 생선을 좋아한다는 것을 알고 사람들이 다투어 생선을 사다가 바치자, 공의휴는 공직자의 청렴을 내세워 절대로 받지 않았다. 공의휴의 뜻은, 만일 그것을 받았다가 적발되어 재상의 자리에서 물러나면 사람들이 생선을 보내오지 않을 것이 자명하고 봉록도 없어 자기가 생선을 좋아한다 해도 자급(自給)할 능력이 없을 것이지만, 그것을 받지 않으면 재상의 자리에서 물러나지 않고 봉록이 있어 좋아하는 생선을 항상 자급할 수 있을 것이라 했다.

이 우언은 공의휴와 같이 높은 자리에서 나라의 녹을 먹는 관리는 마땅히 솔선수범하여 공무(公務)를 중시하고 법을 준수하며 절대로 자기의 지위를 이용하여 탐욕을 부리지 말아야 한다는 공직자의 도리를 강조한 것이다.

※ 참고 : 이 고사는 《회남자(淮南子) · 도응훈(道應訓)》에도 보이나 《회남자》와 비교할 때 《한비자》의 고사 내용이 더욱 상세하다.

222 모순(矛盾)

《韓非子・難一》

원문 및 주석

矛盾[1]

楚人有鬻楯與矛者, 譽之曰:「吾楯之堅, 物莫能陷也。」又譽其矛曰:「吾矛之利, 於物無不陷也。」[2] 或曰:「以子之矛, 陷子之楯, 何如?」[3] 其人弗能應也。[4] 夫不可陷之楯, 與無不陷之矛, 不可同世

1 矛盾 → 창과 방패
【矛(모)】: 창.
【盾(순)】: 방패.

2 楚人有鬻楯與矛者, 譽之曰:「吾楯之堅, 物莫能陷也。」又譽其矛曰「吾矛之利, 於物無不陷也。」→ 초(楚)나라 사람으로 방패와 창을 파는 자가 있었는데, 그것을 자랑하여 말하길:「나의 방패는 견고해서, 어떤 물건으로도 뚫을 수가 없습니다.」라고 하더니, 바로 또 창을 자랑하여 말하길:「나의 창은 예리하여, 어떤 물건도 뚫지 못하는 것이 없습니다.」라고 했다.
【楚(초)】: [국명] 지금의 호남성・호북성과 강서성・절강성 및 하남성 남부에 걸쳐 있던 주대(周代)의 제후국.
【鬻(육)】: 매(賣), 팔다.
【楯(순)】: 盾, 방패. ※ 판본에 따라서는「楯」을「盾」이라 했다.
【譽(예)】: 칭찬하다, 자랑하다.
【莫能(막능)】: …할 수가 없다, …하지 못하다.
【陷(함)】: 공격하여 파괴하다, 즉「찔러서 뚫다」의 뜻.

3 或曰:「以子之矛, 陷子之楯何如?」→ 어떤 사람이 물었다:「당신의 창을 가지고, 당신의 방패를 뚫는다면 어떨까요?」
【或(혹)】: 어떤 사람.

4 其人弗能應也。→ 창과 방패를 파는 사람은 대답을 할 수가 없었다.

而立。5

번역문

창과 방패

초(楚)나라 사람으로 방패와 창을 파는 자가 있었는데, 그것을 자랑하여 말하길, 「나의 방패는 견고해서 어떤 물건으로도 뚫을 수가 없습니다.」라고 하더니, 바로 또 창을 자랑하여 말하길, 「나의 창은 예리하여 어떤 물건도 뚫지 못하는 것이 없습니다.」라고 했다.

어떤 사람이 물었다.

「당신의 창을 가지고 당신의 방패를 뚫는다면 어떨까요?」

창과 방패를 파는 사람은 대답을 할 수가 없었다.

대저 찔러서 뚫리지 않는 방패와 찔러서 뚫지 못하는 창은 동시에 양립할 수가 없는 것이다.

해설

초(楚)나라 상인이 자기의 방패를 자랑하여 어떤 창으로도 뚫지 못한다 하고, 창을 자랑하여 어떤 물건도 뚫지 못하는 것이 없다고 했다가, 당신의 창으로 당신의 방패를 뚫으면 어떠냐는 질문을 받고 대답을 하지 못해 사

【其人(기인)】: 그 사람. 즉 창과 방패를 파는 사람.
【弗(불)】: 不(불).
【應(응)】: 대답하다.

5 夫不可陷之楯, 與無不陷之矛, 不可同世而立。→ 대저 찔러서 뚫리지 않는 방패와, 찔러서 뚫지 못하는 창은, 동시에 양립할 수가 없는 것이다.
【夫(부)】: [발어사] 대저, 무릇.
【同世而立(동세이립)】: 동시에 양립하다.

람들의 웃음거리가 되었다.

이 우언은 본래 한비(韓非)가 서로 저촉되는 유가(儒家)의 논점을 풍자한 것인데, 후세 사람들은 이 말을 가지고 언행이 일치하지 않거나 어떤 사실의 앞뒤가 맞지 않음을 비유하는 말로 사용했다.

223 수주대토(守株待兎)

《韓非子 · 五蠹》

원문 및 주석

守株待兎[1]

宋人有耕田者, 田中有株, 兎走觸株, 折頸而死。[2] 因釋其耒而守株, 冀復得兎。兎不可復得, 而身爲宋國笑。[3]

1 守株待兎 → 나무 그루터기를 지키며 토끼를 기다리다
【株(주)】: 나무 그루터기.
【待(대)】: 기다리다.

2 宋人有耕田者, 田中有株, 兎走觸株, 折頸而死。→ 송(宋)나라 사람으로 밭을 갈던 자가 있었다. 그의 밭 가운데에 나무 그루터기가 있었는데, 토끼가 달려가다가 나무 그루터기에 부딪쳐, 목이 부러져 죽었다.
【宋(송)】: [국명] 지금의 하남성 상구현(商邱縣) 일대에 있던 주대(周代)의 제후국.
【耕田(경전)】: 농사를 짓다.
【觸(촉)】: 부딪치다.
【折頸(절경)】: 목을 부러뜨리다. 즉 「목이 부러지다」의 뜻.

3 因釋其耒而守株, 冀復得兎。兎不可復得, 而身爲宋國笑。→ 그리하여 그는 자기의 쟁기를 버리고 나무 그루터기를 지키며, 다시 토끼를 얻기만 바라고 있었다. 토끼는 다시 얻을 수 없었고, 자신은 송나라 사람들의 웃음거리가 되었다.
【因(인)】: 이로 인해, 그리하여.
【釋(석)】: 버리다, 포기하다.
【耒(뢰)】: [농기구] 쟁기.
【冀(기)】: 바라다, 희망하다.
【爲(위)…笑(소)】: [피동용법] …의 웃음거리가 되다.

번역문

나무 그루터기를 지키며 토끼를 기다리다

송(宋)나라 사람으로 밭을 갈던 자가 있었다. 그의 밭 가운데에 나무 그루터기가 있었는데, 토끼가 달려가다가 나무 그루터기에 부딪쳐 목이 부러져 죽었다.

그리하여 그는 자기의 쟁기를 버리고 나무 그루터기를 지키며 다시 토끼를 얻기만 바라고 있었다. 토끼는 다시 얻을 수 없었고 자신은 송나라 사람들의 웃음거리가 되었다.

해설

밭을 갈다가 나무 그루터기에 부딪쳐 죽은 토끼를 얻은 것은 그야말로 천재일우의 우연한 일이다. 그런데 송(宋)나라 사람은 그러한 우연을 필연으로 여겨 자기 본연의 업무를 포기하고 나무 그루터기를 지키다가 끝내 원하는 바를 이루지 못하고 사람들의 웃음거리가 되고 말았다.

이 우언은 한비(韓非)의 관점에서 선왕(先王)의 인의지도(仁義之道)를 고수하며 부단히 발전하고 변화하는 사물의 추세에 따라 새로운 인식을 갖지 못하고 오직 구습에 얽매여 헤어나지 못하는 유가(儒家)의 보수적인 행위를 풍자한 것이다.

《궐자(闕子)》 우언

궐자(闕子 : B.C. ?-?)는 생애 사적을 알 수 없으나, 전국시대 종횡가(縱橫家)에 속하는 인물이라 여겨진다. 《한서(漢書) · 예문지(藝文志)》에는 그의 저술로 《궐자(闕子)》 1편을 수록하고 있으나 이미 망실되어 전하지 않고, 청(淸) 마국한(馬國翰)의 《옥함산방집일서(玉函山房輯佚書)》에 일문 일부가 수록되어 있다.

224 금구계이(金鉤桂餌)

《闕子》

원문 및 주석

金鉤桂餌[1]

魯人有好釣者, 以桂爲餌, 黃金之鉤, 錯以銀碧, 垂翡翠之綸。[2] 其持竿處位卽是, 然其得魚不幾矣。[3] 故曰 :「釣之務不在芳餌, 事

....

1 金鉤桂餌 → 황금 낚싯바늘과 육계(肉桂) 미끼

【鉤(구)】: 낚싯바늘.

【桂(계)】: [향료] 육계(肉桂). ※ 오래 자란 계수나무의 두꺼운 겁질. 중국인들은 이를 값진 향료로 여겼다.

【餌(이)】: 미끼, 낚싯밥.

2 魯人有好釣者, 以桂爲餌, 黃金之鉤, 錯以銀碧, 垂翡翠之綸。→ 노(魯)나라 사람으로 낚시를 좋아하는 자가 있었는데, (고급 향료인) 육계(肉桂)로 미끼를 삼고, 황금으로 낚싯바늘을 만들고, (낚싯대에) 은과 푸른 옥으로 상감을 하고, 비취로 장식한 낚싯줄을 드리웠다.

【魯(노)】: [국명] 지금의 산동성 일대에 있던 주대(周代)의 제후국.

【好釣(호조)】: 낚시를 좋아하다. 〖好〗: [동사] 좋아하다. 〖釣〗: 낚시, 낚시하다.

【以爲(이위)】: …로 …을 삼다.

【錯(착)】: 상감(象嵌)하다, 박아 넣다.

【垂(수)】: 드리우다.

【翡翠之綸(비취지륜)】: 비취로 장식한 낚싯줄. 〖綸〗: 낚싯줄. ※ 혹자는 「翡翠」를 「물총새」로 보아 「翡翠之綸」을 「물총새의 깃털로 장식한 낚싯줄」이라 풀이했다.

3 其持竿處位卽是, 然其得魚不幾矣。→ 그가 낚싯대를 잡은 자세와 서 있는 위치는 옳았지만, 그러나 그가 잡은 물고기는 얼마 되지 않았다.

【持竿(지간)】: 낚싯대를 잡다. 〖持〗: 잡다. 〖竿〗: 낚싯대.

【處位(처위)】: 자세와 위치.

之急不在辯言。」[4]

번역문

황금 낚싯바늘과 육계(肉桂) 미끼

노(魯)나라 사람으로 낚시를 좋아하는 자가 있었는데, (고급 향료인) 육계(肉桂)로 미끼를 삼고, 황금으로 낚싯바늘을 만들고, (낚싯대에) 은과 푸른 옥으로 상감을 하고, 비취로 장식한 낚싯줄을 드리웠다.

그가 낚싯대를 잡은 자세와 서 있는 위치는 옳았지만, 그러나 그가 잡은 물고기는 얼마 되지 않았다. 그래서 말하길 「낚시의 관건은 향기로운 미끼에 있지 않고, 일의 관건은 말재간에 있지 않다.」라고 한 것이다.

해설

물고기가 낚시에 걸리는 것은 물고기의 입맛에 알맞은 미끼가 물고기를 유인하기 때문이지 낚시도구가 화려하고 값진 향료를 미끼로 사용하기 때문이 아니다. 그러나 노(魯)나라 사람은 물고기가 좋아하는 미끼를 개발하는 일에 공을 들이지 않고 엉뚱한 일에 공을 들여 많은 대가를 지불하고도

【是(시)】: 옳다, 바르다, 정확하다.
【然(연)】: 그러나.
【不幾(불기)】: 얼마 되지 않다. 【幾】: 몇, 얼마.

4 故曰:「釣之務不在芳餌, 事之急不在辯言。」→ 그래서 말하길:「낚시의 관건은 향기로운 미끼에 있지 않고, 일의 관건은 말재간에 있지 않다.」라고 한 것이다.
【務(무)】: 급무, 즉 「관건」.
【芳餌(방이)】: 향기로운 미끼.
【急(급)】: 급무, 즉 「관건」.
【辯言(변언)】: 언변, 말재간.

수확이 너무 적었다.

이 우언은 무슨 일이든 지나치게 표면적인 형식에 치중하지 말고 실제 상황에서 실질적인 효과를 추구해야 한다는 「실사구시(實事求是)」의 원칙을 강조한 것이다.

225 우인장석(愚人藏石)

《闕字》

원문 및 주석

愚人藏石[1]

宋之愚人得燕石梧臺之東, 歸而藏之, 以爲大寶。周客聞而觀之。[2] 主人齋七日, 端冕之衣, 釁之以特牲, 革匱十重, 緹巾十襲。[3] 客

1 愚人藏石 → 어리석은 사람이 돌멩이를 간직하다
【藏(장)】: 수장하다, 간직하다.

2 宋之愚人得燕石梧臺之東, 歸而藏之, 以爲大寶。周客聞而觀之。→ 송(宋)나라의 어리석은 사람이 오대(梧臺)의 동쪽에서 연석(燕石)을 발견하자, 그것을 가지고 집에 돌아와 간직한 후, 큰 보물로 여겼다. 주(周)나라의 객상이 소문을 듣고 그것을 보러왔다.
【宋(송)】: [국명] 지금의 하남성 상구현(商邱縣) 일대에 있던 주대(周代)의 제후국.
【燕石(연석)】: 옥처럼 생긴 돌멩이.
【梧臺(오대)】: 제(齊)나라 궁중의 누대 이름.
【以爲(이위)】: …라고 여기다, …라고 생각하다.
【周客(주객)】: 주(周)지방에서 온 객상(客商).

3 主人齋七日, 端冕之衣, 釁之以特牲, 革匱十重, 緹巾十襲。→ (연석) 주인은 이레 동안 재계(齋戒)하고 나서, 예복과 예모를 갖추고, 황소를 제물로 삼아 제사를 지낸 후, (그 돌을) 열 겹의 가죽 함에 넣고, 다시 열 겹의 천으로 쌌다.
【齋(재)】: 재계(齋戒)하다.
【端(단)】: 예복(禮服).
【冕(면)】: 예모(禮帽).
【釁(흔)】: 희생을 잡아 제사를 지내다. 가축을 잡아 그 피를 발라 신에게 제사지내다.
【特牲(특생)】: 제사 때 제물로 바치는 황소.
【革匱(혁궤)】: 가죽 궤. 【匱】: 물건을 넣어 두는 궤 또는 장.

見之, 俯而掩口, 盧胡而笑曰 : 「此燕石也, 與瓦甓不殊。」[4] 主人大怒曰 : 「商賈之言, 竪匠之心!」 藏之愈固, 守之彌謹。[5]

번역문

어리석은 사람이 돌멩이를 간직하다

송(宋)나라의 어리석은 사람이 오대(梧臺)의 동쪽에서 연석(燕石)을 발견하자 그것을 가지고 집에 돌아와 간직한 후 큰 보물로 여겼다. 주(周)나라의 객상이 소문을 듣고 그것을 보러왔다. (연석) 주인은 이레 동안 재계(齋戒)하고 나서 예복과 예모를 갖추고 황소를 제물로 삼아 제사를 지낸 후, (그 돌을) 열 겹의 가죽 함에 넣고 다시 열 겹의 천으로 쌌다. 객상이 그것

....

【重(중)】: [양사] 겹.
【緹巾(제건)】: 황적색 천. 【緹】: 황적색.
【襲(습)】: [양사] 겹.

4 客見之, 俯而掩口, 盧胡而笑曰 : 「此燕石也, 與瓦甓不殊。」 → 객상이 그것을 보더니, 고개를 숙여 입을 가리고, 소리를 죽여 웃으며 말했다 : 「이것은 연석으로, 기와나 벽돌과 다르지 않습니다.」
【俯(부)】: 고개를 숙이다.
【掩(엄)】: 가리다.
【盧胡(노호)】: 목구멍에서 소리를 죽여 웃는 소리.
【瓦甓(와벽)】: 기와와 벽돌.
【殊(수)】: 다르다, 틀리다.

5 主人大怒曰 : 「商賈之言, 竪匠之心!」 藏之愈固, 守之彌謹。 → (연석) 주인이 매우 화를 내며 말했다 : 「장사치의 말이요, 소인배의 생각이로다!」 그리하여 그것을 더욱 확고하게 간직하고, 더욱 신중하게 간수했다.
【商賈(상고)】: 상인. 여기서는 낮춤말로 「장사치」의 뜻.
【竪匠(수장)】: 소인배.
【愈(유)】: 더욱.
【固(고)】: 확고하다.
【彌(미)】: 더욱더, 한층 더.
【謹(근)】: 신중하다.

을 보더니 고개를 숙여 입을 가리고 소리를 죽여 웃으며 말했다.

「이것은 연석으로 기와나 벽돌과 다르지 않습니다.」

(연석) 주인이 매우 화를 내며 말했다.

「장사치의 말이요, 소인배의 생각이로다!」

그리하여 그것을 더욱 확고하게 간직하고 더욱 신중하게 간수했다.

해설

송(宋)나라의 우매한 사람은 연석(燕石)을 보물로 잘못 알아 부정을 타지 않기 위해 이레 동안 재계(齋戒)하고 예복과 예모를 갖추어 황소를 제물로 제사를 지내는 등 성대한 행사를 치르는가 하면, 전문가인 주(周)나라의 객상이 보고 기와 벽돌이나 다름없다고 판정을 내린 후에도 이를 믿지 않고 오히려 객상을 비난하며 더욱 소중하게 간직했다.

이 우언은 무지한 사람이 아는 척하며 남의 옳은 의견을 들으려 하지 않고 오히려 남의 호의를 악의로 간주하는 우매한 행위를 풍자한 것이다.

※ 참고 : 이 고사는 《후한서(後漢書)》 권 48 「응소전(應劭傳)」의 주(注)와 《예문류취(藝文類聚)》 권 6 「지부(地部) · 석(石)」 및 마국한(馬國翰) 《옥함산방집일서(玉函山房輯佚書)》 권 70 「궐자(闕子)」에 보이는데, 문자상 약간의 차이가 있다. 여기서는 《후한서》를 근거로 했다.

《전국책戰國策》 우언

《전국책(戰國策)》은 전국시대의 역사 사실을 기록한 책으로 작자가 누구인지 알 수 없다. 서한(西漢) 유향(劉向)의 《전국책(戰國策)·서(序)》에 의하면 이 책은 본래 《국책(國策)》《국사(國事)》《단장(短長)》《사어(事語)》 등 여러 이름으로 불리었으나 책의 내용이 대체로 전국시대 여러 나라의 제후들에 대해 유세객들이 계책을 도모한 언론이란 점을 감안하여 유향이 정리한 후 「책(策)」자를 붙여 《전국책》이란 이름으로 불리게 된 것이다. 《전국책》의 체재는 동주책(東周策)·서주책(西周策)·진책(秦策)·제책(齊策)·초책(楚策)·조책(趙策)·위책(魏策)·한책(韓策)·연책(燕策)·송책(宋策)·위책(衛策)·중산책(中山策) 등 12책 33권으로 구성되어 있다.

현재 통행되고 있는 《전국책》 외에 1973년 호남성(湖南省) 장사(長沙) 마왕퇴(馬王堆)의 삼호(三號) 한묘(漢墓)에서 출토된 《전국책》과 비슷한 백서(帛書)는 서명이 없이 총 27장(章)으로 구성되어 있는데, 그중 10장은 《전국책》에 보이고, 8장은 《사기(史記)》에 보인다. 따라서 두 책에서 중복된 것을 빼고 나면 11장만 수록되어 있는 셈이며, 그 나머지 16장은 모두 일서(佚書)들로서 상당한 사료적 가치를 지니고 있다.

226 백발백중(百發百中)

《戰國策 · 西周》

원문 및 주석

百發百中[1]

楚有養由基者，善射。去柳葉者百步而射之，百發百中，左右皆曰善。[2] 有一人過曰：「善射，可教射也矣。」[3] 養由基曰：「人皆曰善，子乃曰可教射，子何不代我射之也?」[4] 客曰：「我不能教子支左屈

1 百發百中 → 백 번을 쏘아 백 번을 맞히다

2 楚有養由基者，善射。去柳葉者百步而射之，百發百中，左右皆曰善。→ 초(楚)나라에 양유기(養由基)라는 사람이 있었는데, 활쏘기에 매우 능했다. 버드나무 잎사귀로부터 백 보 떨어져 그것을 쏘면, 백발백중하여, 주변 사람들이 모두 잘 쏜다고 칭찬했다.
【楚(초)】: [국명] 지금의 호남성 · 호북성과 강서성 · 절강성 및 하남성 남부에 걸쳐 있던 주대(周代)의 제후국.
【養由基(양유기)】: [인명] 춘추시대 초(楚)나라의 장수. 활을 잘 쏘기로 이름이 났다.
【善射(선사)】: 활을 잘 쏘다.
【去(거)】: 떨어지다, 거리를 두다.
【左右(좌우)】: 주변 사람들.

3 有一人過曰：「善射，可教射也矣。」→ 어떤 사람이 지나가다가 말했다：「(당신이) 활을 잘 쏘니, (내가) 활 쏘는 법을 가르쳐 줄 수 있습니다.」
【過(과)】: 지나가다.

4 養由基曰：「人皆曰善，子乃曰可教射，子何不代我射之也?」→ 양유기가 말했다：「다른 사람들은 모두 잘 쏜다고 칭찬하는데, 당신은 오히려 활 쏘는 법을 가르쳐 주겠다고 말하면서, 어찌 나를 대신해 그것을 한 번 쏘아보지 않습니까?」
【子(자)】: 그대, 당신.

右。夫射柳葉者, 百發百中, 而不已善息, 少焉, 氣力倦, 弓撥矢鉤, 一發不中, 前功盡矣。」[5]

번역문

백 번을 쏘아 백 번을 맞히다

초(楚)나라에 양유기(養由基)라는 사람이 있었는데 활쏘기에 매우 능했다. 버드나무 잎사귀로부터 백 보 떨어져 그것을 쏘면 백발백중하여 주변 사람들이 모두 잘 쏜다고 칭찬했다.

어떤 사람이 지나가다가 말했다.

「(당신이) 활을 잘 쏘니, (내가) 활 쏘는 법을 가르쳐 줄 수 있습니다.」

양유기가 말했다.

【乃(내)】: 오히려.

5 客曰:「我不能教子支左屈右。夫射柳葉者, 百發百中, 而不已善息, 少焉, 氣力倦, 弓撥矢鉤, 一發不中, 前功盡矣。」→ 그가 말했다:「나는 당신에게 왼팔을 뻗어 활을 잡고 오른팔을 적당히 구부려 화살을 잡는 그러한 방법을 가르칠 능력은 없습니다. 대저 버드나무 잎을 쏘아, 백발백중한다 해도, 잘 쏘아 맞힐 때에 쉬지 않으면, 얼마 후, 기력이 지쳐서, 활을 잡는 자세가 바르지 못하고 시위에 화살을 메기는 자세가 굽어집니다. 그러면 한 발을 쏘아도 맞지 않아, 이전에 쌓은 공이 끝장나고 맙니다.」

【客(객)】: 과객, 지나가던 사람.

【支左屈右(지좌굴우)】: [활 쏘는 방법의 일종] 왼팔을 뻗어 활을 잡고, 오른팔을 적당히 구부려 화살을 잡는 방법. 〖支〗: 뻗다. 〖屈〗: 구부리다, 굽히다.

【已善息(이선식)】: 잘 쏘아 맞힐 때에 쉬다. 〖已〗: 以(이), 在(재), …때에. 〖善〗: 善射(선사), 잘 쏘아 맞히다. 〖息〗: 쉬다. 멈추다.

【少焉(소언)】: 얼마 후.

【氣力倦(기력권)】: 기력이 지치다. ※ 판본에 따라서는 「氣力倦」을 「氣衰力倦(기쇠력권)」이라 했다.

【弓撥矢鉤(궁발시구)】: 활을 잡는 자세가 바르지 못하고 시위에 화살을 메기는 자세가 굽다. 〖撥〗: 바르지 못하다. 〖鉤〗: 굽다, 구부러지다.

【前功盡(전공진)】: 이전에 쌓은 공이 끝장나다. 〖盡〗: 다하다, 끝나다, 끝장나다.

「다른 사람들은 모두 잘 쏜다고 칭찬하는데, 당신은 오히려 활 쏘는 법을 가르쳐 주겠다고 말하면서, 어찌 나를 대신해 그것을 한 번 쏘아보지 않습니까?」

그가 말했다.

「나는 당신에게 왼팔을 뻗어 활을 잡고 오른팔을 적당히 구부려 화살을 잡는 그러한 방법을 가르칠 능력은 없습니다. 대저 버드나무 잎을 쏘아 백발백중한다 해도, 잘 쏘아 맞힐 때에 쉬지 않으면 얼마 후 기력이 지쳐서 활을 잡는 자세가 바르지 못하고 시위에 화살을 메기는 자세가 굽어집니다. 그러면 한 발을 쏘아도 맞지 않아 이전에 쌓은 공이 끝장나고 맙니다.」

해설

길 가던 사람이 초(楚)나라의 장수 양유기(養由基)의 탁월한 활솜씨를 보고 나서 활 쏘는 법을 가르쳐 줄 수 있다고 한 말의 뜻은 활을 쏘는 기술이 아니라 궁수의 정신자세를 강조한 것이다. 즉 활쏘기란 한창 잘 맞힐 때 휴식하는 법을 배워야 하는데, 만일 지치는 줄 모르고 너무 열중하다가 기력이 쇠하여 활을 잡고 화살을 메기는 자세가 흐트러져 적중하지 못하면 여태까지 쌓은 공이 일순간에 허물어진다는 것이다.

이 우언은 본래 소려(蘇厲)가 서주(西周)를 위해 진(秦)나라의 장수 백기(白起)에게 유세하면서 인용한 것이다. 당시 백기는 한(韓)·위(魏) 두 나라를 공략하여 서무(犀武)를 죽이고, 조(趙)나라를 공략하여 인(藺)과 이석(離石)과 기(祁) 등의 땅을 빼앗더니 다시 양(梁)나라를 공격하려 했다. 만일 양나라가 패할 경우 서주는 매우 위험한 상황에 처하게 된다. 이에 유세가인 소려가 서주를 위해 「백발백중」 고사를 인용하여 백기로 하여금 더 이상 진나라를 위해 전공을 세우려 하지 말고, 지금까지 쌓아 놓은 공로와 명성을 보전하도록 권고한 것이다.

따라서 이 우언의 의미는 일을 열심히 하는 사람일수록 휴식을 취해 컨디션(condition)을 조절하고 역량을 비축하여 다음을 대비해야 하는데, 주위 사람들의 칭찬에 현혹되어 막무가내로 강행하다가 한순간 공든 탑이 무너질 수 있다는 것을 경계한 것이다.

227 초인양처(楚人兩妻)

《戰國策 · 秦策一》

원문 및 주석

楚人兩妻[1]

楚人有兩妻者, 人誂其長者, 詈之; 誂其少者, 少者許之。[2] 居無幾何, 有兩妻者死。客謂誂者曰 :「汝取長者乎? 少者乎?」[3]「取長者。」客曰 :「長者詈汝, 少者和汝, 汝何爲取長者?」[4] 曰 :「居彼人之所,

1 楚人兩妻 → 초(楚)나라 사람의 두 아내
【楚(초)】: [국명] 지금의 호남성 · 호북성과 강서성 · 절강성 및 하남성 남부에 걸쳐 있던 주대(周代)의 제후국.

2 楚人有兩妻者, 人誂其長者, 詈之; 誂其少者, 少者許之。→ 초(楚)나라 사람으로 두 명의 아내를 둔 자가 있었는데, 어떤 남자가 (그중) 나이 많은 아내를 유혹하자 (그녀는) 그 남자에게 욕을 했고, 나이 적은 아내를 유혹하자 나이 적은 아내는 그 남자를 받아들였다.
【誂(조)】: 유혹하다.
【詈之(이지)】: 그에게 욕을 하다. 〖詈〗: 욕하다. 〖之〗: [대명사] 그, 즉 「유인한 남자」. ※ 판본에 따라서는 「詈之」를 「長者詈之(장자이지)」라 했다.

3 居無幾何, 有兩妻者死。客謂誂者曰 :「汝取長者乎? 少者乎?」→ 얼마 살지 못하고, 두 아내를 둔 남자가 죽었다. 어떤 손님이 유혹한 남자에게 물었다 :「당신은 (두 여자 중) 나이 많은 여자를 아내로 맞이하겠소? 아니면 나이 적은 여자를 아내로 맞이하겠소?」
【居無幾何(거무기하)】: 얼마 지나지 않아. 〖居〗: 지내다, 살다. 〖無幾何〗: 얼마 안 되다.
【汝(여)】: 너, 당신.
【取(취)】: 娶(취), 아내를 맞이하다.

4 「取長者。」客曰 :「長者詈汝, 少者和汝, 汝何爲取長者?」→ (유혹한 사람이 대답했다) :「나이 많은 여자요.」 손님이 물었다 :「나이 많은 여자는 당신에게 욕을 했고, 나이 적은 여자

則欲其許我也; 今爲我妻, 則欲其爲我詈人也。」[5]

번역문

초(楚)나라 사람의 두 아내

초(楚)나라 사람으로 두 명의 아내를 둔 자가 있었는데, 어떤 남자가 (그 중) 나이 많은 아내를 유혹하자 (그녀는) 그 남자에게 욕을 했고, 나이 적은 아내를 유혹하자 나이 적은 아내는 그 남자를 받아들였다. 얼마 살지 못하고 두 아내를 둔 남자가 죽었다. 어떤 손님이 유혹한 남자에게 물었다.

「당신은 (두 여자 중) 나이 많은 여자를 아내로 맞이하겠소? 아니면 나이 적은 여자를 아내로 맞이하겠소?」

(유혹한 사람이 대답했다.)

「나이 많은 여자요.」

손님이 물었다.

「나이 많은 여자는 당신에게 욕을 했고 나이 적은 여자는 당신을 받아들였는데, 당신은 어째서 나이 많은 여자를 아내로 맞이하겠다는 거요?」

(유혹한 남자가) 말했다.

는 당신을 받아들였는데, 당신은 어째서 나이 많은 여자를 아내로 맞이하겠다는 거요?」
【取長者(취장자)】: 나이가 많은 여자를 아내로 맞이하다.
【和(화)】: 허락하다, 받아들이다.
【何爲(하위)】: 왜, 어째서.

5 曰:「居彼人之所, 則欲其許我也; 今爲我妻, 則欲其爲我詈人也。」→ (유혹한 남자가) 말했다:「남의 아내로 살 때는, 그녀가 나를 허락해 주길 원했었지만; 지금 나의 아내가 된다면, 그녀가 나를 위해 다른 남자에게 욕해주기를 바라기 때문이요.」
【彼人之所(피인지소)】: 다른 사람의 처소, 남의 집. 여기서는「남의 아내로 살다」의 뜻.
【欲(욕)】: …을 바라다, …을 원하다.

「남의 아내로 살 때는 그녀가 나를 허락해 주길 원했었지만, 지금 나의 아내가 된다면 그녀가 나를 위해 다른 남자에게 욕해주기를 바라기 때문이요.」

해설

남의 두 아내를 유혹했던 남자는 자기가 원하는 아내의 유형으로 자기에게 허락한 젊은 여자보다 오히려 자기에게 욕을 퍼부은 나이 많은 여자를 선택했다. 그 이유는, 나이 많은 여자가 자기의 아내가 되면 그녀가 자기에게 대했던 것처럼 남의 유혹에 넘어가지 않을 것임을 확신했기 때문이다.

이 우언은 진진(陳軫)이 진혜왕(秦惠王)의 질문에 답하면서 인용한 고사로, 인재의 선발은 반드시 품성을 주의 깊게 살펴 어떤 상황에서도 변심하지 않고 국가에 충성하며 믿고 맡길 수 있는 사람이어야 한다는 이치를 설명한 것이다.

※ 참고 : 진진(陳軫)은 본래 초(楚)나라 사람으로 진(秦)나라에 들어와 재상인 장의(張儀)의 수하로 일하면서 진나라에 관한 정보를 빼내 초나라에 제공했다. 장의가 이를 알고 진혜왕(秦惠王)에게 진진을 추방하되 어디로 갈 것인가 물어, 만일 초나라로 가기를 원할 경우 그를 죽이도록 건의했다. 그리하여 진혜왕이 진진에게 어디로 갈 것인가를 물었다. 진진이 처음에는 입에서 나오는 대로 초(楚)나라에 가겠다고 대답했다가, 다시 「초인양처(楚人兩妻)」 고사를 예로 들며, 초나라의 영명한 군주와 현명한 재상이 결코 진나라의 신하 노릇을 하면서 초나라에 정보를 제공한 자신을 신뢰할 수 없는 사람으로 간주하여 받아주지 않을 것이기 때문에 자신의 진심은 초나라에 가지 않는 것이라 했다.

228 양호상투(兩虎相鬥)

《戰國策 · 秦策二》

원문 및 주석

兩虎相鬥[1]

有兩虎諍人而鬥者, 管莊子將刺之, 管與止之曰 :「虎者, 戾蟲; 人者, 甘餌也。[2] 今兩虎諍人而鬥, 小者必死, 大者必傷。[3] 子待傷虎而刺之, 則是一擧而兼兩虎也。無刺一虎之勞, 而有刺兩虎之名。」[4]

1 兩虎相鬥 → 두 마리의 호랑이가 서로 싸우다

2 有兩虎諍人而鬥者, 管莊子將刺之, 管與止之曰 :「虎者, 戾蟲; 人者, 甘餌也。→ 서로 사람을 차지하려고 다투며 싸우는 두 마리의 호랑이가 있어, 관장자(管莊子)가 호랑이를 찌르려 하자, 관여(管與)가 그를 제지하며 말했다 :「호랑이는, 포악한 짐승이고; 사람은 (호랑이의) 맛있는 먹잇감입니다.
【諍(쟁)】: 爭(쟁), 다투다.
【管莊子(관장자)】: [인명].
【將(장)】: (장차) …하려고 하다.
【刺(자)】: 찌르다.
【管與(관여)】: [인명].
【止(지)】: 제지하다, 만류하다.
【戾蟲(여충)】: 포악한 짐승. 〖戾〗: 흉악하다, 포악하다. 〖蟲〗: 동물. ※ 호랑이를 속칭「大蟲(대충)」이라 한다.
【甘餌(감이)】: 맛있는 먹잇감.

3 今兩虎諍人而鬥, 小者必死, 大者必傷。→ 지금 두 호랑이가 사람을 차지하기 위해 다투고 싸우면, 작은 호랑이는 반드시 죽고, 큰 호랑이는 반드시 크게 다칠 것입니다.

4 子待傷虎而刺之, 則是一擧而兼兩虎也。無刺一虎之勞, 而有刺兩虎之名。」→ 당신께서 호랑

번역문

두 마리의 호랑이가 서로 싸우다

서로 사람을 차지하려고 다투며 싸우는 두 마리의 호랑이가 있어 관장자(管莊子)가 호랑이를 찌르려 하자 관여(管與)가 그를 제지하며 말했다.

「호랑이는 포악한 짐승이고, 사람은 (호랑이의) 맛있는 먹잇감입니다. 지금 두 호랑이가 사람을 차지하기 위해 다투고 싸우면 작은 호랑이는 반드시 죽고 큰 호랑이는 반드시 크게 다칠 것입니다. 당신께서 호랑이가 다치기를 기다렸다가 찔러 잡으면, 이는 일거에 두 마리의 호랑이를 잡는 것입니다. 한 마리의 호랑이를 찔러 잡는 수고도 하지 않고 두 마리의 호랑이를 찔러 잡았다는 명성을 얻습니다.」

해설

관여(管與)가 서로 사람을 차지하려고 싸우는 두 마리의 호랑이를 찌르려 한 관장자(管莊子)를 만류한 까닭은, 두 호랑이가 서로 싸울 경우 작은 놈은 반드시 죽고 큰 놈은 반드시 크게 다칠 것이기 때문에, 그때를 기다려 호랑이의 힘을 최대한 약화시켜 위험을 피한 다음에 힘을 들이지 않고 동시에 두 마리를 잡는다는 지략이다.

....

이가 다치기를 기다렸다가 찔러 잡으면, 이는 일거에 두 마리의 호랑이를 잡는 것입니다. 한 마리의 호랑이를 찔러 잡는 수고도 하지 않고, 두 마리의 호랑이를 찔러 잡았다는 명성을 얻습니다.」

【子(자)】: 그대, 당신.

【待(대)】: 기다리다.

【是(시)】: 이, 이것.

【一擧而兼(일거이겸)】: 일거에 제압하다.

【勞(로)】: 노고, 수고.

【名(명)】: 명성, 명분.

이 우언은 본래 초(楚)나라와 제(齊)나라가 전쟁을 벌여 진(秦)나라가 제나라를 도우려 하자, 유세객 진진(陳軫)이 진왕(秦王)에게 때를 기다렸다가 만일 제나라가 패하면 그때 가서 제나라를 구하고 초나라를 정벌할 것을 건의하는 과정에서 인용한 고사로, 시기를 잘 포착하여 객관적으로 존재하는 모순과 유리한 조건을 적절히 이용해야 적은 노력으로 많은 효과를 거둘 수 있다는 일거양득(一擧兩得)의 이치를 설명한 것이다.

※ 참고 : 이 고사는 《사기(史記) · 장의열전(張儀列傳)》에도 보이는데, 《전국책》의 등장인물인 관장자(管莊子)와 관여(管與)를 《사기》에서는 변장자(卞莊子)와 관수자(館豎子)라 했고, 두 호랑이가 잡아먹으려는 대상을 《전국책》에서는 「인(人)」, 《사기》에서는 「우(牛)」로 설정했으나 나머지 줄거리는 양자가 일치하고 있다.

229 편작투석(扁鵲投石)

《戰國策·秦策二》

원문 및 주석

扁鵲投石[1]

醫扁鵲見秦武王, 武王示之病, 扁鵲請除。[2] 左右曰:「君之病, 在耳之前, 目之下, 除之未必已也, 將使耳不聽, 目不明。」[3] 君以告扁

1 扁鵲投石 → 편작(扁鵲)이 석침(石針)을 내던지다
【扁鵲(편작)】: [인명] 전국시대의 명의(名醫). 성은 진(秦), 이름은 월인(越人)으로 발해군(渤海郡) 막읍(鄚邑)[지금의 하북성 임구현(任丘縣) 북막주진(北鄚州鎭)] 사람이다. 그는 중국 의술에서의 전통적 진단법인 사진법(四診法)[망(望 : 보다)·문(聞 : 듣다)·문(問 : 묻다)·절(切 : 맥을 짚다)]의 기초를 닦았다. 그의 의술이 매우 고명했기 때문에 당시 사람들은 그를 황제(黃帝)시대의 명의인 「편작(扁鵲)」에 비유하여 그 이름을 그대로 따서 불렀다.
【投石(투석)】: 석침(石針)을 내던지다. 〖石〗: 석침, 돌침.

2 醫扁鵲見秦武王, 武王示之病, 扁鵲請除。→ 명의(名醫) 편작(扁鵲)이 진무왕(秦武王)을 알현하여, 무왕이 그에게 병의 상태를 보여주니, 편작이 치료할 것을 청했다.
【秦武王(진무왕)】: 진(秦)나라의 군주. 4년간(B.C. 310-B.C. 307) 재위했다.
【示之病(시지병)】: 그에게 병을 보여주다. 〖之〗: [대명사] 그, 즉 「편작」.
【除(제)】: 제거하다, 없애다. 즉 「치료하다」의 뜻.

3 左右曰:「君之病, 在耳之前, 目之下, 除之未必已也, 將使耳不聽, 目不明。」→ 왕의 측근 신하들이 말했다:「임금님의 병환은 귀의 앞·눈의 아래에 있어, 그것을 치료한다고 해서 반드시 낫는 것은 아니고, (오히려) 귀를 듣지 못하게 하고, 눈을 보지 못하게 할 수도 있습니다.」
【左右(좌우)】: 측근 신하.
【未必(미필)】: 반드시 …하는 것이 아니다.
【已(이)】: 멈추다, 그치다. 즉 「낫다, 치료되다」의 뜻.

鵲, 扁鵲怒而投其石, 曰 :「君與知之者謀之, 而與不知者敗之。[4] 使此知秦國之政也, 則君一擧而亡國矣。」[5]

번역문

편작(扁鵲)이 석침(石針)을 내던지다

명의(名醫) 편작(扁鵲)이 진무왕(秦武王)을 알현하여 무왕이 그에게 병의 상태를 보여주니 편작이 치료할 것을 청했다.

왕의 측근 신하들이 말했다.

「임금님의 병환은 귀의 앞 · 눈의 아래에 있어 그것을 치료한다고 해서 반드시 낫는 것은 아니고, (오히려) 귀를 듣지 못하게 하고, 눈을 보지 못하게 할 수도 있습니다.」

진무왕이 이를 편작에게 말하자 편작이 화를 내며 석침을 던져버리고

【將(장)】: 장차 …일(할) 것이다.
【使(사)】: …로 하여금 …하게 하다.
【不聽(불총)】: 듣지 못하다, 청각을 잃다.
【不明(불명)】: 실명하다, 보지 못하다.

4 君以告扁鵲, 扁鵲怒而投其石, 曰 :「君與知之者謀之, 而與不知者敗之。→ 진무왕이 이를 편작에게 말하자, 편작이 화를 내며 석침을 던져버리고, 말했다 :「임금님은 의술을 아는 사람과 상의하고 나서, 의술을 모르는 사람과 더불어 파괴하였습니다.
【以(이)】: 以之(이지), 이를, 이것을.
【知之者(지지자)】: 의술을 아는 사람. 〖之〗: [대명사] 그것, 즉「의술」.
【謀(모)】: 상의하다.
【敗(패)】: 파괴하다.

5 使此知秦國之政也, 則君一擧而亡國矣。」→ 만일 이렇게 진나라의 정사(政事)를 관리한다면, 임금님은 일거에 나라를 망칠 것입니다.」
【使(사)】: 만일, 만약.
【此(차)】: 이런 사람.
【知(지)】: 관리하다, 관장하다, 다스리다.

말했다.

「임금님은 의술을 아는 사람과 상의하고 나서 의술을 모르는 사람과 더불어 파괴하였습니다. 만일 이렇게 진나라의 정사(政事)를 관리한다면 임금님은 일거에 나라를 망칠 것입니다.」

해설

진무공(秦武公)이 자신의 병세를 편작(扁鵲)에게 보여주어 편작이 치료할 것을 청했으나, 왕의 측근 신하들이 잘 알지도 못하면서 왕의 병이 귀의 앞 눈의 아래에 있어 잘못 치료하다가는 오히려 귀가 먹고 실명할 우려가 있다고 하자 진무왕이 이를 편작에게 통고했다. 이에 편작이 석침(石鍼)을 집어던지며, 만일 임금이 그렇게 진나라의 정사(政事)를 관리하다가는 일거에 나라를 망칠 것이라고 비난했다.

편작은 세상에 알려진 명의이다. 따라서 진무공이 병을 치유하려면 당연히 마음을 비우고 편작의 지시에 따라야 한다. 그러나 진무공은 편작의 말을 듣고 나서 다시 측근 신하의 말을 듣자 우왕좌왕하는 태도를 보였다. 나라를 다스리는 일도 병을 다스리는 이치와 마찬가지다.

이 우언은 무슨 일을 막론하고 전문가의 의견을 믿고 따라야 실패하지 않는다는 일 처리의 기본 원칙을 지적한 것이다.

230 증모투저(曾母投杼)

《戰國策·秦策二》

원문 및 주석

曾母投杼[1]

昔者曾子處費, 費人有與曾子同名族者而殺人。[2] 人告曾子母曰:「曾參殺人。」曾子之母曰:「吾子不殺人。」織自若。[3] 有頃焉, 人又曰:「曾參殺人。」其母尙織自若也。[4] 頃之, 一人又告之曰:「曾參殺

1 曾母投杼 → 증자(曾子)의 어머니가 베틀의 북을 내던지다
【曾母(증모)】: 증자의 어머니. 〖曾〗: 증자(曾子). 성은 증(曾), 이름은 삼(參), 자는 자여(子輿)이며, 증자는 존칭이다. 춘추시대 노(魯)나라 사람으로 공자(孔子)의 제자이며, 효행이 지극하기로 이름이 났다.
【投杼(투저)】: 베틀의 북을 내던지다. 〖杼〗: 베틀의 북.

2 昔者曾子處費, 費人有與曾子同名族者而殺人。 → 옛날 증자(曾子)가 비읍(費邑)에 살 때, 비읍 사람으로 증자와 동성동명인 자가 사람을 죽인 일이 있었다.
【處(처)】: 살다, 거주하다.
【費(비)】: [지명] 費邑(비읍). 지금의 산동성 비현(費縣).
【同名族(동명족)】: 동성동명. 〖名〗: 이름. 〖族〗: 성씨.

3 人告曾子母曰:「曾參殺人。」曾子之母曰:「吾子不殺人。」織自若。 → 어떤 사람이 증자의 어머니에게 말했다 :「증삼(曾參)이 사람을 죽였어요.」 증자의 어머니가 말했다:「내 아들은 사람을 죽이지 않아요.」 그리고 태연하게 베 짜는 일을 계속했다.
【織(직)】: 베를 짜다.
【自若(자약)】: 태연하다, 놀라지 않고 침착하다.

4 有頃焉, 人又曰:「曾參殺人。」其母尙織自若也。 → 조금 있다가, 또 어떤 사람이 말했다:「증삼이 사람을 죽였어요.」 증자의 어머니는 그래도 태연하게 베 짜는 일을 계속했다.

人。」其母懼, 投杼踰牆而走。[5] 夫以曾參之賢與母之信也, 而三人疑之, 則慈母不能信也。[6]

번역문

증자(曾子)의 어머니가 베틀의 북을 내던지다

옛날 증자(曾子)가 비읍(費邑)에 살 때, 비읍 사람으로 증자와 동성동명인 자가 사람을 죽인 일이 있었다. 어떤 사람이 증자의 어머니에게 말했다.

「증삼(曾參)이 사람을 죽였어요.」

증자의 어머니가 말했다.

「내 아들은 사람을 죽이지 않아요.」

그리고 태연하게 베 짜는 일을 계속했다. 조금 있다가 또 어떤 사람이 말했다.

「증삼이 사람을 죽였어요.」

【有頃(유경)】: 잠시 후, 조금 있다가.
【尙(상)】: 아직도, 여전히, 그래도.

5 頃之, 一人又告之曰:「曾參殺人。」其母懼, 投杼踰牆而走。→ 잠시 후, 또 한 사람이 와서 증자의 어머니에게 말했다:「증삼이 사람을 죽였어요.」 증자의 어머니는 두려워하며, 베틀의 북을 내던지고 담장을 넘어 달아났다.
【頃之(경지)】: 잠시 후, 조금 있다가.
【懼(구)】: 두려워하다.
【踰(유)】: 넘다. ※ 판본에 따라서는「踰」를「窬(유) 또는 逾(유)」라 했다.
【牆(장)】: 담, 담장.

6 夫以曾參之賢與母之信也, 而三人疑之, 則慈母不能信也。→ 대저 증자의 현명함과 (증자에 대한) 어머니의 확고한 신뢰로써도, 세 사람이 증자를 의심하니, 자애로운 어머니가 (아들을) 믿을 수 없었다.
【夫(부)】: [발어사] 대저, 무릇.

증자의 어머니는 그래도 태연하게 베 짜는 일을 계속했다. 잠시 후 또 한 사람이 와서 증자의 어머니에게 말했다.

「증삼이 사람을 죽였어요.」

증자의 어머니는 두려워하며 베틀의 북을 내던지고 담장을 넘어 달아났다.

대저 증자의 현명함과 (증자에 대한) 어머니의 확고한 신뢰로써도, 세 사람이 증자를 의심하니 자애로운 어머니가 (아들을) 믿을 수 없었다.

해설

증삼(曾參)은 효행이 지극하고 어진 사람이기 때문에 그의 어머니는 누구보다도 아들을 믿었다. 그래서 증삼의 어머니는 첫 번째 사람이 와서 증삼이 사람을 죽였다고 하자 믿지 않았고, 두 번째 사람이 와서 같은 말을 했어도 역시 믿지 않았다. 그러나 세 번째 사람이 와서 증삼이 사람을 죽였다고 말하자 두려워하며 즉시 베틀의 북을 내던지고 담장을 넘어 달아났다.

이 우언은 본래 감무(甘茂)가 진무왕(秦武王)에게 요언(謠言)에 미혹되지 말고 자기를 믿고 중용(重用)해 줄 것을 권고하기 위해 인용한 고사로, 비록 요언이라 해도 여러 차례 반복을 거듭하다 보면 거짓이 진실로 둔갑하여 요언으로 인한 위해가 매우 심각하기 때문에, 매사를 처리할 때 친히 보고 듣지 않은 소문에 대해서는 절대로 가볍게 믿지 말아야 한다는 것을 경계한 것이다. 후에는 이를 「뜬소문의 두려움」을 비유하는 말로 사용했다.

231 강상처녀(江上處女)

《戰國策 · 秦策二》

원문 및 주석

江上處女[1]

夫江上之處女, 有家貧而無燭者, 處女相與語, 欲去之。[2] 家貧無燭者將去矣, 謂處女曰 :「妾以無燭故, 常先至, 掃室布席, 何愛餘明之照四壁者?[3] 幸以賜妾, 何妨於處女? 妾自以有益於處女, 何爲

1 江上處女 → 강변(江邊)의 처녀

2 夫江上之處女, 有家貧而無燭者, 處女相與語, 欲去之。→ 강변(江邊)의 처녀 중에, 집이 가난하여 촛불이 없는 사람이 있었는데, 다른 처녀들이 서로 의논하여, 그녀를 쫓아내려 했다.
【夫(부)】: [발어사] ※ 말을 끌어내는 역할을 할 뿐 뜻이 없다.
【江上(강상)】: 강변(江邊), 강가.
【燭(촉)】: 촛불.
【相與語(상여어)】: 서로 의논하다.
【欲(욕)】: …하고자 하다, …하려고 생각하다.
【去(거)】: 내쫓다, 쫓아내다.

3 家貧無燭者將去矣, 謂處女曰 :「妾以無燭故, 常先至, 掃室布席, 何愛餘明之照四壁者? → 집이 가난하여 촛불이 없는 처녀가 곧 떠날 준비를 하며, 다른 처녀들에게 말했다 :「나는 촛불이 없기 때문에, 항상 먼저 와서, 실내를 청소하고 자리도 깔아 놓는데, 어째서 사방의 벽을 비추고 남는 빛을 그렇게 아까워하지요?
【將(장)】: 장차 …하려고 하다.
【妾(첩)】: [상대방에 대해 자신을 낮추어 부르는 말] 나, 저.
【以(이)…故(고)】: [관용어] …로 인해, …때문에.
【先至(선지)】: 먼저 오다.

去我?」[4] 處女相語以爲然而留之。[5]

번역문

강변(江邊)의 처녀

강변(江邊)의 처녀 중에 집이 가난하여 촛불이 없는 사람이 있었는데, 다른 처녀들이 서로 의논하여 그녀를 쫓아내려 했다. 집이 가난하여 촛불이 없는 처녀가 곧 떠날 준비를 하며 다른 처녀들에게 말했다.

「나는 촛불이 없기 때문에 항상 먼저 와서 실내를 청소하고 자리도 깔아 놓는데, 어째서 사방의 벽을 비추고 남는 빛을 그렇게 아까워하지요? 내가 그 남는 빛을 나에게 주길 바라는 것이, 여러 분들에게 무슨 방해가

【掃室布席(소실포석)】: 실내를 청소하고 자리를 펴다.
【何(하)】: 어찌.
【愛(애)】: 아끼다, 아까워하다.
【餘明(여명)】: 남는 빛.
【照(조)】: 비추다.

4 幸以賜妾, 何妨於處女? 妾自以有益於處女, 何爲去我?」→ 내가 그 남는 빛을 나에게 주길 바라는 것이, 여러 분들에게 무슨 방해가 되지요? 나 자신은 여러 분들에게 이롭다고 생각하는데, 어째서 나를 쫓아내려고 하는지요?」
【幸(행)】: 바라다, 희망하다.
【以(이)】: 以之(이지), 그것을.
【賜(사)】: 주다, 하사하다.
【何妨(하방)】: 무슨 방해. 〖妨〗: 방해되다.
【自以(자이)】: 스스로 …라고 여기다, 스스로 …라고 생각하다.
【何爲(하위)】: 왜, 어째서.

5 處女相語以爲然而留之。→ 처녀들은 서로 상의한 후 그렇다고 생각하여 그녀를 다시 머물도록 했다.
【相語(상어)】: 서로 상의하다.
【以爲然(이위연)】: 그렇다고 생각하다.
【留之(유지)】: 그녀를 머물도록 하다. 〖之〗: [대명사] 그녀, 즉 「가난하여 촛불이 없는 자」.

되지요? 나 자신은 여러분들에게 이롭다고 생각하는데 어째서 나를 쫓아내려고 하는지요?」

처녀들은 서로 상의한 후 그렇다고 생각하여 그녀를 다시 머물도록 했다.

해설

가난한 집 처녀가 촛불을 사지 못해 저녁이 되면 항상 다른 처녀들이 거처하는 곳에 가서 의탁하자, 이를 못마땅하게 여긴 그곳의 처녀들이 가난한 집 처녀를 쫓아내기로 했다. 이에 대해, 가난한 집 처녀는 그간 미안한 마음에 남보다 일찍 와서 실내를 청소하고 자리를 깔아 놓는 등 성의를 표한 것을 밝히고, 어차피 사방을 비치고 남는 빛인데 왜 그처럼 아까워하며 무슨 방해가 되는지를 따져 물었다. 그곳 처녀들은 가난한 집 처녀의 말을 옳다고 여겨 다시 그녀를 머물도록 했다.

이 우언은 진(秦)나라에 머물던 감무(甘茂)가 상수(向壽)와 공손연(公孫衍)의 모함을 받아 진나라를 떠나면서 함곡관(函谷關)에서 소대(蘇代)를 만나 대화할 때 인용한 고사로, 일을 처리할 때 이해관계를 꼼꼼히 헤아려 무익하고 해가 되면 단호히 거절하되, 무해할 경우에는 베푼다는 마음을 가지고 상대방에게 편의를 제공하면 자신에게도 반드시 도움이 된다는 것을 비유한 것이다.

232 해대어(海大魚)

《戰國策 · 齊策一》

원문 및 주석

海大魚[1]

靖郭君將城薛, 客多以諫。靖郭君謂謁者 :「无爲客通!」[2] 齊人有請者曰 :「臣請三言而已矣。益一言, 臣請烹。」[3] 靖郭君因見之。客

···············

1 海大魚 → 바다의 큰 물고기

2 靖郭君將城薛, 客多以諫。靖郭君謂謁者 :「无爲客通!」 → 정곽군(靖郭君)이 (자기의 봉지인) 설(薛) 지방에 성을 쌓으려 하자, 문객들 대다수가 그만두도록 간했다. 정곽군이 알자(謁者)에게 말했다 :「문객들에게 알리지 마시오!」
【靖郭君(정곽군)】: 제(齊)나라 위왕(威王)의 아들이자 선왕(宣王)의 서제(庶弟)로 성은 전(田), 이름은 영(嬰)이며, 설(薛)지방에 봉해졌다.
【將(장)】: 장차 …하려 하다.
【城(성)】: [동사용법] 성을 쌓다.
【薛(설)】: [지명] 지금의 산동성 등현(滕縣) 동남쪽.
【客(객)】: 문객, 식객.
【多(다)】: 대다수, 대부분.
【諫(간)】: 간하다.
【謁者(알자)】: 전달 업무를 담당하는 관리.
【无爲客通(무위객통)】: 문객들에게 알리지 말라. 〖无〗: [無(무)의 옛글자] 勿(물), …하지 말라. 〖爲〗: …에게. 〖通〗: 알리다, 통보하다.

3 齊人有請者曰 :「臣請三言而已矣。益一言, 臣請烹。」 → 제(齊)나라 사람으로 (정곽군에게) 접견을 요청한 어느 문객이 말했다 :「제가 청하는 것은 다만 세 글자뿐입니다. 한 글자라도 초과하면, 저 스스로 팽형(烹刑)을 청하겠습니다.」
【齊(제)】: [국명] 지금의 산동성 북부와 하북성 남부에 걸쳐 있던 주대(周代)의 제후국.

趨而進曰：「海大魚。」因反走。[4] 君曰：「客有於此。」客曰：「鄙臣不敢以死爲戲。」[5] 君曰：「亡，更言之!」[6] 對曰：「君不聞大魚乎？網不能止，鉤不能牽，蕩而失水則螻蟻得意焉。[7] 今夫齊亦君之水也。君

【請者(청자)】: 접견을 요청한 자. 여기서는 「접견을 청한 문객」을 가리킨다.
【臣(신)】: 신, 저. ※ 신하나 백성이 군주에 대해 자신을 낮추어 부르는 호칭.
【三言(삼언)】: 세 글자.
【而已(이이)】: …뿐.
【益(익)】: 더하다, 초과하다.
【烹(팽)】: 삶다. 여기서는 「팽형(烹刑)」, 즉 삶아 죽이는 형벌을 말한다.

4 靖郭君因見之。客趨而進曰：「海大魚。」因反走。→ 그리하여 정곽군이 그를 접견했다. 문객은 빨리 걸어 들어가 : 「해대어(海大魚)」라 말하고, 즉시 몸을 돌려 달아났다.
【因(인)】: 앞의 「因」은 「이로 인해, 그리하여」의 뜻이고, 뒤의 「因」은 「곧, 바로, 즉시」의 뜻.
【趨(추)】: 빨리 걸어가다.
【反走(반주)】: 몸을 돌려 가버리다. 〖反〗: 返(반), 몸을 돌리다.

5 君曰：「客有於此。」客曰：「鄙臣不敢以死爲戲。」→ 정곽군이 말했다 : 「당신은 여기에서 아직 할 말이 남아 있소.」 문객이 말했다 : 「저는 감히 죽음을 장난으로 삼지 못합니다.」
【鄙臣(비신)】: [자신에 대한 낮춤말] 비천한 신하.
【以(이)…爲(위)…】: …을 …로 여기다.
【戲(희)】: 장난, 유희.

6 君曰：「亡，更言之!」→ 정곽군이 말했다 : 「그럴 리 없소, 다시 말을 계속해 보시오!」
【亡(무)】: 無(무). 즉 「아니다, 그럴 리 없다」의 뜻.
【更言之(갱언지)】: 다시 말을 계속하다.

7 對曰：「君不聞大魚乎？網不能止，鉤不能牽，蕩而失水則螻蟻得意焉。→ (그리하여 문객이) 대답했다 : 「정곽군께서는 큰 물고기에 대해 들어보지 못하셨습니까? 그물로도 잡을 수 없고, 낚시로도 끌어당길 수 없지만, 스스로 방종하다가 물을 떠나면 땅강아지나 개미조차 함부로 대합니다.
【網(망)】: 망, 그물.
【止(지)】: 제지하다. 여기서는 「잡다」의 뜻.
【鉤(구)】: 낚시.
【牽(견)】: 끌어당기다.
【蕩(탕)】: 방종하다.
【失水(실수)】: 물을 잃다, 즉 「물을 떠나다, 물이 없는 곳에 이르다」의 뜻.
【螻(루)】: 땅강아지.
【蟻(의)】: 개미.
【得意(득의)】: 득의만만하다. 즉 「함부로 대하다」의 뜻.

長有齊陰, 奚以薛爲? 夫齊, 雖隆薛之城到於天, 猶之無益也。」[8] 君曰 :「善。」乃輟城薛。[9]

번역문

바다의 큰 물고기

정곽군(靖郭君)이 (자기의 봉지인) 설(薛) 지방에 성을 쌓으려 하자, 문객들 대다수가 그만두도록 간했다. 정곽군이 알자(謁者)에게 말했다.

「문객들에게 알리지 마시오!」

제(齊)나라 사람으로 (정곽군에게) 접견을 요청한 어느 문객이 말했다.

「제가 청하는 것은 다만 세 글자뿐입니다. 한 글자라도 초과하면, 저 스스로 팽형(烹刑)을 청하겠습니다.」

그리하여 정곽군이 그를 접견했다. 문객은 빨리 걸어 들어가 「해대어(海

8 今夫齊亦君之水也。君長有齊陰, 奚以薛爲? 夫齊, 雖隆薛之城到於天, 猶之無益也。」→ 지금 제(齊)나라 역시 정곽군의 물입니다. 정곽군께서 오래도록 제나라의 보호를 받고자 하신다면, 어찌 설 땅에 성을 쌓을 필요가 있겠습니까? 제나라를 잃게 되면, 비록 설 땅의 성을 하늘에 닿도록 높이 쌓는다 해도, 여전히 아무런 도움이 되지 않습니다.」
【今夫(금부)】: 지금.
【長有齊陰(장유제음)】: 오래도록 제나라의 보호를 받다. 〖長〗: 오래도록. 〖陰〗: 蔭(음), 비호하다, 감싸다. ※《한비자(韓非子) · 설림하(說林下)》 및 포표본(鮑彪本)에 의하면, 「陰」을 연문(衍文)이라 하여 마땅히 삭제해야 한다고 했다.
【奚以(해이)…爲(위)?】: 어찌…할 필요가 있는가? 〖奚以〗: 어찌.
【夫齊(부제)】: ※ 여기에서 「夫」는 「실(失 : 잃다)」의 오류이다.
【隆(륭)】: 높이다.
【猶之(유지)】: [猶의 강세] 여전히.

9 君曰 :「善。」乃輟城薛。→ 정곽군이 말했다 :「좋소.」그리하여 설 땅에 성 쌓는 것을 그만두었다.
【乃(내)】: 그리하여.
【輟(철)】: 중지하다, 그만 두다, 멈추다.

大魚)」라 말하고, 즉시 몸을 돌려 달아났다.

정곽군이 말했다.

「당신은 여기에서 아직 할 말이 남아 있소.」

문객이 말했다.

「저는 감히 죽음을 장난으로 삼지 못합니다.」

정곽군이 말했다.

「그럴 리 없소. 다시 말을 계속해 보시오!」

(그리하여 문객이) 대답했다.

「정곽군께서는 큰 물고기에 대해 들어보지 못하셨습니까? 그물로도 잡을 수 없고 낚시로도 끌어당길 수 없지만, 스스로 방종하다가 물을 떠나면 땅강아지나 개미조차 함부로 대합니다. 지금 제(齊)나라 역시 정곽군의 물입니다. 정곽군께서 오래도록 제나라의 보호를 받고자 하신다면 어찌 설 땅에 성을 쌓을 필요가 있겠습니까? 제나라를 잃게 되면 비록 설 땅의 성을 하늘에 닿도록 높이 쌓는다 해도 여전히 아무런 도움이 되지 않습니다.」

정곽군이 말했다.

「좋소.」

그리하여 설 땅에 성 쌓는 것을 그만 두었다.

해설

제(齊)나라의 정곽군(靖郭君)이 자기의 봉지(封地)인 설(薛)에 성을 쌓으려 하자, 그의 식객이 정곽군을 바다의 큰 물고기에 비유하면서, 큰 물고기가 바다에 있을 때는 그물로도 잡지 못하고 낚시로도 당길 수 없을 정도로 위세가 당당하지만, 물을 떠나 뭍에 있으면 땅강아지나 개미에게 조차 무시를 당하듯이 정곽군도 제나라를 잃으면 물을 떠난 물고기와 다를 바 없다는 논리로 설득하여, 마침내 정곽군으로 하여금 성 쌓는 일을 포기하도록 했다.

이 우언은 전체와 부분의 이해관계가 대립하는 국면에서 전체의 이익이 부분보다 절대적으로 우선한다는 이치를 설명한 것이다.

※ 참고 : 이 고사는 《한비자(韓非子) · 설림하(說林下)》와 《회남자(淮南子) · 인간훈(人間訓)》에도 보이는데, 《전국책》과 비교할 때 고사의 줄거리는 거의 같고, 다만 문자상에서 약간의 출입이 있을 뿐이다.

233 추기비미(鄒忌比美)

《戰國策 · 齊策一》

원문 및 주석

鄒忌比美[1]

鄒忌脩八尺有餘, 身體昳麗。朝服衣冠, 窺鏡, 謂其妻曰:「我孰與城北徐公美?」其妻曰:「君美甚, 徐公何能及公也!」[2] 城北徐公, 齊國之美麗者也。[3] 忌不自信, 而復問其妾曰:「吾孰與徐公美?」妾

1 鄒忌比美 → 추기(鄒忌)가 미모를 비교하다
【鄒忌(추기)】: [인명] 전국시대 제(齊)나라의 대부로 호는 성후(成侯)이며, 제위왕(齊威王) 때 재상을 지내고 하비(下邳)에 봉해졌다.
【比美(비미)】: 미모를 비교하다.

2 鄒忌脩八尺有餘, 身體昳麗。朝服衣冠, 窺鏡, 謂其妻曰:「我孰與城北徐公美?」其妻曰:「君美甚, 徐公何能及公也!」→ 추기(鄒忌)는 키가 팔 척이 넘고, 용모가 매우 준수했다. 아침에 의관을 갖추고, 거울에 비춰보고 나서, 자기 처에게 물었다:「나와 성북(城北)의 서공(徐公)은 누가 더 잘생겼소?」그의 처가 대답했다:「당신이 훨씬 잘생겼어요. 서공이 어찌 당신에 미칠 수 있겠어요!」
【脩(수)】: 長(장), 길다. 여기서는「키」를 말한다.
【身體(신체)】: 용모. ※ 판본에 따라서는「身體」를「形貌(형모)」라 했다.
【昳麗(질려)】: 매우 아름답다, 준수하다, 잘생기다.
【服(복)】: 의관을 갖추다. ※ 옷을 입고 관모를 쓰는 것을 말한다.
【窺鏡(규경)】: 거울을 비쳐보다.
【我孰與城北徐公美(아숙여성북서공미)?】:「我與城北徐公孰美?」의 도치형태.

3 城北徐公, 齊國之美麗者也。→ 성북의 서공은, 제(齊)나라의 미남자이다.
【美麗者(미려자)】: 아름다운 사람. 여기서는「미남자」를 말한다.

曰：「徐公何能及君也!」[4] 旦日，客從外來，與坐談。問之客曰：「吾與徐公孰美?」客曰：「徐公不若君之美也!」[5] 明日，徐公來，孰視之，自以爲不如；窺鏡而自視，又弗如遠甚。[6] 暮，寢而思之，曰：「吾妻之美我者，私我也；妾之美我者，畏我也；客之美我者，欲有求於我也。」[7]

4 忌不自信，而復問其妾曰：「吾孰與徐公美?」妾曰：「徐公何能及君也!」→ 추기는 스스로 믿음이 가지 않아, 다시 자기 첩에게 물었다：「나와 서공은 누가 더 잘생겼소?」 첩이 대답했다：「서공이 어찌 당신에 미치겠어요!」
【復(부)】：다시, 또.
【何能(하능)】：어찌 …할 수 있는가?
【及(급)】：미치다, 따라가다.
【君(군)】：당신. ※ 아내가 자기 남편을 가리키는 말.

5 旦日，客從外來，與坐談。問之客曰：「吾與徐公孰美?」客曰：「徐公不若君之美也!」→ 이튿날, 밖에서 손님이 찾아와, 함께 앉아 이야기를 나누었다. 손님에게 물었다：「나와 서공은 누가 잘생겼습니까?」 손님이 대답했다：「서공이 당신보다 잘생기지 못했습니다!」
【旦日(단일)】：다음날, 이튿날.
【不若(불약)】：不如(불여), …만 못하다.

6 明日，徐公來，孰視之，自以爲不如；窺鏡而自視，又弗如遠甚。→ (추기는) 다음날, 서공이 찾아오자, 그를 자세히 살펴보고, 스스로 서공보다 못하다고 생각하여, 다시 거울에 비춰 스스로 살펴보니, 또 (서공보다) 훨씬 못했다.
【明日(명일)】：그 다음날.
【孰視(숙시)】：자세히 살펴보다.
【之(지)】：[대명사] 그, 즉 서공.
【以爲(이위)】：…라고 여기다, …라고 생각하다.
【弗如(불여)】：不如(불여), …만 못하다. 〖弗〗：不(불).
【遠甚(원심)】：현격한 차이가 나다, 훨씬 못하다.

7 暮，寢而思之，曰：「吾妻之美我者，私我也；妾之美我者，畏我也；客之美我者，欲有求於我也。」→ 저녁에, 잠자리에 누워 곰곰이 생각하고 나서, 말했다：「나의 아내가 나를 잘생겼다고 하는 것은, 나를 편드는 것이고；첩이 나를 잘생겼다고 하는 것은, 나를 두려워하는 것이며；손님이 나를 잘생겼다고 하는 것은, 나에게 바라는 것이 있기 때문이다.」
【寢(침)】：잠자리에 눕다.
【美(미)】：[동사용법] 잘생겼다고 말하다.
【私(사)】：편들다.
【畏(외)】：두려워하다.
【欲有求(욕유구)】：바라는 바가 있다.

번역문

추기(鄒忌)가 미모를 비교하다

추기(鄒忌)는 키가 팔 척이 넘고 용모가 매우 준수했다. 아침에 의관을 갖추고 거울에 비춰보고 나서 자기 처에게 물었다.

「나와 성북(城北)의 서공(徐公)은 누가 더 잘생겼소?」

그의 처가 대답했다.

「당신이 훨씬 잘생겼어요. 서공이 어찌 당신에 미칠 수 있겠어요!」

성북의 서공은 제(齊)나라의 미남자이다. 추기는 스스로 믿음이 가지 않아 다시 자기 첩에게 물었다.

「나와 서공은 누가 더 잘생겼소?」

첩이 대답했다.

「서공이 어찌 당신에 미치겠어요!」

이튿날 밖에서 손님이 찾아와 함께 앉아 이야기를 나누었다.

손님에게 물었다.

「나와 서공은 누가 잘생겼습니까?」

손님이 대답했다.

「서공이 당신보다 잘생기지 못했습니다!」

(추기는) 다음날 서공이 찾아오자 그를 자세히 살펴보고 스스로 서공보다 못하다고 생각하여 다시 거울에 비춰 스스로 살펴보니, 또 (서공보다) 훨씬 못했다. 저녁에 잠자리에 누워 곰곰이 생각하고 나서 말했다.

「나의 아내가 나를 잘생겼다고 하는 것은 나를 편드는 것이고, 첩이 나를 잘생겼다고 하는 것은 나를 두려워하는 것이며, 손님이 나를 잘생겼다고 하는 것은 나에게 바라는 것이 있기 때문이다.」

해설

추기(鄒忌)는 팔 척 장신의에 용모가 준수한 미남자로, 자기를 제(齊)나라 제일의 미남자인 성북(城北)의 서공(徐公)과 비교하기 위해 아내와 첩과 자기를 찾아온 손님에게 각각 물으니, 모두가 자기를 서공보다 잘생겼다고 말했다.

추기는 분명 자기가 서공보다 못하다는 것을 아는데, 세 사람 모두 자기를 서공보다 잘생겼다고 평하자 그날 밤 잠자리에 들어 곰곰이 생각한 후 세 가지 결론을 얻었다. 즉, 아내가 자기를 서공보다 잘생겼다고 말하는 것은 자기를 편드는 것이고, 첩이 자기를 서공보다 잘생겼다고 말하는 것은 자기를 두려워하는 것이며, 손님이 자기를 서공보다 잘생겼다고 말하는 것은 자기에게 바라는 것이 있기 때문이라는 것이었다.

이 우언은 추기가 제위왕(齊威王)에게 신하 · 비빈(妃嬪) · 측근들의 아첨하는 말에 현혹되어 판단을 그르치지 말고, 언로를 넓혀 비평하는 의견도 들어야 한다는 것을 권고하면서 인용한 고사로, 감언이설에 대한 위해(危害)를 경계한 것이다.

234 화사첨족(畫蛇添足)

《戰國策 · 齊策二》

원문 및 주석

畫蛇添足[1]

楚有祠者, 賜其舍人卮酒。[2] 舍人相謂曰 : 「數人飮之, 不足 ; 一人飮之, 有餘, 請畫地爲蛇, 先成者飮酒。」[3] 一人蛇先成, 引酒且飮之, 乃左手持卮, 右手畫蛇, 曰 : 「吾能爲之足。」[4] 未成, 一人之蛇成, 奪其卮曰 : 「蛇固無足, 子安能爲之足?」 遂飮其酒。[5] 爲蛇足者, 終亡

1 畫蛇添足 → 뱀을 그리고 나서 발을 덧붙이다
【添(첨)】: 첨가하다, 추가하다.

2 楚有祠者, 賜其舍人卮酒。 → 초(楚)나라에 제사를 지내는 사람이 있었는데, (제사를 지내고 나서) 문객들에게 술 한 그릇을 하사했다.
【楚(초)】: [국명] 지금의 호남성 · 호북성과 강서성 · 절강성 및 하남성 남부에 걸쳐 있던 주대(周代)의 제후국.
【祠者(사자)】: 제사지내는 사람.
【賜(사)】: 하사하다, 주다.
【舍人(사인)】: 귀족 수하의 「문객, 식객.」
【卮(치)】: [巵(치)의 본자] (항아리, 주전자 등) 술 담는 그릇.

3 舍人相謂曰 : 「數人飮之, 不足; 一人飮之, 有餘, 請畫地爲蛇, 先成者飮酒。」 → 그러자 문객들이 서로 상의하여 말했다 : 「여러 사람이 마시기에는, 부족하고; 한 사람이 마시기에는, 넉넉하니, 청컨대 땅에 뱀을 그리게 하고, 먼저 완성하는 사람이 술을 마시기로 합시다.」
【先成者(선성자)】: 먼저 완성하는 사람, 먼저 그리는 사람.

4 一人蛇先成, 引酒且飮之, 乃左手持卮, 右手畫蛇, 曰 : 「吾能爲之足。」 → 한 사람이 뱀을 먼

其酒。[6]

번역문

뱀을 그리고 나서 발을 덧붙이다

초(楚)나라에 제사를 지내는 사람이 있었는데, (제사를 지내고 나서) 문객들에게 술 한 그릇을 하사했다. 그러자 문객들이 서로 상의하여 말했다.

「여러 사람이 마시기에는 부족하고 한 사람이 마시기에는 넉넉하니, 청컨대 땅에 뱀을 그리게 하고 먼저 완성하는 사람이 술을 마시기로 합시다.」

한 사람이 뱀을 먼저 다 그리고 나서 술을 들고 마시려 하면서, 오히려 왼손으로는 그릇을 잡고, 오른손으로는 계속 뱀을 그리며 말했다.

....

저 다 그리고 나서, 술을 들고 마시려 하면서, 오히려 왼손으로는 그릇을 잡고, 오른손으로는 계속 뱀을 그리며 말했다 :「나는 뱀에 다리를 그려 넣을 수 있소.」

【引(인)】: 들다.
【且(차)】: 장차 …하려 하다.
【乃(내)】: 오히려.
【爲(위)】: …에게, …를 위해.
【足(족)】: [동사용법] 다리를 그리다.

5 未成, 一人之蛇成, 奪其巵曰 :「蛇固無足, 子安能爲之足?」 遂飮其酒。→ 다리를 아직 다 그리기 전에, 다른 한 사람이 뱀을 다 그리고 나서, 술그릇을 빼앗으며 말했다 :「뱀은 본래 다리가 없는데, 당신은 어째서 뱀에 다리를 그려 넣었소?」 그리하여 그 술을 마셔버렸다.

【未成(미성)】: 다리를 아직 다 그리기 전에.
【奪(탈)】: 빼앗다.
【固(고)】: 본래, 원래.
【安(안)】: 어찌, 어째서.
【遂(수)】: 이에, 그리하여.

6 爲蛇足者, 終亡其酒。→ 뱀에 다리를 그려 넣은 사람은, 결국 그 술을 잃고 말았다.

【終(종)】: 결국, 끝내, 마침내.
【亡(망)】: 잃다.

「나는 뱀에 다리를 그려 넣을 수 있소.」

다리를 아직 다 그리기 전에 다른 한 사람이 뱀을 다 그리고 나서, 술그릇을 빼앗으며 말했다.

「뱀은 본래 다리가 없는데 당신은 어째서 뱀에 다리를 그려 넣었소?」

그리하여 그 술을 마셔버렸다. 뱀에 다리를 그려 넣은 사람은 결국 그 술을 잃고 말았다.

해설

뱀은 본래 다리가 없다. 그런데 먼저 뱀을 그린 사람이 총명한 척하며 뱀에 다리를 그려 넣고 술을 마시려 하자, 나중에 그린 사람이 뱀에 다리가 없음을 지적하고 술잔을 빼앗아 마셔버렸다. 뱀에 다리를 그려 넣는 것은 실제를 벗어난 불필요한 행동이다.

이 우언은 스스로 총명한 척하며 하지 않아도 되는 일을 했다가 도리어 일을 그르친 어리석은 사람을 풍자한 것이다.

235 토우여도경(土偶與桃梗)

《戰國策 · 齊策三》

원문 및 주석

土偶與桃梗[1]

孟嘗君將入秦, 止者千數而弗聽。[2] 蘇秦欲止之, 孟嘗曰 :「人事者, 吾已盡知之矣; 吾所未聞者, 獨鬼事耳。」[3] 蘇秦曰 :「臣之來也,

1 土偶與桃梗 → 흙으로 빚은 사람과 복숭아나무로 깎아 만든 사람
【土偶(토우)】: 흙으로 빚어 만든 사람. 즉「토우, 토우인.」
【桃梗(도경)】: 복숭아나무 가지. 여기서는「복숭아나무로 깎아 만든 사람」을 가리킨다.

2 孟嘗君將入秦, 止者千數而弗聽。 → 제(齊)나라의 맹상군(孟嘗君)이 장차 진(秦)나라에 들어가려고 할 때, 만류하는 사람이 수천 명에 달했으나 듣지 않았다.
【孟嘗君(맹상군)】: 전국시대 제(齊)나라 정곽군(靖郭君)의 아들로 성은 전(田), 이름은 문(文)이며, 부친의 봉작을 세습하고, 제민왕(齊湣王)의 재상을 지냈다. 재능 있는 선비들과 교유하기를 좋아하여 그의 문하에는 식객이 수천 명에 달했다.
【將(장)】: 장차 …하려고 하다.
【秦(진)】: [국명] 지금의 섬서성과 감숙성 일대에 있던 주대(周代)의 제후국이었으나, B.C. 221년 진시황(秦始皇)이 전국을 통일하고 진왕조를 건립했다.
【止者(지자)】: 만류하는 사람.
【弗(불)】: 不(불).

3 蘇秦欲止之, 孟嘗曰 :「人事者, 吾已盡知之矣; 吾所未聞者, 獨鬼事耳。」 → 소진(蘇秦)이 그를 만류하려 하자, 맹상군이 말했다 :「사람에 관한 일은, 내가 이미 다 알고; 내가 듣지 못한 것은, 오직 귀신에 관한 일뿐이오.」
【蘇秦(소진)】: [인명] 동주(東周) 낙양(洛陽) 사람으로 성은 소(蘇), 이름은 진(秦), 자는 계자(季子)이다. 진혜왕(秦惠王)에게 연횡(連橫)의 전략을 써서 연(燕) · 한(韓) · 위(魏) · 제(齊) · 초(楚) · 조(趙) 등 육국을 정복하도록 권했으나 거부당하고, 다시 조나라에 가서 조숙후(趙

固不敢言人事也，固且以鬼事見君。」[4] 孟嘗君見之。謂孟嘗君曰：「今者臣來，過於淄上，有土偶人與桃梗相與語。[5] 桃梗謂土偶人曰：『子，西岸之土也，挺子以爲人，至歲八月，降雨下，淄水至，則汝殘矣。』[6] 土偶曰：『不然。吾西岸之土也，土則復西岸耳。今子，東國之

肅侯)에게 합종(合縱)의 전략으로 육국이 단결하여 진(秦)에 저항하도록 유세한 것이 성공하여 15년 동안 진(秦)나라가 감히 동쪽의 함곡관(函谷關)을 넘어오지 못했다.

【欲(욕)】: …하고자 하다, …하려고 하다.

【止(지)】: 제지하다, 만류하다.

【盡(진)】: 모두, 다.

【獨(독)】: 다만.

【耳(이)】: …뿐.

4 蘇秦曰：「臣之來也，固不敢言人事也，固且以鬼事見君。」→ 소진이 말했다:「제가 여기에 온 것은, 본래 감히 사람에 관한 일을 말씀드리지 못하고, 잠시 귀신에 관한 일을 가지고 뵈려는 것입니다.」

【固(고)】: 본래.

【固且(고차)】: 姑且(고차), 잠시.

5 孟嘗君見之。謂孟嘗君曰：「今者臣來，過於淄上，有土偶人與桃梗相與語。→ 맹상군이 그를 접견하자, (소진이) 맹상군에게 말했다:「오늘 제가 오면서, 치수(淄水)를 건너는데, 흙으로 빚어 만든 사람과 복숭아나무를 깎아 만든 사람이 함께 이야기하고 있었습니다.

【過(과)】: 건너다.

【淄(치)】: [강 이름] 치수(淄水). 지금의 산동성 경내에 있다.

【相與語(상여어)】: 함께 이야기하다. 〖相與〗: 함께. 〖語〗: [동사] 이야기하다, 말하다.

6 桃梗謂土偶人曰：『子，西岸之土也，挺子以爲人，至歲八月，降雨下，淄水至，則汝殘矣。』→ 복숭아나무로 깎아 만든 사람이 흙으로 빚어 만든 사람에게:『그대는, 본래 (치수) 서안의 흙인데, 사람들이 그대를 주물러서 사람을 만들었소. 팔월에 이르러, 큰비가 내리고, 치수의 물이 밀려오면, 그대는 곧 망가질 것이오.』라고 말했습니다.

【子(자)】: 당신, 그대.

【西岸(서안)】: 여기서는「치수(淄水)의 서안」을 가리킨다.

【挺(정)】: 주무르다, 반죽하다, 빚다. ※ 판본에 따라서는「挺」을「挻(연)」이라 했다.

【以(이)】: [연사] 而(이).

【爲人(위인)】: 사람 모양을 만들다.

【歲(세)】: 年(년), 해. 여기서는「금년」을 가리킨다.

【汝(여)】: 너, 당신.

【殘(잔)】: 손상되다, 망가지다.

桃梗也, 刻削子以爲人, 降雨下, 淄水至, 流子而去, 則子漂漂者將何如耳。』[7] 今秦四塞之國, 譬若虎口, 而君入之, 則臣不知君所出矣。」孟嘗君乃止。[8]

번역문

흙으로 빚은 사람과 복숭아나무로 깎아 만든 사람

제(齊)나라의 맹상군(孟嘗君)이 장차 진(秦)나라에 들어가려고 할 때, 만류하는 사람이 수천 명에 달했으나 듣지 않았다. 소진(蘇秦)이 그를 만류하려 하자 맹상군이 말했다.

7 土偶曰 : 『不然。吾西岸之土也, 土則復西岸耳。今子, 東國之桃梗也, 刻削子以爲人, 降雨下, 淄水至, 流子而去, 則子漂漂者將何如耳。』 → 그러자 흙으로 빚어 만든 사람이 : 『그렇지 않소. 나는 (본래) 치수 서안의 흙이니, 흙은 서안으로 다시 되돌아갈 뿐이오. 지금 그대는, 본래 동쪽 지방의 복숭아나무 가지였는데, (사람들이) 그대를 깎아 사람을 만들었소. 큰비가 내리고, 치수의 물이 밀려와, 그대를 떠내려가게 하면, 그대는 표류하여 장차 어디로 갈지 모르오.』라고 말했습니다.
【復(복)】: 되돌아가다.
【耳(이)】: …뿐.
【東國(동국)】: 동쪽 지방.
【刻削(각삭)】: 깎다.
【流子而去(유자이거)】: 당신을 떠내려 보내다. 〖子〗: 그대, 당신.
【漂漂者(표표자)】: 물을 따라 표류하는 모양.
【何如(하여)】: 어디로 가다. 〖如〗: 行(행), 가다.

8 今秦四塞之國, 譬若虎口, 而君入之, 則臣不知君所出矣。」孟嘗君乃止。→ 지금 진(秦)나라는 사방이 요새로 둘러싸인 나라로, 마치 호랑이굴과 같아, 만일 맹상군께서 진나라에 들어가신다면, 저는 맹상군께서 탈출해야 할 곳을 알지 못합니다.」 그리하여 맹상군이 (진나라에 가려는 생각을) 그만두었다.
【四塞之國(사새지국)】: 사방이 요새로 둘러싸인 나라.
【譬若(비약)】: 마치 …과 같다. ※ 판본에 따라서는 「譬」를 「比(비)」라 했다.
【所出(소출)】: 탈출하는 곳.
【乃(내)】: 이에, 그리하여.
【止(지)】: 그만두다, 멈추다.

「사람에 관한 일은 내가 이미 다 알고, 내가 듣지 못한 것은 오직 귀신에 관한 일뿐이오.」

소진이 말했다.

「제가 여기에 온 것은 본래 감히 사람에 관한 일을 말씀드리지 못하고, 잠시 귀신에 관한 일을 가지고 뵈려는 것입니다.」

맹상군이 그를 접견하자, (소진이) 맹상군에게 말했다.

「오늘 제가 오면서 치수(淄水)를 건너는데, 흙으로 빚어 만든 사람과 복숭아나무를 깎아 만든 사람이 함께 이야기하고 있었습니다. 복숭아나무로 깎아 만든 사람이 흙으로 빚어 만든 사람에게 『그대는 본래 (치수) 서안(西岸)의 흙인데, 사람들이 그대를 주물러서 사람을 만들었소. 팔월에 이르러 큰비가 내리고 치수의 물이 밀려오면 그대는 곧 망가질 것이오.』라고 말했습니다. 그러자 흙으로 빚어 만든 사람이 『그렇지 않소. 나는 (본래) 치수 서안의 흙이니 흙은 서안으로 다시 되돌아갈 뿐이오. 지금 그대는 본래 동쪽 지방의 복숭아나무 가지였는데, (사람들이) 그대를 깎아 사람을 만들었소. 큰비가 내리고 치수의 물이 밀려와 그대를 떠내려가게 하면 그대는 표류하여 장차 어디로 갈지 모르오.』라고 말했습니다. 지금 진(秦)나라는 사방이 요새로 둘러싸인 나라로 마치 호랑이굴과 같아, 만일 맹상군께서 진나라에 들어가신다면 저는 맹상군께서 탈출해야 할 곳을 알지 못합니다.」

그리하여 맹상군이 (진나라에 가려는 생각을) 그만두었다.

해설

제(齊)나라의 맹상군(孟嘗君)이 진(秦)나라 소왕(昭王)의 초청을 받아 진나라에 가려고 하자 만류하는 사람들이 수천 명에 달했으나 맹상군이 뜻을 굽히지 않았다. 이에 소진(蘇秦)이 맹상군을 접견하고, 큰비가 내려 물에 떠내려가면 어디로 갈지 모르는 복숭아나무 인형의 경우를 예로 들어, 맹상군이 제나라를 떠나 진나라에 있을 경우에 비유하여 설득함으로써 맹상군으로 하여금 진나라에 가려던 생각을 포기하도록 했다.

이 우언은 사람이 지피지기(知彼知己)의 이치를 망각하고 자기의 본거지를 이탈할 경우 풍파를 견디지 못하고 실패의 운명에 처할 수 있다는 것을 경계한 것이다.

236 전부천공(田父擅功)

《戰國策 · 齊策三》

원문 및 주석

田父擅功[1]

韓子盧者, 天下之疾犬也; 東郭逡者, 海內之狡兔也。[2] 韓子盧逐東郭逡, 環山者三, 騰山者五, 兔極於前, 犬廢於後, 犬兔俱罷, 各死其處。[3] 田父見之, 無勞勸之苦, 而擅其功。[4]

1 田父擅功 → 농부가 이익을 차지하다
【田父(전부)】: 농부.
【擅功(천공)】: 이익을 차지하다. 〖擅〗: 점유하다, 차지하다. 〖功〗: 공로. 여기서는 「이익」을 가리킨다.

2 韓子盧者, 天下之疾犬也; 東郭逡者, 海內之狡兔也。→ 한자로(韓子盧)는, 천하에서 가장 빠른 개이고; 동곽준(東郭逡)은, 세상에서 가장 빠른 토끼이다.
【韓子盧(한자로)】: 전국시대 한(韓)나라의 명견(名犬) 이름. 털의 색깔이 검어서 「盧」라 했다. 〖韓〗: 지금의 하남성 중부와 산서성 동남부에 걸쳐 있던 주대(周代)의 제후국. 〖盧〗: 흑색, 검정색. ※《전국책(戰國策) · 진책삼(秦策三)》에는 「韓子盧」를 「韓盧」라 했다.
【疾犬(질견)】: 걸음이 매우 빠른 개.
【東郭逡(동곽준)】: 전국시대의 토끼 이름. 〖東郭〗: [산 이름] 동곽산. 〖逡〗: 토끼 이름.
【海內(해내)】: 세상.
【狡兔(교토)】: 걸음이 매우 빠른 토끼.

3 韓子盧逐東郭逡, 環山者三, 騰山者五, 兔極於前, 犬廢於後, 犬兔俱罷, 各死其處。→ 한자로가 동곽군을 좇아, 산을 세 번이나 돌고, 산을 다섯 번이나 오르내리다가, 토끼는 앞에서 힘이 다하고, 개는 뒤에서 죽도록 지쳐서, 개와 토끼 모두 피곤을 견디지 못하고, 각기 그곳에서 죽었다.

번역문

농부가 이익을 차지하다

한자로(韓子盧)는 천하에서 가장 빠른 개이고, 동곽준(東郭逡)은 세상에서 가장 빠른 토끼이다. 한자로가 동곽군을 쫓아 산을 세 번이나 돌고 산을 다섯 번이나 오르내리다가 토끼는 앞에서 힘이 다하고, 개는 뒤에서 죽도록 지쳐서 개와 토끼 모두 피곤을 견디지 못하고 각기 그곳에서 죽었다. 농부가 이를 보고 아무런 노고도 없이 그 이익을 차지했다.

해설

한자로(韓子盧)가 동곽준(東郭逡)을 잡으려고 뒤를 쫓다가 결국 둘 다 지쳐서 죽자 이를 발견한 농부가 조금도 힘을 들이지 않고 두 마리의 짐승을 얻었다.

이 우언은 서로 양보하지 않고 무의미한 투쟁을 하다가 결국 제삼자로 하여금 어부지리(漁父之利)를 얻게 하는 행위를 비유한 것이다.

....

【逐(축)】: 뒤쫓다.
【環山者三(환산자삼)】: 산을 세 바퀴 돌다. 〖環〗: 돌다.
【騰山者五(등산자오)】: 산을 다섯 번 오르내리다. 〖騰〗: 오르다. 여기서는 「오르내리다」의 뜻.
【極(극)】: 힘이 다하다.
【廢(폐)】: 죽도록 지치다.
【俱(구)】: 모두, 다.
【罷(피)】: 피로하다, 피곤하다.

4 田父見之, 無勞勧之苦, 而擅其功。→ 농부가 이를 보고, 아무런 노고도 없이, 그 이익을 차지했다.
【勞勧(노권)】: 수고, 노고. ※ 판본에 따라서는 「勧」을 「倦(권)」이라 했다.

237 불가인부주관(不嫁人不做官)

《戰國策 · 齊策四》

원문 및 주석

不嫁人不做官[1]

<u>齊</u>人見<u>田駢</u>, 曰 : 「聞先生高議, 設爲不宦, 而願爲役。」[2] <u>田駢</u>曰 : 「子何聞之?」 對曰 : 「臣聞之鄰人之女。」[3] <u>田駢</u>曰 : 「何謂也?」 對曰

....

1 不嫁人不做官 → 시집을 가지 않고 벼슬을 하지 않다
【嫁人(가인)】: 시집가다.
【做官(주관)】: 벼슬을 하다, 관리가 되다.

2 齊人見田駢, 曰 : 「聞先生高議, 設爲不宦, 而願爲役。」 → 제(齊)나라 사람이 전병(田駢)을 만나 말했다 : 「(저는) 선생께서 고상한 덕망을 지니시어, 벼슬을 않겠다고 호언하며, 역부(役夫)가 되기를 원한다고 들었습니다.」
【齊(제)】: [국명] 지금의 산동성 북부와 하북성 남부 일대에 걸쳐 있던 주대(周代)의 제후국.
【田駢(전병)】: [인명] 제(齊)나라의 처사(處士 : 벼슬하지 않고 초야에 묻혀 있는 선비).
【高議(고의)】: 고상한 덕망.
【設爲(설위)】: 호언하다, 호언장담하다. ※ 「뜻을 세우다」라고 풀이한 경우도 있다.
【爲役(위역)】: 역부가 되다. 〖爲〗: 되다, 노릇을 하다. 〖役〗: 역부, 하인.

3 田駢曰 : 「子何聞之?」 對曰 : 「臣聞之鄰人之女。」 → 전병이 말했다 : 「당신은 그 말을 어디서 들었소?」 (제나라 사람이) 대답했다 : 「저는 그것을 이웃집 여자한테 들었습니다.」
【子(자)】: 그대, 당신.
【何(하)】: 어디.
【臣(신)】: 신, 저. ※ 본래 신하나 백성이 임금에 대해 자신을 낮추어 부르는 호칭이나, 진(秦) · 한(漢) 이전에는 일반인 사이에서도 겸손을 표하기 위해 사용했다.
【聞之(문지)】: 그 말을 듣다. 〖之〗: [대명사] 그것, 즉 「그 말」.
【鄰人之女(인인지녀)】: 이웃집 여자.

:「臣鄰人之女, 設爲不嫁, 行年三十而有七子。不嫁則不嫁, 然嫁過畢矣。[4] 今先生設爲不宦, 訾養千鍾, 徒百人, 不宦則然矣, 而富過畢也。」田子辭。[5]

번역문

시집을 가지 않고 벼슬을 하지 않다

제(齊)나라 사람이 전병(田駢)을 만나 말했다.

「(저는) 선생께서 고상한 덕망을 지니시어, 벼슬을 않겠다고 호언하며 역부(役夫)가 되기를 원한다고 들었습니다.」

전병이 말했다.

「당신은 그 말을 어디서 들었소?」

---

4 田駢曰:「何謂也?」對曰:「臣鄰人之女, 設爲不嫁, 行年三十而有七子。不嫁則不嫁, 然嫁過畢矣。→ 전병이 말했다:「무슨 말을 하고 있는 거요?」(제나라 사람이) 대답했다:「저의 이웃집 여자는, 시집을 가지 않겠다고 호언하는데, 나이 서른에 일곱 명의 자식이 있습니다. 시집을 안 가기는 했지만, 그러나 자식은 시집을 간 여자보다 훨씬 많이 나았습니다.

【行年(행년)】: 현재의 나이, 먹은 나이.

【七子(칠자)】: 일곱 명의 자식. 〖子〗: 자녀, 자식. ※ 옛날에는 아들과 딸을 모두 「子」라고 했다.

【然(연)】: 그러나.

【過畢(과필)】: 훨씬 초월하다.

5 今先生設爲不宦, 訾養千鍾, 徒百人, 不宦則然矣, 而富過畢也。」田子辭。→ 지금 선생께서는 벼슬을 안 한다고 호언하시지만, 재물은 천 종(鍾)을 공양 받고, 소속된 무리가 백 명을 넘으니, 벼슬을 안 하는 것은 그렇다 쳐도, 재물은 벼슬을 하는 사람보다 훨씬 많습니다.」(이 말을 듣자마자) 전병이 자리를 떠버렸다.

【訾(자)】: 資(자), 재물.

【養(양)】: 공양하다.

【鍾(종)】: [용량 단위] 1종(鍾)은 6곡(斛) 4두(斗 : 말), 1곡은 10두.

【徒(도)】: 소속된 무리.

【辭(사)】: 자리를 뜨다.

(제나라 사람이) 대답했다.

「저는 그것을 이웃집 여자한테 들었습니다.」

전병이 말했다.

「무슨 말을 하고 있는 거요?」

(제나라 사람이) 대답했다.

「저의 이웃집 여자는 시집을 가지 않겠다고 호언하는데, 나이 서른에 일곱 명의 자식이 있습니다. 시집을 안 가기는 했지만, 그러나 자식은 시집을 간 여자보다 훨씬 많이 나았습니다. 지금 선생께서는 벼슬을 안 한다고 호언하시지만 재물은 천 종(鍾)을 공양 받고 소속된 무리가 백 명을 넘으니, 벼슬을 안 하는 것은 그렇다 쳐도 재물은 벼슬을 하는 사람보다 훨씬 많습니다.」

(이 말을 듣자마자) 전병이 자리를 떠버렸다.

해설

제(齊)나라의 전병(田駢)은 본래 매우 부유한 사람이다. 그러나 사회에서는 그가 고상한 성품과 덕망을 지니고 있어 벼슬을 하지 않고 역부(役夫)가 되기를 원했다는 말이 떠돌았다. 그리하여 어느 제나라 사람이 전병을 찾아가 입으로는 시집을 가지 않는다고 호언하며 실제로는 일곱 자녀를 두고 있는 이웃집 여자의 사례를 전병에 비유하며 전병의 표리부동한 처사를 지적했다. 그러자 전병이 자리를 떠버렸다.

이 우언은 당시 사회에서 부(富)를 누리고 스스로 고상함을 자랑하며 벼슬길에 나가지 않는 사이비 군자를 풍자한 것이다.

238 호가호위(狐假虎威)

《戰國策·楚策一》

원문 및 주석

狐假虎威[1]

虎求百獸而食之, 得狐。[2] 狐曰 :「子無敢食我也。天帝使我長百獸, 今子食我, 是逆天帝命也。[3] 子以我爲不信, 吾爲子先行, 子隨我

················

1 狐假虎威 → 여우가 호랑이의 위세를 빌리다
【假(가)】: 빌리다.
【威(위)】: 위세, 위엄.

2 虎求百獸而食之, 得狐。→ 호랑이는 여러 짐승들을 잡아먹고 사는데, (마침) 여우를 잡았다.
【求(구)】: 찾다, 구하다, 즉「잡다」.
【百獸(백수)】: 여러 짐승들.
【食(식)】: [동사] 먹다.
【之(지)】: [대명사] 그것, 즉「여러 짐승들」.

3 狐曰 :「子無敢食我也。天帝使我長百獸, 今子食我, 是逆天帝命也。→ 여우가 말했다 :「그대는 감히 나를 잡아먹지 못한다. 천제께서 나를 보내 백수의 어른으로 삼았으므로, 지금 그대가 나를 잡아먹는다면, 이는 천제의 명을 거역하는 것이다.
【子(자)】: 당신, 그대.
【無敢(무감)】: 不敢(불감), 감히…하지 못하다.
【使(사)】: 보내다, 파견하다.
【長(장)】: 우두머리가 되다, 어른 노릇을 하다.
【是(시)】: [대명사] 이것, 즉「호랑이가 여우를 잡아먹는 것」.

後, 觀百獸之見我而敢不走乎!」[4] 虎以爲然, 故遂與之行。獸見之皆走。[5] 虎不知獸畏己而走也, 以爲畏狐也。[6]

번역문

여우가 호랑이의 위세를 빌리다

호랑이는 여러 짐승들을 잡아먹고 사는데 (마침) 여우를 잡았다.

여우가 말했다.

「그대는 감히 나를 잡아먹지 못한다. 천제께서 나를 보내 백수의 어른으로 삼았으므로 지금 그대가 나를 잡아먹는다면 이는 천제의 명을 거역하는 것이다. 그대가 나의 말을 믿을 수 없다고 생각하면 내가 그대보다 앞에서 걸어갈 테니, 그대는 나의 뒤를 따라오며 여러 짐승들이 나를 보고 감히 달아나지 않는지 살펴보라!」

4 子以我爲不信, 吾爲子先行, 子隨我後, 觀百獸之見我而敢不走乎!」 → 그대가 나의 말을 믿을 수 없다고 생각하면, 내가 그대보다 앞에서 걸어갈 테니, 그대는 나의 뒤를 따라오며, 여러 짐승들이 나를 보고 감히 달아나지 않는지 살펴보라!」
【以(이)…爲(위)…】: …을 …라고 여기다(생각하다).
【不信(불신)】: 믿음이 안 가다, 정직하지 않다.
【先行(선행)】: 앞에서 걷다.
【敢不走(감불주)】: 감히 달아나지 못하다.

5 虎以爲然, 故遂與之行。獸見之皆走。 → 호랑이는 그렇다고 생각했다. 그래서 곧 여우를 따라 걸었다. 짐승들이 여우를 보자 모두 달아났다.
【以爲(이위)】: …라 생각하다, …라 여기다.
【然(연)】: 그렇다, 맞다.
【遂(수)】: 곧, 바로, 즉시.
【之(지)】: [대명사] 그, 즉「여우」.

6 虎不知獸畏己而走也, 以爲畏狐也。 → 호랑이는 짐승들이 자기를 보고 달아나는 것을 모르고, 여우를 두려워한다고 생각했다.
【畏(외)】: 두려워하다, 겁내다.

호랑이는 그렇다고 생각했다. 그래서 곧 여우를 따라 걸었다. 짐승들이 여우를 보자 모두 달아났다. 호랑이는 짐승들이 자기를 보고 달아나는 것을 모르고 여우를 두려워한다고 생각했다.

해설

초(楚)나라 선왕(宣王) 때의 장수 소해휼(昭奚恤)은 전쟁에 능하여 중원(中原)의 여러 나라들이 그를 매우 두려워했다. 이때 강을(江乙)이 소해휼에 대해 불만을 품고 선왕에게 고하길, 여러 나라들이 소해휼을 두려워하는 것은 실제로 선왕을 두려워하는 것인데, 소해휼이 이를 이용하여 자신을 과시하는 것이라며 「호가호위(狐假虎威)」를 인용하여 소해휼에 비유했다.

이 우언은 본래 군대의 지휘관이 자기 나라의 국력을 믿고 우쭐대는 것을 비난한 것이지만 후에는 남의 권세를 이용하여 위세를 부리는 소인배를 풍자하는 말로 사용했다.

239 요정지구(溺井之狗)

《戰國策·楚策一》

원문 및 주석

溺井之狗[1]

人有以其狗爲有執而愛之。[2] 其狗嘗溺井, 其鄰人見狗之溺井也, 欲入言之。[3] 狗惡之, 當門而噬之。鄰人憚之, 遂不得入言。[4]

....

1 溺井之狗 → 우물에 오줌을 싼 개
【溺(뇨)】: 오줌을 싸다.

2 人有以其狗爲有執而愛之。→ 어떤 사람이 자기 개가 집을 잘 지킨다고 여겨 그 개를 총애했다.
【以(이)…爲(위)…】: …을 …로 여기다.
【有執(유집)】: (집을) 잘 지키다.

3 其狗嘗溺井, 其鄰人見狗之溺井也, 欲入言之。→ 그 개가 일찍이 우물에 오줌을 싼 적이 있는데, 이웃집 사람이 개가 우물에 오줌 싸는 것을 보고, 들어가 그것을 (주인에게) 말하려고 했다.
【嘗(상)】: 일찍이.
【欲(욕)】: …하고자 하다, …하려고 하다.

4 狗惡之, 當門而噬之。鄰人憚之, 遂不得入言。→ 개가 이웃집 사람을 싫어하여, 문을 가로막고 그를 물어버렸다. 이웃집 사람은 그 개가 두려워서, 끝내 들어가 말을 할 수가 없었다.
【惡(오)】: 싫어하다, 미워하다, 증오하다.
【當(당)】: 擋(당), 막다, 가로막다.
【噬(서)】: 물다.
【憚(탄)】: 꺼리다, 두려워하다.
【遂(수)】: 결국, 끝내.
【不得(부득)】: …할 수 없다, …하지 못하다.

번역문

우물에 오줌을 싼 개

어떤 사람이 자기 개가 집을 잘 지킨다고 여겨 그 개를 총애했다. 그 개가 일찍이 우물에 오줌을 싼 적이 있는데, 이웃집 사람이 개가 우물에 오줌 싸는 것을 보고 들어가 그것을 (주인에게) 말하려고 했다. 개가 이웃집 사람을 싫어하여 문을 가로막고 그를 물어버렸다. 이웃집 사람은 그 개가 두려워서 끝내 들어가 말을 할 수가 없었다.

해설

집을 잘 지켜 주인으로부터 총애를 받는 개가 주인이 보지 않는 사이에 우물에 오줌을 싸서, 이를 목격한 이웃집 사람이 그 사실을 개 주인에게 알리려고 집안에 들어가려 하자, 그 개는 자기의 비행이 탄로 날 것을 우려하여 이웃집 사람을 가로막고 물며 들어가지 못하게 했다.

이 우언은 임금 주변의 간신배를 개에 비유하고 이웃집 사람을 나라의 대신에 비유하여, 간신배가 자신의 비행이 폭로될 것을 우려하여 대신으로 하여금 군주를 알현하지 못하도록 가로막는 행위를 풍자한 것이다.

240 힐미낙망(黠麋落網)

《戰國策 · 楚策三》

원문 및 주석

黠麋落網[1]

今山澤之獸, 無黠於麋。麋知獵者張罔, 前而驅己也, 因還走而冒人, 至數。[2] 獵者知其詐, 僞擧罔而進之, 麋因得矣。[3]

1 黠麋落網 → 교활한 고라니가 그물에 걸리다
【黠(힐)】: 교활하다.
【麋(미)】: 고라니.
【落網(낙망)】: 그물에 걸리다.

2 今山澤之獸, 無黠於麋。麋知獵者張罔, 前而驅己也, 因還走而冒人, 至數。→ 오늘날 산택(山澤)의 짐승 가운데, 고라니보다 교환한 놈이 없다. 고라니는 사냥꾼이 그물을 쳐놓고, 앞쪽으로 자기를 내몬다는 것을 안다. 그리하여 (그물 반대 방향으로) 몸을 돌려 달려와 사냥꾼에게 덤벼들었다. (이렇게 하기를) 여러 번 반복했다.
【獵者(엽자)】: 사냥꾼.
【張罔(장망)】: 그물을 치다. 〖罔〗: 網(망), 그물.
【前而驅(전이구)】: 앞쪽으로 몰아가다.
【因(인)】: 그리하여, 이로 인해.
【還走(환주)】: 되돌아가다, 몸을 돌려 달리다.
【冒人(모인)】: 사람을 무릅쓰다. 즉 「사람에게 달려들다」의 뜻.
【至數(지삭)】: 여러 번 반복하다. 〖數〗: 누차, 여러 번.

3 獵者知其詐, 僞擧罔而進之, 麋因得矣。→ 이에 사냥꾼도 고라니의 간사한 습성을 알고, 이전처럼 위장한 후 그물을 들고 고라니를 향해 나아갔다. 그리하여 (전처럼 여전히 몸을 돌려 달려드는) 고라니를 사로잡았다.
【詐(사)】: 간사하다, 교활하다.

번역문

교활한 고라니가 그물에 걸리다

오늘날 산택(山澤)의 짐승 가운데 고라니보다 교환한 놈이 없다. 고라니는 사냥꾼이 그물을 쳐놓고 앞쪽으로 자기를 내몬다는 것을 안다. 그리하여 (그물 반대 방향으로) 몸을 돌려 달려와 사냥꾼에게 덤벼들었다. (이렇게 하기를) 여러 번 반복했다. 이에 사냥꾼도 고라니의 간사한 습성을 알고, 이전처럼 위장한 후 그물을 들고 고라니를 향해 나아갔다. 그리하여 (전처럼 여전히 몸을 돌려 달려드는) 고라니를 사로잡았다.

해설

고라니는 사냥꾼이 자기를 그물 쪽으로 몰아간다는 것을 알고, 몸을 반대 방향으로 돌려 사냥꾼에게 달려드는 방법으로 위기를 탈출했다. 이렇게 몇 번을 반복하자 사냥꾼이 고라니의 습성을 알고 이전처럼 위장한 후, 그물을 들고 고라니를 향해 나아가 몸을 돌려 사냥꾼 쪽으로 달려드는 고라니를 사로잡았다.

이 우언은 상대를 제압하려면 상대보다 한 단계 위의 지모를 갖추어야 성공할 수 있다는 이치를 설명한 것이다.

....

【僞(위)】: 위장하다.
【擧罔(거망)】: 그물을 들다. 〖擧〗: 들다.
【進之(진지)】: 고라니를 향해 나아가다. 〖之〗: [대명사] 그것, 즉 「고라니」.
【因(인)】: 그리하여, 이로 인해.
【得(득)】: 얻다. 여기서는 「잡다, 사로잡다」의 뜻.

241 경궁지조(驚弓之鳥)

《戰國策 · 楚策四》

원문 및 주석

驚弓之鳥[1]

更羸與魏王處京臺之下, 仰見飛鳥。更羸謂魏王曰:「臣爲王引弓虛發而下鳥。」[2] 魏王曰:「然則射可至此乎?」更羸曰:「可。」[3] 有

1 驚弓之鳥 → 활에 놀란 새

【驚(경)】: 놀라다.

2 更羸與魏王處京臺之下, 仰見飛鳥。更羸謂魏王曰:「臣爲王引弓虛發而下鳥。」→ 경리(更羸)와 위왕(魏王)이 경대(京臺) 아래에 머물고 있다가, 위를 향해 날아가는 새를 바라보았다. 경리가 위왕에게 말했다:「제가 임금님을 위해 화살을 메기지 않고 활을 쏘아 새를 떨어뜨리겠습니다.」

【更羸(경리)】: [인명] 전국시대의 이름난 궁수.

【魏(위)】: [국명] 지금의 하남성 북부 · 섬서성 동부 · 산서성 서남부 및 하북성 남부에 걸쳐 있던 주대(周代)의 제후국. 본래 진(晉)나라에 속했으나 B.C. 375년 조씨(趙氏) · 한씨(韓氏) · 위씨(魏氏)가 진(晉)의 영토를 삼분하여 각기 조(趙) · 한(韓) · 위(魏) 세 나라로 독립했다. 위나라는 개국 초기 안읍(安邑)에 도읍을 정했다가 혜왕(惠王) 때 대량(大梁)으로 천도하고 국호를 양(梁)이라 했다.

【處(처)】: …에 머물다.

【京臺(경대)】: 누대 이름.

【仰見(앙견)】: 위를 향해 바라보다.

【臣(신)】: 신, 저. ※ 백성이나 신하의 군주에 대한 자칭.

【引弓虛發(인궁허발)】: 활을 당겨 빈 화살을 발사하다. 즉「활시위에 화살을 메기지 않고 활시위만을 당겨 쏘다」의 뜻.

【下(하)】: 떨어뜨리다.

間, 雁從東方來, 更羸以虛發而下之。[4] 魏王曰 : 「然則射可至此乎!」 更羸曰 : 「此孽也。」[5] 王曰 : 「先生何以知之?」[6] 對曰 : 「其飛徐而鳴悲。飛徐者, 故瘡痛也; 鳴悲者, 久失群也。[7] 故瘡未息, 而驚心未至也, 聞弦音, 引而高飛, 故瘡隕也。」[8]

···············

3 魏王曰 : 「然則射可至此乎?」 更羸曰 : 「可。」 → 위왕이 말했다 : 「그렇다면 활 쏘는 기술이 이 정도까지 이를 수 있다는 말인가?」 경리가 말했다 : 「그렇습니다.」
【然則(연즉)】 : 그렇다면.
【射(사)】 : 활 쏘는 기술.

4 有間, 雁從東方來, 更羸以虛發而下之。→ 잠시 후, 기러기가 동쪽에서 날아오자, 경리가 화살을 메기지 않고 활을 쏘아 그것을 떨어뜨렸다.
【有間(유간)】 : 잠시 후, 조금 있다가.
【從(종)…來(래)】 : …에서 오다, …로부터 오다.

5 魏王曰 : 「然則射可至此乎!」 更羸曰 : 「此孽也。」 → 위왕이 말했다 : 「그렇다면 활 쏘는 기술이 이 정도까지 이를 수 있다는 것이로군!」 경리가 대답했다 : 「이는 상처를 입고 아직 회복되지 않은 기러기입니다.」
【此(차)】 : [대명사] 이것, 즉 「이 기러기」.
【孽(얼)】 : 蘖(얼), 본래 「나무가 잘린 후에 새로 나서 자란 어린 싹」을 가리키나, 여기서는 「다친 상처가 아직 회복되지 않은 기러기」를 비유한 것이다.

6 王曰 : 「先生何以知之?」 → 위왕이 물었다 : 「선생은 그것을 어찌 알았소?」
【何以(하이)】 : 어떻게.

7 對曰 : 「其飛徐而鳴悲。飛徐者, 故瘡痛也; 鳴悲者, 久失群也。 → (경리가) 대답했다 : 「그 기러기는 천천히 날고 울음소리가 슬펐습니다. 천천히 나는 것은, 전에 다친 상처가 아프기 때문이고; 울음소리가 슬픈 것은 무리를 잃은 지 오래되었기 때문입니다.
【徐(서)】 : 서서히, 천천히.
【故瘡(고창)】 : 전에 다친 상처.
【失群(실군)】 : 무리를 잃다.

8 故瘡未息, 而驚心未至也, 聞弦音, 引而高飛, 故瘡隕也。」 → 전에 다친 상처가 아직 아물지 않고, 놀란 마음이 아직 가라앉지 않은 상황에서, (갑자기) 활시위 소리를 듣고, 날개를 들어 높이 날아오르려다가, 전에 다친 상처가 충격을 받아 추락한 것입니다.」
【息(식)】 : 멈추다. 여기서는 「(상처가) 아물다」의 뜻.
【驚心未至(경심미지)】 : 놀란 마음이 가라앉지 않다. ※ 판본에 따라서는 「至」를 「去(거)」라 했다.
【弦音(현음)】 : 활시위 소리.
【引而高飛(인이고비)】 : 날개를 들어 높이 날다. 〖引〗 : 擧(거), 들다.
【故瘡隕(고창운)】 : 전에 다친 상처가 충격을 받아 추락하다. 〖隕〗 : 추락하다.

번역문

활에 놀란 새

경리(更羸)와 위왕(魏王)이 경대(京臺) 아래에 머물고 있다가 위를 향해 날아가는 새를 바라보았다.

경리가 위왕에게 말했다.

「제가 임금님을 위해 화살을 메기지 않고 활을 쏘아 새를 떨어뜨리겠습니다.」

위왕이 말했다.

「그렇다면 활 쏘는 기술이 이 정도까지 이를 수 있다는 말인가?」

경리가 말했다.

「그렇습니다.」

잠시 후 기러기가 동쪽에서 날아오자 경리가 화살을 메기지 않고 활을 쏘아 그것을 떨어뜨렸다.

위왕이 말했다.

「그렇다면 활 쏘는 기술이 이 정도까지 이를 수 있다는 것이로군!」

경리가 대답했다.

「이는 상처를 입고 아직 회복되지 않은 기러기입니다.」

위왕이 물었다.

「선생은 그것을 어찌 알았소?」

(경리가) 대답했다.

「그 기러기는 천천히 날고 울음소리가 슬펐습니다. 천천히 나는 것은 전에 다친 상처가 아프기 때문이고, 울음소리가 슬픈 것은 무리를 잃은 지 오래되었기 때문입니다. 전에 다친 상처가 아직 아물지 않고, 놀란 마음이 아직 가라앉지 않은 상황에서 (갑자기) 활시위 소리를 듣고, 날개를 들어 높이 날아오르려다가 전에 다친 상처가 충격을 받아 추락한 것입니다.」

해설

경리(更羸)라는 이름난 궁수가 위왕(魏王)과 함께 경대(京臺)에서 하늘을 나는 새를 바라보다가 위왕을 위해 화살을 사용하지 않고 날아가는 새를 떨어뜨리겠다고 말했다. 잠시 후 동쪽에서 기러기가 날아오자 경리가 활시위에 화살을 메기지 않고 활시위를 당겼다 놓아 기러기를 떨어뜨렸다. 위왕이 그의 기술에 탄복하자 경리는 그 기러기가 놀라 떨어질 수밖에 없었던 까닭을 자세히 설명했다.

이 우언은 본래 조(趙)나라의 위가(魏加)와 초(楚)나라의 춘신군(春申君)이 진(秦)나라와 대항하기 위해 합종(合縱)을 협의하는 과정에서 춘신군이 진나라에 맞설 장수로 임무군(臨武君)을 임명하려 하자, 위가가 진나라에 패한 경험이 있는 임무군을 「경궁지조(驚弓之鳥)」에 비유하여 진나라에 대항할 장수로 부적격하다는 것을 밝힌 것인데, 후에는 이를 「위험한 일이 지나간 뒤에도 여전히 가슴이 두근거리고 두려워하는 모습」을 비유하는 말로 사용했다.

242 기우백락(驥遇伯樂)

《戰國策 · 楚策四》

원문 및 주석

驥遇伯樂[1]

夫驥之齒至矣, 服鹽車而上太行。[2] 蹄申膝折, 尾湛胕潰, 漉汁灑地, 白汗交流, 中阪遷延, 負轅不能上。[3] 伯樂遭之, 下車攀而哭之,

1 驥遇伯樂 → 천리마가 백락(伯樂)을 만나다
【驥(기)】: 천리마, 준마.
【遇(우)】: 만나다.
【伯樂(백락)】: [인명] 성은 손(孫), 이름은 양(陽)이며, 자는 백락(伯樂)이다. 진목공(秦穆公) 때 사람으로 말의 우열을 가리는 능력이 뛰어나기로 이름이 났다.

2 夫驥之齒至矣, 服鹽車而上太行。 → 늙은 천리마가, 소금 실은 수레를 끌고 태행산(太行山)을 올라가고 있었다.
【夫(부)】: [발어사] ※ 말을 끌어내는 역할을 할 뿐, 뜻이 없다.
【齒至(치지)】: 이가 다 자라다. 즉 「말이 늙다, 말의 나이가 많다」의 뜻. ※ 말은 매년마다 이빨이 하나씩 나기 때문에 이빨의 수로써 나이를 헤아린다. 따라서 이빨이 다 자랐다는 것은 말이 이미 늙은 것을 의미한다.
【服鹽車(복염거)】: 소금 실은 수레를 끌다. 【服】: 끌다.
【太行(태행)】: [산 이름] 태행산. 산서성의 고원과 하북성의 평원지대 사이에 있는 산. 일명 오행산(五行山)이라고도 한다.

3 蹄申膝折, 尾湛胕潰, 漉汁灑地, 白汗交流, 中阪遷延, 負轅不能上。 → 발굽은 뻗고 무릎은 구부린 채, 꼬리는 축 늘어지고 피부는 짓물렀다. 입에서 흐르는 침을 땅에 뿌리며, 하얀 땀방울이 서로 뒤섞여 흘렀다. 비탈의 중턱에서 나아가지 못하고 시간을 끌며, 끌채를 짊어지고 오를 수가 없었다.
【蹄申膝折(제신슬절)】: 발굽을 뻗고 무릎을 구부리다. 【蹄】: 발굽. 【申】: 伸(신), 뻗다. 【膝】: 무릎. 【折】: 굽다, 구부리다.

解紵衣以冪之。[4] 驥於是俯而噴, 仰而鳴, 聲達於天, 若出金石聲者, 何也? 彼見伯樂之知己也。[5]

번역문

천리마가 백락(伯樂)을 만나다

늙은 천리마가 소금 실은 수레를 끌고 태행산(太行山)을 올라가고 있었

【尾湛胕潰(미침부궤)】: 꼬리가 축 늘어지고 피부가 짓무르다. 〖湛〗: 沈(침), 축 늘어지다. 〖胕〗: 膚(부), 피부. 〖潰〗: 짓무르다, 문드러지다.

【漉汁灑地(녹즙쇄지)】: 입에서 흐르는 침을 땅에 뿌리다. 〖漉汁〗: 흘러나오는 액체. 여기서는 「입에서 흘러나오는 침」을 가리킨다. 〖灑〗: 뿌리다.

【白汗交流(백한교류)】: 하얀 땀방울이 서로 섞여 흐르다.

【中阪遷延(중판천연)】: 비탈의 중턱에서 시간을 끌며 나아가지 못하다. 〖中阪〗: 비탈의 중턱. 〖遷延〗: (시간을) 끌다.

【負轅(부원)】: 끌채를 짊어지다. 〖負〗: 지다, 짊어지다. 〖轅〗: 끌채. ※ 수레의 양쪽에 길게 나와 말이나 소의 멍에목에 매어 수레를 끌게 한다.

4 伯樂遭之, 下車攀而哭之, 解紵衣以冪之。→ 이때 백락(伯樂)이 이 천리마를 만나자, 수레에서 내려 말을 꼭 붙잡고 울며, 입고 있던 베옷을 벗어 말에게 덮어 주었다.

【遭(조)】: 만나다.

【攀(반)】: 잡다, 꼭 붙잡다.

【解(해)】: (옷을) 벗다.

【紵衣(저의)】: 삼베 옷.

【冪(멱)】: 幂(멱), 덮다. ※ 판본에 따라서는 「冪」을 「幂」이라 했다.

5 驥於是俯而噴, 仰而鳴, 聲達於天, 若出金石聲者, 何也? 彼見伯樂之知己也。→ 이에 천리마가 머리를 숙여 기를 한 번 내뿜고, 머리를 들어 큰 소리로 우니, 그 소리가 하늘에 이르며, 마치 금석(金石) 소리를 내는 것 같았다. 어째서 그랬을까? 천리마가 자기를 알아주는 백락을 만났기 때문이다.

【於是(어시)】: 이에, 그리하여.

【俯而噴(부이분)】: 머리를 숙여 기를 내뿜다. 〖俯〗: 머리를 숙이다. 〖噴〗: (기를) 뿜다, 뿜어내다.

【仰而鳴(앙이명)】: 머리를 들어 큰 소리로 울다. 〖仰〗: 머리를 들다.

【若(약)】: 마치 …같다.

【彼(피)】: [대명사] 그것, 즉 「천리마」.

【知己(지기)】: 자기를 알아주다.

다. 발굽은 뻗고 무릎은 구부린 채 꼬리는 축 늘어지고 피부는 짓물렀다. 입에서 흐르는 침을 땅에 뿌리며 하얀 땀방울이 서로 뒤섞여 흘렀다. 비탈의 중턱에서 나아가지 못하고 시간을 끌며 끌채를 짊어지고 오를 수가 없었다. 이때 백락(伯樂)이 이 천리마를 만나자 수레에서 내려 말을 꼭 붙잡고 울며 입고 있던 베옷을 벗어 말에게 덮어 주었다. 이에 천리마가 머리를 숙여 기를 한 번 내뿜고 머리를 들어 큰 소리로 우니, 그 소리가 하늘에 이르며 마치 금석(金石) 소리를 내는 것 같았다. 어째서 그랬을까? 천리마가 자기를 알아주는 백락을 만났기 때문이다.

해설

천리마가 천리마를 알아보는 사람을 만나지 못해 능력을 발휘하지 못하고 늙어 버린 후, 보통 말처럼 소금 실은 수레를 끌고 태행산(太行山)을 오르다가 힘에 부쳐 비탈의 중턱에서 더 이상 나아가지 못해 쩔쩔맸다. 백락(伯樂)이 이를 발견하고 수레에서 내려 천리마를 붙잡고 울며 자기가 입고 있던 베옷을 벗어 말에게 덮어주자, 천리마가 자기를 알아주는 백락에게 감동되어 머리를 들고 큰 소리로 우는데 마치 금속 소리를 내는 듯 했다.

이 우언은 본래 한명(汗明)이란 사람이 석 달을 기다려 초(楚)나라 춘신군(春申君)을 접견하고 중용되기를 바라다가 무위로 끝나자, 자기를 「소금 수레를 끄는 천리마」에 비유하여 춘신군이 백락처럼 자신을 알아주길 바라면서 인용한 고사로, 뛰어난 재능을 지닌 인재가 적재적소에 기용되지 못해 회재불우(懷才不遇)의 한을 품고 초야에서 늙어버리는 경우가 많았던 봉건사회의 불합리한 정치형태를 폭로하고 인재 발탁의 중요성을 강조한 것이다.

243 결번이거(決蹯而去)

《戰國策·趙三》

원문 및 주석

決蹯而去[1]

人有置係蹄者而得虎。虎怒, 決蹯而去。[2] 虎之情, 非不愛其蹯也。然而不以環寸之蹯, 害七尺之軀者, 權也。[3]

1 決蹯而去 → 발을 자르고 달아나다
【決蹯(결번)】: 발을 절단하다. 〖決〗: 끊다, 절단하다, 자르다. 〖蹯〗: 발.
【去(거)】: 달아나다.

2 人有置係蹄者而得虎。虎怒, 決蹯而去。→ 어떤 사람이 덫을 놓아 호랑이를 잡았다. 호랑이는 화가 나서, 자신의 발을 자르고 달아났다.
【置(치)】: 놓다, 설치하다.
【係蹄者(계제자)】: 올가미, 덫, 올무. 즉, 짐승이 잘 다니는 길목에 설치하여 짐승을 잡는 장치를 가리킨다. 〖係〗: 繫(계), 매다, 잡아매다.

3 虎之情, 非不愛其蹯也。然而不以環寸之蹯, 害七尺之軀者, 權也。→ 호랑이의 심정이, 결코 자신의 발을 아끼지 않은 것이 아니다. 그러나 한 치 정도의 발로 인해, 일곱 자의 몸을 해치지 않은 것은, (나름대로) 이해득실을 저울질한 것이다.
【然而(연이)】: 그러나.
【以(이)】: 因(인), …로 인해, …때문에.
【環寸(환촌)】: 한 치 정도.
【權(권)】: 이해득실을 저울질하다.

번역문

발을 자르고 달아나다

어떤 사람이 올가미를 놓아 호랑이를 잡았다. 호랑이는 화가 나서 자신의 발을 자르고 달아났다. 호랑이의 심정이 결코 자신의 발을 아끼지 않은 것이 아니다. 그러나 한 치 정도의 발로 인해 일곱 자의 몸을 해치지 않은 것은 (나름대로) 이해득실을 저울질한 것이다.

해설

호랑이가 올가미에 발이 걸려 자신의 발을 절단하고 달아난 것은 자신을 살리기 위한 조치로, 이해득실을 저울질하여 대(大)를 위해 소(小)를 희생시킨 것이다.

이 우언은 본래 위개(魏魁)가 건신군(建信君)에게 소탐대실하지 말아야 한다는 것을 권고하기 위해 인용한 고사로, 어떤 상황을 막론하고 전체와 부분이 서로 충돌할 경우, 전체를 위해 일부를 희생할 수 있는 과감한 용기와 결단이 필요하다는 이치를 설명한 것이다.

244 남원북철(南轅北轍)

《戰國策 · 魏策四》

원문 및 주석

南轅北轍[1]

魏王欲攻邯鄲, 季梁聞之, 中道而反, 衣焦不申, 頭塵不去, 往見王。[2] 曰 :「今者臣來, 見人於大行, 方北面而持其駕, 告臣曰 :『我欲

1 南轅北轍 → 수레의 끌채는 남쪽을 향하고 수레바퀴는 북쪽으로 굴러가다
【轅(원)】: 끌채.
【轍(철)】: 바큇자국. 여기서는「수레바퀴」를 가리킨다.

2 魏王欲攻邯鄲, 季梁聞之, 中道而反, 衣焦不申, 頭塵不去, 往見王。→ 위왕(魏王)이 조(趙)나라의 한단(邯鄲)을 공략하려 하자, 계량(季梁)이 그 소문을 듣고, 도중에 되돌아와, (급한 나머지) 옷의 구김살도 펴지 않고, 머리에 묻은 먼지도 떨어내지 않은 채, 가서 위왕을 알현했다.
【魏王(위왕)】: 위나라의 군주. 여기서는「안희왕(安釐王)」을 가리킨다. 〖魏〗: 지금의 하남성 북부 · 섬서성 동부 · 산서성 서남부 및 하북성 남부에 걸쳐있던 주대(周代)의 제후국. 본래 진(晉)나라에 속했으나 B.C. 375년 조씨(趙氏) · 한씨(韓氏) · 위씨(魏氏)가 진(晉)의 영토를 삼분하여 조(趙) · 한(韓) · 위(魏) 세 나라로 독립했다.
【欲(욕)】: …하고자 하다, …하려고 하다, …하기를 바라다.
【邯鄲(한단)】: [지명] 조(趙)나라의 도읍. 지금의 하북성 한단시(邯鄲市). ※ 조나라는 지금의 산서성 북부와 중부 및 하북성 서남부 지역에 있던 주대(周代)의 제후국. 주 2【魏王(위왕)】참조.
【季梁(계량)】: [인명] 위(魏)나라의 신하.
【中道而反(중도이반)】: 중도에 되돌아오다. 〖反〗: 返(반), 되돌아오다.
【衣焦不申(의초불신)】: 옷의 구김살이 펴지지 않다.
【頭塵不去(두진불거)】: 머리에 묻은 먼지가 제거되지 않다.

之楚。』[3] 臣曰 : 『君之楚, 將奚爲北面?』 曰 : 『吾馬良。』[4] 臣曰 : 『馬雖良, 此非楚之路也。』 曰 : 『吾用多。』[5] 臣曰 : 『用雖多, 此非楚之路也。』 曰 : 『吾御者善。』[6] 『此數者愈善, 而離楚愈遠耳。』[7] 今王動欲成霸王, 擧欲信於天下, 恃王國之大, 兵之精銳, 而攻邯鄲, 以廣地

3 曰 : 「今者臣來, 見人於大行, 方北面而持其駕, 告臣曰 : 『我欲之楚。』 → (계량이) 말했다 : 「지금 제가 돌아올 때, 큰길에서 어떤 사람을 만났는데, 마침 북쪽을 향해 수레를 몰며, 저에게 말하길 : 『나는 초(楚)나라로 가려고 합니다.』라고 했습니다.
【大行(대행)】 : 대로, 큰길.
【方(방)】 : 마침.
【北面(북면)】 : 북쪽을 향하다.
【持(지)】 : 잡다. 여기서는 「수레를 몰다」의 뜻.
【駕(가)】 : 거마, 말이 끄는 수레.
【之楚(지초)】 : 초나라에 가다. 〖之〗 : 가다. 〖楚〗 : [국명] 지금의 호남성 · 호북성과 강서성 · 절강성 및 하남성 남부에 걸쳐 있던 주대(周代)의 제후국.

4 臣曰 : 『君之楚, 將奚爲北面?』 曰 : 『吾馬良。』 → 제가 : 『당신은 초나라에 가는데, 어째서 북쪽을 향해 가고 있습니까?』라고 묻자, 그는 대답하길 : 『나의 말은 좋은 말입니다.』라고 했습니다.
【君(군)】 : 그대, 당신, 귀하.
【將(장)】 : [발어사].
【奚爲(해위)】 : 왜, 어째서.

5 臣曰 : 『馬雖良, 此非楚之路也。』 曰 : 『吾用多。』 → 제가 : 『말이 비록 좋다 해도, 이는 초나라로 가는 길이 아닙니다.』라고 말하자, 그가 말하길 : 『나는 노자가 많습니다.』라고 했습니다.
【用(용)】 : 노자, 여비.

6 臣曰 : 『用雖多, 此非楚之路也。』 曰 : 『吾御者善。』 → 제가 : 『노자가 비록 많다 해도, 이는 초나라로 가는 길이 아닙니다.』라고 말하자, 그가 말하길 : 『나의 마부는 (수레를 모는 기술이) 뛰어납니다.』라고 했습니다.
【御者(어자)】 : 마부. 거마를 모는 사람.
【善(선)】 : 뛰어나다, 능숙하다.

7 『此數者愈善, 而離楚愈遠耳。』 → (제가) : 『이 몇 가지 조건이 좋으면 좋을수록, 초나라로부터 더욱 멀어질 뿐입니다.』라고 말했습니다.
【數者(수자)】 : 몇 가지. 여기서는 「몇 가지 조건」을 의미한다.
【愈(유)…愈…】 : …할수록 더욱 …하다.
【離(리)】 : …로부터 떨어지다.
【耳(이)】 : …뿐이다.

尊名, 王之動愈數, 而離王愈遠耳, 猶至楚而北行也。」[8]

번역문

수레의 끌채는 남쪽을 향하고 수레바퀴는 북쪽으로 굴러가다

위왕(魏王)이 조(趙)나라의 한단(邯鄲)을 공략하려 하자 계량(季梁)이 그 소문을 듣고 도중에 되돌아와, (급한 나머지) 옷의 구김살도 펴지 않고 머리에 묻은 먼지도 떨어내지 않은 채 가서 위왕을 알현했다.

(계량이) 말했다.

「지금 제가 돌아올 때 큰길에서 어떤 사람을 만났는데, 마침 북쪽을 향해 수레를 몰며 저에게 말하길 『나는 초(楚)나라로 가려고 합니다.』라고 했습니다. 제가 『당신은 초나라에 가는데 어째서 북쪽을 향해 가고 있습니까?』라고 묻자, 그는 대답하길 『나의 말은 좋은 말입니다.』라고 했습니다. 제가 『말이 비록 좋다 해도, 이는 초나라로 가는 길이 아닙니다.』라고 말하

8 今王動欲成霸王, 擧欲信於天下, 恃王國之大, 兵之精銳, 而攻邯鄲, 以廣地尊名, 王之動愈數, 而離王愈遠耳, 猶至楚而北行也。」→ 지금 임금님께서는 걸핏하면 제후의 맹주가 되기를 바라고, 일거에 천하로부터 신뢰를 얻고자 하시면서, 왕의 강대한 국력과 정예로운 군사에 의지해, 한단을 공략하여, 영토를 넓히고 명성을 날리려 하십니다. 임금님의 이러한 행동이 빈번하면 빈번할수록, 맹주를 향한 길에서 더욱 멀어질 뿐이니, (이는) 마치 초나라에 가는 사람이 북쪽으로 가는 것과 같습니다.」
【動(동)】: 걸핏하면.
【成霸王(성패왕)】: 패자가 되다, 제후의 맹주가 되다. 〖霸王〗: 패자, 맹주.
【擧(거)】: 일거에.
【信(신)】: 신뢰를 얻다.
【恃(시)】: 믿다, 의지하다.
【廣地尊名(광지존명)】: 영토를 넓히고 명성을 날리다.
【數(삭)】: 빈번하다, 많다.
【離王(이왕)】: 맹주로부터. 〖離〗: …로부터. 〖王〗: [동사] 왕 노릇하다, 맹주가 되다.
【猶(유)】: 마치 …같다.

자, 그가 말하길 『나는 노자가 많습니다.』라고 했습니다. 제가 『노자가 비록 많다 해도, 이는 초나라로 가는 길이 아닙니다.』라고 말하자, 그가 말하길 『나의 마부는 (수레를 모는 기술이) 뛰어납니다.』라고 했습니다. (제가) 『이 몇 가지 조건이 좋으면 좋을수록 초나라로부터 더욱 멀어질 뿐입니다.』라고 말했습니다. 지금 임금님께서는 걸핏하면 제후의 맹주가 되기를 바라고 일거에 천하로부터 신뢰를 얻고자 하시면서, 왕의 강대한 국력과 정예로운 군사에 의지해 한단을 공략하여 영토를 넓히고 명성을 날리려 하십니다. 임금님의 이러한 행동이 빈번하면 빈번할수록 맹주를 향한 길에서 더욱 멀어질 뿐이니, (이는) 마치 초나라에 가는 사람이 북쪽으로 가는 것과 같습니다.」

해설

위왕(魏王)이 조(趙)나라의 한단(邯鄲)을 공략하려 하자 계량(季梁)이 위왕의 행위를 마치 남쪽 초(楚)나라에 가려는 사람이 남의 충고를 듣지 않고 계속 북쪽으로 수레를 몰고 가 점점 초나라와 멀어지는 것에 비유하면서, 항상 제후의 맹주가 되기를 바라는 위왕이 자기의 강대한 국력과 정예로운 군사에 의지해 한단을 공략하여 자신의 영토를 넓히고 명성을 날리려 한다면, 이는 분명 여러 제후들의 경계심을 유발하여 맹주가 되려는 꿈이 요원해질 것이라고 충간했다.

이 우언은 행동과 목적이 서로 맞지 않거나 일의 결과가 의도와 반대로 진행되는 현상을 비유한 것이다.

245 이충신득죄(以忠信得罪)

《戰國策·燕策一》

원문 및 주석

以忠信得罪[1]

有遠爲吏者, 其妻私人。其夫且歸, 其私之者憂之。[2] 其妻曰:「公勿憂也。吾已爲藥酒以待之矣。」後二日, 夫至。[3] 妻使妾奉卮酒進之, 妾知其藥酒也, 進之則殺主父, 言之則逐主母。乃陽僵棄酒。主

1 以忠信得罪 → 충성으로 인해 죄를 얻다
【以(이)】: 인(因), …로 인해.
【忠信(충신)】: 충성스럽다.

2 有遠爲吏者, 其妻私人。其夫且歸, 其私之者憂之。→ 멀리 떨어진 지방에서 벼슬하는 자가 있었는데, 그의 아내가 다른 남자와 사통했다. 그녀의 남편이 곧 돌아오려 하자, 사통한 남자가 이를 걱정했다.
【遠爲吏(원위리)】: 먼 지방에서 낮은 벼슬을 하다.
【私人(사인)】: 사통하다, 몰래 다른 사람과 정을 통하다.
【且(차)】: 곧 …하려 하다.
【憂(우)】: 걱정하다, 근심하다.

3 其妻曰:「公勿憂也。吾已爲藥酒以待之矣。」後二日, 夫至。→ 그의 아내가 (사통한 남자에게) 말했다:「당신은 염려하지 마세요. 내가 이미 독주를 만들어 가지고 남편을 기다리고 있어요.」이틀이 지나, 남편이 돌아왔다.
【公(공)】: 남자에 대한 존칭.
【勿(물)】: …하지 말라.
【爲藥酒(위약주)】: 독주를 만들다. 【藥酒】: 여기서는「독주(毒酒)」를 가리킨다.
【待之(대지)】: 그를 기다리다. 【之】: [대명사] 그, 즉「남편」.

父大怒而笞之。[4] 故妾一僵而棄酒, 上以活主父, 下以存主母也。忠至如此, 然不免於笞, 此以忠信得罪者也。[5]

번역문

충성으로 인해 죄를 얻다

멀리 떨어진 지방에서 벼슬하는 자가 있었는데, 그의 아내가 다른 남자와 사통했다. 그녀의 남편이 곧 돌아오려 하자 사통한 남자가 이를 걱정했다. 그의 아내가 (사통한 남자에게) 말했다.

「당신은 염려하지 마세요. 내가 이미 독주를 만들어 가지고 남편을 기

4 妻使妾奉卮酒進之, 妾知其藥酒也, 進之則殺主父, 言之則逐主母。乃陽僵棄酒。主父大怒而笞之。→ 아내는 시첩(侍妾)으로 하여금 술잔을 받쳐 들고 남편에게 올리도록 했다. 시첩은 그것이 독주라는 것을 알고 있어, 그것을 올리면 바깥주인을 독살하게 되고, 독주라는 것을 말하면 안주인을 내쫓게 된다. 그리하여 거짓으로 넘어져 술을 쏟아버렸다. 바깥주인이 대노하여 시첩을 채찍으로 때렸다.
【使(사)】: …로 하여금 …하게 하다.
【妾(첩)】: 시첩(侍妾).
【奉(봉)】: 捧(봉), (두 손으로) 받쳐 들다.
【卮(치)】: 잔, 술잔.
【進(진)】: 올리다, 드리다, 진상하다.
【主父(주부)】: 바깥주인.
【逐(축)】: 내쫓다.
【主母(주모)】: 안주인.
【乃(내)】: 이에, 그리하여.
【陽僵(양강)】: 거짓으로 넘어지다. 〖陽〗: 佯(양), 거짓. 〖僵〗: 넘어지다.
【棄(기)】: 쏟아 버리다.
【笞之(태지)】: 시첩을 때리다. 〖笞〗: 때리다, 매질하다. 〖之〗: [대명사] 그, 즉「시첩」.

5 故妾一僵而棄酒, 上以活主父, 下以存主母也。忠至如此, 然不免於笞, 此以忠信得罪者也。→ 그래서 시첩은 거짓으로 넘어져 독주를 쏟아버려, 위로는 바깥주인을 살리고, 아래로는 안주인을 보전했다. 충성심이 이러한 정도에 이르렀지만, 그러나 채찍을 면치 못하였으니, 이것이 바로 충성으로 인해 죄를 얻었다는 것이다.

다리고 있어요.」

이틀이 지나 남편이 돌아왔다. 아내는 시첩(侍妾)으로 하여금 술잔을 받쳐 들고 남편에게 올리도록 했다. 시첩은 그것이 독주라는 것을 알고 있어 그것을 올리면 바깥주인을 독살하게 되고, 독주라는 것을 말하면 안주인을 내쫓게 된다. 그리하여 거짓으로 넘어져 술을 쏟아버렸다. 바깥주인이 대노하여 시첩을 채찍으로 때렸다.

그래서 시첩은 거짓으로 넘어져 독주를 쏟아버려, 위로는 바깥주인을 살리고 아래로는 안주인을 보전했다.

충성심이 이러한 정도에 이르렀지만, 그러나 채찍을 면치 못하였으니 이것이 바로 충성으로 인해 죄를 얻었다는 것이다.

해설

멀리 떨어진 지방에서 벼슬하는 한 남자의 아내가 외간남자와 사통하고 자기 남편을 독살하기 위해 시첩으로 하여금 독주를 올리도록 하자, 시첩이 거짓으로 넘어져 술잔을 쏟아버리는 방법으로 바깥주인을 살리고 안주인을 보전한 것은 시첩의 주인에 대한 충성의 극치이다. 그러나 바깥주인은 그러한 내막을 모르고 시첩을 채찍으로 때렸다.

이 우언은 시첩을 충신에 비유하여 윗자리에 있는 사람은 냉정한 통찰력과 철저한 조사를 통해 충성과 간사한 행위를 분별하여 충직한 사람이 억울한 누명을 쓰지 않도록 각별히 유의해야 한다는 것을 지적한 것이다.

246 오백금매천리마수(五百金買千里馬首)

《戰國策·燕策一》

원문 및 주석

五百金買千里馬首[1]

古之君人有以千金求千里馬者, 三年不能得。涓人言於君曰 :「請求之。」[2] 君遣之, 三月得千里馬, 馬已死, 買其首五百金, 反以報君。[3] 君大怒曰 :「所求者生馬, 安事死馬而捐五百金?」[4] 涓人對曰 :

1 五百金買千里馬首 → 오백 금을 주고 죽은 천리마의 머리를 사다

2 古之君人有以千金求千里馬者, 三年不能得。涓人言於君曰 :「請求之。」→ 옛날에 어느 임금이 천금을 주고 천리마를 구하려 했으나, 삼 년 동안 찾을 수가 없었다. (이에) 시종이 임금에게 말했다 :「제가 가서 구해오도록 허락해 주십시오.」
【君人(군인)】: 군주, 임금.
【涓人(연인)】: 임금의 신변 가까이 있는 시종(侍從).
【請求之(청구지)】: 제가 그것을 구해오도록 허락해 주십시오. 〖請〗: 청컨대 …하도록 저에게 허락해 주십시오.

3 君遣之, 三月得千里馬, 馬已死, 買其首五百金, 反以報君。→ 임금이 그를 파견하여, 석 달 만에 천리마를 찾았으나, 말이 이미 죽어서, 그 머리를 오백 금에 사가지고, 돌아와 임금에게 보고했다.
【遣(견)】: 파견하다, 보내다.
【反(반)】: 返(반), 돌아오다.
【報(보)】: 보고하다.

4 君大怒曰 :「所求者生馬, 安事死馬而捐五百金?」→ 임금이 매우 화를 내며 말했다 :「구하려는 것은 살아있는 말인데, 죽은 말을 무엇에 쓰려고 오백 금을 낭비했느냐?」
【生馬(생마)】: 살아 있는 말.

「死馬且買之五百金, 況生馬乎? 天下必以王爲能市馬, 馬今至矣。」[5] 於是不能期年, 千里之馬至者三。[6]

번역문

오백 금을 주고 죽은 천리마의 머리를 사다

옛날에 어느 임금이 천금을 주고 천리마를 구하려 했으나 삼 년 동안 찾을 수가 없었다. (이에) 시종이 임금에게 말했다.

「제가 가서 구해오도록 허락해 주십시오.」

임금이 그를 파견하여 석 달 만에 천리마를 찾았으나, 말이 이미 죽어서 그 머리를 오백 금에 사가지고 돌아와 임금에게 보고했다.

임금이 매우 화를 내며 말했다.

「구하려는 것은 살아있는 말인데, 죽은 말을 무엇에 쓰려고 오백 금을 낭비했느냐?」

【安事(안사)】: 무엇에 쓰려고, 어디에 쓰려고. 〖安〗: 何(하), 어디, 무엇. 〖事〗: 用(용), 쓰다, 사용하다.

【捐(연)】: 버리다, 없애다. 즉 「낭비하다」의 뜻.

5 涓人對曰 : 「死馬且買之五百金, 況生馬乎? 天下必以王爲能市馬, 馬今至矣。」 → 시종이 대답했다 : 「죽은 말조차 오백 금에 사는데, 하물며 살아있는 말이야 어떻겠습니까? 천하 사람들은 반드시 임금님께서 말을 사실 것으로 생각하여, 천리마가 이제 곧 당도할 것입니다.」

【…且(차)…, 況(황)…】: …조차도 …한데 하물며….

【天下(천하)】: 천하. 여기서는 「천하의 사람들」을 가리킨다.

【以(이)…爲(위)…】: …을 …으로 여기다.

【市(시)】: 買(매), 사다.

6 於是不能期年, 千里之馬至者三。 → 그리하여 일 년이 되기도 전에, 천리마가 세 차례나 당도했다.

【於是(어시)】: 그리하여.

【不能期年(불능기년)】: 일 년이 되지 않아. 〖不能…〗: 不到(부도)…, 에 이르지 않다. 〖期年〗: 일 년, 일주년.

시종이 대답했다.

「죽은 말조차 오백 금에 사는데 하물며 살아있는 말이야 어떻겠습니까? 천하 사람들은 반드시 임금님께서 말을 사실 것으로 생각하여 천리마가 이제 곧 당도할 것입니다.」

그리하여 일 년이 되기도 전에 천리마가 세 차례나 당도했다.

해설

임금이 겨우 일천 금의 싼 값에 천리마를 사려고 하니 삼 년이 지나도 팔려고 나서는 사람이 없어 도무지 천리마를 구할 방법이 없었다. 이에 시종 하나가 자청하여 천리마를 구해오겠다고 나서더니 석 달 만에 오백 금을 주고 죽은 천리마의 머리를 사가지고 돌아왔다. 시종의 생각은 임금께서 죽은 천리마의 머리를 오백 금에 샀다는 소문을 내면, 사람들이 분명 임금이 비싼 값으로 천리마를 살 것이라 여겨 반드시 천리마를 끌고 찾아온다는 것이었다. 과연 시종의 생각이 적중하여 일 년이 되기도 전에 사람들이 세 차례나 천리마를 끌고 찾아왔다.

이 우언은 통치자가 진심으로 인재를 아낀다면 마땅히 성의를 표해야 하고, 또한 응분의 대가를 지불해야 비로소 진정한 인재가 모여든다는 이치를 설명한 것이다.

247 마가십배(馬價十倍)

《戰國策 · 燕策二》

원문 및 주석

馬價十倍[1]

人有賣駿馬者, 比三旦立市, 人莫之知。[2] 往見伯樂曰 : 「臣有駿馬, 欲賣之, 比三旦立於市, 人莫與言。愿子還而視之, 去而顧之, 臣請獻一朝之價。」[3] 伯樂乃還而視之, 去而顧之, 一旦而馬價十倍。[4]

1 馬價十倍 → 말의 값이 열 배로 뛰다

2 人有賣駿馬者, 比三旦立市, 人莫之知。→ 준마를 팔려는 사람이, 연 사흘 아침을 저자에 서 있었으나, 아무도 준마라는 것을 아는 사람이 없었다.
【比(비)】: 연속으로, 계속해서.
【立市(입시)】: 저자에 서 있다.
【莫之知(막지지)】: 준마라는 것을 아는 사람이 없다. 〖莫〗: 아무도 …하지 않다, …하는 사람이 없다. 〖之〗: [대명사] 그것, 즉 「준마」.

3 往見伯樂曰 : 「臣有駿馬, 欲賣之, 比三旦立於市, 人莫與言。愿子還而視之, 去而顧之, 臣請獻一朝之價。」→ (그리하여) 백락을 찾아가 말했다 : 「제가 준마를 가지고 있는데, 그것을 팔려고, 연 사흘 아침을 저자에 서 있었으나, 값을 묻는 사람이 없습니다. 원컨대 선생께서 말을 빙 둘러 살펴보시고, 떠나면서 고개를 돌려 다시 한 번 보아 주시면, 제가 (선생께) 하루에 해당하는 보수를 드리겠습니다.」
【往見(왕견)】: 찾아가 만나다.
【伯樂(백락)】: [인명] 성은 손(孫), 이름은 양(陽), 자는 백락(伯樂)이다. 진목공(秦穆公) 때 사람으로 말의 우열을 가리는 능력이 뛰어나기로 이름이 났다.
【欲(욕)】: …하고자 하다, …하려고 하다, …하기를 바라다.
【莫與言(막여언)】: 더불어 말을 하지 않다. 즉 「값을 묻지 않다」의 뜻.

번역문

말의 값이 열 배로 뛰다

준마를 팔려는 사람이 연 사흘 아침을 저자에 서 있었으나 아무도 준마라는 것을 아는 사람이 없었다. (그리하여) 백락을 찾아가 말했다.

「제가 준마를 가지고 있는데, 그것을 팔려고 연 사흘 아침을 저자에 서 있었으나 값을 묻는 사람이 없습니다. 원컨대 선생께서 말을 빙 둘러 살펴보시고 떠나면서 고개를 돌려 다시 한 번 보아 주시면, 제가 (선생께) 하루에 해당하는 보수를 드리겠습니다.」

이에 백락이 그 말을 빙 둘러보고 떠나면서 고개를 돌려 다시 그 말을 바라보자 하루아침에 말의 값이 열 배로 뛰었다.

해설

명마를 팔려는 사람이 말을 끌고 저자에 와서 사흘 아침을 서 있어도 명마를 알기는커녕 와서 값을 묻는 사람조차 없었는데, 백락(伯樂)이 저자에

【愿(원)】: 원컨대 …해 주시기 바랍니다.
【子(자)】: [존칭] 선생.
【還而視(환이시)】: 빙 둘러 살펴보다.
【去(거)】: 떠나다.
【顧(고)】: 고개를 돌려 바라보다, 되돌아보다.
【請(청)】: [겸어] …할 것을 청하다. ※ 상대방에게 자신의 의사를 겸손하게 표하는 말.
【獻(헌)】: 바치다, 드리다.
【一朝之價(일조지가)】: 하루에 해당하는 보수. 〖一朝〗: 하루아침. 여기서는 「하루」를 가리킨다. 〖價〗: 값, 가격. 여기서는 「보수, 일당」을 가리킨다. ※ 판본에 따라서는 「價」를 「費(비)」라 했다.

4 伯樂乃還而視之, 去而顧之, 一旦而馬價十倍。→ 이에 백락이 그 말을 빙 둘러보고, 떠나면서 고개를 돌려 다시 그 말을 바라보자, 하루아침에 말의 값이 열 배로 뛰었다.
【乃(내)】: 이에, 그리하여.
【一旦(일단)】: 하루아침.

와서 그 말을 한 번 둘러보고 떠나면서 다시 한 번 고개를 돌려 보자, 하루 아침에 말의 값이 열 배로 뛰었다.

이 우언은 명마를 인재에 비유하여 명마가 백락의 추천을 거쳐야 명마로 인정을 받듯이, 아무리 뛰어난 재능을 지니고 있다 해도 권력자의 추천을 거치지 않으면 절대로 중용되지 못하는 당시의 불합리한 관리 임용 제도를 풍자한 것이다.

248 휼방상지(鷸蚌相持)

《戰國策 · 燕策二》

원문 및 주석

鷸蚌相持[1]

蚌方出曝, 而鷸啄其肉, 蚌合而拑其喙。[2] 鷸曰 :「今日不雨, 明日不雨, 卽有死蚌!」[3] 蚌亦謂鷸曰 :「今日不出, 明日不出, 卽有死鷸。」[4]

1 鷸蚌相持 → 도요새와 조개가 서로 버티다
【鷸(휼)】: 도요새.
【蚌(방)】: 민물조개.
【相持(상지)】: 서로 버티다.

2 蚌方出曝, 而鷸啄其肉, 蚌合而拑其喙。→ 조개가 마침 나와서 (입을 벌리고) 햇볕을 쬐는데, 도요새가 날아와 조개의 속살을 쪼았다. 조개가 재빨리 입을 다물어 도요새의 부리를 조여 버렸다.
【方(방)】: 마침.
【曝(폭)】: 햇볕을 쬐다.
【啄(탁)】: (부리로) 쪼다.
【合(합)】: (입을) 다물다.
【拑(겸)】: (물어서) 조이다.
【喙(훼)】: (새의) 부리.

3 鷸曰 :「今日不雨, 明日不雨, 卽有死蚌!」→ 도요새가 말했다 :「오늘 비가 안 오고, 내일도 비가 안 오면, 곧 죽은 조개가 있을 것이다!」
【雨(우)】: [동사] 비가 오다, 비가 내리다.

4 蚌亦謂鷸曰 :「今日不出, 明日不出, 卽有死鷸。」→ 조개도 도요새에게 말했다 :「오늘 (부리를) 빼내지 못하고, 내일도 빼내지 못하면, 곧 죽은 도요새가 있을 것이다.」

兩者不肯相舍, 漁者得而並禽之。5

번역문

도요새와 조개가 서로 버티다

조개가 마침 나와서 (입을 벌리고) 햇볕을 쬐는데, 도요새가 날아와 조개의 속살을 쪼았다. 조개가 재빨리 입을 다물어 도요새의 부리를 조여 버렸다.

도요새가 말했다.

「오늘 비가 안 오고 내일도 비가 안 오면 곧 죽은 조개가 있을 것이다!」

조개도 도요새에게 말했다.

「오늘 (부리를) 빼내지 못하고 내일도 빼내지 못하면 곧 죽은 도요새가 있을 것이다.」

양쪽이 서로 버티며 놓아주지 않으려고 하는데, 마침 어부가 그것을 발견하고 모두 함께 잡아가 버렸다.

해설

조개가 입을 벌리고 햇볕을 쬐고 있는데, 도요새가 조개의 속살을 쪼아 먹으려다 조개가 재빨리 입을 다물어 도요새의 부리를 조여 버렸다. 양쪽

【不出(불출)】: 물려 있는 부리를 빼내지 못하다.

5 兩者不肯相舍, 漁者得而並禽之。→ 양쪽이 서로 버티며 놓아주지 않으려고 하는데, 마침 어부가 그것을 발견하고 모두 함께 잡아가 버렸다.

【不肯(불긍)】: …하려 들지 않다.
【舍(사)】: 捨(사), 버리다, 포기하다. 여기서는 「놓아주다」의 뜻.
【得(득)】: 얻다. 여기서는 「발견하다」의 뜻.
【並禽(병금)】: 함께 잡아가다. 〖並〗: 함께, 같이. 〖禽〗: 擒(금), 잡다.

이 서로 버티며 양보하지 않다가 마침내 이를 발견한 어부에게 함께 잡히고 말았다.

이 우언은 본래 조(趙)나라가 연(燕)나라를 공격하려 하자, 진(秦)나라가 앉아서 어부지리를 얻을 것을 우려한 소대(蘇代)가 조왕(趙王)을 설득하기 위해 인용한 고사로, 싸움을 벌이는 쌍방으로 하여금 제삼자가 앉아서 어부지리(漁父之利)를 얻지 않도록 서로가 신중히 대처해야 한다는 것을 비유한 것이다.

249 신부견소(新婦見笑)

《戰國策·宋衛策》

원문 및 주석

新婦見笑[1]

衛人迎新婦, 婦上車, 問:「驂馬, 誰馬也?」御曰:「借之。」[2] 新婦謂僕曰:「拊驂, 無笞服。」[3] 車至門, 扶, 教送母:「滅灶, 將失火。」[4]

1 新婦見笑 → 신부(新婦)가 비웃음을 사다
【見笑(견소)】: 비웃음을 사다. ※ 見+동사=피동형.

2 衛人迎新婦, 婦上車, 問:「驂馬, 誰馬也?」御曰:「借之。」→ 위(衛)나라 사람이 신부를 맞이하는데, 신부가 수레에 올라, 물었다:「곁마는, 누구의 말이요?」마부가 대답했다:「빌려온 것입니다.」
【衛(위)】: [국명] 지금의 하북성 남부와 하남성 북부 일대에 있던 주대(周代)의 제후국.
【驂馬(참마)】: 곁마. 네 필의 말이 끄는 수레에서 바깥쪽의 말. 좌참(左驂)과 우참(右驂)이 있다.
【御(어)】: 마부.

3 新婦謂僕曰:「拊驂, 無笞服。」→ 신부가 마부에게 일러 말했다:「곁마를 때리고, 복마(服馬)를 때리지 마세요.」
【僕(복)】: 하인. 여기서는「마부」를 가리킨다.
【拊(부)】: 치다, 두드리다, 때리다.
【無(무)】: 勿(물), …하지 말라.
【笞(태)】: (채찍으로) 때리다, 매질하다.
【服(복)】: 복마(服馬). ※ 네 필의 말이 끄는 수레에서 안쪽 두 마리의 말.

4 車至門, 扶, 教送母:「滅灶, 將失火。」→ 수레가 대문 앞에 이르러, 사람들이 신부를 부축하여 내리자, (신부가) 배웅해 온 노파에게 일러 말했다:「아궁이의 불을 꺼버리세요, 장차 불이 날 수 있으니까.」
【至門(지문)】: 대문 앞에 이르다, 대문 앞에 도착하다.

入室見臼, 曰 :「徙之牖下, 妨往來者。」主人笑之。[5] 此三言者, 皆要言也, 然而不免爲笑者, 蚤晩之時失也。[6]

번역문

신부(新婦)가 비웃음을 사다

위(衛)나라 사람이 신부를 맞이하는데 신부가 수레에 올라 물었다.

「곁마는 누구의 말이요?」

마부가 대답했다.

「빌려온 것입니다.」

....

【敎(교)】: …에게 이르다.
【送母(송모)】: 신부를 배웅해온 노파.
【滅灶(멸조)】: 아궁이의 불을 끄다. 〖灶〗: 아궁이. 여기서는 「아궁이의 불」을 가리킨다.
【將(장)】: 장차 …할(일) 것이다.

5 入室見臼, 曰 :「徙之牖下, 妨往來者。」主人笑之。→ (다시) 실내에 들어와 절구를 보더니, 말했다 :「절구를 창문 아래로 옮겨놓으세요, 왕래하는 사람들을 방해하니까.」 시댁 사람들이 그녀를 비웃었다.
【臼(구)】: 절구.
【徙(사)】: 옮기다.
【牖(유)】: 창, 창문. 여기서는 「대청과 내실 사이의 창문」을 가리킨다.
【妨(방)】: 방해하다.
【主人(주인)】: 주인. 여기서는 「시댁 사람들」을 가리킨다.
【笑(소)】: 비웃다.
【之(지)】: [대명사] 그, 즉 「신부」.

6 此三言者, 皆要言也, 然而不免爲笑者, 蚤晩之時失也。→ 이 세 마디 말은, 모두 중요한 말이다. 그러나 비웃음을 면치 못한 것은, 적절한 시기를 잘못 택했기 때문이다.
【三言(삼언)】: 세 마디의 말.
【要言(요언)】: 중요한 말.
【然而(연이)】: 그러나.
【爲笑(위소)】: 웃음거리가 되다, 비웃음을 사다.
【蚤晩之時(조만지시)】: 적절한 시기, 합당한 시기. 〖蚤〗: 早(조), 아침.
【失(실)】: (시기를) 놓치다, 잘못 택하다.

신부가 마부에게 일러 말했다.

「곁마를 때리고 복마(服馬)를 때리지 마세요.」

수레가 대문 앞에 이르러 사람들이 신부를 부축하여 내리자, (신부가) 배웅해 온 노파에게 일러 말했다.

「아궁이의 불을 꺼버리세요. 장차 불이 날 수 있으니까.」

(다시) 실내에 들어와 절구를 보더니 말했다.

「절구를 창문 아래로 옮겨놓으세요. 왕래하는 사람들을 방해하니까.」

시댁 사람들이 그녀를 비웃었다.

이 세 마디 말은 모두 중요한 말이다. 그러나 비웃음을 면치 못한 것은 적절한 시기를 잘못 택했기 때문이다.

해설

위(衛)나라 사람이 신부를 맞이하는데, 이제 막 시집을 가는 신부가 수레에 오르자마자 마부에게 곁말이 누구의 것이냐고 물어 마부가 빌려온 것이라고 하자, 곁마를 때리고 복마(服馬)를 때리지 말라고 하더니 시댁의 문 앞에 도착해서는 신부를 배웅해온 노파에게 장차 불이 날 염려가 있으니 아궁이의 불을 꺼버리라 하고, 다시 실내로 들어와서는 절구를 보고 통행에 방해가 되니 그것을 창문 아래로 옮겨놓으라고 했다.

시댁 식구들은 이러한 신부의 행동을 보고 모두 신부를 비웃었다. 그 이유는 신부의 말이 옳지 않아서가 아니라 이제 막 시댁에 첫발을 딛는 신부가 신부답지 않게 마치 노련한 안방마님처럼 행세했기 때문이다.

이 우언은 사람이 말을 할 때, 때와 장소와 대상을 고려하지 않고 신분에 맞지 않게 하면 설사 옳은 말이라 해도 남의 웃음거리가 되고 지탄의 대상이 될 수 있다는 것을 경계한 것이다.

〖부록〗

선진우언에 관하여

(1) 우언의 정의

중국의 문헌에서 우언(寓言)이란 말은 《장자(莊子) · 우언(寓言)》에 최초로 보인다.

> 「우언(寓言)이 십 분의 구를 차지하고, 중언(重言)이 십 분의 칠을 차지하며, 치언(卮言)은 날마다 새롭게 출현하여 무궁무진한데, 모두 자연의 분계(分界)에 부합한다. 십 분의 구를 차지하는 우언은 외부 사람에게 기탁하여 논한 것이다. 친아버지는 자기의 자식을 위해 중매를 서지 않는다. 친아버지가 자기 아들을 칭찬하면 친아버지가 아닌 사람이 칭찬하는 것만 못하다.(寓言十九, 重言十七, 卮言日出, 和以天倪。寓言十九, 藉外論之。親父不爲其子媒。親父譽之, 不若非其父者也。)」[1]

진(晉) 곽상(郭象)은 《장자》의 이 말에 대해 「다른 사람에게 기탁하면 열 마디 중 아홉 마디는 신뢰를 받는다.」「말이 자기로부터 나오면 세상 사람들 대부분이 받아들이지 않기 때문에, 그래서 외부 사람에게 기탁(寄託)하는 것이다.」[2] 라고 하여 우언을 「기탁하는 말」로 보았다.

1 《莊子》, 景印 文淵閣四庫全書, 臺北, 臺灣商務印書館, 1985

2 (晉) 郭象注 《莊子 · 寓言》: 「寄之他人, 則十言而九見信。」, 「言出於己, 俗多不受, 故借外耳。」(景印 文淵閣四庫全書, 臺北, 臺灣商務印書館, 1985)

이와는 달리 오늘날 학자들의 견해는 우언의 조건을 비교적 구체적으로 제시하고 있다. 몇몇 학자들의 견해를 예로 들겠다.

① 진포청(陳蒲淸)의 설 :

「우언은 반드시 두 가지의 기본 요소를 갖추어야 한다. 첫째는 고사의 줄거리이고, 둘째는 비유 · 기탁으로 말은 여기에 있고 뜻은 저기에 있다. 이 두 가지 표준을 근거로 하면 우언에 대해 비교적 명확한 범주를 설정할 수 있다. 오직 두 가지를 완전히 구비해야 비로소 우언으로 간주하여 지나치게 넓은 감을 피할 수 있고, 동시에 오직 두 가지를 구비해야 우언으로 간주하여 지나치게 좁은 감을 피할 수 있다. 이 두 가지를 근거로 하면 우언과 기타 문체를 기본적으로 구분할 수 있다. 첫 번째를 근거로 하면 우언을 일반적인 비유와 구분할 수 있고, 사물에 기탁하여 뜻을 말하는 영물시(詠物詩) · 금언시(禽言詩) 및 기타 이상을 기탁한 시문(詩文)과 구분할 수 있으며, 두 번째를 근거로 하면 우언을 보통의 고사와 구분할 수 있는데, 보통의 고사는 그 의미가 스토리 자체에서 드러나는 것으로 비유의 의미가 없다. ……우언과 일반 고사의 차이는 바로 비유 · 기탁의 유무에 달려있다.(寓言必須具備兩條基本要素 : 第一是有故事情節; 第二是有比喩寄託, 言在此而意在彼。根據這兩條標準便可以給寓言劃出一個比較明確的範疇。只有完全具備這兩個條件, 才能算作寓言, 以避免過寬; 同時, 只要具備了這兩個條件, 就可以算作寓言, 以避免過窄。根據這兩條可以把寓言和其他文體基本上區分開 : 根據第一條, 可以使寓言和一般比喩相區別, 跟托物言志的詠物詩、禽言詩以及其他寄托理想的詩文相區別; 根據第二條可以使寓言跟一般故事相區別, 一般的故事其意義是從情節本身中顯示出來的, 沒有比喩意義。……寓言和一般故事的差別, 就在于有沒有比喩寄託。)」[3]

3 陳蒲淸《中國古代寓言史》, 長沙, 湖南教育出版社, 1983, p2.

진포청은 우언의 범위에 대해 고사의 줄거리와 비유 · 기탁이라는 두 가지 조건을 들어 비유 · 기탁의 유무를 가지고 우언과 일반 고사를 구분했다.

② 이부헌(李富軒) · 이연(李燕)의 설 :

「우언은 일반적으로 고사와 우의로 조성되어 주로 권계와 풍자에 쓰이고, 찬송(讚頌) · 서정(抒情)이나 이상(理想)의 전개 등에 쓰이는 경우가 적다. 우언의 정의에 대해서도 다만 몇 개 방면에서 종합적으로 이해할 수 있는데, 마땅히 어느 정도의 모호성을 허용해야 하고, 마땅히 광의와 협의의 구분도 허용해야 하며, 또한 마땅히 일부 작품에 실제로 존재하는 양서성(兩棲性)을 인정하여 기계적으로 한두 가지의 표준을 가지고 모든 작품에 억지로 적용해서는 안 된다.(寓言一般有寓體[故事]和寓意造成, 主要用於勸誡諷諭, 而較少用於讚頌抒情和展現理想。對寓言的界說, 也只能從幾個方面綜合理解, 而且應該容許一定程度的摸糊性, 也應該允許有廣義和狹義之分, 應該承認一部分作品事實上存在的兩棲性而不宜機械地用一兩條標準硬套一切作品。)」[4]

이부헌 · 이연은 우언의 우의(寓意)와 범위에 대해 어떤 작품들이 비록 전형적인 우언처럼 풍유(諷諭) · 권계(勸戒)의 작용을 갖추지 못하였다 해도 우의와 기탁이 충분하다면 넓은 의미에서 우언으로 볼 수 있다고 보았다.

③ 임숙정(林淑貞)의 설 :

「우언은 문구상 우의가 있을 수 있는 것 외에도 기탁하여 비유하거나 서로 유사한 것을 비교하는 우의가 있을 수 있고, 또 모든 것을 다 포괄하여 그

4 李富軒 · 李燕《中國古代寓言史》, 대북, 지일출판사, 1998, p4.

안에 두 가지 우의를 동시에 함유하는 경우도 있을 수 있다.(寓言, 除了可以有字面寓意之外, 也可以有託喩或類比的寓意, 更可以兼容並蓄, 同時含攝二種寓意於其中。)」[5]

임숙정은 문구에 나타난 우의 외에도 기탁하여 비유하거나 서로 유사한 것을 비교하여 논하는 우의에 이르기까지 모든 것을 포함할 수 있다고 여겼다.

④《중국대백과전서(中國大百科全書)·중국문학(中國文學)》의 정의 :

「문학 체제의 일종으로 풍유(諷諭)를 함유하거나 혹은 교훈의 의미를 분명히 드러낸 고사이다. 그 구조는 대부분 짤막하며 고사 줄거리를 갖추고 있다. 주인공은 사람일 수도 있고, 동물일 수도 있고, 무생물일 수도 있다. 대체로 차유법(借喩法)을 사용하여 고사를 통해 이것을 빌려 저것을 비유하고, 작은 것을 빌려 큰 것을 비유하여 교육적 의미가 강한 주제나 심각한 도리로 하여금 간단한 고사에서 구현되도록 한다. 우언의 취지는 허구적인 고사를 통해 모종의 생활 현상·심리와 행위에 관한 작가 또는 사람들의 비평이나 교훈을 표현하는데 있다.」

(文學體裁的一種。是含有諷喩或明顯敎訓意義的故事。它的結構大多簡短, 具有故事情節。主人公可以是人, 可以是動物, 也可以是無生物。多用借喩手法, 通過故事借此喩彼, 借小喩大, 使富有敎育意義的主題或深刻的道理, 在簡單的故事中體現出來。寓言的主旨在於通過虛構的故事, 表現作家或人民關於某種生活現象、心理和行爲的批評或敎訓。)[6]

5 林淑貞《表意·示意·釋義—中國寓言詩析論》, 臺北, 里仁出版社, 2007, p40.
6《中國大百科全書·中國文學》, 北京, 中國大百科全書出版社, 1995.

《중국대백과전서》는 짤막한 구조와 허구적인 고사로 풍유(諷諭)와 교훈의 기능을 지녀야 한다는 것 외에도 주인공의 대상을 사람 · 동물 · 무생물로 규정하는 등 구체적인 조건을 제시함으로써 우언의 범주를 보다 좁은 의미로 해석했다. 이는「체제가 짧고 허구인 고사로서 대부분 동물이나 무생물을 주인공으로 하고, 고사 내용이 도덕 교훈의 기능을 지닌다.」[7] 라고 정의한 서양인들의 견해와 일맥상통한다.

이상의 여러 견해들을 근거로 볼 때, 중국인들의 관점에서 우언의 의미는 줄거리를 갖춘 간략한 고사에 우의를 기탁하는 방법으로 모종의 도리를 표현하여 권계(勸誡) · 풍유(諷喩) · 교훈(敎訓) 작용을 하는 일종의 문학형식이라고 정의할 수 있다.

(2) 선진 우언의 산생

선진 우언의 산생에 대한 고찰은 문자의 기록을 전재로 한다. 중국 역사에서 선진(先秦)이란 비교적 광범위한 개념으로 상고시대와 하(夏) · 상(商) · 주(周) 삼대 및 춘추전국시대를 포함한다. 삼대에는 은허(殷墟)에서 출토된 갑골 복사가 있지만 문장을 이루지 못했고, 문자 기록에 의한 전적(典籍)의 출현은 주대(周代) 이후의 일이다.

주대의 전적은 중국 최초의 시가 총집인《시경(詩經)》을 비롯하여《주역

---

7 The fable, in keeping with its simple form, is easily defined. It is a short fictitious work, either in prose or in verse, frequently (but not necessarily) using animals or even inanimate objects as actors, and having the exposition of a moral principle as a primary function.(《AESOP'S FABLES》, Introduction and Notes by D.L. Ashliman; Translated by V.S. Vernon Jones, New York : Fine Creative Media, Inc, 2003, Introduction xxiii)

(周易)》《상서(尙書)》 등으로 대표된다. 그러나 이 전적들을 살펴보면 운문인《시경》은 물론 산문인《주역》이나《상서》에도 확연히 우언이라 할 만한 내용이 보이지 않는다. 따라서 중국 우언의 출현은 그 이후의 역사 산문이나 제자(諸子) 산문에서 비롯된다. 고대 희랍에서 기원전 5세기경에 아동의 학습에 제공되는 우언집이 출현한 것을 보면 중국 우언의 출현은 이보다 약간 뒤의 일이다.

중국의 우언은 춘추시대 후기로 여겨지는《좌전(左傳)》과《손자(孫子)》에서 최초로 출현한다. 그러나 이 시기의 우언 작품은 수량이 매우 적을뿐 아니라 고사 줄거리도 간략하여 아직 우언의 유추(幼雛) 형태를 벗어나지 못했다. 그 후 전국시대에 이르러《묵자(墨子)》《맹자(孟子)》《열자(列子)》《장자(莊子)》《한비자(韓非子)》《여씨춘추(呂氏春秋)》《전국책(戰國策)》 등 제자백가의 산문에 우언이 대량으로 출현하고,《신자(愼子)》《시자(尸子)》《신자(申子)》《윤문자(尹文子)》 등 이미 일실된 전적의 일문(佚文)에도 적지 않은 우언을 보유함으로써 이때 비로소 선진 우언의 황금시대를 이루었다.

그러면 어째서 이 시기에 그처럼 많은 우언이 탄생했는가? 이는 제자백가의 출현과 밀접한 관계가 있다. 주지하다시피 중국 역사에서 춘추전국시대는 사회적으로 일대 변동을 겪은 혼란한 시대였다. 반고(班固)가《한서(漢書)·예문지(藝文志)》에서「제자 십가(十家) 중 볼만한 것은 구가(九家)뿐이다. 모두 왕도(王道)가 쇠하여 제후들이 무력으로 서로 정벌하고, 여러 군주들의 호오(好惡)가 각기 달랐다. 그리하여 구가의 학설이 벌떼처럼 동시에 출현하여 각기 일단(一端)을 이끌고 자기들이 좋아하는 바를 추앙하며, 이로써 유세를 펼쳐 제후들에게 영합하고자 했다.」[8] 라고 했듯이, 주

8「諸子十家, 其可觀者九家而已。皆起於王道既微, 諸侯力政, 時君世主, 好惡殊方。是以九家之術, 蜂出並作, 各引一端, 崇其所善, 以此馳說, 取合諸侯。」

(周)나라 왕조의 중앙정권이 날로 쇠약해지면서 각국의 제후들은 자기의 역량을 강화하기 위해 부단히 전쟁을 일으켰고, 내정과 외교 방면에서도 투쟁이 격렬하게 전개되었다. 그리하여 제후를 비롯한 권력자들은 자기를 보필할 인재가 필요했고, 이에 호응하여 그들의 이익을 대변하는 각종 이데올로기가 성행하여 이른바 백가쟁명(百家爭鳴)의 국면을 조성했다. 이에 따라 유가(儒家)·도가(道家)·음양가(陰陽家)·법가(法家)·명가(名家)·묵가(墨家)·종횡가(縱橫家)·농가(農家)·잡가(雜家)·소설가(小說家) 등 제자백가들이 서로 우월을 자랑하며 우후죽순처럼 출현했고 이들의 저술 또한 봇물처럼 쏟아져 나왔다.

그리하여 제자백가는 각기 자신들의 학설을 선양하고 논적들을 반박하기 위해 합리적인 논리를 개발해야 했고, 책사들은 세 치의 혀에 의존하여 자기의 유세가 군주의 마음에 들 경우 일약 재상의 자리에 오를 수도 있었기 때문에 성공을 거두기 위해 기발한 설법을 연구해야만 했다.[9] 이때 그들은 설리를 강화하기 위한 수단으로 우언을 즐겨 사용했는데, 그들이 이처럼 우언을 즐겨 사용한 까닭은 바로 우언의 체재가 짤막한 고사에 기탁하여 비유·풍자의 방법으로 모종의 도리를 설명하기에 매우 적합할 뿐만 아니라, 각종 역사 사실과 민간고사를 인용하여 자기들의 학설이나 주장으로 하여금 신뢰를 강화할 수 있어 당시의 철학가·정치가·역사가 모두의 기호에 부합했기 때문이었다. 그리하여 《맹자》는 우언을 가지고 「인정(仁政)」을 선양했고, 《장자》는 우언을 가지고 「무위자연(無爲自然)」을 선양

9 전국시대 가난한 집안의 선비였던 소진(蘇秦)이 학업을 마치고 진(秦)나라에 가서 「연횡(連橫)」의 정책을 가지고 육국(六國)을 정복하도록 진혜왕(秦惠王)에게 유세했다가 실패한 후, 다시 조(趙)나라에 가서 「합종(合縱)」의 정책을 가지고 육국이 단결하여 강대한 진나라에 저항하도록 조숙후(趙肅侯)에게 유세한 것이 성공하여 조나라의 재상으로써 천하를 호령하며 15년 동안 진나라로 하여금 감히 동쪽의 육국을 넘보지 못하게 했다.

했고, 《윤문자》는 우언을 가지고 「명(名)과 실(實)」을 설명했고, 《묵자》는 우언을 가지고 「겸애(兼愛)」와 「비공(非攻)」을 천명했고, 《한비자》는 우언을 가지고 「법(法) · 술(術) · 세(勢)」가 결합하는 법가학설을 강술했고, 《여씨춘추》는 도가 · 유가 · 묵가 · 법가 · 명가 등 각파의 학설을 잡다하게 취하여 그 우언의 요지가 잡가(雜家)의 색깔을 띠었으며, 《전국책》은 비록 사서(史書)로 분류되지만 실제로는 종횡가의 언행을 기록한 것으로 유세가들이 종횡술(縱橫術)을 펼치는 도구 역할을 했다.

이와 같이 선진 제자의 기본 관점은 우언을 통해 표현하지 않는 것이 없었다. 그래서 진포청은 「선진 우언을 읽는 것은 선진 제자들의 철학 정치 사상사를 읽는 것과 같다」[10]고 표현했는데, 이 시기가 선진 우언의 전성 시대가 된 이유를 짐작할 만하다.

(3) 선진 우언의 특색

중국의 선진 우언은 서양의 《이솝우언》이나 인도의 《백유경(百喩經)》과 같이 독립된 우언 전집의 형태가 아니고 거의가 전국시대의 역사 산문과 제자백가의 전적들에 산재되어 있다. 그리하여 중국의 우언은 오랜 동안 다른 문장 혹은 문집에 종속되어 있던 관계로 우언 문학으로의 발전과 성취에 부정적인 영향을 주기도 했다. 그러나 작품의 수량과 광범한 제재, 다양한 풍격과 심오한 철학사상 등에서는 선진우언 나름대로 여러 가지 장점과 특색을 지니고 있다.

10 陳蒲淸《中國古代寓言史》:「讀先秦寓言等于讀了一部先秦諸子散文藝術史。」(長沙, 湖南教育出版社, 1983. 11.) p.22

첫째 수량이 매우 방대하다. 제자백가의 언론에서 쏟아 낸 방대한 양의 우언은 대략 천여 편으로 수량 면에서 중국 고대 우언의 절반 이상을 차지하고 있다. 고대 그리스 우언의 총집이라고 하는 이솝우언이 삼백여 편에 불과한 것을 보면 중국 선진우언의 방대함을 가히 짐작할 수 있다.[11]

둘째, 선진 우언은 제재(題材)가 매우 광범하고 풍격이 다양하다. 선진 우언의 제재는 정치 · 외교 · 역사 · 교육 분야를 비롯하여 생활 · 윤리도덕 · 대인관계 · 소화(笑話) · 신화전설 · 신선요괴 및 동식물 등에 이르기까지 다양한 제재를 폭넓게 사용하였다. 그리고 풍격 면에서 보면 선진시대에 이미 다른 유파와 다른 풍격의 우언이 형성되었다. 예를 들어, 《장자》로 대표되는 도가의 우언과 《한비자》로 대표되는 법가의 우언은 사상 · 풍격이 전혀 다르다.

셋째, 전투적 성격이 강하다. 전투적 성격은 왕왕 직접 정치에 간여하여 상당한 작용을 일으켰다. 예를 들어, 《전국책》 중의 「휼방상지(鷸蚌相持)」나 「남원북철(南轅北轍)」「해대어(海大魚)」「추기비미(鄒忌比美)」등은 당시 통치자들의 전횡과 잔악행위 · 부패와 탐욕 · 우매(愚昧)와 무지(無知)를 폭로하는가 하면, 사회의 각종 사악한 세력에 대해 냉혹하게 조소하고 풍자함으로써 당시의 내정과 외교에 중대한 영향을 끼쳤다.

넷째, 선진 우언은 제자백가들이 자기의 설리(說理)를 펴는 도구로서 짤막한 고사 줄거리에 심오한 철학적 사상이 담겨있다. 이러한 우언은 대체로 말은 간결하고 뜻이 완벽하여 음미하면 할수록 깊은 맛을 느끼게 한다.

다섯째, 선진 우언은 민간고사를 인용한 경우가 적지 않다. 선진 우언 작품 중에는 선진 제자라는 다양한 작가군으로 인해 그들 나름의 창작도

11 陳蒲淸《中國古代寓言史》長沙, 湖南教育出版社, 1983, 13쪽.

물론 많지만, 이 외에 민간 고사를 끌어다 활용한 경우도 적지 않다. 예를 들어, 본서 《안자춘추(晏子春秋)》의 「사서(社鼠)」·《열자》의 「양포타구(楊布打狗)」·《여씨춘추》의 「순망치한(脣亡齒寒)」 등은 《한비자》에 보이고, 《한비자》의 「구맹주산(狗猛酒酸)」과 「삼인성호(三人成虎)」는 각기 《안자춘추》와 《전국책》에 보이며, 《여씨춘추》의 「형인유궁(荊人遺弓)」은 《공손룡자》뿐만 아니라 한대(漢代)의 《공자가어(孔子家語)》와 《설원(說苑)》 등에도 보인다.[12] 이처럼 동일한 고사가 서로 다른 전적에 중복 출현하는 것은 제자백가들이 민간에서 유전되던 고사를 자기의 논리 전개 필요에 따라 적절히 활용했음을 보여주는 증거라 할 수 있다.

여섯째, 역사 고사를 허구적으로 가공했다. 선진 우언 중에는 역사 고사를 제재로 삼은 것들이 많은데, 설사 역사 고사라 해도 논자들이 자기의 논지를 돋보이게 할 목적으로 내용을 고쳐 고사의 우의를 돌출시키는 우언으로 개조하였다. 예를 들어, 《한비자》「남우충수(濫竽充數)」에 등장하는 제선왕(齊宣王)이나 제민왕(齊湣王)은 역사상의 실존 인물인데 반해, 남곽처사(南郭處士)가 피리를 부는 이야기는 사실을 확인할 수 없는 허구이다. 또 다른 예로, 《여씨춘추》의 「기황양거현(祁黃羊擧賢)」은 《좌전·양공삼년(襄公三年)》「기해거현(祁奚擧賢)」에 보이는데, 《좌전》과 《여씨춘추》를 비교해 보면 군주가 관리를 임명하기 위해 기해에게 물어 기해가 자기의 원수를 천거하고 자기 아들을 천거한 기본 내용은 같지만, 인물의 직위·시간·고사의 종말 등은 모두 상당한 차이가 있다. 이처럼 보통의 역사 자료가 작자의 손을 거쳐 독특한 우언으로 개편된 사례는 선진우언의 여러 작품에서 적지 않게 보인다.

12 본서에서는 같은 고사의 중복을 피하기 위해, 이러한 경우에는 대표적으로 하나만 선정하고 그 작품의 해설 부분에서 중복 상황에 대한 설명을 첨가하였다.

일곱째, 수많은 고사성어(故事成語)를 탄생시켜 언어의 활용을 풍요롭게 했다. 선진 우언은 자의(字意)만으로 의미를 알 수 없고 고사 전체의 내용을 통해서 특수한 의미를 나타내는 성어(成語)가 매우 많다. 예를 들어, 「모순(矛盾)」이란 말은 단순히 글자만 보면 「창과 방패」라는 의미에 불과하지만, 그 어원을 살펴보면 창과 방패를 파는 장사꾼이 자기 물건을 자랑하기 위해 「어떤 물건도 뚫을 수 있는 창」과 「어떤 창으로도 뚫지 못하는 방패」라는 사리에 어긋나는 말을 한 것에서 유래되어 「언행이 일치하지 않거나 어떤 사실의 앞뒤가 맞지 않음」을 비유한 말이다. 이러한 예는 「동주공제(同舟共濟)」「기인우천(杞人憂天)」「조삼모사(朝三暮四)」「기로망양(歧路亡羊)」「의인도부(疑人盜斧)」「섭공호룡(葉公好龍)」「알묘조장(揠苗助長)」「상유이말(相濡以沫)」「망양흥탄(望洋興歎)」「한단학보(邯鄲學步)」「곡고화과(曲高和寡)」「지자의린(智子疑鄰)」「일명경인(一鳴驚人)」「남우충수(濫竽充數)」「매독환주(買櫝還珠)」「수주대토(守株待兎)」「각주구검(刻舟求劍)」「엄이도령(掩耳盜鈴)」「호가호위(狐假虎威)」「남원북철(南轅北轍)」「삼인성호(三人成虎)」「휼방상지(鷸蚌相持)」 등 선진 우언에 매우 많이 출현한다.

참고문헌

1. 우언선집

先秦寓言選譯, 沈起煒, 上海 上海古籍出版社, 1981. 11. 第1版

中國歷代寓言選(上, 下), 周大璞 審訂, 湖北人民出版社, 1985. 7.

先秦寓言選, 王升魁, 福建教育出版社, 1985. 7. 第 1版

中國寓言[全集], 馬亞中 · 吳小平 主編, 北京, 新世界出版社, 2007. 12. 第1版

中國古代寓言精品賞析, 陳蒲清, 長沙, 岳麓書社, 2008. 1. 第1版

歷代寓言選, 袁暉 主編, 北京, 中國青年出版社, 2012. 7. 第1版

新譯歷代寓言選, 黃瑞雲, 臺北, 三民書局, 2012. 10. 初版二刷

中國哲理寓言大全, 嚴北溟 · 嚴捷, 香港, 商務印書館, 2013. 10.

2. 원문 교감 및 참고자료

● 관자(管子) 우언

管子今註今譯, 李勉, 臺北, 臺灣商務印書館

新譯管子讀本, 湯孝純, 臺北, 三民書局, 2006年 3月 2版

管子全譯, 謝浩范 · 朱迎平, 貴陽, 貴州人民出版社, 1996年 6月 第1版

● 안자춘추(晏子春秋) 우언

晏子春秋今註今譯, 王更生, 臺北, 臺灣商務印書館, 民國 76年 8月 初版

新譯晏子春秋, 陶梅生, 臺北, 三民書局, 民國 87年 8月 초판

● 좌전(左傳) 우언

春秋左氏傳傳今註今譯, 李宗侗, 臺北, 臺灣商務印書館

新譯左傳讀本, 郁賢皓等注譯 · 傅武光校閱, 臺北, 三民書局, 2012年 9月 2版

左傳譯注, 李夢生 撰, 上海, 上海古籍出版社, 1998年 6月 第1版

● 손자(孫子) 우언

孫子今註今譯, 魏汝霖, 臺北, 臺灣商務印書館, 2014年 5月 2版

新譯孫子讀本, 吳仁傑注譯, 臺北, 三民書局, 2014年 4月 2版

● 복자(宓子) 우언

(淸)馬國翰《玉函山房輯佚書》卷六十四(上海古籍出版社《續修四庫全書》本)

● 묵자(墨子) 우언

墨子今註今譯, 李漁叔, 臺北, 臺灣商務印書館, 民國 65年 7月 二版

新譯墨子讀本, 李生龍, 臺北, 三民書局, 2010年 2月 2판

● 위문후서(魏文侯書) 우언

(淸)馬國翰《玉函山房輯佚書》卷六十四(上海古籍出版社《續修四庫全書》本)

● 호비자(胡非子) 우언

(淸)馬國翰《玉函山房輯佚書》卷七十二(上海古籍出版社《續修四庫全書》本)

● 시자(尸子) 우언

新譯尸子讀本, 水渭松, 臺北, 三民書局, 民國 86年 1月 初版

● 신자(申子) 우언

新序今註今譯, 盧元駿, 臺北, 臺灣商務印書館, 民國 73年 10月 四版

新譯新序讀本, 葉幼明, 臺北, 三民書局, 民國 85年 8月 초판

● 열자(列子) 우언

新譯列子讀本, 莊萬壽, 三民書局, 民國 70年 12月 再版

列子譯注, 嚴北溟 · 嚴捷, 上海, 上海古籍出版社, 1986年 9月 第1版

열자, 김학주, 연암서가, 2011. 08. 20

● 상군서(商君書) 우언

商君書今註今譯, 賀凌虛, 臺北, 臺灣商務印書館, 民國 76年 3月 初版

新譯商君書, 貝遠辰注譯 · 陳滿銘校閱, 臺北, 三民書局

● 맹자(孟子) 우언

孟子今註今譯, 史次耘, 臺北, 臺灣商務印書館, 民國 63年 7月 二版

孟子譯注, 臺北, 河洛圖書出版社, 民國 63年 7月 2版

● 오릉자(於陵子) 우언

四庫全書存目叢書 · 子部八三册, 濟南, 齊魯書社, 1995年 9月 第1版

● 장자(莊子) 우언

莊子今註今譯, 陳鼓應, 臺北, 臺灣商務印書館, 民國 73年 3月 6版

新譯莊子讀本, 黃錦鋐注譯, 臺北, 三民書局, 民國 78年 10月 9版

장자(상, 하), 김학주, 을유문화사, 2000. 1.

● 윤문자(尹文子) 우언

新譯尹文子, 徐忠良, 臺北, 臺灣商務印書館, 民國 85年 1月 初版

● 송옥부(宋玉賦) 우언

李善注昭明文選, 李善, 河洛圖書出版社, 民國 64年 5月

新譯昭明文選, 周啓成, 臺北, 三民書局

● 갈관자(鶡冠子) 우언

鶡冠子彙校集注, 黃懷信, 北京, 中華書局, 2004年 10月 第1版

● 순자(荀子) 우언

新譯荀子讀本, 王忠林, 臺北, 三民書局, 民國 63年 1月 修正版

荀子今註今譯, 熊公哲, 臺北, 臺灣商務印書館, 2010年 12月

● 여씨춘추(呂氏春秋) 우언

呂氏春秋今註今譯, 林品石, 臺北, 臺灣商務印書館, 民國 75年 4月 二版

新譯呂氏春秋, 朱永嘉 等, 臺北, 三民書局, 民國 84年 8月 初版

● 한비자(韓非子) 우언

韓非子今註今譯, 邵增樺, 臺北, 臺灣商務印書館, 民國 76年 10月 四版

韓非子釋評, 朱守亮, 臺北, 五南圖書出版公司, 民國 81年 9月 初版

新譯韓非子, 賴炎元 · 傅武光, 臺北, 三民書局, 2013年 11月 2版

◉ 궐자(闕子)우언

(淸)馬國翰《玉函山房輯佚書》卷七十二(上海古籍出版社《續修四庫全書》本)

◉ 전국책(戰國策)우언

新譯戰國策, 溫洪隆 注譯, 臺北 三民書局, 民國 85年 2月 初版

戰國策今註今譯, 程發軔, 臺北, 臺灣商務印書館

戰國策全譯, 王守謙 等 譯注, 貴州, 貴州人民出版社 1992年 初版

중국선진우언(하)
中國先秦寓言

초판 인쇄 2016년 7월 20일
초판 발행 2016년 7월 25일

역 주 | 최봉원
발행자 | 김동구
디자인 | 이명숙 · 양철민
발행처 | 명문당(1923. 10. 1 창립)
주 소 | 서울시 종로구 윤보선길 61(안국동)
우체국 010579-01-000682
전 화 | 02)733-3039, 734-4798(영), 733-4748(편)
팩 스 | 02)734-9209
Homepage | www.myungmundang.net
E-mail | mmdbook1@hanmail.net
등 록 | 1977. 11. 19. 제1~148호

ISBN 979-11-85704-74-6 (03820)
20,000원